또 다른
365일

또 다른
365일

Kolejne 365 dni

블란카 리핀스카 장편소설

장현희 옮김

다산
책방

차 례

산책로를 따라 컨버터블을 몰았다. 내 머리카락이 뜨거운 바람에 흩날렸다. 스피커에서는 아리아나 그란데의 노래가 쩌렁쩌렁 울려 퍼졌다. 「브레이크 프리Break Free」야말로 내가 처한 곤경에 딱 어울리는 노래였다. '원한다면 가져요'라는 가사가 흘러나왔다. 볼륨을 높이며 리듬에 맞춰 고개를 끄덕였다.

내 생일이었다. 나이를 먹고 있으니 우울해야 했는지도 모르지만, 여느 때보다도 살아 있음을 느꼈다.

빨간 불 앞에서 차를 멈추자 후렴구가 시작됐다. 베이스 소리가 터져 나왔고, 나는 행복에 겨워 노래를 따라 불렀다.

"당신을 원하지 않는다고 말해야 할 순간이죠. 나는 전보다 더 강해요."

아리아나와 함께 노래 부르며 팔을 흔들었다. 젊은 남자가 내 옆에 차를 세웠다. 그는 추파를 던지듯 미소 지으며 노래의 리듬에 맞춰 손으로 운전대를 두드렸다. 시끄러운 음악과 노랫소리

말고도 내 옷이 눈에 띈 게 분명했다. 정확히는 얼마나 노출된 옷을 입었는지가 말이다.

나는 보라색 플리머스 프라울러에 아주 잘 어울리는 검은 비키니를 입고 있었다. 솔직히 내 차와 잘 어울리는 옷은 그리 많지 않았다. 차는 완벽했다. 생일 선물로 받은 아름답고 흔치 않은 차였다. 당분간 내 남자의 선물 공세가 멈출 일은 없을 터였다. 하지만 허황되게도 이것이 마지막 선물이기를 바란다.

선물 공세는 한 달 전부터 시작됐다. 매일 새로운 선물을 받았다. 서른 살 생일에는 특별한 게 필요하다고 여겼는지 선물 서른 개를 보내는 사람이었다. 나는 눈알을 굴리고는 신호등이 녹색 불로 바뀌자마자 액셀을 밟았다.

잠시 후, 주차한 뒤 가방을 집어 들고 해변으로 향했다. 날씨는 무더웠고, 날씨를 최대한 만끽할 작정이었다. 내 한계에 도달해보는 거다. 화상을 입을 때까지 일광욕할 예정이었다. 빨대로 아이스티를 한 모금 마셨다. 그러고는 해안가를 가로질러 터벅터벅 걸으며 발 위로 느껴지는 뜨거운 모래의 감각을 즐겼다.

"생일 축하해요, 올드 걸!" 내 남자가 소리쳤다.

뒤를 돌아보자, 모엣 상동 로제가 터져 나와 얼굴을 적셨다.

"무슨 짓이에요?!"

웃으며 거품 가득한 모엣 로제의 샤워를 피하려 했지만 소용없었다. 그는 로제가 뿜어져 나오는 병을 들고 나를 뒤쫓았다. 병을 비워내고 나자, 그는 달려들어 나를 땅으로 넘어뜨렸다.

"생일 축하해요." 그는 속삭였다. "사랑해요."

입술 사이로 들어온 그의 혀가 춤을 추기 시작했다. 나는 기분 좋은 신음을 내며 그의 목에 팔을 둘렀다. 그는 내 사이로 들어 왔고, 나는 엉덩이를 천천히 비틀며 다리를 벌렸다.

그는 내 손에 깍지를 끼며 내 팔을 바닥으로 내려 고정시켰고, 내 머리를 젖힌 뒤 황홀경에 젖은 눈으로 나를 응시했다.

"줄 게 있어요."

그는 눈썹을 올리더니 자리에서 일어나 나를 일으켜 세웠다.

나는 "그것참 놀랍네요"라고 중얼거리며 선글라스 렌즈에 가려진 눈알을 굴렸다. 그는 손을 뻗더니 내 선글라스를 벗겼다. 그의 표정은 진지해졌다.

"나랑……."

그는 말을 더듬었다. 크게 심호흡하더니 내 앞에 무릎을 꿇고 는 작은 상자를 쥔 손을 내밀었다.

"결혼해 줘요." 나초는 활짝 미소 지으며 말했다.

"재치 넘치고 로맨틱한 말을 하고 싶지만, 무엇보다도 당신을 설득할 말을 하고 싶었어요. 그게 전부예요."

내가 숨을 들이마시자, 그는 손을 들었다. 나는 아무 말도 할 수 없었다.

"라우라, 대답하기 전에 진지하게 생각해 줘요. 프러포즈가 곧 결혼은 아니에요. 결혼이 영원일 필요는 없고요."

그는 나를 상자로 살짝 찔렀다.

"하기 싫다면 요구하고 싶지는 않아요. 당신한텐 절대 명령하지 않을 거예요. 정말로 원한다면 승낙해 줘요."

우리 사이에는 긴 정적이 흘렀다. 그는 인내심 있게 내 대답을 기다렸지만, 나는 아무 말도 하지 않았다.

"하지만 거절한다면 아멜리아를 보내서 설득할래요."

그에게서 눈을 뗄 수 없었다. 두려웠고, 걱정됐으며, 경이로움에 압도됐다. 그리고…… 행복했다.

만약 작년 12월 31일의 내가 지금처럼 되리라는 말을 들었다면, 웃음을 터뜨렸을 것이다. 이런 상황을 생각해 보고 속으로 웃은 적도 있다. 1년 전 마시모에게 납치당했을 때만 해도, 테네리페에서 형형색색의 문신을 가득 새긴 남자에게 프러포즈를 받을 거라는 얘길 들었다면 그런 일은 있을 수 없다고 대답했을 것이다. 하지만 불가능은 아무것도 아니라는 말이 있다. 8개월 전에 일어난 일을 생각하면 아직도 소름이 돋지만, 신이 도왔는지(정확히는 멘도자 박사가 도운 거지만) 마침내 잠들 수 있었다. 하지만 그렇게 오랫동안 그런 사람과 같이 잠자리를 해왔던 나는 그다지 놀라지 않았다.

CHAPTER_2

페르난도 마토스의 저택에서 눈을 감은 뒤 처음으로 눈을 떴을 때는 가늠할 수도 없을 만큼 긴 튜브에 둘러싸여 있었다. 피부에 꽂힌 튜브들이 생체 신호를 감지하는 수십 대의 기계에 연결된 것 같았다. 모든 게 윙윙거리고 진동하며 삑삑 소리를 냈다. 침을 삼키고 싶었지만, 목 안에 꽂힌 파이프 때문에 그러지 못했다. 토할까 봐 무서웠다. 게슴츠레 위를 올려다봤다. 공황 발작이 오려 하고 있었다. 그때 기계 하나가 요란한 경고음을 울렸다. 병실로 들어오는 문이 확 열렸다. 마시모가 숨을 헐떡이며 뛰어 들어왔다.

그는 내 옆에 앉아 손을 잡았다.

"내 사랑." 마시모의 눈에 눈물이 차올랐다. "정말 다행이야!"

그의 얼굴은 지쳐 보였고, 내 기억보다 더 여위어 있었다. 마시모는 숨을 크게 들이마시며 내 뺨을 어루만졌다. 목에 꽂혀 숨 막히게 하는 파이프는 완전히 잊혔다. 눈물이 내 얼굴을 타고 흘러내렸고, 마시모는 내 손등에 키스하며 눈물을 한 방울 한 방울 닦아주었다. 갑자기 간호사 한 무리가 들이닥치더니 마침내 날카로운 경고음을 잠재웠다. 그런 뒤 의사들이 도착했다.

"토리첼리 씨, 여기서 나가주셔야 합니다. 부인은 저희가 잘 돌봐드리죠."

하얀 의사 가운을 입은 나이 든 남자가 말했다. 마시모가 반응을 보이지 않자 그는 부탁을 반복했다. 마시모는 몸을 일으켜 의사에게 다가갔다. 표정은 차가웠으며 끔찍한 시선으로 상대를 뚫을 것 같았다.

"아내가 2주 만에 처음으로 눈을 떴는데 내가 나갈 거라고 생각한다면 큰 착각이야."

마시모가 으르렁거렸다.

의사는 됐다는 듯 팔을 휘저었다. 그들은 재빠르게 두꺼운 파이프를 내 목에서 빼냈다. 썩 기분이 좋지는 않았다. 이걸 생생히 지켜보지 않는 편이 마시모에게 훨씬 나을 텐데 말이다. 하지만 우린 여기 있다. 잠시 후, 온갖 전문의들이 들락거리며 신호를 확인하고 공책에 메모를 하기 시작했다.

그런 뒤 검사가 진행됐다.

끝이 나지 않는 검사가.

마시모는 한시도 병실을 나가거나 내 손을 놓지 않았다. 때때로 그가 자리를 비켜주면 좋겠다는 생각이 들었지만, 어쩔 수 없었다. 내 옆이 아닌 다른 곳으로 그를 움직일 방법은 전혀 없었다. 말하기조차 힘들었지만 무슨 일이 일어났는지는 알아야 했다. 내가 왜 여기 있는 걸까?

숨을 크게 들이마시고 입을 열었는데, 목소리가 끔찍하리만큼 거칠었다.

"쉿. 말하지 마." 마시모가 내 손등에 다시 키스하며 말했다. "묻기 전에…… 진상을 캐기 전에 내 얘기를 들어줘."

마시모는 한숨을 쉬고는 눈물을 떨궜다.

"당신이 나를 구했어, 라우라. 내가 본 환영에서처럼 당신이 날 구했다고."

그가 시선을 떨어뜨렸다. 이해할 수 없었다.

"하지만……."

그는 뭔가 더 말하려 했지만 그러지 못했다. 아무 말도 나오지 않았다. 그러자 그의 말뜻을 분명히 알 수 있었다.

떨리는 손으로 이불 속을 더듬었다. 마시모는 내 손목을 잡으려다 체념하며 멈췄다. 그는 잡았던 내 손을 놓았다.

"루카." 나는 붕대로 감싼 배를 내보이며 물었다. "우리 아들은 어딨죠?"

내 목소리는 속삭임보다도 못했다. 단어 하나하나 말할 때마다 고통스러웠다. 비명을 지르고, 펄쩍 뛰어오르며 울부짖고 싶었다. 그에게 단 하나의 질문, 그 질문을 해야만 했다. 진실을 들어야만 했다.

마시모는 천천히 일어나더니 내 망가진 몸 위로 이불을 조심스레 덮었다. 그의 눈은 죽어 있었다. 그의 차가운 눈이 다시 나를 향했을 때, 공포와 절망이 밀려오는 게 느껴졌다.

"죽었어." 마시모가 말하며 몸을 돌렸다.

"당신은 총알을 너무 낮은 곳에 맞았어. 루카는 너무 작았고 우린 방어도 전혀 못 했어. 살 가능성이 거의 없었어."

마시모의 목소리는 거칠게 떨렸다. 내 감정을 정의할 수 없었다. 절망이라는 단어는 한참 미치지 못했다. 마치 누군가 내 심장을 뜯어낸 것 같았다.

분노의 눈물이 숨을 헐떡이게 했다. 목을 타고 올라오는 분노를 삼키려 눈을 질끈 감았다. 내 아이, 내 아기, 내 아들, 내 일부이자 내가 사랑했던 남자가, 죽었다. 온 세상이 멈췄다.

마시모는 오랫동안 꼼짝도 하지 않고 서 있었다. 그는 마침내 눈물을 닦아내고 나를 향해 돌아섰다.

"적어도 네가 살아 있잖아." 그는 미소를 지으려 했지만 실패했다. "좀 자둬. 의사들이 쉬어야 한다던데."

그는 내 머리를 쓰다듬고는 뺨의 눈물을 닦아줬다.

"아이는 또 낳으면 돼. 왕창 낳자. 약속할게."

그 말에도 괴로움을 참을 수 없어 다시 울음이 터졌다.

마시모는 체념한 것 같았다. 호흡은 얕았고 눈에 띄게 무기력했다. 그는 손을 말아 주먹을 쥐더니 나를 제대로 쳐다보지도 않고 나갔다. 잠시 후 그는 다른 의사와 함께 돌아왔다.

"라우라, 이제 진정제를 놓아드리죠." 의사가 말했다.

나는 말을 할 수 없었기에 고개를 젓기만 했다.

"필요해서 그래요. 쉬셔야 합니다. 하루 안에 너무 많은 감정을 겪었잖아요."

더 나이 든 남자는 그렇게 말하며 비난하는 듯한 눈으로 마시모를 쏘아봤다.

그는 정맥 투여기 중 하나에 뭔가를 주사했고, 그러자마자 내 눈꺼풀은 무거워지기 시작했다.

"여기 있을게."

마시모는 침대에 앉아 내 손을 잡았다. 나는 잠들기 시작했다.

"약속해. 깨어나면 여기 있을게."

마시모는 내가 깨어나 눈을 뜰 때마다 다시 약에 취해 잠들기 전까지 거기 있었다. 그는 떠나지 않았다. 단 한 순간도. 책을 읽어줬고, 내가 볼 영화를 가져왔으며, 머리를 빗겨주고, 씻겨줬다. 내가 의식이 없을 때도 마시모는 다가오는 간호사를 쫓아내곤 그렇게 했다. 남자 의사가 수술할 때 어떻게 참은 걸까 잠깐 궁금해졌다.

마시모는 내가 신장에 총을 맞았다고 했다. 신장은 살릴 수 없었다. 다행히 건강한 사람이라면 두 개의 신장이 있기 마련이고, 신장이 하나만 있더라도 살아가는 게 불가능하지는 않다. 남은 신장이 잘 기능한다면 말이다. 수술 도중 내 심장이 멈췄다. 그 사실 자체는 놀라운 일이 아니었다. 놀라운 건 외과 전문의들이 내 심장을 다시 뛰게 만드는 데 성공했다는 사실이었다. 듣기로는 막힌 어딘가를 뚫고, 뭔가를 꿰맸으며, 다른 뭔가는 잘라내수술에 성공했다고 했다. 집도의는 다양한 데이터와 스프레드시트의 그래프를 가리키며 한참 동안 수술한 절차를 설명했다. 하지만 나는 구체적으로 이해할 수 있을 만큼 영어를 잘하지 못했다. 솔직히 자세한 내용은 별로 궁금하지 않았다. 병원에서 빨리 나갈 수 있기만을 바랐다. 날이 갈수록 나는 나아졌다. 내 몸은 빠르게 회복되고 있었다. 그러나 마음은 다른 문제였다. 아무것도 느껴지지 않았다. 내 사전에서 '아기'라는 단어도, '루카'라는 이름도 사라져버렸다. 내 아이, 또는 다른 모든 아이를 가리키는 단어가. 눈물이 나를 삼켰다. 마시모에게 말을 걸면 그는 여느 때보다 내게 마음을 터놓았다. 마시모가 대화를 거부한 유일한 주제는 새해 전날 일에 관한 것이었다. 짜증이 나기 시작했다. 예정된 퇴원일 이틀 전이 되자, 더 이상 참을 수가 없었다.

마시모가 내 앞에 식사 쟁반을 내려놓고 손목을 걷어붙인 참이었다.

"안 먹을래요." 나는 팔짱을 끼며 말했다.

"얘기 좀 해요. 아직 얘길 듣기엔 충분히 회복되지 않았다면서 회피하는 건 그만둬요. 지금 내 몸이 얼마나 좋은데요. 페르난도 마토스의 저택에서 무슨 일이 있었는지 나도 알 권리가 있다고요!"

마시모는 숟가락을 내려놓고는 숨을 크게 들이마신 다음 일어섰다. 그의 콧구멍이 벌렁거렸다.

"꼭 그렇게 고집을 부려야겠나?"

그는 화가 난 눈빛으로 나를 쏘아봤고, 한 손으로 얼굴을 쓸어내리고는 한 걸음 물러섰다.

"알겠어. 얼마나 기억하는데?"

마시모는 체념한 목소리로 물었다. 멍한 기억을 더듬다가 나초를 떠올렸다. 잠깐 심장이 멈추는 것 같았다. 침을 크게 삼키고는 천천히 숨을 내쉬었다.

"그 개자식한테 맞았던 건 생각나요. 플라비오요." 마시모의 턱이 굳었다. "그 뒤에 당신이 왔죠."

기억을 떠올리는 데 도움이 될까 싶어 눈을 감았다.

"그리고 소란이 좀 있다가 모두 나갔죠. 우리 둘뿐이었어요."

망설이며 말을 멈췄다.

"당신에게 다가갔는데…… 그런데 머리가 심하게 아팠던 기억이 나요……. 그러고는 기억이 없어요."

사과하듯 어깨를 으쓱이며 마시모를 쳐다보았다.

마시모는 씩씩대고 있었다. 모든 상황과 내 회상에 죄책감을 느끼는 듯했다. 그는 죄책감 같은 걸 참을 수 있는 사람이 아니었다. 주먹을 꽉 쥐고 병실 안을 서성거리는 그의 가슴이 오르내렸다.

"플라비오가 페르난도를 쏜 다음 마르셀로를 쐈어." 나는 호흡을 멈췄다. "총알은 빗나갔어."

마시모가 계속 말했고, 나는 안도의 한숨을 내쉬었다. 마시모가 놀란 표정으로 그런 나를 보기에 아픈 척 얼굴을 찡그렸다. 한 손을 가슴 위에 올리고 계속하라는 뜻으로 고개를 끄덕였다.

"결국 그 개 같은 대머리 마르셀로가 플라비오를 죽였지. 적어도 그는 그렇게 생각했을 거야. 플라비오가 쓰러지더니 피까지 철철 흘렸거든. 그때 네가 기절했고."

마시모는 잠시 말을 멈추더니 관절이 하얘지도록 세게 주먹을 쥐었다.

"내가 너를 잡으려는데 그놈이 한 발을 더 쐈어."

나는 눈을 크게 떴다. 숨을 쉴 수도, 말할 수도 없었다. 분명 상태가 좋지 않아 보였을 것이다. 마시모는 재빨리 침대로 올라오더니 내 뺨에 한 손을 올리며 신속하게 화면의 생체 신호를 확인했다. 나는 충격에 빠졌다.

어떻게 나초가 나를 쏠 수 있지? 도저히 이해할 수가 없었다.

"이제 알겠어? 그래서 네게 말하고 싶지 않았던 거야."

마시모가 으르렁거렸다.

때마침 기계 하나가 경고음을 냈다. 곧 간호사가 병실 안으로 불쑥 들어왔고, 의사 두 명이 따라 들어왔다. 그들은 내 주변에서 호들갑을 떨다가 잠시 후 또 다른 정맥 주사를 투여했고, 나는 다시 침착해졌다. 이번에는 잠들지 않았지만 감각이 없었다. 모든 것을 보고 이해할 수는 있지만, 반응할 수는 없었다. 휴식을 취하는 동안 의사에게 무슨 일이 있었는지 설명하는 마시모를 바라보며, 말없이 '난 호수 위의 연꽃이다'라고 되뇌었다. 의사는 과장된 몸짓으로 남편에게 소리를 질렀다. 나는 희미하게 미소 지으며 '저런, 의사 선생님, 마시모가 어떤 사람인지 안다면 말대답할 용기가 없으실 텐데요'라고 생각했다. 의사와 마시모는 뭔가를 토론했고, 잠시 후 마시모는 고개를 끄덕이더니 머리를 폭 숙이며 수긍했다. 얼마 후, 우리는 단둘이 남았다.

"그러고 나서는요?" 꼬인 혀로 그에게 물었다.

마시모는 나를 가까이에서 바라보며 잠시 생각에 잠겼다. 나는 원하는 약물을 구한 중독자 같은 표정으로 그에게 미소를 지어 보였다. 그는 고개를 저었다.

"안타깝게도 플라비오가 와서 너를 쐈어."

플라비오. 나초가 아니라 플라비오가 그런 거였다. 나는 얼굴에 떠오르는 미소를 지울 수 없었다. 의사가 주사한 약물의 후유증을 마시모에게 충분히 설명하지 않은 게 분명했다. 마시모는 말을 계속했다.

"그러자 마르셀로가 플라비오를 죽였어. 학살했다고 보는 게 더 맞겠지. 총에 있던 총알을 전부 비워냈거든."

마시모는 조롱하듯 코웃음 치며 고개를 저었다.

"그동안 나는 너를 돌보고 있었어. 도메니코는 도움을 요청하러 갔고, 방음이 되는 방이었기 때문에 밖에서 소리를 들은 사람이 없었거든. 마르셀로가 구급상자를 들고 왔어. 구급차도 왔지. 너는 피를 너무 많이 흘린 상태였어."

마시모는 다시 일어섰다.

"그게 다야."

"이제는요? 이젠 어떻게 되는 건데요?"

나는 시야를 확보하기 위해 눈을 가늘게 뜨며 물었다.

"집에 가야지."

마시모는 그날 처음으로 내게 미소를 지어 보였다.

"스파니아르드 말하는 거예요. 당신 사업요."

침대에 기대며 말했다. 마시모는 조심스러운 눈길로 나를 봤다. 그는 한참 동안 대답하지 않았다. 나는 그의 얼굴에 시선을 고정했다.

"나 안전한 거예요? 아니면 또 납치당하는 거예요?"

나는 짜증을 내며 물었다.

"마르셀로와의 일은 정리했어. 그렇게만 알고 있으면 돼. 그 저택 전체가 카메라며 녹음기투성이였어."

마시모는 고개를 떨구며 눈을 감았다.

"나는 녹화본을 봤고 플라비오가 무슨 말을 했는지도 들었어. 그래서 마토스 가는 누명을 썼다는 걸 알아. 페르난도는 사위인 플라비오의 의도를 몰랐으니까. 마르셀로가 널 납치한 건 큰 실수였지."

마시모는 눈을 떴고, 눈은 분노로 타올랐다.

"하지만 그가 널 살렸고 돌봤던 것도 알아." 마시모는 몸을 떨며 씩씩댔다. "그 생각만 하면 참을 수가 없어, 네가······."

나는 깜짝 놀라 마시모를 쳐다봤고 그는 말을 멈췄다.

"평화 따윈 없어!"

그는 자리를 박차고 일어나 울부짖으며 앉아 있던 의자로 벽을 때렸다.

"내 아들이 죽었고 아내도 죽을 뻔했어. 그 자식 하나 때문에!"

마시모는 얕은 숨을 헐떡였다.

"그 개자식이 널 고문하는 동영상을 봤을 땐······ 그것만으로 그놈을 천 번은 죽였을 거야!"

마시모는 병실 중앙에 무릎을 꿇으며 몸을 구부렸다.

"널 지키지 못했다는 사실을 견딜 수가 없어. 그 대머리 자식이 널 볼품없는 곳으로 납치해선 더러운 손을 댔다는 사실을."

"그는 몰랐잖아요." 나는 중얼거렸다. "나초는 그들의 속셈을 전혀 몰랐어요."

마시모의 분노로 가득한 시선이 날 꼼짝 못 하게 했다.

"그놈을 옹호하는 건가?" 마시모는 으르렁거리더니 벌떡 일어났다. "그놈이 한 짓이 있는데 그놈을 감싸?"

그는 씩씩거리며 다가왔다. 눈동자는 칠흑 같았다. 아무 감정 없이 그 눈을 들여다봤다. 분노도 혐오도 느낄 수 없었다. 이상했다. 투여된 약이 모든 감정을 없애버렸다. 뺨을 타고 흘러내리는 눈물만이 머릿속에서 일어나는 일을 말해줄 뿐.

"당신에게 적이 생기는 걸 원치 않을 뿐이에요. 결국 다치는 건 항상 나니까요."

그렇게 말하자마자 후회했다. 이건 비난이었다. 그런 식으로 말할 의도가 없었대도 마시모에게 전부 그의 잘못이라고 말한 셈이었다.

마시모는 한숨을 쉬고는 조용해졌다. 그는 입술을 깨물었다. 눈은 조용히 용서를 구하고 있었고, 나는 그걸 확실히 볼 수 있었다. 그는 일어나서 등을 돌리더니 문으로 걸어갔다.

"퇴원 수속하고 올게."

그는 중얼거리고는 나갔다. 마시모를 불러 여기 있어달라고 말하고, 그런 뜻이 아니라고 사과하고 싶었지만 말이 목에 걸려 나오지 않았다. 문이 닫히자, 나는 조용히 누워 움직임 없이 천장을 응시했다. 그리고 마침내 잠들었다.

오줌이 마려워 잠에서 깼다. 최근 요의를 느끼는 것에, 그리고 마침내 혼자서 화장실에 갈 수 있게 된 것에 감사해야 한다는 걸 깨달았다. 화장실에 갈 때마다 뛸 듯이 기쁜 감정은 변함이 없었다. 배뇨관은 제거됐고, 의사는 매일 적어도 두 번씩 다리를 스트레칭하는 것이 좋다고 조언했다. 그래서 IV 스탠드를 끌고 다니며 짧은 산책을 하는 습관을 들였다.

152센티미터짜리 스탠드를 끄는 것은 쉬운 일이 아니었기에, 화장실에서 보내는 시간이 길어졌다. 특히나 스스로 알아서 해야 했으니 말이다. 마시모는 눈에 띄지조차 않았다. 입원 첫날 그는 직원에게 자기가 잘 수 있는 침대를 들이라고 명령했다. 돈이 법이라는 말처럼, 그건 문제가 되지 않았다. 만약 그가 골동품 가구와 피아노를 요구했다면 병원 직원들은 그것도 들여왔을 것이다. 따로 들여온 침대의 이불에는 손댄 흔적이 없었다. 그날 밤 마시모가 급히 처리해야 할 일이 있었다는 뜻일 터였다. 나를 돌보는 것보다 더 긴급한 일 말이다.

잠은 더 이상 오지 않았다. 종일 잠을 잤으니까. 혼자서 복도를 돌아보는 모험을 해보기로 마음먹었다. 문을 통과한 뒤 똑바로 서기 위해 벽에 달라붙었다. 고개를 내민 나를 보고 벌떡 일어서는 두 명의 경호원의 모습에 코웃음이 나왔다. 그들에게 손을 내젓고는 IV 스탠드를 끌며 복도를 따라 걸어갔다.

두 경호원은 나를 따라왔다. 우리가 얼마나 우스워 보일지를 깨닫자 또 웃음이 나왔다. 산발이 된 금발에, 밝은 목욕 가운을 걸치고 발에는 분홍색 어그부츠를 신고 IV 스탠드에 기댄 나, 그런 나를 따라오는, 머리를 빗어 넘긴 검은 정장의 건장한 경호원 두 명이 말이다. 내가 절대 빠르게 걸을 수 없었던 만큼 우리의 행진은 아주 느리고 위풍당당했다.

잠시 후 에너지를 보충하기 위해 앉아야 했다. 긴 거리를 걷기에는 몸이 아직 너무 약했다. 경호원들은 두 걸음 뒤에서 멈췄다. 그들은 위협에 대비해 주변을 둘러봤지만, 눈에 띄게 위험해 보이는 것을 찾지는 못했는지 서로 대화를 나누기 시작했다. 늦은 밤이었지만 복도에는 사람이 꽤 있었다. 간호사 한 명이 다가와 괜찮은지 물었다. 내가 고개를 끄덕이며 그냥 쉬고 있을 뿐이라고 대답하자 그녀는 떠났다.

어느 정도 시간이 지난 뒤 병실로 돌아가려고 일어서는데 복도 끝에 익숙한 실루엣이 보였다. 그녀는 커다란 창문 옆에 서 있었다.

"말도 안 돼." 중얼거리며 그녀에게 걸어갔다. "아멜리아?"

그녀는 유리창에서 떨어지더니 힘없이 미소 지으며 나를 바라봤다.

"여기서 뭐 하는 거예요?" 나는 놀라서 물었다.

"기다리고 있어요."

아멜리아가 턱으로 유리 뒤의 무언가를 가리키며 말했다.

그녀를 따라 시선을 옮기자 인큐베이터로 가득한 공간이 보였다. 인큐베이터마다 아기들이 있었다. 너무나도 작았다. 어떤 아기들은 겨우 손바닥보다 클까 말까했다. 케이블과 튜브가 꽂혀 있는 것만 빼면 작은 인형 같았다. 갑자기 힘이 풀렸다. 루카가 생각났다. 루카도 저만큼 작았을 텐데. 눈에 눈물이 고이고 숨을 쉴 수 없었다. 눈을 질끈 감은 뒤 다시 뜨며 아멜리아에게 고개를 돌리고 제대로 쳐다보았다. 그녀는 목욕 가운을 입고 있었다. 그녀도 환자였던 거다.

"파블로가 너무 일찍 태어났거든요."

아멜리아는 가운 소매로 코를 닦으며 말했다. 볼에는 눈물 자국이 있었다.

"애 아빠에게 무슨 일이 일어났는지 들었을 때는……."

아멜리아의 목소리가 갈라졌다. 무슨 말을 하고 싶어 하는지 알 수 있었다. 팔을 뻗어 그녀를 안았다. 아멜리아를 위로하기 위해서였는지, 나 자신을 위해서였는지는 알 수 없다. 경호원들은 몇 걸음 물러서서 자리를 비켜줬다. 아멜리아는 내 어깨에 머리를 기대고 울었다. 아멜리아가 무엇을 알고 있었는지는 모른다. 그녀의 오빠가 소름 끼치는 자초지종으로부터 아멜리아를 보호했는지도 모른다.

"남편에게 그런 일이 생겨서 유감이에요."

말을 더듬는 내 목소리는 속삭이는 것처럼 들렸다. 사실 나는 유감을 느끼지 않았다. 나초가 그를 쏴 죽여서 행복했다.

"진짜 남편은 아니었어요." 아멜리아가 대답했다. "그냥 제가 그렇게 부른 거죠. 그와 결혼하고 싶었거든요."

아멜리아는 훌쩍이고는 몸을 곧게 세웠다.

24

"당신은 어때요?"

아멜리아는 걱정 가득한 눈으로 내 배를 바라보았다.

"라우라!"

뒤에서 으르렁대는 목소리가 들려왔다. 좋은 신호가 아니다.

몸을 돌리자 화가 잔뜩 난 마시모가 성큼성큼 오고 있었다.

"가야 해요. 다시 찾아갈게요."

나는 속삭이곤 아멜리아를 놔준 뒤 남편에게 돌아갔다.

"무슨 짓을 하는 거지?"

마시모는 짜증을 내곤 나를 휠체어에 앉혔다. 그런 다음 이탈리아어로 두 경호원을 질책했고, 그들은 온순히 시선을 떨궜다. 우리는 내 병실로 돌아갔다.

마시모는 나를 안아 들고 침대에 눕힌 다음 이불을 덮어줬다. 마시모는 내가 얼마나 무책임한 짓을 한 건지 아느냐며, 그런 태평한 태도가 날 위험에 빠뜨릴 수 있다고 그답게 끊임없는 잔소리를 늘어놨다.

"그 여자는 누구지?"

마시모는 의자 등받이에 블레이저를 걸며 물었다.

"조산아를 낳은 산모예요." 나는 고개를 돌리며 대답했다. "아이가 살 수 있을지 모르겠대요."

내 목소리는 갈라졌다. 그는 캐묻지 않을 것이다. 내가 아이에 관해 이야기할 때는 말이다.

"그 병동에는 대체 왜 간 건데?" 그는 나무라듯 물었다.

대답하지 않았다. 정적을 깨는 건 마시모가 숨을 몰아쉬는 소리뿐이었다.

"좀 쉬어." 마침내 그가 말했다. "내일 집에 갈 거야."

힘든 밤이었다. 아기와 인큐베이터, 임산부가 나오는 꿈을 꾸는 바람에 깊이 자지 못했다. 적어도 집에 가면 어두운 생각이 나를 괴롭히지 않게 해줄 무언가가 있기를. 아침이 되자 마시모가 나를 내버려 둔 채 내 퇴원에 관해 논의하는 의사들을 성가시게 하러 갈 때까지 기다릴 수가 없었다. 의사들은 벌써 떠나겠다는 내 생각을 반가워하지 않았다. 치료가 끝난 게 아니었기 때문이다. 그들은 자세한 치료 절차를 적어준 뒤, 마시모에게 무슨 일이 있어도 그 절차를 따르겠다는 약속을 받아내고서야 내 퇴원에 동의했다. 우리는 여전히 테네리페에 있었지만, 그들은 모두 시칠리아인들이었다.

잠깐 아멜리아를 보러 가기로 마음먹었다. 마시모가 날 위해 두고 간 편안한 운동복 바지와 셔츠를 입고 신발 한 켤레를 집어 든 다음 문으로 향했다. 조심스레 고개를 내밀었다. 다행히 주변에는 아무도 없었다. 잠깐 불안해졌다. 내 경호원을 죽이고 날 노리러 오는 누군가가 있을지도 모른다. 하지만 이곳이 어디인지를 되새기며 빠르게 마음을 가라앉혔다. 나는 안전하다. 복도를 따라 걸어가다 산부인과 병동의 리셉션 데스크에서 멈췄다.

"여동생을 찾고 있어요."

카운터 뒤의 회전의자에 앉아 있던 나이 든 간호사가 스페인어로 뭐라고 말하더니 눈알을 굴리고는 어디론가 사라졌다. 잠시 후에 더 어린 여자가 그녀의 자리를 대신했다. 그녀는 미소를 지었다.

"무엇을 도와드릴까요?" 그녀가 영어로 물었다.

"동생을 찾고 있어요. 아멜리아 마토스요. 여기 환자예요. 조산한 산모고요."

그 여자는 모니터를 흘긋 보더니 병실 번호를 말해주며 그곳으로 가는 방향을 가리켰다.

곧 나는 문 앞에 서서 문을 두드리려다 멈췄다.

'내가 대체 뭘 하는 거지?'

나를 납치하고 고문한 남자의 여자친구를 만나려 하고 있었다. 그 남자는 이제 죽었다. 그런 그녀에게 기분이 어떠냐고 물을 참이라니? 내가 하려는 일을 믿을 수가 없었다.

"라우라?" 뒤에서 누군가의 목소리가 들려 돌아보았다.

아멜리아였다. 그녀는 물병을 들고서 내 바로 옆에 섰다.

"당신을 보러 왔어요." 내가 중얼거렸다.

그녀는 문을 열고 들어가며 나를 끌어당겼다. 그녀의 병실은 내 방보다 컸다. 거실과 추가 침실이 붙어 있는 아파트였다. 병실 안을 가득 채운 수백 송이 백합의 향기가 진동했다.

"오빠가 매일 꽃다발을 새로 가져다줘요."

아멜리아는 한숨을 쉬며 앉았다. 나는 그 말에 얼어붙어 주변을 둘러보며 뒤로 물러섰다.

"걱정하지 말아요. 오늘은 없어요."

아멜리아는 나를 궁금한 눈빛으로 쳐다보았다.

"오빠가 전부 다 말해줬어요."

"뭐라고 했는데요?"

아멜리아 맞은편의 안락의자에 앉아 물었다.

아멜리아는 고개를 숙였다. 꼭 자기 자신의 그림자처럼 보였다. 내가 알던 아름답고 쾌활한 여자의 모습은 보이지 않았다.

"두 사람이 사귀는 사이가 아니었다는 것도, 아빠가 당신을 납치하라고 명령했다는 사실도 알아요. 그래서 오빠가 당신을 편안하게 해주고 돌봐줘야 했겠죠."

그녀는 내게 가까이 몸을 기울였다.

"난 바보가 아녜요, 라우라. 내 아버지 페르난도 마토스의 직업이 뭐였는지 알아요. 내 가족이 어떤 사람인지 안다고요. 하지만 남편이 될 플라비오까지도 거기 가담한 줄은……."

아멜리아는 말을 멈추고 내 배를 바라보더니 몸을 떨었다.

"아기의 건강은……."

아멜리아는 입을 열었다가 내 눈에 차오르는 눈물을 보더니 조용해졌다. 그녀가 눈을 감자 첫 눈물이 볼을 타고 흘러내렸다.

"정말 유감이에요." 아멜리아가 속삭였다. "우리 가족 때문에 아이를 잃었잖아요."

"당신 잘못이 아니에요, 아멜리아. 사과해야 할 사람은 당신이 아니에요."

나는 최대한 차분하게 대답했다.

"우리 둘 다 남자들한테 고마워해야겠죠. 당신은 파블로가 생사를 오가는 것에 대해서, 나는 여기에 있는 것 자체만으로도."

이런 식으로 입 밖으로 말해본 적은 한 번도 없었다. 내 쓸쓸

한 말은 나 자신을 놀라게 했다. 마시모를 향한 분노를 입 밖으로 낸 건 이번이 처음이었다. 나는 아멜리아에게 온전히 솔직하지 못했다. 모든 일에 전적으로 책임이 있는 유일한 사람은 플라비오였지만 아멜리아를 더 낙담하게 만들고 싶지는 않았다.

"아기는 어때요?" 나는 울음을 참으며 물었다.

아이와 엄마 모두의 안녕을 바라면서도, 말이 쉽게 나오지 않았다.

"나아지고 있는 것 같아요."

아멜리아가 미소 지으며 말했다.

"보다시피 오빠가 전부 해결해 줘서요. 뇌물이나 협박으로 의사들을 굴복시켰죠. 다들 저한테 잘해줘요. 파블로는 최고의 치료를 받고 있고, 날이 갈수록 건강해지고 있어요."

우리는 몇 분간 더 이야기를 나눴다. 그러다 마시모가 여기 있는 나를 본다면 곤란한 일이 생길 거라는 사실을 깨달았다.

"가야겠어요, 아멜리아. 오늘 시칠리아로 돌아가거든요."

작게 신음하며 몸을 일으켰다.

"잠깐만요, 라우라. 하나 더 말해줄 게 있어요."

나는 아멜리아를 쳐다봤다.

"마르셀로…… 오빠에 관해서 하고 싶은 말이 있어요."

아멜리아의 말에 나는 눈을 크게 떴다.

"오빠를 싫어하지 않았으면 좋겠어요. 오빠는……."

"마르셀로에 대한 유감은 없어요."

아멜리아가 무슨 말을 할지 몰라 그녀의 말을 잘랐다.

"정말이에요. 그에게 안부 전해줘요. 이제 가야겠어요."

그렇게 덧붙이고는 그녀의 볼에 가볍게 입을 맞추고 짧게 안아준 다음 병실에서 거의 뛰쳐나갔다.

복도에서 벽에 기대어 서서 호흡을 가다듬었다. 속이 메슥거렸고, 가슴에서 타는 듯한 고통이 느껴졌지만 심장 소리는 들리지 않았다. 이상하고 새로운 감각이었다.

공황 발작이 일어날 때마다 머릿속에서 귀가 먹먹하도록 울리던 심장 소리가 전혀 들리지 않았다. 잠깐 아멜리아의 병실로 돌아가 그녀가 하려던 말을 마저 듣고 싶었지만 스스로를 자제했다. 대신 내 병실로 향했다.

CHAPTER 3

"염병할!"

올가는 침실 안으로 쳐들어오더니 여전히 침대에 누워 있는 나를 보고 소리쳤다.

"이년아, 대체 널 언제까지 기다려야 하는 거야?"

올가는 팔을 활짝 벌린 채 달려들다가, 내가 큰 수술을 했다는 사실을 기억해 내고 멈췄다. 대신 침대 위에 무릎을 꿇고 애써 아무렇지 않은 표정을 유지하며 나를 빤히 바라보다가 울음을 터뜨렸다.

"얼마나 무서웠다고!" 올가는 울면서 말했다. "그놈들이 널 납치했을 때 내가 뭘 기도했냐면⋯⋯. 나는 몰랐어⋯⋯."

그녀는 주체할 수 없이 흐느꼈다.

올가의 손을 잡아 다독여주자 그녀는 내게 파고들어 울었다.

"내가 널 달래줘야 하는데, 반대가 됐네." 올가는 눈물을 닦아 내고 나를 바라봤다. "너 너무 말랐다."

올가가 신음했다.

"기분은 어때?"

"온갖 수술을 했고 한 달이라는 시간 동안 아이까지 잃었으니, 그 고통이 기대할 만한 건 아니지만…… 아주 좋아. 고마워."

올가는 내 시니컬한 목소리를 눈치챘는지 고개를 떨구고 생각에 잠긴 채 오랫동안 침묵을 지키다 마침내 숨을 들이켰다.

"마시모가 네 부모님께는 말하지 않았어."

올가는 얼굴을 찡그렸다.

"네 엄마는 무서워서 미치려 하시는데 마시모는 그분들을 속이고 있더라니까. 네 부모님이 떠나면서 네게 작별 인사를 하고 싶어 하니까 나더러 그분들한테 대신 네 안부를 전해달라더라. 믿어져? 그분들한테 거짓말하라고 했다니까! 마시모가 너를 서프라이즈 여행에 데려가려고 납치하는 척한 거라고 했어."

올가는 눈썹을 올렸다.

"완전 돌았지? 마시모는 크리스마스 선물로 널 카리브해에 데려가려고 납치한 것처럼 꾸몄어. 거긴 먼 데다 신호도 잘 안 잡히니 편리하잖아. 3주 동안 네 엄마한테 그런 거지 같은 거짓말을 했다니까. 네 엄마가 전화할 때마다. 가끔은 날 믿지 않으셔서 페이스북 메시지를 보냈어. 물론 네 계정으로 말이야."

올가는 어깨를 으쓱였다.

"하지만 네 엄마가 그리 멍청하진 않으시지."

그녀는 내 옆에 누워 손으로 얼굴을 감쌌다.

"내 기분이 어땠을지 상상이나 돼? 하나의 거짓말은 두 개의 다른 거짓말을 낳았어. 거짓말을 하면 할수록 믿기 어려운 이야기를 지어내게 됐지."

"그래서 결국 어떻게 했는데?" 내가 물었다.

"네가 테네리페에서 일하다 휴대폰을 잃어버렸다고 했어."

나는 올가를 흘겨보며 고개를 저었다. 또 시작이었다. 엄마한테 또 거짓말을 해야 한다.

"네 휴대폰 좀 빌려줘. 마시모가 내 걸 안 돌려줬거든."

"내가 가지고 있었어."

올가는 침실용 탁자 서랍에서 내 스마트폰을 꺼내며 답했다.

"네가 실려 갔을 때 그 호텔 복도에서 발견했어." 올가는 일어나 앉았다. "그럼 이제 자리 비워줄게."

고개를 끄덕이며 올가에게서 휴대폰을 건네받아 연락처에서 '엄마'를 선택했다. 진실을 말하는 게 좋을까? 아니면 거짓말해야 할까? 거짓말한다면 뭐라고 하면 좋을까? 잠시 숙고한 뒤에, 솔직하게 말씀드리는 건 너무 잔인하다는 결론을 내렸다. 특히나 이제야 모든 게 정리된 데다 엄마가 남편을 진심으로 좋아하기 시작한 참이었으니. 숨을 깊게 들이마신 뒤 엄마에게 전화를 걸었다.

"라우라!" 엄마는 내 머리를 터뜨릴 만큼 소리를 질렀다. "왜 전화 안 했어? 얼마나 걱정했는데! 네 아빠도 걱정했고······."

"난 괜찮아요." 눈에 눈물이 고였지만 거짓말을 했다.

"이제 막 돌아왔어요. 전화기도 잃어버렸고요."

"이해가 안 돼. 무슨 일 있지?"

엄마가 단번에 내 속임수를 꿰뚫어 보리라는 사실을 알았다. 조만간 엄마에게 사실을 이야기해야 할 거라는 사실도 말이다.

"사고가 났었어요……." 한숨을 쉬었다. 엄마는 아무 말도 하지 않았다. "운전을 하는데 누가 내 차를 박아서……."

목소리가 갈라졌다. 얼굴을 따라 눈물이 폭포처럼 흘렀다.

"그래서……." 말을 이으려 했지만 그럴 수 없었다. 내 입에서 커다란 흐느낌이 터져 나왔다. "아이를 잃었어요, 엄마!"

"세상에, 우리 딸." 엄마는 속삭였다.

더는 아무 말도 할 수 없을 터였다.

"엄마, 나……."

아무 말도 할 수 없어 우리는 조용히 함께 울었다. 비록 수천 킬로미터 떨어져 있지만, 엄마가 곁에 있는 걸 느낄 수 있었다.

"엄마가 갈게." 마침내 엄마가 말했다. "같이 있어줄게."

"아니에요, 엄마. 내가…… 우리가 알아서 감당해야 할 문제예요. 마시모에겐 어느 때보다 내가 필요해요. 나도 어느 때보다 마시모가 필요하고요. 좀 나아지는 대로 엄마한테 갈게요."

내가 성인이고 이런 어려운 시기에 함께 있어줘야 할 남편이 있다는 사실을 엄마에게 납득시키기까지는 오랜 시간이 걸렸다. 결국 엄마는 패배를 인정했다.

엄마와의 대화는 카타르시스를 줬지만, 마침내 전화를 끊었을 때는 녹초가 되었다. 그렇게 잠들었는데 아래층의 소란이 날 깨웠다. 벽난로가 타닥거렸다. 일어나서 문으로 다가갔다. 마시모가 벽난로에 장작을 던져 넣고 있었다. 난간을 잡고 천천히 계단을 내려갔다. 남편은 정장 바지와 검은색 버튼다운 셔츠를 입고 있었다. 내가 멈춰 서자 마시모는 고개를 들어 나를 바라봤다.

마시모는 왜 일어났냐고 중얼거리며 소파를 넘어가 한 발 물러서서 벽난로의 불을 응시했다.

"쉬어야지. 다시 침대로 가."

"당신 없이는 안 가요."

나는 마시모의 옆에 앉으며 말했다.

"같이 잘 수는 없어."

마시모는 바닥을 드러낸 호박색 술을 한 잔 더 따랐다.

"널 다치게 할 수도 있잖아. 이미 충분히 다치게 했고."

나는 무겁게 한숨을 쉬고는 마시모의 팔을 들어 올려 그의 품 안으로 파고들었지만, 그는 몸을 뒤로 뺐다.

"테네리페에서 무슨 일이 있었지?"

목소리에는 비난조와 함께 뭔가 다른 게 섞여 있었다.

그에게서 한 번도 들어보지 못한 어조였다.

"취했어요?"

마시모의 고개를 내 쪽으로 돌리자 그의 눈이 내 눈을 응시했다. 눈에는 분노가 서려 있었다.

"대답이나 해!" 마시모는 목소리를 높였다.

수많은 생각이 빛의 속도로 머릿속을 스쳤다. 특히 '마시모가 아는 걸까?'라는 질문이 그랬다. 별장에서 무슨 일이 있었는지 들은 걸까? 나초에 대한 내 감정을 그가 어떻게 알았을까?

"당신도 대답하지 않았잖아요."

나는 일어섰다. 너무 빨랐다. 내 옆구리에서 타는 듯한 고통이 느껴졌고, 몸을 가누기 위해 소파 팔걸이를 잡았다.

"말 안 해도 돼요. 취했잖아요. 당신하고 말 섞고 싶지 않아요."

"말해야 할 텐데." 마시모는 열이 올라서 내 뒤에서 벌떡 일어섰다. "넌 내 망할 아내고 내 질문에 대답할 의무가 있어!"

그는 팔을 휘두르며 바닥에 있는 유리를 깼다. 유리 조각이 방 전체에 흩뿌려졌다. 나는 움츠렸다. 입을 앙다문 마시모는 주먹을 쥔 채로 다가왔다. 나는 아무 말도 하지 않았다. 무서웠다. 대답하지 않자 마시모는 몸을 돌려 나갔다.

사방이 유리투성이였다. 맨발로 방을 걷는 게 무서워 소파에 앉았다. 갑자기 구체적인 기억이 하나 떠올랐다. 내가 다치지 않도록 깨진 접시를 치우던 나초의 모습. 바닥의 파편을 쓸어내기 전 나를 들어올려 그곳에서 옮겼던 것도 생각났다.

나는 마음이 하려는 말이 두려워져 '맙소사'라고 속삭였다.

이불을 끌어와 덮고 소파에 쭈그려 앉았다. 불을 들여다보다 금방 잠들었다. 그 뒤로 지나간 나날들은 똑같았다. 며칠, 아니 몇 주였는지도 모르겠다. 침대에 누워서 울었으며, 과거를 회상했고, 좀 더 울었다. 마시모는 일을 했다. 정확히 무슨 일을 했는지는 알 수 없지만. 그는 거의 보이지 않았다. 내가 물리치료나 검진을 받을 때 의사들과 함께 나타나기는 했다. 하지만 나와 함께 자지는 않았다.

그가 어디에서 자는지조차 알 수 없었다. 저택은 거대했고 침실은 너무 많아서 그를 찾으려는 시도조차 소용이 없었다.

"계속 이럴 순 없어, 라우라."

올가는 정원에서 내 옆에 앉으며 말했다.

"이제 다 나았잖아. 건강 상태도 좋고. 그런데도 계속 죽어가는 사람처럼 그러고 있으면 어떡해."

올가는 손으로 얼굴을 감쌌다.

"적당히 해, 라우라! 마시모는 항상 화가 나서 도메니코를 데려가. 너는 항상 울거나 헝겊 인형처럼 누워 있고. 나보고 어쩌라는 거야?"

올가는 애원하는 눈빛으로 나를 바라보고 있었다.

"날 좀 내버려 둬." 나는 중얼거렸다.

"그럴 순 없어." 올가는 바닥을 박차고 올라와 손을 내밀었다. "옷 입어. 나가자."

"최대한 상냥하게 말해줄게. 엿 먹어."

내 시선은 다시 고요한 바다로 향했다. 올가는 열을 내고 있었다. 올가가 뿜어내는 분노의 열기가 분명히 느껴졌다.

"이기적인 년."

올가는 내 앞에 서서 시야를 가리고 소리를 지르기 시작했다.

"네가 날 여기로 데려왔잖아! 내가 사랑에 빠지게 해놓고! 난 약혼까지 했다고! 그런데 정작 필요할 때는 도와주질 않네."

올가의 목소리가 높아졌고, 그녀의 말은 내 심장을 찔렀다. 기분이 더 안 좋아졌다.

어떻게 그랬는지 모르겠지만 올가는 저택 꼭대기까지 나를 끌고 올라가 운동복을 입혔다. 그러고는 다시 아래층으로 끌고 내려와 나를 차 안으로 밀어 넣었다.

우리는 타오르미나에 있는 작은 시칠리아식 전통 주택 앞에 도착했다.

올가는 차에서 내려 나를 노려봤다. 그녀가 뭘 원하는지 알 수 없었다.

"당장 그놈의 엉덩이 들고 차에서 내려."

올가가 으르렁거렸다. 표현과는 달리 그녀의 목소리는 더 이상 화나 있지 않았고 걱정으로 가득했다.

"우리 여기서 뭐 하는 거야?"

나는 차 문을 닫는 경호원 앞에서 말했다.

"치료할 거야." 올가는 건물을 가리켰다. "우울할 때 기분이 좋아지는 곳이야. 마르코 가비는 마을 최고의 심리 치료사거든."

곧장 뒤돌아 차에 다시 타려고 손잡이를 잡았지만, 올가가 더 빨랐다. 올가는 나를 끌어당겼다.

"우리가 알아서 안 하면 네 남편이 찾아낸 강압적인 짐승이나 다른 돌팔이 정신과 의사가 네 남편한테 죄다 보고할 거야."

올가는 눈썹을 올리곤 기다렸다.

체념해선 차에 기댔다. 나아지기 위해 뭘 해야 할지 알 수가 없었다. 그럴 가치가 있는지도 몰랐다. 게다가 신체적으로는 건강했다.

"내가 애초에 왜 침대에서 나왔지?"

한숨을 쉬고는 문을 향해 걷기 시작했다. 치료사는 굉장한 남자였다. 빗어 넘긴 반 백발에 두꺼운 안경을 쓴 늙어서 쭈글쭈글해진 남자가 구닥다리 치료를 위해 긴 안락의자에 나를 눕힐 거라고 생각했다. 하지만 마르코는 나보다 겨우 아홉 살이 많았고, 모든 대화는 부엌 조리대 옆에서 이루어졌다. 그는 전형적인 심리 치료사처럼 보이지도 않았다. 청바지에 록밴드 로고가 그려진 티셔츠를 입고 있었고, 운동화를 신고 있었다. 길고 곱슬곱슬한 머리카락은 포니테일로 묶여 있었다. 그는 마실 것을 권하며 대화를 시작했다. 처음에는 그다지 전문성이 없어 보였지만, 내가 뭐라고 그의 방법을 의심하나 싶었다.

자리에 앉자 그는 내가 누구의 아내인지 안다고 말했다. 그러고는 상관없다는 말도 덧붙였다. 그는 내게 자신의 집에서 마시모는 아무런 힘도 없다며 상담에서 일어난 그 어떤 일에 대해서도 발설하지 않겠다고 약속했다.

그는 지난 1년을 자세히 회상해 보라고 했다.

내 회상이 '사고'에까지 이르자, 그는 내 말을 멈추게 했다. 나는 완전히 무너졌고, 그 이야기를 시작하자마자 목소리가 갈라졌다. 그 후 마르코는 질문하기 시작했다. 내가 인생에서 얻고 싶은 게 뭔지, 한해가 끝나기 전에 뭘 하고 싶은지, 무엇이 날 행복하게 하는지 말이다.

솔직히 이런 질문은 전혀 기대하지 않았다. 우리는 계속 대화를 나눴고 내 기분은 바뀌지 않았다.

"그래서, 어땠어?"

내가 치료실을 나오자 올가는 벌떡 일어났다.

"잘 모르겠어……." 나는 어깨를 으쓱했다. "그냥 대화만 하는 걸로 그 사람이 어떻게 날 돕는다는 거야?"

우리는 차에 탔다.

"게다가 내가 미치거나 그런 게 아니래. 그냥 머릿속을 정리하기 위해 치료가 필요한 거래."

나는 눈알을 굴렸다.

"원하면 하루 종일 침대에 누워 있어도 된대. 내가 정말 그걸 원하는지는 모르겠지만……."

나는 말을 멈추고 생각했다.

"그와 얘기하고 나니 내 가장 큰 문제를 깨달았어. 지금 이 삶이 엄청 지루하다는 거야. 마르코가 뭔가 할 일을 찾아보래. 예전의 삶을 되찾길 원하는 것 말고 다른 할 일 말이야."

창문에 머리를 기댔다.

"그거 잘됐다." 올가는 두 손을 맞잡으며 말했다. "우린 같이 이것저것 할 거거든. 널 예전의 너로 돌려놓을 거야. 두고 봐."

올가는 내 목덜미를 안은 다음 운전기사의 어깨를 두드렸다.

"집에 가자."

나는 올가가 무슨 말을 하는지 이해하지 못해 멍청한 얼굴로 그녀를 응시했다.

차도에 멈추자 밖에 주차된 수십 대의 차가 눈에 들어왔다. 손님이 와 있는 걸까? 내 옷차림을 내려다봤다. 베이지색 빅토리아 시크릿 운동복은 귀엽긴 했지만 파티 의상으로는 적절치 않았다. 평범한 사람들과 만난다면 괜찮을 테지만, 전 세계에서 모여드는 남편의 사업 파트너들을 만난다면 아니다. 한편으로는 신경조차 쓰이지 않았지만 다른 한편으로는 누구에게도 이런 모습을 보여주고 싶지 않았다.

미로 같은 복도를 가로지르며 수많은 문 중 열려 있는 게 없길 기도했다. 다행히 아무도 보이지 않았다. 안심하고는 침대에 털썩 주저앉아 이불을 둘러쓰려 했다. 하지만 올가가 이불을 끌어당겨 벗기더니 바닥으로 던졌다.

"그 로커가 널 정신 차리게 할 때까지 한 시간을 기다렸는데 네가 침대에서 다시 썩게 뇌둘 거라고 생각한다면 오산이야. 어서 움직여. 옷 갈아입고 괜찮아 보이게 단장해야지."

올가는 눈을 가늘게 떴다. 그녀는 팔을 불쑥 내밀어 내 발목을 잡고 거칠게 흔들며 끌어당겼다.

나는 침대 헤드보드를 꽉 붙잡았다. 수술도 겪은 데다 꾸미고 싶지 않다고 소리 질렀지만, 올가는 듣지 않았다. 올가가 마침내 뇌주기에 잠깐 그걸로 끝인가 생각했지만, 그녀는 재빨리 손을 옮겨 내 발을 간지럽히기 시작했다. 비겁한 짓이었고, 올가도 그 사실을 알고 있었다. 침대 헤드보드를 잡고 있던 내 손에서 힘이 빠졌다. 나는 결국 바닥에 주저앉아 옷장으로 끌려갔다.

"이 못된 배신자, 나쁜 년……." 나는 으르렁거렸다.

"그래, 그래. 나도 사랑해." 올가는 방을 가로질러 나를 끌어당기는 동안 숨을 헉헉 몰아쉬며 쏘아붙였다.

"자, 이제 시작해 볼까?" 탈의실에 다다르자 올가가 말했다.

나는 뾰로통해져서 팔짱을 끼고는 엎드려 있었다. 옷을 갈아입을 마음이 전혀 없었다. 특히 지난 2주간 내 유일한 옷은 잠옷이었고, 나는 그 편안함에 익숙해져 있었다. 하지만 동시에 올가가 설득당하지 않을 거라는 것도 알았다.

"부탁이야. 얼른." 올가는 내 옆에 무릎을 꿇으며 속삭였다. "네가 그리워."

그 말이 나를 설득시켰다. 눈에 눈물이 고였다. 올가를 감싸 안았다.

"알았어. 최선을 다할게."

올가는 신이 나서 뛰어올랐지만 나는 손가락을 들어 보이며 말했다.

"내가 그리 적극적일 거라는 기대는 하지 마."

올가는 기쁨의 환호성을 지르며 팔짝팔짝 뛰면서 춤추고 노래했다. 그러고는 신발장으로 갔다.

"지방시 부츠로 하자." 올가가 베이지색 신발을 들어 올리며 말했다. "더 따뜻해지기 전에. 나머지는 네가 골라."

고개를 저으며 일어나 수백 개의 옷걸이를 향해 걸어갔다. 아이디어는 없었다. 영감이 필요했다. 가장 좋아하는 신발이니까 아무거나 입을 수는 없다.

"심플한 걸로 하자."

기장은 짧고 소매는 긴 A라인 원피스로 손을 뻗으며 말했다. 부츠와 정확히 같은 컬러였다. 나는 서랍에서 속옷을 꺼내 화장실로 갔다.

화장실 안에서 멈춰 서서 기다란 거울을 마주 봤다. 스스로의 모습을 제대로 보는 건 몇 주 만이었다. 내 모습은 끔찍했다. 시체처럼 창백했고, 해골처럼 말랐으며 머리카락의 뿌리 부분은 흉하게 어두웠다.

샤워하며 조심스레 머리를 감고 다리를 면도했다. 면도가 필요한 다른 부위도. 그런 다음 두툼한 수건으로 몸을 감싸고 화장을 하러 갔다. 평소보다 오래 걸렸다. 약간의 과장을 보태 두 시간 정도가 지나자 준비를 마칠 수 있었다. 완전히 엉망으로 보이지는 않았지만, 최고의 모습도 아니었다.

침실로 돌아가자 올가는 내 침대에서 TV를 보고 있었다.

"대박, 라우라. 예쁘다!"

올가는 리모컨을 던지며 소리 질렀다.

"네가 얼마나 쌔끈한지 잊고 있었어. 그래도 모자는 쓰지 그래? 운동복 입은 파산한 여자처럼 보여."

눈알을 굴리고는 머리에 쓸 만한 걸 찾으러 다시 옷장으로 들어갔다. 잠시 후 가벼운 프라다 핸드백을 들고 준비를 마쳤다. 동그란 발렌티노 선글라스를 쓰고 문으로 향했다. 내 차를 운전하고 싶었지만, 마시모는 나 혼자 저택을 떠나는 걸 금지했다. 우리는 두 명의 경호원을 태운 검은 SUV로 만족해야 했다.

"어디로 가는 거야?" 내가 물었다.

"두고 봐." 올가가 히죽 웃으며 대답했다.

한 시간 정도가 지나고, 우리가 탄 차는 허니문에서 돌아온 뒤 머물렀던 바로 그 호텔 옆에 멈췄다. 남편을 놀라게 해주려고 탈출했다가 사무실 책상 위에서 안나와 섹스하고 있는 그의 쌍둥이 형제를 발견한 바로 그 호텔 말이다. 추억의 장소에 다가가는 동안 내가 그런 기억을 떠올리면서 미소 지을 거라는 예상은 전혀 하지 못했다. 하지만 지금 나는 정확히 그러고 있었다. 지금처럼 아무 감정도 안 느껴지느니 그 경험을 다시 하는 게 훨씬 더 낫겠다는 생각이 들었다.

다음에 일어난 일은 얼어붙어 있다가 해동된 구석기 사람이 현대에 적응하는 방법을 배우는 이야기를 담은 영화를 떠올리게 했다. 먼저 우리는 성형외과 의사를 만나 흉터 관련 상담을 했다. 내 몸은 예전처럼 완벽하지 않았다. 의사는 급진적인 시술을 하기에는 너무 이르니, 더 가벼운 치료와 화장품을 사용해 보자고 했다.

남은 흉터는 레이저로 지울 수 있었다.

그 뒤에는 더 기분 좋은 일이 이어졌다. 스파 트리트먼트, 각질 제거, 마스크팩, 크림, 마사지. 그리고 네일도 했다. 마지막으로 머리 스타일링까지. 스타일리스트는 한참을 서서 내 머리카락을 쓰다듬으며 이탈리아어로 무언가를 중얼거렸다. 그러더니 고개를 젓고는 혀를 찼다. 마침내 그가 입을 열었다.

"대체 무슨 일이 있었던 거예요?" 그는 팔짱을 꼈다.

"몇 달이나 그 아름다운 머리카락을 아끼며 관리해 줬는데, 무슨 일이 있었죠? 무인도에라도 갔다 왔어요? 이렇게 엉망인 머리카락을 본 사람들이 소리 지르며 도망가지 않을 만한 곳은 지구상에서 무인도밖에 없겠네요."

그는 두 손가락으로 머리카락 한 가닥을 집었다가 역겹다는 듯 얼굴을 찡그리며 놓았다.

"멀리 떠나 있었죠." 나는 고개를 끄덕였다.

"마지막으로 본 게 언제였죠? 크리스마스였나요?"

그는 긍정했다.

"적어도 길이는 자랐잖아요, 그렇죠?"

그는 내 농담에 웃지 않고 눈을 크게 뜬 채 고개를 저으며 의자에 앉았다.

"어떻게 할 건가요? 짧게 자른 금발로 할까요?" 나는 고개를 저었다.

"나 진짜 죽어요, 라우라!"

그는 가슴을 움켜쥐며 의자에 기댔다. 그동안 나는 마르코와의 대화를 곱씹었다. 그는 변화를 주면 좋을 거라고 했다.

"어둡고 긴 머리로 할래요. 붙임머리는 어때요?"

스타일리스트는 고개를 젓고는 조용히 중얼거리며 잠시 생각에 잠겼다. 그러더니 벌떡 일어섰다.

"바로 그거예요!" 그가 소리 질렀다. "길고 어둡게, 앞머리도 자릅시다!" 그는 크게 손뼉을 쳤다. "엘레나, 머리 감겨줘!"

옆을 흘긋 보자 벽 옆 의자에 앉아 있는 올가가 시야에 들어왔다. 그녀는 입을 크게 벌리고 있었다.

"너 때문에 내 명에 못 살아, 라우라!"

올가는 물을 한 모금 마셨다.

"다음번에 거기 앉으면 머리를 완전히 밀고 싶어 하겠네……."

몇 시간이 지나자 머리와 목이 아주 아팠고, 나는 일어났다. 올가는 또다시 내가 옳았음을 인정해야 했다. 나는 아주 예뻐졌다.

혼이 나간 채 서서 아름답고 긴 머리카락과 길고 곧은 앞머리 사이로 보이는 완벽한 화장을 바라봤다. 그렇게 다시 예뻐졌다는 사실을 믿을 수 없었다. 지난 몇 달 동안 강아지 토사물 같은 모습으로 지냈는데 말이다. 옷매무새를 가다듬은 뒤 모자를 집어 들었다. 더 이상 모자가 필요하지 않았지만.

"제안이 있어. 주말이니까 거절할 순 없을걸." 올가는 한 손가락을 들어 보였다. "거절하면 침대에 말 머리를 갖다 둘 거야."

"무슨 생각인지 알 것 같은데……."

"파티하자!" 올가는 내 손을 잡고 차로 끌고 가며 소리쳤다.

"생각해 봐. 우린 섹시하고 예쁜 데다 제일 좋은 옷을 차려입었어. 그걸 낭비하긴 아깝잖아. 너 숨 막히게 예뻐. 말랐고 너무 나도……."

"멀쩡하지. 몇 달 동안 술을 안 마셨거든." 나는 한숨을 쉬었다.

"굉장하다고. 이렇게 생각해 봐. 다 결국 일어날 일이었다고 말이야. 그날 일도, 심리 치료사를 만난 것도, 변화를 겪은 것도. 모두 순리를 따른 거라고."

차로 돌아가자 경호원들은 처음엔 나를 알아보지 못했다.

어깨를 으쓱이며 거기 서서 얼빠진 채로 나를 쳐다보는 그들을 지나쳐서 SUV 안으로 들어갔다. 기분이 좋았다. 다시 매력적인 사람이 됐다. 나는 섹시하고 여성스러웠다. 그런 기분을 마지막으로 느꼈던 건…… 나초와 함께 있을 때였다.

그 생각을 하자 배가 아팠다. 침을 삼켰지만, 배에서 느껴지는 무게는 사라지지 않았다. 화려한 문신으로 뒤덮인 그와 그의 환하고 하얀 미소를 상상했다. 나는 얼어붙었다.

"왜 그래, 라우라? 괜찮아?"

올가가 내 소매를 흔들었지만 나는 반응 없이 앞만 멍하니 응시했다.

"응, 괜찮아." 마침내 눈을 깜빡이며 말했다. 어지러웠다. "오늘은 파티하지 말자."

"이제 와서? 이렇게 예쁘게 꾸몄는데? 절대 안 되지."

나는 가짜 미소를 띠고 올가를 흘긋 바라보았다. 올가가 눈치채길 바라지 않았다. 아직 누구에게도 말할 준비가 되지 않았다. 어쨌든 나는 남편이 있고, 그를 사랑하니까.

머릿속에서 원하지 않는 상상이 떠오르자 나는 적어도 스스로를 그렇게 설득했다.

"그래서 결혼식은 언제야?"

화제를 바꿀 겸 다른 것에 초점을 맞추려 물었다.

"아직 몰라. 5월이 좋을 것 같다고 생각해 오긴 했지만 6월이나 7월도 괜찮아. 결정하는 게 그렇게 간단하지 않아."

올가는 이런저런 말을 재잘거리기 시작했다. 나는 그녀의 즐거움에 공감하며 기쁘게 귀 기울였다.

차에서 내리자 여전히 저택 밖에 주차되어 있는 차 몇 대가 보였다. 이제는 숨고 싶지 않았다. 이상하게도 기분이 좋았다. 우리는 집으로 들어갔고, 집 안이 쥐 죽은 듯 조용하다는 사실을 눈치챘다. 안에는 아무도 없었다. 평소에는 직원이 있었는데 지금은 우리 둘뿐이었다.

"난 내 방으로 갈게." 올가가 말했다. "30분 뒤에 봐. 내가 입을 옷을 못 고르지 않는다면 말이야. 그럼 네 걸 빌려 입으러 올게."

"알았어."

나는 미소와 함께 대답하면서, 한편으로는 무슨 옷이 있나 떠올려 봤다. 한 손에는 가방을, 다른 한 손에는 모자를 들고 빠른 속도로 복도를 따라 걸었다. 서재를 지나가는데 문이 열리고 마시모가 나타났다. 나는 멈춰 섰다. 그는 나를 등지고 서서 안의 누군가와 대화를 나누고 있었다. 그러더니 뒤를 돌아봤다.

등 뒤로 문을 닫는 마시모의 모습을 보는 내 심장은 쿵쾅거렸다. 그의 눈이 나를 훑어봤다. 숨을 쉴 수 없었다. 말도 할 수 없었다. 너무 긴장됐다. 그가 나를 그렇게 보는 건 실로 오랜만이었다. 내 안의 여자를 보는 것 말이다. 복도는 어두웠지만, 명백하게 커진 그의 동공을 볼 수 있었고, 그의 호흡 소리가 빨라지는 걸 들을 수 있었다. 내 머리가 돌아갈 때까지 우리는 잠시 거기에 서서 서로를 바라봤다.

"회의 중이었나 보네요. 미안해요." 나는 실없이 속삭였다.

하지만 달리 무슨 말을 하겠는가? 그는 방에서 혼자 나왔다. 나는 문을 두드리지 않았고 말이다. 대체 뭐 때문에 사과했지? 앞으로 한 걸음 내디뎠지만, 마시모는 나를 막아섰다. 가로등의 희미한 불빛이 창문 사이로 그의 얼굴을 비췄다. 그는 침착했고, 흔들림 없었으며…… 달아올라 있었다. 마시모는 빠르게 다가와 나를 끌어안고 키스했다. 혀가 내 입술 사이를 밀고 들어왔다. 마시모는 나를 벽에 밀치더니 내 입술을 깨물며 한 손으로 내 목을 감쌌고, 나는 깜짝 놀라 신음했다. 그의 손은 내 몸을 더듬어 원피스의 단을 찾아냈다. 마시모는 계속 키스하며 원피스 단을 끌어 올려 내 엉덩이를 단단히 쥐었다. 살을 꽉 쥐는 마시모에게서 으르렁거리는 소리가 났다. 그는 내 팬티를 벗기기 시작했다. 손가락은 내 피부를 따라 애무했고, 나는 그의 사타구니를 만졌다. 확실히 그의 욕망이 느껴졌다. 그가 갑자기 내게 아랫도리를 밀자 생기가 돌았다. 팔을 들어 마시모의 머리 양옆을 잡고 그의 머리를 잡아당겼다.

마시모는 이런 미묘한 거침을 즐겼다. 그걸 느끼자마자, 그의 이빨이 내 입술을 깨물었다. 나는 기분 좋은 신음을 내며 눈을 떴다. 마시모는 씩 웃으며 내 입술을 따라 이빨 자국을 냈다.

그때 내 팬티가 다리를 미끄러져 내려가 발목에서 멈췄다. 마시모는 나를 들어 올려 안았다. 그가 나를 들고 옆문으로 향하는 동안 나는 다리로 그의 엉덩이를 감싸 안았다. 우리가 방으로 들어가자 마시모는 문을 발로 차서 닫고는 나를 벽으로 밀쳤다. 그의 호흡은 얕고 가빴으며 움직임은 미친 듯이 빨랐다. 서두르고 있었다. 마시모는 한쪽 팔로 날 고정한 채 바지의 지퍼를 내렸다. 페니스는 성이 나 있었다. 그는 그것을 꺼내 나를 찔렀다. 페니스가 내 안을 마구 헤집었다.

너무 그리웠던 느낌이었다. 우리 둘의 몸이 연결된 채 격정적인 춤을 추는 동안 나는 소리를 지르며 내 이마를 그의 이마에 댔다. 그의 움직임은 강하지만 느렸다. 마치 이 순간을 즐기는 것 같았다. 그는 이빨로 내 입술을 쓸었다. 혀로는 내 입안을 훑었다. 마시모는 내 안으로 밀어 넣을 때마다 점점 깊이 들어왔다. 강렬한 오르가슴이 임박했다. 마시모를 내 안에서 느끼는 게 너무 오랜만이었다.

마시모도 사정하기 직전이었다. 그는 마치 내일이 없는 것처럼 나를 탐했고, 내 기분도 점점 고무되며 천천히 최정상에 다다랐다. 마침내 엄청난 황홀경이 나를 압도하며 숨이 막혔다. 마시모는 한 번 더 키스하며 내 비명을 막았다.

내가 오르가슴을 느끼자마자 마시모도 사정했다. 그의 피부는 땀으로 번뜩이고 팔과 다리는 떨리고 있었다. 그는 내 안에 잠시 더 머물렀다. 호흡을 몇 번 가다듬은 뒤, 나는 벽에 등을 기댄 채 바닥에 앉았다.

"너 정말……." 그는 숨을 고르며 속삭였다. "넌……."

그의 가슴은 오르내렸고, 입은 숨을 쉬느라 더 크게 벌어졌다.

"나도 당신이 그리웠어요."

나는 조용히 대답했고, 마시모가 미소 짓는 걸 느낄 수 있었다.

그의 입술이 다시 내 입술에 닿았다. 마시모의 혀가 내 혀를 휩싸며 춤추고, 그걸 내가 이어받았다. 그는 이번엔 부드럽게 애무했다. 느리고 관능적이었다. 밖에서 목소리가 들렸다. 마시모는 얼어붙었다. 마시모는 손가락을 입에 갖다 댄 뒤 다시 키스했다. 목소리는 계속해서 들렸지만, 마시모는 무시했다. 그의 길고 가느다란 손가락이 내 몸 밑으로 미끄러져 내려가 여전히 강렬한 맥박이 뛰는 내 클리토리스를 만졌다. 나는 깜짝 놀랐다가 얼어붙었다. 그와 떨어져 지낸 지 그토록 오랜 시간이 지난 뒤에 느끼는 손길 하나하나가 충격적인 고통처럼 느껴졌고, 나를 꼼짝 못 하게 했다. 나는 신음했고, 그의 입술이 내 입술을 눌렀다.

그는 더 가까워지며 내가 낼 만한 소리를 전부 막았다. 우리는 복도에서 문이 닫히는 소리를 들었다. 목소리는 사라졌다. 나는 안도의 한숨을 내쉬었고 마시모의 애무에 내 몸을 내맡겼다. 그는 내 안으로 손가락 두 개를 집어넣었고, 다른 하나로는 내 가장 민감한 부분을 문지르며 다시 나를 황홀경에 빠뜨렸다.

"젠장."

주머니 속의 휴대폰이 진동하기 시작하자 마시모가 씩씩댔다. 그는 휴대폰을 꺼내 화면을 내려다보곤 한숨을 쉬었다.

"받아야 해."

그는 귀에 전화기를 대고 잠시 상대방과 이야기를 나눴다. 다른 손은 여전히 내 다리 사이를 탐닉하고 있었다.

"가봐야겠어." 마시모는 한숨을 쉬며 체념했다. "하지만 아직 끝난 건 아냐." 그는 덧붙였다.

그 위협은 약속이기도 했다. 그 말은 내 아랫배에 불을 지폈다. 마지막으로 그는 혀로 내 입술을 쓸고는 바지의 지퍼를 올렸다.

우리는 방에서 나갔고, 마시모는 몸을 굽혀 바닥에서 내 팬티를 주웠다. 팬티는 어둠 속 구석에 구겨져 있었다. 마시모는 내 눈을 들여다보며 주머니 속에 내 팬티를 쑤셔 넣고는 숨을 크게 들이마신 다음 서재로 가는 문을 열었다. 안에서는 사람들이 열띤 대화를 벌이고 있었다.

마시모는 자리를 뜨며 등 뒤로 문을 닫았다. 나는 그대로 벽에 등을 기댄 채 방금 무슨 일이 일어난 건지 의아해하며 기다렸다. 남편과 잠자리를 갖는 건 정상적인 일이었다.

하지만 그렇게 오랜 시간이 지나고 나니 꼭 다시 8월이 된 것 같았다. 마시모가 나를 납치해 여기에 잡아두고 그와 사랑에 빠지게 했던 그때 말이다. 그 후 떠오른 생각은 내 몸을 떨리게 했다. 나는 더 이상 임신부가 아니다. 하지만 다시 임신할 수 있다. 내 온몸을 휩쓸고 지나간 공포가 날 마비시켰다. 머릿속을 지나가는 생각으로 배가 아프고 눈물이 고였다. 가만히 있을 수는 없었다. 이미 운명이 결정을 내렸으니. 불안하고 어지러웠다. 하지만 거기 서 있는다고 바뀌는 건 없었다. 내 침실로 향했다.

침실에서 노트북을 열어 인터넷으로 재빨리 해결책을 검색했다. 내 문제에 대한 답을 제시하는 웹사이트는 내가 원하는 약의 수만큼이나 많았다. 잠시 약의 효과와 약을 얻는 방법을 다룬 기사를 읽은 다음 마침내 진정하며 침대에 누웠다. 필요한 걸 얻는 건 어렵지 않을 터였다.

"염병할. 준비 하나도 안 했네?"

올가가 내 방으로 향하는 계단을 올라오며 말했다.

"난 들 가방이 없는데, 넌 준비된 게 아무것도 없네."

올가는 나를 지나쳤다. 눈으로 그녀를 좇았다.

올가는 가슴 바로 밑부분이 딱 달라붙는 아주 짧은 하얀 원피스를 입고 있었는데 무척 매력적이었다. 소녀 같은 옷이었다. 레이스 덕분에 순진해 보였다. 내 시선은 아래로 향했다. 여전히 올가다웠다. 허벅지까지 오는 검은 가죽 부츠를 신고 있었다. 그

옷차림은 하나의 단순한 메시지를 전달하는 듯했다. '내가 순진해 보여도 채찍만 쥐여 주면 무슨 일이 일어날지 모른다.' 노트북을 쾅 덮고 올가를 따라갔다.

올가는 내 핸드백들을 뒤졌고, 나는 입을 옷을 찾기 시작했다. 옷걸이들 사이에 머리를 박고 있으려니 갑자기 불안해졌다. 몸을 돌려 올가를 쳐다봤다. 올가는 서서 한쪽 눈썹을 올린 채 팔짱을 끼고 있었다.

"너 섹스했구나." 올가는 사무적으로 말했다. "언제 한 거야?"

나는 눈알을 굴리고는 다시 옷장 속을 들여다봤다.

"어떻게 알았어?"

나는 오늘 자리에 어울릴 만한 것들을 집으며 물었다.

"우선 속옷이 없잖아."

나는 얼어붙어선 맞은편 벽에 붙은 거울을 흘긋 봤다.

맞는다.

팔을 들자 짧은 원피스가 올라가며 내 엉덩이를 당당히 내보였다. 나는 팔을 내리고 원피스를 아래로 끌어당겼다.

"그것만으로 안 건 아니야."

올가는 다리를 꼬며 안락의자에 앉았다.

"머리카락이랑 입술만 봐도 뻔해. 머리카락은 부스스하고 입술은 빨갛고 부어 있잖아. 꼭 키스한 것처럼. 아님 아랫도리를 빨아줬던가. 자, 전부 털어봐."

"세상에, 얘기할 것도 없어. 복도에서 마주쳤는데 그냥 그렇게 됐어."

올가에게 옷걸이를 던졌다.

"바보처럼 그만 웃고 나 좀 도와줘."

"복도에서 마주쳤는데 그냥 그렇게 됐어.'"

올가는 재미있어하며 나를 따라했다.

30분 뒤, 정문에 서서 올가가 돌길로 된 차도에서 넘어지지 않으려 애쓰는 모습을 지켜봤다. 참 기묘한 광경이었다. 안타깝게도 나 또한 그녀와 똑같이 행동할 참이었다. 하늘로 솟은 듯 높은 굽에 크리스털이 박힌 루부탱 스틸레토를 신었으니 고르지 못한 땅 위에서 똑바로 설 확률은 올가보다 적었다. 오늘은 과하게 차려입고 싶지 않았던 나는 보이프렌드 진과 아주 무난한 하얀색 탱크톱을 입었다. 스타일을 보완하기 위해서는 디올 블레이저와 하얀색 미우미우 클러치백을 챙겼다. 조금은 10대 소녀처럼 보였지만 동시에 순진한 척하는 난잡한 창녀 같기도 했다. 새로운 헤어스타일은 어떻게 봐도 소녀 같지 않았다.

　지아디니 낙소스 방향으로 산길을 운전해 내려가던 중, 나는 마시모에게 나간다고 말해두지 않았다는 사실을 깨달았다. 하지만 그도 항상 내게 자기 일정을 얘기하는 건 아니었다. 아주 작은 가방 안에 전화기를 더 깊이 쑤셔 넣었다. 마시모는 사업 파트너들과의 미팅이 끝나는 대로 나를 찾기 시작할 테고, 내가 없다는 사실을 알아차리는 데는 오랜 시간이 걸리지 않을 것이다. 그 생각을 하며 눈알을 굴렸다.

　"왜 그래?" 올가가 눈치채고는 물었다.

　"부탁할 게 있어."

　나는 폴란드어로 대답했다. 내 모국어를 누가 알아들을 수 있는 것도 아닌데 나는 목소리를 낮췄다.

　"나 대신 병원 가서 처방 좀 받아줘."

　올가는 내 말뜻을 이해하지 못해 눈살을 찌푸리는 동시에 입을 벌렸다.

"사후피임약이 필요해."

올가는 놀라서 눈이 커졌다.

"무슨 뜻이야?" 올가는 누가 듣고 있나 싶어 주변을 흘긋거리며 물었다. "넌 남편이 있잖아!"

"하지만 그와 더는 아이를 갖고 싶지 않아." 나는 고개를 떨어뜨리며 말했다. "적어도 지금은 아니야."

애원하는 눈빛으로 올가를 봤다.

"해장술 마시는 것 같은 방법으로는 안 돼. 그게 무슨 말인지 안다면 말이야. 게다가 그렇게 수술을 많이 받았으니 다시 임신하면 안 될지도 몰라."

아직 의사에게 물어본 건 아니었지만 나는 간절하게 정말 그렇길 바랐다.

올가는 잠시 조용해져선 나를 곰곰이 살펴보더니 숨을 들이마시고는 말했다.

"이해해. 당연히 도와줄게. 하지만 앞으로 어쩔 건지도 생각해봐. 마시모랑 섹스할 때마다 몰래 나와서 약을 살 순 없잖아. 피임약 처방도 받아줄까?"

"그게 내가 하려던 두 번째 부탁이었어."

나는 망설였다.

"하지만 마시모가 알아선 안 돼. 당분간은 그와 아이에 관한 얘기는 하지 않을 거야……."

올가는 고개를 끄덕이고는 의자에 기댔다. 잠시 후 차는 레스토랑 옆에 멈췄다.

"여기라고? 진심이야?"

나는 짜증 난 시선으로 올가를 바라보며 물었다.

"그럼 어딜 가려고 했는데? 이 섬에서 가장 좋은 곳은 다 토리첼리 가문 소유잖아. 어차피 마시모도 네가 외출한 거 알고 있지 않아?"

올가의 집요한 시선에 나는 눈을 떨어뜨렸다.

"몰라?" 올가는 소리를 지르더니 곧바로 웃음을 터뜨렸다. "일 한번 염병하게 제대로 나겠네. 얼른 와."

올가는 차에서 나와 길을 건너 입구로 향했다. 잔뜩 화가 나 있을 마시모의 모습을 상상하니 기분이 조금 나아졌다. 나는 이런 불복종에 만족감을 느끼는 걸까?

"기다려."

나는 크리스털이 박힌 하이힐을 흔들며 올가에게 소리쳤다.

먼저 샴페인 한 병을 주문했다. 건배할 일은 없었지만, 특별히 축하할 일이 없다는 것 자체가 술을 마시는 이유였다. 관리인은 제일 좋은 자리에 있는 테이블까지 우리를 거의 실어 날랐다. 그는 명백히 필요 이상으로 야단법석을 떨었다. 테이블 옆에 배정된 웨이터는 우리가 주문한 건 뭐든 제공할 준비가 돼 있었다. 올가는 특별 대접은 싫다며 웨이터를 쫓아냈다. 저녁만 먹고 다른 곳으로 갈 예정이라면서 말이다.

마침내 샴페인이 도착했을 때는 설렘으로 들뜰 수밖에 없었다. 몇 달 만에 처음으로 맛보는 술이었다.

"우리를 위해 건배!"

올가가 잔을 들며 말했다.

"쇼핑을 위해, 여행을 위해, 인생을 위해, 우리가 가진 것과 우리의 미래를 위해 건배!"

올가는 윙크하며 홀짝였다. 나는 가장 좋아하는 술이 혀에 닿자마자 한 잔을 단숨에 들이켰다. 올가는 고개를 저으며 한 잔을 더 따르려 술병으로 손을 뻗었다. 손이 얼음통에 닿지도 않았는데 갑자기 지나치게 열정적인 관리인이 나타나 샴페인을 따라주었다. 우리가 애도 아니고, 보모처럼 구는군. 나는 관리인을 노려보았다.

2분 뒤, 화이트와인 소스를 곁들인 관자 요리를 먹고 있는데 핸드백 속 휴대폰이 진동하기 시작했다. 엄마거나 마시모 둘 중 하나일 터였다. 화면을 쳐다보지도 않고서 전화를 받았다.

"기분은 좀 어때요?"

손에 있던 포크가 접시로 떨어지며 요란한 소리를 냈다. 나는 당황스럽고 겁에 질린 얼굴로 벌떡 일어서서 올가를 쳐다봤다. 올가는 궁금해하는 얼굴로 나를 바라봤다.

"내 번호는 어떻게 알았어요?"

레스토랑에서 거의 뛰쳐나오다시피 하며 물었다.

"50명이 넘는 경호원이 지키고 있는 파티에서 당신을 납치하는 것도 성공했는데, 그게 궁금해요?"

나초의 웃음소리는 핵폭탄 같았다. 갑자기 술기운이 머리까지 오르는 것 같았고, 다리에서 힘이 풀렸다.

"그래서 기분은 좀 어떤데요?" 그는 다시 물었다.

가장 가까운 벤치에 풀썩 앉았다. 2미터 거리에 주차된 검은 SUV에서 내 경호원 한 명이 뛰쳐나왔다. 팔을 들고 그에게 휘저어 보이며 괜찮다는 표시를 했다.

"왜 전화했어요?" 숨을 천천히 쉬려 했지만 그럴 수 없었다.

"당신한테서 솔직한 대답을 듣는 건 이렇게 항상 힘든가요?"

내가 그의 질문을 다시 무시하자 나초는 한숨을 쉬었다.

"우리 친구잖아요. 친구는 가끔 서로 전화해서 안부를 묻기도 하고요." 나초가 말했다. "그래서, 어떻게 지내요?"

"머리를 염색했어요." 나는 실없이 말했다.

"어두운 머리가 잘 어울려요. 어떻게 그렇게 빨리 길렀는지는 모르겠지만……."

그는 말을 하다 말고 스페인어로 뭔가를 중얼거렸다.

"어떻게……."

전화는 끊어졌다. 나는 우리의 짧은 대화를 분석하는 동안 손에 쥔 휴대폰을 응시했다. 어지러웠다. 만약 고개를 들면 나초가 내 바로 앞에 서 있을까? 벤치에 옹송그린 채 한참을 머물러 있다가 위를 올려다볼 용기를 냈다. 천천히 몸을 곧게 세워 주변을 둘러보았다. 사람들과 차들, 경호원들이 있었다. 특이한 건 없었다. 거의 실망과 가까운 무언가가 머릿속을 차지했다. 마침내 내 시선은 다시 레스토랑 입구로 향했다. 올가는 출입구에 서서 입을 삐죽거리며 손가락으로 손목시계를 두드리고 있었다. 자리에서 일어나 식어버린 관자를 마저 먹으러 친구에게로 돌아갔다.

"누구 전화였어?"

김이 다 빠진 샴페인 잔을 비우는 내게 올가가 물었다.

올가의 손가락은 안절부절못하며 테이블을 두드리고 있었다.

"마시모." 나는 그녀의 시선을 피하며 대답했다.

"왜 나한테 거짓말을 해?"

"왜냐면 진실을 듣기는 너무 힘들 테니까." 나는 한숨을 쉬었다. "게다가 너한테 뭘 말해야 할지도 모르겠어."

포크를 집어 들고 입에 한가득 관자를 욱여넣었다. 더는 질문에 대답하고 싶지 않았기 때문이다.

"카나리아 제도에서 무슨 일이 있었던 거야?"

올가는 샴페인 두 잔을 따른 뒤 웨이터에게 한 병을 더 가져오라고 손짓하며 물었다.

맙소사. 그 질문이 얼마나 싫었는지. 그 질문을 들을 때마다 죄책감이 느껴졌다. 마치 나쁜 짓을 한 것처럼. 내 안녕을 걱정하느라 정신없었던 사람들에게 사실 나는 아주 즐거웠다고 말하는 건 어려운 일이다. 물론 암살 시도와 그 이후에 일어난 일들은 예외였지만.

시선을 들자 올가와 눈이 마주쳤다.

"아직은 안 돼."

나는 샴페인을 더 마시며 조용히 대답했다.

"적어도 오늘은 아니야. 아직 머릿속을 정리하고 있어. 게다가 넌 최악의 질문을 하고 있단 말이야."

"그럼 누구한테 말하려고?"

올가는 테이블로 몸을 기울였다.

"너 하는 걸 보니 엄마한텐 말할 수 없는 얘기일 테고, 마시모도 알면 좋아하지 않을 테지. 게다가 네가 이렇게 정신없이 행동하는 걸 보니 지금 최선은 나한테 전부 털어놓는 거라는 확신이 생기는데. 하지만 강요하진 않을게. 싫으면 말하지 마."

그녀의 말을 숙고하는 동안 올가는 도로 의자에 기댔다. 눈에는 눈물이 고였다.

"그 사람은 너무 달랐어." 나는 속삭였다. "날 납치한 사람 말이야. 마르셀로 나초 마토스."

내 입술에는 저절로 미소가 떠올랐다.

"잊을 거야." 나는 빠르게 덧붙였다. "확신해. 하지만 아직은 너무 일러."

"미친." 올가는 말을 더듬었다. "너 그 사람이랑……."

"아니, 네가 생각하는 그런 일은 없었어. 그저 다들 생각하는 것만큼 나쁘지는 않았다는 거야."

나는 눈을 감고 테네리페를 회상했다.

"나는 자유로웠어. 대체로는 말이야. 그는 나를 돌봐주고, 가르치고, 보호해 줬고……."

꿈꾸는 듯한 내 목소리가 부적절하다는 건 알았지만 어쩔 수 없었다.

"미친 염병할, 라우라! 너 사랑에 빠졌구나?"

올가는 눈을 동그랗게 뜨며 내 말을 잘랐다.

나는 멈칫했다. 왜 부정하지 않지? 정말 사랑에 빠진 건가? 확실히 알 방법은 없다. 그저 지나가는 바람일지도 몰랐다. 잠깐

반한 거다. 나에게는 사랑하는 남편이 있었다. 마시모는 훌륭한 남자다. 내가 상상할 수 있는 최고의 남자다. 하지만…… 그가 정말 그런 남자가 맞나?

"말도 안 되는 소리 마."

나는 딱 잘라 말하고는 미소와 함께 고개를 끄덕였다.

"대단한 남자긴 했지. 하지만 이 모든 건 그 남자 때문이라고."

나는 집게손가락을 올려 보였다.

"난 아이를 잃었어. 게다가 몇 주 동안이나 병원에 입원해 있다가 집에 와서는 더 오랫동안 침대에만 누워 있었고. 거기에 남편은 나한테서 멀어져서 나를 아내보다는 적처럼 대하고 있지."

나는 올가가 내 말을 믿기를 간절히 바라며 눈썹을 올렸다. 나는 나 자신을 믿고 싶었다.

"오, 라우라." 올가는 한숨을 쉬었다.

"그 일로 마시모가 스스로를 용서하는 건 불가능해. 그는 죄책감을 느끼니까 도망가는 거야. 죽은 아기 때문에. 게다가 네가 이 모든 일을 겪고 있으니까."

올가는 고개를 떨궜다.

"마시모가 너를 영영 폴란드로 보내고 싶어 했다는 것도 알아? 더는 아무도 널 다치게 할 수 없도록 말이야. 마시모는 자기가 가장 사랑하는 걸 포기할 준비가 돼 있었단 말이야. 그는 네가 안전하기를 바랐어."

올가는 와인을 홀짝거리며 고개를 저었다.

"한번은 몰래 서재에 들어갔다가 마시모가 도메니코한테 하는 얘기를 엿들은 적이 있어. 그치만 그놈의 나쁜 말버릇만 배웠지, 알아낸 건 거의 없어. 그래도 그때만큼은 그가 하는 말을 이해할 필요가 없었어."

올가는 고개를 들어올렸다. 눈에는 눈물이 가득했다.

"마시모는 울고 있었어, 라우라······. 죽어가는 야수의 소리를 듣는 것 같았어. 날것 그대로, 통제되지 않은 울부짖음이었어."

"그게 언젠데?"

나는 숨을 참고 물었다.

"네가 막 시칠리아에서 돌아온 뒤의 어느 날 밤." 올가는 잠시 말을 멈췄다가 대답했다. "이만하면 됐어. 술이나 진탕 마시자."

그날 밤을 회상했다. 그가 유리를 깨뜨리고 내가 외로움을 느끼기 시작했던 날이었다. 그날 밤이 모든 걸 바꿨다. 남편이 나로부터 거리를 두기 시작한 것도 그때였다.

우리는 두 번째 병을 비운 뒤 살짝 몸을 휘청이며 레스토랑에서 나왔다. 그 시간쯤 되니 레스토랑은 북적거렸다. 관리인이 우리를 위해 차 문을 열어주었다. SUV는 입구 바로 옆에서 기다리고 있었다. 덕분에 줄을 서서 기다리고 있던 모든 손님의 시선이 자연스레 우리에게 집중됐다. 우리는 슈퍼스타처럼 보였을 것이다. 귀부인처럼 보였을 거라고 하고 싶지만 그러기엔 사춘기 소녀들처럼 깔깔대며 술에 취해 비틀거렸다. 행동에 숙녀다움 따위는 없었다.

우리는 술에 취해 제대로 몸을 가누지 못하며 어렵사리 자리에 앉았고, 올가는 운전기사에게 출발하라고 말했다.

자정이 지난 시간이었다. 클럽 옆에는 엄청난 인파가 기다리고 있었다. 마시모가 운영하는 곳 중 하나였기 때문에 다른 사람들처럼 기다리지 않아도 됐다. 우리는 서로를 붙잡고 안으로 향하는 레드카펫을 따라 달렸다. 경호원이 인파를 제치고 길을 만들어주었다. 마침내 VIP 라운지에 자리를 잡았다. 그쯤 되자 나는 상당히 취해 고주망태가 되기 직전이었다. 키가 큰 경호원들이 우리와 인파 사이에 자리를 잡고 시야를 가려서 정문이 잘 보이지 않았다. 올가가 파티를 할 거라고 말하자마자 도메니코가 모든 걸 준비해 줬다. 무엇보다 우리가 누구와도 말을 섞을 수 없도록 조치했다.

샴페인이 도착했다. 올가는 잔을 들고 리듬에 맞춰 춤을 추기 시작했다. 우리 테이블은 중이층에 자리하고 있었다. 그래서 올가가 난간을 따라 유혹적으로 움직이면 아래층 사람들이 그녀의 속옷을 아주 잘 볼 수 있었다. 내 잔을 집어 들고 올가에게 다가갔다. 너무 취해 있었기 때문에 조금이라도 춤추려 하면 아래층에 있는 사람들 위로 떨어질 게 분명했다.

그래서 댄스플로어의 사람들을 구경하는 데 몰두했다. 얼마 지나지 않아, 누군가가 나를 지켜보고 있는 게 느껴졌다. 시야가 흐릿했던지라 잘 보기 위해 한쪽 눈을 감았다. 그러자…….

기다란 바 끝에서 마르셀로 나초 마토스가 나를 똑바로 바라보고 있었다.

토할 뻔했다. 눈을 질끈 감았다가 잠시 후 다시 떴다. 아까 나초가 있던 곳에는 아무도 없었다. 눈을 깜빡이며 인파 속에서 그의 민머리를 찾으려 했지만, 그는 사라지고 없었다. 소파로 돌아가 술잔을 비웠다. 헛것을 보고 있는 거다. 달리 설명할 방법은 없다. 술을 안 마신 지 워낙 오래돼서 그런 걸까? 몇 달을 술 없이 지낸 뇌를 술로 적셔놨으니 뇌가 반란을 일으키는 걸지도 몰랐다.

"화장실 다녀올게."

시끄러운 음악 사이로 올가에게 소리 질렀다. 난간 옆에서 몸을 유혹적으로 휘저으며 꼬던 올가는 댄스플로어로 몸을 기울이며 내게 손을 흔들었다.

경호원에게 화장실에 가고 싶다고 말하자 경호원은 인파를 뚫기 시작했고, 그때 그를 다시 발견했다. 나초는 어둠 속 커다란 동상 바로 옆 벽에 팔짱을 낀 채 특유의 새하얀 미소를 띠고 서 있었다. 배 속이 꼬였고, 숨이 쉬어지지 않았다. 심장이 좋지 않았다면 기절했을 것이다. 하지만 버텨냈다. 그저 숨을 쉬기 힘들었을 뿐이다.

"내 허락도 없이 저택을 나가?"

그때 누군가의 목소리가 들렸다. 마시모였다. 소음을 뚫고 들려오는 목소리는 나를 심장까지 얼어붙게 했다. 갑자기 나타난 그는 내 바로 앞에 서 있었다.

고개를 들었다. 마시모는 이를 꽉 깨문 채 굳은 몸으로 서 있었다. 뭔가 말하고 싶었지만 생각해 낼 수 있는 건 그에게 달려들어 목덜미를 감싸 안는 것뿐이었다. 그렇게 하면서도 내 시선은 나초를 찾아 복도를 헤맸다. 화려한 문신으로 가득한 나초는 사라졌지만 등줄기를 타고 내려가는 전율이 느껴졌다. 약과 술이 서로 잘 맞지 않는 걸지도 몰랐다.

미친 듯이 머리를 굴리며 마시모의 목에 매달렸다. 그가 나를 나무랄까? 욕을 할까? 벌을 줄까? 어쩌면 내 머리카락을 잡고 나를 넘어뜨린 다음 집까지 끌고 갈지도 모른다. 하지만 아무 일도 일어나지 않았다. 한 발 물러섰다. 마시모는…… 놀랍게도 미소 짓고 있었다.

"침대에서 일어났다니 기쁘군." 그는 내 귓가로 몸을 숙이며 말했다. "따라와."

마시모는 손가락으로 손목을 잡고 나를 다시 VIP 라운지로 데리고 갔다. 다시 한번 뒤돌아봤지만, 복도에는 아무도 없었다.

우리 테이블에 도착했을 때, 도메니코도 함께 있었다. 그와 올가는 서로를 감싸고 단순한 키스 이상의 무언가를 하고 있었다. 도메니코는 소파에 앉아 있었고, 올가는 다리를 벌리고 그 위에 올라앉아 있었다. 그들의 혀는 기관총 같은 노래의 리듬보다 더 빠르게 움직였다. 적어도 우리의 라운지는 남들 눈에 띄지 않았다. 그러지 않았다면 사람들이 우리가 포르노 영화를 찍는다고 생각했을 것이다.

마시모는 자리에 앉았고, 곧바로 호박색 술병과 뚜껑이 덮인 은색 접시를 든 젊은 웨이트리스가 나타났다. 그녀는 그것을 마시모의 앞에 두고 자리를 떴다. 나는 여전히 어지러움을 느끼며 뒤로 물러서서 마시모가 술을 홀짝이는 모습을 바라봤다. 머리부터 발끝까지 검은 옷을 입은 채 소파에 기댄 마시모는 아주 태연하고 몹시 관능적이었다. 그는 술을 마시면서 나를 훑어봤다. 그러고는 한 잔을 더 따르더니 한 번에 반을 비워냈다. 놀라웠다. 마시모가 그렇게 술을 많이 마시는 건 처음 보았다. 나는 손가락으로 그를 찔렀고, 마시모는 옆으로 움직이며 내가 앉을 자리를 내줬다. 내 잔을 집어 들었다. 음악은 쿵쾅거렸고, 도메니코는 바로 옆에서 거의 올가와 섹스하다시피 하고 있었다.

마시모는 테이블 위로 몸을 기울이며 은색 접시 위의 뚜껑을 들었다. 나는 깔끔하게 정리된 하얀 줄들을 보고 신음했다. 마시모는 지폐를 꺼내서 돌돌 말았고, 하얀 줄 하나를 단번에 코로 들이키고는 만족스러운 숨을 크게 내쉬었다. 그 모습을 보니 기분이 좋지 않았지만, 그는 신경 쓰지 않는 듯했다. 대신 그는 술잔을 비워내고 나를 똑바로 바라봤다.

내 기분은 빠르게 나빠지고 있었다. 마시모는 일부러 이러는 걸까? 나를 시험하는 걸까? 아니면 약물 중독자가 된 걸까?

30분이 지나자, 세 사람은 접시 위의 코카인을 코로 들이켜고 웃으며 술을 마셨다. 참을 만큼 참았다. 나도 지폐를 집어 테이블로 몸을 기울여 하얀 가루를 들이마셨다. 마시모는 팔을 불쑥 뻗어 내 손목을 잡고는 홱 잡아당기며 화난 얼굴로 노려봤다.

"다들 즐기고 있잖아요! 나도 좀 하면 안 돼요?"

나는 소리를 질렀다.

잠시 후, 역겨울 정도로 쓴 물질이 내 목 안으로 흘러내려 가기 시작했다. 곧바로 혀가 굳고 침은 걸쭉해졌다.

"새 심장을 생각해야지, 라우라." 마시모가 으르렁거렸다.

나는 말을 듣지 않았다. 그의 화를 최대한 돋우는 데만 집착했다. 일그러진 얼굴로 비틀거리며 일어났다. 내게 가능한 선택지를 생각했다. 특별히 좋은 생각이 떠오르지 않아서 마시모에게 가운뎃손가락을 올려 보이고는 라운지에서 나갔다. 길을 막고 서 있던 거구의 남자는 남편을 흘깃 보더니 놀랍게도 길을 비켜줬다. 나는 뭐든지 할 각오로 힘겹게 인파를 헤쳤다. 어두운 복도에 다다랐다. 빠르게 몸을 뒤로 돌렸지만, 마시모는 출구를 막아섰다.

"가게 해줘요."

차갑게 말했다. 마시모는 고개를 저으며 몸을 기울였다. 시선은 낯설고 무감각했다. 마치 그가 거기에 없는 것 같았다. 마시모의 손가락이 내 목덜미를 감쌌다. 닫히는 문으로 나를 밀었다. 무서웠다. 겁에 질렸다. 내 눈은 재빠르게 주변을 돌아봤다. 칠흑처럼 어두웠다. 벽은 가죽으로 누벼져 있었다. 중앙에는 낮은 무대와 댄싱 폴이 있었다. 맞은편 벽 옆에는 안락의자가 있었다. 그 옆에 잔 두 개와 술병 여러 개가 놓인 작은 테이블이 있었다. 마시모는 벽에 박힌 패널 위의 버튼을 눌렀다. 조명이 반짝였고 숨겨진 스피커에서 음악이 흘러나오기 시작했다.

"테네리페에서 무슨 일이 있었지?"

이를 꽉 깨문 마시모의 모습은 무자비해 보였다.

아무 말도 하지 않았다. 말싸움을 벌이기에는 나는 너무 취해 있었다. 그는 꼼짝하지 않고 내 대답을 기다렸다. 내 목을 감싼 손가락이 조여왔다. 침묵이 길어지자 마시모는 나를 놔줬다. 그는 블레이저를 벗고 안락의자로 걸어갔다. 재빨리 문손잡이를 잡았지만, 문은 잠겨 있었다. 체념하고 벽에 이마를 댔다.

"춤춰." 마시모가 말했다.

술잔에 얼음을 던져 넣는 소리가 들렸다.

"그리고 내 걸 빨아."

뒤를 돌아봤다. 마시모는 안락의자에 앉아 셔츠의 단추를 풀고 있었다.

"네 입안에 싼 다음엔 너한테 박을 거야."

마시모는 술을 홀짝이며 덧붙였다.

우뚝 서서 그를 바라봤다. 술이 깼다는 걸 깨달았다. 깊은숨을 들이마셨다. 감정이 솟아났다. 전에는 몰랐던 감정. 이해할 수 없는 감정이었지만 좋았다. 느긋하고 행복했다. 매우 기뻤다. 사랑에 빠졌을 때와 비슷한 느낌이지만 달랐다. 코카인을 하면 원래 이런가? 갑자기 마시모가 코카인을 왜 그리 좋아하는지 분명히 알 수 있었다.

재킷을 벗고 천천히 폴대로 걸어갔다. 수술 후에 거의 움직이지 않았기 때문에 춤을 추는 건 말도 안 되는 일이었다. 폴에 등을 대고 문지르며 천천히 밑으로 미끄러져 내려갔다. 시선은 마시모에게서 한 번도 떼지 않았다. 천천히 엉덩이를 흔들었고 다리로 폴을 감쌌다. 빠르게 회전하는 동안 입술을 핥으며 도발적이고 섹시한 표정을 지으며 마시모를 바라봤다.

손으로 천천히 셔츠를 벗어 마시모에게 던졌다. 마시모는 내 레이스 브래지어에 시선을 고정했다. 그는 술잔을 내려놓고 바지 지퍼를 내려 커다란 페니스를 휘둘러 꺼냈다. 그러고는 그걸 오른손으로 잡고 천천히 자위하기 시작했다.

나는 배 아래로 뜨거운 것이 젖어 내려가는 느낌에 신음했다. 내 바지 맨 위 단추를 풀고 또 다른 단추를 풀어 천천히 팬티를 드러냈다. 마시모는 아랫입술을 깨물었다. 그의 손은 점점 빨라지기 시작했다. 그는 머리를 기대고 아래에서 반쯤 감은 눈으로 나를 바라봤다.

뒤로 돌아 다리는 곧게 편 채로 몸을 굽히며 바지를 발목까지 내렸다. 적어도 등에는 총을 맞지 않아서 몸이 아직 유연했다. 덕분에 남편은 꽤 아름다운 모습을 볼 수 있었다. 나는 폴을 잡고 우아하게 바지 밖으로 걸어 나왔다. 이제 내가 걸친 건 속옷과 하이힐뿐이었다. 마시모의 눈썹이 땀으로 반짝였다. 페니스 끝은 부풀어 오르며 어두워지고 있었다. 천천히 무대에서 내려와 그를 향해 걸어갔다. 허리를 굽혀 그의 입속으로 혀를 밀어넣었다. 씁쓸한 맛이 났지만 상관없었다. 마시모에게 시선을 고정한 채 그의 위에 올라타 앉았고, 팬티 가장자리에 손가락을 걸어 벗은 다음 천천히 마시모의 발기한 페니스를 내 안으로 밀어넣었다. 그는 황홀경에 신음하며 눈을 감았다. 지나친 황홀경인 듯했다. 크고 단단한 손이 내 엉덩이를 잡았다. 그는 나를 들어올렸다가 다시 그의 몸 위로 끌어내렸다. 나는 숨을 내뱉었다. 내 엉덩이는 음악의 리듬을 따라 움직이기 시작했다. 마시모의 호흡이 가빠지기 시작했다. 그의 피부는 땀으로 젖었다. 나는 멈칫했다가 그의 셔츠 단추를 풀기 시작했다. 그의 인내심이 바닥나고 있다는 걸 느낄 수 있었다. 마침내 몸을 밀어 올렸다가 그의 다리 사이에 무릎을 꿇었다.

"당신 정말 맛있어요."

목 안으로 그의 페니스를 집어넣었다.

그러자 마시모는 더 참지 않았다. 잔이 바닥의 부드러운 카펫으로 떨어졌고, 마시모는 내 뒷머리를 잡았다. 더욱 깊이 밀어넣으며 빠르고 강렬하게 찔렀다. 그 끝이 계속해서 목구멍 안쪽을 때렸다. 마시모는 으르렁거렸고, 가슴을 들썩이며 땀이 맺힌 몸을 떨었다. 그러자 내 혀로 정액이 떨어졌다. 곧 그는 엄청나게 쏟으며 숨을 막히게 했다. 마시모가 고함을 지르며 강렬하게 찌르자, 끈적끈적한 액체가 목으로 흘러들어 왔다. 끝난 뒤에도 날 잡은 마시모의 손에선 힘이 풀리지 않았다. 눈물이 고인 내 눈을 바라보며 그는 몸을 멈췄다. 나는 콜록거리기 시작했지만, 마시모는 2초 동안 나를 굳건히 잡고 있었다. 마침내 그가 나를 놔줬고, 나는 바닥으로 쓰러졌다.

"헤어스타일 덕분에 창녀처럼 보이는군."

마시모는 일어나서 바지 지퍼를 올렸다.

"내 창녀지."

그는 이렇게 덧붙이고 셔츠의 버튼을 잠그며 나를 응시했다.

"잊은 게 있는 것 같은데요."

나는 내 레이스 팬티 밑으로 손을 뻗으며 쏘아붙였다.

"춤추라면서요."

나는 천천히 손가락을 움직이기 시작했다.

"그다음엔 당신을 빨아주고요."

마시모에게 내가 뭘 하는지 똑똑히 보여주기 위해 팬티의 천을 옆으로 젖혔다.

"그러고 나서 나한테 박기로 했잖아요."

끈 팬티를 내려 발로 벗은 다음 돌아가 몸을 구부려 그에게 엉덩이를 내밀었다.

"전부 해줄게요."

거절할 수 없는 제안이었다. 그는 내 엉덩이를 잡고 내가 숨을 들이쉬기도 전에 나를 찔렀다. 부드럽지 않았다. 빠르고 거칠게 위아래로 움직였고, 손으로는 내 머리카락을 움켜쥐었다. 첫 오르가슴은 빠르게 찾아왔지만, 술기운과 약 기운 때문에 마시모는 알아차리지조차 못했다. 그는 드릴처럼 빠르게 박았다. 나는 계속해서 절정에 다다랐지만, 그는 멈추지 않았다. 열댓 번 체위를 바꾸며 한 시간쯤 지난 뒤에야 마시모도 마침내 내 안에 정액을 쏟아냈다.

일어나려 했지만 그럴 수 없었다. 왜 집 밖에서 이래야만 했을까? 침대나 벽난로 옆에서 정신이 혼미해지도록 했다면 훨씬 더 편했을 텐데.

"옷 입어. 집에 가게."

마시모가 블레이저의 단추를 채우며 말했다.

그의 무심한 목소리에 나는 얼굴을 찌푸렸지만 내가 말대꾸를 할 만한 상황은 아니었다. 소지품을 챙겼다. 몇 분 뒤 쿵쾅대는 음악과 땀에 젖은 인파가 있는 클럽의 메인 홀에 도착했다. 도메니코와 올가는 이미 저택에 간 뒤였다. 그들이 부러웠다. 몸을 움직이고 나니 벌써 술취가 느껴졌다. 머리가 쿵쾅댔고, 생전 처음으로 두통이 느껴졌다. 마지막으로 기억나는 건 검은 방에서 나오던 장면이었다.

"정말 완벽해요."
나초가 내 뺨을 쓰다듬으며 속삭였다.

내 피부를 쓰다듬는 그의 손에서 바다 냄새가 났다. 그는 행복에 젖은 초록색 눈으로 나를 바라보며 가까이 다가왔다. 그의 입술은 내 코, 볼, 턱, 그리고 목을 스친 뒤 마침내 입술에 닿았다. 그는 천천히 혀를 사용하지 않고 내 입술을 애무했다. 결국 그의 혀가 입술 사이로 들어왔다. 나는 등을 대고 누워 있었고, 내 엉덩이는 천천히 올라갔다 내려갔다. 내 손은 그의 등줄기를 쓰다듬다가 단단한 엉덩이에서 멈췄다. 그는 내 손가락을 느끼며 조용히 중얼거렸고, 나는 그의 몸이 뜨거워지는 감촉을 즐겼다. 나초는 침착했고 평온했다. 그의 모든 움직임과 몸짓에 열정과 애정이 넘쳐흘렀다.

"당신 안으로 들어가고 싶어요." 그는 내 눈을 들여다보며 속삭였다. "당신을 느끼고 싶어요."

그는 내 구멍 위로 엉덩이를 움직이면서 내 눈썹에 입을 맞췄다. 그가 찔러 넣기를 기다리며 크게 호흡했지만, 그는 내 허락을 기다리며 날 바라보기만 했다.

"사랑해 줘요." 내가 대답했다.

그는 내게 들어오며 입속으로 혀를 밀어 넣었다.

"많이 젖었네." 귀에 익은 영국식 억양이 들렸다. 나는 얼어붙었다. "술에 취하면 얼마나 걸레가 되는지 잊고 있었어."

수백 개의 바늘이 눈알을 찌르는 듯한 느낌에 마지못해 눈을 떴다. 욱신거리는 두통 때문에 다시 잠들고 싶었지만 지금 일어나고 있는 일이 나를 혼란스럽게 했다. 아래를 내려다보자 마시모가 내 다리 사이에 깊게 파묻혀 맥동하는 클리토리스를 핥고 있었다.

"준비됐지?"

마시모는 내 안으로 혀를 밀어 넣으며 속삭였다.

그가 나를 핥고 빨자 신음이 흘러나왔다. 왜 내가 그리 흥분했는지 알아차리는 데까지는 오랜 시간이 걸렸다.

나초는 꿈이었던 거다······.

남편은 입으로 나를 만족시켜주기 위해 최선을 다했지만, 나는 실망과 무감각으로 차게 식었다. 그가 하는 몸짓에 집중할 수가 없었다. 눈을 감을 때마다 초록색 눈의 서퍼가 보였다. 고문이었다. 평소라면 마시모의 모든 손길을 기대했을 나다. 하지만 지금은 오르가슴이 빨리 오기를 기대했다. 마시모가 나를 내버려 두기를 말이다. 하지만 몇 분이 지났는데도 절정 비슷한 것조차 찾아오지 않았다.

"왜 그래?" 마시모는 물러나며 눈썹을 찡그렸다.

핑곗거리를 생각하며 그를 응시했지만 마시모는 인내심 있는 사람이 아니었다. 10여 초를 기다린 뒤, 마시모는 몸을 일으켜 침대에서 옷장으로 걸어갔다.

"그냥 너무 취해서 그래요." 나는 중얼거렸다.

엄밀히는 거짓말은 아니었다. 머리가 미칠 듯이 욱신거렸다. 재빨리 그를 쫓아가 사과할 수도 있었지만 그런다고 뭐가 나아지겠는가? 게다가 마시모의 고집을 생각하면 그는 사과를 받아들이지 않을 것이다.

마시모가 계단 밑으로 사라지자, 명치에 갑작스러운 통증이 느껴졌다.

지난밤 마시모가 한 말이 떠올랐다.

"마시모." 내가 부르자 그는 멈춰서 뒤를 돌아봤다. "나더러 새 심장을 생각하지 않는다고 했죠. 그거 무슨 뜻이었어요?"

마시모는 그 자리에서 꼼짝하지 않은 채 차가운 눈으로 나를 바라봤다.

"넌 심장을 이식받았어, 라우라." 마시모는 차갑게 말했다.

그렇게 내뱉자마자 그는 자리를 떴다.

돌아누워서 이불을 덮으며 마시모가 한 말을 곱씹었다. 토하고 싶지 않았다. 결국 토하지는 않았다. 잠들었을 뿐이다.

"괜찮아?"

올가는 침대에 앉으며 우유를 탄 따뜻한 차를 건넸다.

"확실히 안 좋아. 온몸에 토할 것 같아."

나는 이불 밑에서 고개를 내밀고 대답했다.

"그놈의 술." 나는 끙끙거렸다. "마시모가 또 심술을 부렸어."

올가는 차를 홀짝였다.

"마시모랑 도메니코는 한 시간 전쯤 나갔어. 하지만 어딜 갔는지는 묻지 마. 나도 전혀 모르니까."

갑자기 슬퍼졌다. 이제야 견딜 수 있게 됐는데, 그놈의 실수 하나로 모든 걸 망치다니.

"이번엔 왜 화난 거래?"

올가는 나와 함께 침대에 누우며 리모컨의 버튼을 눌러 커튼을 쳤다.

"내가 오르가슴을 못 느껴서."

그 말이 얼마나 이상하게 들리는지를 깨닫고 고개를 저었다.

"머리가 너무 아파. 토하고 싶어. 마시모는 그냥 화를 내고 싶었을 뿐이야. 한참 나를 핥고 애무했는데 내가 절정을 못 느끼니까 머리끝까지 열이 받아서 나간 거지."

"그렇구나."

올가는 중얼거리며 TV를 켰다. 고용인과 함께 사는 삶의 가장 큰 장점은 숙취를 느낄 때 아무것도 안 해도 된다는 거다. 우리는 종일 침대에 처박혀서 음식을 주문하고 영화를 봤다. 남편이 화가 나서 내 전화를 무시하는 것만 빼면 성공적인 날이었다.

CHAPTER 5

다음 날 아침, 정오가 되기 전에 잠에서 깼다. 다행히 매일 일상적으로 침대에 머무르며 스스로를 불쌍히 여기는 것 이외에 달리 할 일은 없었다. 그 사실을 깨닫고 안도했다. 잠옷을 입은 채 누워 TV를 보다가 문득 갑자기 우울해할 이유가 전혀 없다는 사실을 깨달았다. 아이를 잃었다는 사실은 받아들였다. 아들을 생각하면 여전히 고통스럽지만, 그 고통은 점점 메아리처럼 멀어지고 있었다. 건강은 나아지고 있었고, 수술 후 느껴지던 통증도 약간의 귀찮음 정도로 완화됐다. 게다가 시칠리아에는 봄이 찾아왔다. 날씨가 따뜻하고 맑은 데다 나는 시칠리아에서 가장 위대한 마피아 두목의 더럽게 부유한 아내다. 점점 지루해지기 시작했다.

그런 생각에 활기가 돋아 침대에서 뛰쳐나와 화장실로 달려갔다. 샤워를 마치고 긴 붙임머리를 빗고 화장을 한 뒤 옷장으로 가 수백 개의 옷걸이를 뒤지며 한참을 보냈다. 쇼핑을 안 한 지

너무 오래됐다. 하지만 가격표도 떼지 않고 처박아 두기만 할 새로운 옷이 필요한 건 아니다. 한 시간이 지난 뒤, 마침내 가죽 레깅스와 허벅지까지 내려오는 헐렁한 돌체앤드가바나 스웨터를 골랐다. 거기에 가장 좋아하는 지방시 부츠를 신었다. 거울 속의 모습을 바라보며 만족스러워 고개를 끄덕였다. 검은 옷을 차려입은 나는 신비롭고 관능적인 분위기를 풍겼다. 정확히 내가 원하는 모습이었다. 새로운 옷 브랜드를 배후에서 디렉팅하는 사람의 모습 말이다.

마침내 날 침대에서 나오게 한 건 그 생각이었다. 지난 크리스마스에 마시모가 사준 최고의 선물이 떠올랐다. 내 소유의 회사. 이제 시작할 때였다. 검은색 셀린느 가방을 들고, 짧은 검은색 라마니아 터틀넥 판초로 몸을 감싼 다음 올가를 찾아 나섰다. 내 원대한 계획에는 올가의 도움이 필요했다.

"왜 아직도 침대에 있어?" 올가의 방문을 열며 물었다.

나를 보는 올가의 눈빛은 한 시간이나 준비한 보람을 느끼게 했다. 올가의 얼빠진 눈은 인공위성 안테나만큼이나 컸다. 무심하게 문틀에 몸을 기대며 올가가 정신을 차릴 때까지 기다리는 동안에도 그녀는 입을 다물 줄 몰랐다.

"이런 미친." 올가는 늘 그렇듯 재치 있게 말했다. "너 꼭 순수 혈통 마녀 같다. 어디 갈 거야?"

"그게 문제야. 에미를 보러 가야 해." 선글라스를 벗었다. "같이 갈 건지 물어보려고 했어."

평소 같으면 이렇게 묻지 않고 같이 가자고 했겠지만, 에미는 도메니코의 전 여자친구였다. 그래서 강요하고 싶지 않았다.

올가는 얼굴을 찌푸리고 한숨을 쉬며 일어나 앉았다.

"당연히 가야지. 왜 너 혼자 가게 둘 거라고 생각한 거야?"

올가가 준비를 마치기 전에 나는 더워서 겉옷을 벗었다가 다시 입었다가를 몇 번 반복했다. 탈의실에서 나온 올가는 전쟁에라도 나갈 수 있을 것 같았다. 패션 전쟁 말이다. 올가가 선택한 옷은 날 놀라게 했다. 올가는…… 평범해 보였다. 베르사체 청바지, 하얀 티셔츠, 연분홍색 루부탱 구두. 거기에 아주 비싼 모피 코트를 어깨에 걸치고 목에는 금목걸이 세트를 했다.

"갈까?"

올가는 나를 지나치며 말했다. 나는 웃음을 터뜨렸다.

프라다 선글라스를 쓴 올가는 「러브 돈 코스트 어 씽Love Don't Cost a Thing」을 부르는 제니퍼 로페즈 같았다. 가방을 집어 들고 올가를 따라갔다.

우리가 방문해도 에미가 놀라지 않도록 그녀에게 전화해 내 의도를 설명해 두었다. 마시모는 에미에게 겨우내 내가 사업체를 세울 수 있게 도와달라고 부탁했었다.

우리는 에미의 아름다운 아틀리에로 들어갔다. 올가가 그녀를 소리쳐 불렀지만, 아무도 없었다. 올가의 외침이 지나치게 시끄러운 듯해서 그녀의 팔을 찔렀다. 방의 맞은편 끝에 있는 문이 열렸는데…… 맙소사. 올가와 나는 헐거운 검은 바지를 입고 손에는 컵을 들고서 거울을 향해 맨발로 걸어가는 남자를 말없이 쳐다보았다. 입을 딱 벌린 채 완전히 얼어붙어서 근육질의 남자를 훑어봤다. 그의 길고 검은 머리카락은 넓은 어깨를 따라 어지럽게 내려와 있었다. 남자는 무심히 머리카락을 뒤로 쓸어 넘기며 우리를 바라봤다. 그는 미소를 지은 채 아무 말도 하지 않고서 컵에 있는 걸 홀짝이고 있었다. 우리는 그 자리에 꼼짝하지 않고 응시할 수밖에 없었다.

"안녕하세요." 에미의 의기양양한 목소리가 들려오자 정신을 차릴 수 있었다. "벌써 마르코를 만났네요."

반나체의 미소년이 우리에게 손을 흔들었다.

"새로운 장난감이에요." 에미는 그의 엉덩이를 때리며 말했다. "이리 와서 앉아요. 와인 마실래요? 좀 걸릴 것 같은데요."

에미의 활기찬 행동과 올가를 향한 말투에 깜짝 놀랐다. 도메니코가 에미 대신 올가를 선택했다는 사실에 대한 완전한 무관심에 놀랐다. 하지만 긴 머리의 남신 같은 미소년을 흘긋 보니 그 이유를 이해할 수 있었다.

몇 시간의 대화와 간단한 점심 식사를 마치고 세 병의 샴페인을 비운 뒤, 에미는 고급 안락의자에 기대어 앉았다.

"예술학교 출신 디자이너를 골랐더군요." 에미가 말했다.

"하지만 채용에 문제가 있어요. 그들 모두를 채용하는 건 그리 쉽지 않을 거예요. 그들더러 당신의 브랜드를 상징하는 디자인을 만들어달라고 하는 게 최선이라고 생각해요."

에미는 이미 수많은 낙서로 도배된 종이 한 장에 뭔가를 급하게 적었다.

"신발과 관련된 사람들도 있죠. 그 사람들을 테스트하는 방법에 대한 비전은 이미 있는 거 알아요."

에미는 미소 지으며 고개를 끄덕였다. 그녀는 내가 신발을 얼마나 좋아하는지 알았다.

"이번 주 중으로 재봉 공장에 가요. 그 사람들을 어떻게 상대하면 되는지 알려줄게요. 이음매 품질은 어떻게 확인하는지 같은 것도요. 본토로 가서 직물 제조자들도 만나봐야 해요."

에미는 안경을 집어 들었다.

"얼마나 엄청난 노동이 필요할지 알아요?" 에미가 미소 지으며 물었다. "끝나면 얼마나 부자가 될지도요?"

"이걸 하는 유일한 이유는 나만의 섬을 사려는 은밀한 계획 때문이에요."

에미는 손을 들어서 나와 하이파이브했다.

다음 몇 주는 내 인생에서 가장 치열했다. 내 치료사가 옳았다. 나는 그저 지루한 상태였을 뿐이다. 우울증은 없어졌지만, 일주일에 두 번씩 그를 만났다. 확실하게 회복하고 싶었고, 대화를 나누고 싶었다.

나는 일에 몰입했다. 내가 잘 모르는 이 업계에서 일하는 것이 이전에 했던 무엇보다도 만족스럽다는 사실을 빠르게 깨달았다. 나만의 회사를 설립하고 수익을 내는 건 패션과 다른 문제였다. 내 상황에는 아주 큰 이점이 있었는데, 내가 이미 더럽게 부자라는 사실이었다. 남편의 돈 덕분에 회사를 빠르게 설립할 수 있었고, 많은 사람을 고용할 수 있었으며, 지출을 완전히 무시할 수 있었다.

마시모는 신경 쓰지 않는 듯했다. 내가 겪는 어려움에 관해 불평하며 마시모에게 말을 걸수록 그는 듣지 않았다. 코카인을 들이마시며 귀찮은 시선으로 쳐다보는 게 다였다. 그는 중독을 숨기려는 노력조차 하지 않았다. 술을 마셨고, 약에 취했으며, 이따금 내게 박았다. 예전엔 그런 마시모의 모습을 몰랐지만 내가 들은 여러 이야기를 종합하면 마시모는 원래 습관으로 돌아갔을 뿐이었다. 어느 날 저녁 내가 워크숍을 끝낸 뒤 완전히 기진맥진해서 돌아온 적이 있다. 마시모가 나갔다고 확신했다. 그날 일찍 그와 마리오의 대화를 엿들었기 때문이다. 마리오는 마시모에게 사업 미팅에 참석하라고 설득하고 있었다. 그때쯤에는 마시모와 따로 사는 데 익숙했다. 치료사와 그 이야기를 자주 했는데, 그는 항상 지나갈 일이라고 대답했다. 마시모는 아이가 죽은 고통을 견디고 있는 것뿐이며, 그의 애도 방식을 존중해야 한다고 말이다. 또 함께 사는 게 내게 너무 위험할까 봐 여전히 두려워하는 거라고도 했다. 마시모가 스스로의 자기중심적인 성향과 끊임없이 싸워야만 한다고 말이다. 가비 박사의 메시지는 간단했다. 마시모를 되찾고 싶다면 그를 놔두라는 거였다. 그래야만 마시모가 원래대로 돌아올 거라고 말이다.

일 덕분에 여유 시간이 넘쳐나 지루하던 문제는 없어졌다. 그날 밤엔 팔레르모의 누군가를 만나기로 예정돼 있었다.

저택으로 들이닥쳐 복도를 따라 달려가다 직원 몇 명을 들이받을 뻔했다. 한 시간 반 뒤에 비행기를 타야 했다. 부르기만 하면 달려오는 헤어 스타일리스트가 있으니 머리는 워크숍에서 할 수 있었다. 옷은…… 그래도 내가 의류 브랜드 대표 아닌가?

우리 디자이너 중에는 재능이 뛰어난 젊은 엘레나가 있었다. 나는 다른 사람들보다 엘레나의 디자인을 선호했는데, 그럴 만한 이유가 있었다. 엘레나의 디자인은 단순하며 고전적이고, 우아하며 여성스러웠다. 엘레나는 절대 과한 디자인을 하지 않고, 옷에 액세서리를 추가하는 걸 선호했다. 나는 그녀의 모든 디자인을 아꼈다. 기본적인 셔츠에서 드레스까지. 오늘은 그녀의 드레스 중 하나를 입을 예정이었다.

어깨가 드러난 심플한 검은색 드레스로, 허리 아래에서 나팔 모양으로 퍼지며 흰색과 검은색 줄무늬 패턴이 있는 멋진 드레스였다. 원형으로 넓게 퍼진 디자인이 내가 걸을 때마다 가볍고 경쾌하게 흐르며 부풀었다. 제때 도착하지 못할 거라는 사실을 확실히 알고 있었기에 손으로 드레스를 꽉 쥔 채로 달렸다.

스타일리스트는 머리를 높게 고정해 줬다. 그가 제안한 대로 웨이브를 넣었다면 목욕을 마친 뒤 내 머리는 건초 더미처럼 보였을 거다. 하지만 결국 올림머리로 묶었고, 그래서 괜찮았다. 밝은 튜닉을 벗고 속옷만 입은 채로 옷장 속으로 뛰어 들어가다가 필사적으로 차낸 내 신발 위로 넘어질 뻔했다. 팬티와 브래지어를 벗어 던지고 화장실로 뛰어가는 날 누군가 봤다면 분명 미친 사람이라고 생각했을 거다.

수건으로 몸을 닦을 시간조차 없었다. 재빨리 젖은 몸에 로션을 문질렀다. 화장하는 동안 스며들겠지. 그런 뒤엔 검은색 아이라이너로 눈을 정확하게 찌를 뻔했다.

또 다른 365일   83

"거지 같네."

인조 속눈썹을 붙이는 동시에 손목시계를 흘깃 보면서 중얼거렸다. 나는 망할 라우라 토리첼리인데! 기다려줘야 마땅하지. 하지만 제시간에 준비를 끝내기 위해 정신없이 움직였다.

드레스에 몸을 구겨 넣고 거울을 보러 갔다. 완벽히 의도한 모습이었다. 적당히 그을린 피부에, 다시 운동을 시작한 덕에 건강하고 탄탄해 보였다. 수술 흉터는 거의 보이지 않았다. 레이저 시술은 그리 기분 좋은 치료는 아니지만, 확실히 효과는 있었다. 무엇보다 마침내 예전의 나를 되찾은 기분이었다. 아니, 그보다 더 좋았다. 지금까지 중 가장 최고의 모습이었다.

크리스털 징이 박힌 검은색 클러치백을 들고 그 안에 몇 가지 물건을 넣었다. 다음 날까지 팔레르모에 돌아오지 않을 예정이었다. 아래층에서 문이 쾅 닫혔다. 시간이 다 됐다.

"위층에 있어요." 나는 소리쳤다. "올라오면서 침실에 있는 가방 좀 가져와줘요."

운전기사가 빠르게 명령을 수행해야 하는데. 향수 몇 번을 뿌리자 준비가 끝났다.

"늦지 않으면 좋겠네요. 내가……."

나는 그 자리에 멈춰 우뚝 얼어붙었다. 운전기사가 아니었다. 마시모였다. 그는 회색 턱시도를 입고 몇 걸음 거리에 서서 나를 바라보고 있었다. 아무 말도 하지 않았다. 나를 바라보는 그의 턱이 움직였다. 그 표정이 무엇을 의미하는지 알았지만 그가 원하는 걸 할 시간도 의도도 없었다.

"운전기사인 줄 알았어요." 그를 지나치며 말했다. "비행기 타러 가야 해요."

"전용 제트기야."

마시모는 나를 막아서며 침착하게 대답했다.

"정말 중요한 미팅이……."

마시모의 분노가 폭발했다. 그는 내 목을 잡고 나를 벽으로 쾅 밀었다. 그는 난폭하게 혀를 움직였다. 나를 핥고, 빨고, 입으로 짓눌렀다. 당장 나가야 한다는 다급함이 약해졌다.

"내가 명령만 하면 내년까지도 기다릴 텐데."

마시모는 키스를 하며 으르렁거렸다.

예상치 못한 그의 관심에 안달이 난 나는 항복했다. 마시모의 가느다란 손가락이 꽉 끼는 내 드레스의 지퍼를 내렸다. 드레스는 바닥으로 날아가 떨어졌다. 마시모는 나를 들어 올려 테라스로 나갔다. 4월 말이었다. 밖은 덥지 않은 정도로 기분 좋게 따뜻했다. 바다의 파도가 해안가의 바위에 부서졌고, 부둣가에서는 소금기 있는 바람이 몰아치듯 불어왔다. 마치 과거로 돌아간 것 같았다. 갑자기 미팅과 회사, 그리고 협상이 하찮게 느껴졌다. 마주 본 마시모의 눈동자엔 검은 욕망이 가득했다. 다른 아무것도 중요치 않았다. 그는 손으로 내 얼굴을 감싸며 또다시 키스했다. 내 손가락으로 그의 부드러운 머리카락을 쓸며 아주 특별한 남자의 맛을 음미했다. 그의 목을 타고 미끄러져 내려가 마시모가 입은 셔츠의 첫 단추를 풀었다. 손이 어설프게 떨렸다. 그는 빠르게 내 손목을 붙잡으며 꼼짝 못 하게 했다. 마시모는 한 손으로는 내 목덜미를, 다른 한 손으로는 내 엉덩이를 잡고 들어 올려 더 가까이 끌어당기며 소파로 갔다. 그는 나를 눕히고 내 눈을 똑바로 바라봤다. 마시모는 손가락 두 개를 펴서 핥은 다음 내 안으로 깊게 밀어 넣었다. 경고조차 없었다. 나는 놀라서 비명을 질렀다. 기분이 나쁘지는 않았다. 마시모는 옅게 미소 지었다. 차가운 눈으로 나를 바라보며 천천히 손목을 움직이는 속도를 높였다. 뭔가에 사로잡힌 것 같았다. 강렬한 눈빛에는 사랑도 애정도 없었다. 그는 내 입술을 핥았다. 마시모는 그의 손가락이 날 기분 좋게 하는 동시에 아프게 한다는 사실을 알고 있었다. 그는 내 성기를 애무했던 손가락을 자기 입에 넣어 맛을 즐긴 뒤 다시 집어넣었다. 그의 손길에 내 허리가 휘고 몸이 꼬였다. 마침내 마시모는 내가 준비됐다고 판단했다. 그는 나를 뒤집어 눕히고 페니스를 찔러 넣었다. 단단하고 두꺼웠다. 나는 곧바로 절정에 도달했다. 목에서 큰 비명이 터져 나왔다. 마시모는 내 어깨를 물며 점점 빠르게 찔렀다. 그는 내 엉덩이를 들고 일어서서 내 뒤에서 똑바로 무릎을 꿇었다. 그러고는 그 소리가 정원에 울려 퍼질 정도로 세게 내 엉덩이를 때렸다. 나는 누가 들을까 신경 쓰지는 않았다. 내 안에서 다시 그를 느낄 수 있다는 사실이 중요할 뿐이었다. 마시모는 정신없이 박아댔고, 같은 곳을 다시 때렸다. 나는 비명을 질렀지만, 그는 내 입속에 손가락을 집어넣어 그 소리를 막고는 내 위로 몸을 굽혀 두근거리는 내 클리토리스에 젖은 손을 문질렀다.

"더 세게요." 나는 헉헉거리며 외쳤다. 한 번 더 오르가슴이 밀려오기 직전이었다. "더 세게 해줘요."

마시모는 내 귀 위에서 이를 악물었다. 그의 엉덩이는 점점 더 강렬히 내 엉덩이로 들어왔다. 그는 내 가슴으로 손을 옮겨 내 젖꼭지를 꼬집었다. 고통과 쾌락이 함께 느껴졌고, 피부에는 차가운 땀이 맺혔다. 오르가슴이 목전에 있는 것을 느끼고 몸을 떨었다. 그때 마시모가 절정을 느끼며 폭발했다. 그는 움직임을 늦추지 않았다. 그저 엄청난 고함을 지르며 다리 힘이 풀릴 때까지 계속해서 내 엉덩이를 박아댔다. 근육질의 몸이 내 위로 쓰러졌고, 목덜미에서 느껴지는 마시모의 뜨거운 숨은 가장 긴 오르가슴을 느끼게 했다.

우리는 몇 분간 그대로 누워 있었다. 그 후 마시모는 내게서 미끄러져 나오며 큰 공허를 남겼다. 그는 바지 지퍼를 올렸다. 다음을 기다렸지만, 그는 아무것도 하지 않고 그냥 거기 서서 나를 보기만 했다. 마시모는 쾌락을 주체하지 못하며 두 눈 가득 내 몸을 담았다.

"넌 정말 연약해." 마시모는 속삭였다. "너무 아름다워……. 난 널 가질 자격이 없어."

목이 메었다. 나는 쿠션에 얼굴을 묻었다. 눈물이 넘쳐흐를 것 같았다. 다시 고개를 들고 바라보았을 때 마시모는 이미 가고 없었다. 나는 혼자였다. 갑자기 화가 나서 일어나 앉았다. 가슴이 쓰라렸다. 어떻게 날 그냥 두고 갈 수가 있지? 그것도 아무 말도 없이.

다시 울고 싶어졌지만, 그것도 잠깐이었다. 이상하게도 평온함이 밀려왔다. 마침 의자 등받이에 걸려 있는 이불로 몸을 감싸고 테라스의 가장자리로 걸어갔다. 검은 바다가 유혹하듯 속삭였고, 소금과 물의 향이 바람에 실려 왔다. 세상에서 가장 아름다운 냄새였다. 눈을 감았다. 그러자마자 눈꺼풀 밑에서 가장 바라지 않은 상상이 펼쳐졌다. 잊은 줄 알았는데 아니었다. 청바지만 입고서 그릴을 살피는 나초의 모습이었다. 그 모습이 사라지도록 눈을 뜨고 싶었다. 하지만 너무 즐겁고 좋았다⋯⋯. 설명할 수 없었다. 내게 알 수 없는 일이 일어나고 있었다. 하지만 나를 채우는 고요함과 행복한 추억이 눈물을 사라지게 했다. 한숨을 쉬며 시선을 떨궜다.

"라우라." 경호원의 목소리가 들렸다. 그는 문가에서 기다리고 있었다. "차를 대기시켜 놨습니다. 비행기도요."

고개를 끄덕이고 도로 옷을 입었다. 드레스는 따로 챙겼다.

섹스는 남편이 내게 쏟아붓는 여러 선물 중 하나일 뿐이었지만, 빠른 속도로 점점 덜 중요해지고 있었다. 그저 해프닝에 불과했다. 이곳에 사는 장점 중 하나 정도로 말이다. 내게 가장 중요한 건 내 열정과 새로운 의류 브랜드였다.

"그 메일 좀 읽어봐, 라우라."

올가는 종이로 부채를 부치며 말했다.

5월이었다. 첫 폭염이 시작됐다. 다행히도, 아니, 어쩌면 관점에 따라서 불행히도, 날씨를 즐길 시간이 없었다. 올가에게 걸어가 그녀가 앉아 있는 의자의 등받이 너머로 몸을 굽히고 컴퓨터 화면을 쳐다봤다.

"얼마나 중요한 메일이길래?" 나는 첫 몇 문장을 읽으며 물었다. "이런 미친!"

얼마 지나지 않아 올가를 의자에서 밀치고는 그 자리에 앉으며 소리쳤다. 포르투갈 라고스에서 열리는 패션쇼에 우리 브랜드를 초대하는 메일이었다. 어떻게 된 걸까? 유럽의 디자이너와 새로운 의류 브랜드, 직물 제작자를 위한 패션쇼라고 했다. 나와 내 회사를 위한 완벽한 자리가 될 거라는 생각에 나는 폴짝폴짝 뛰며 손뼉을 쳤다.

"올가!" 올가를 돌아봤다. "포르투갈로 가자."

"너 혼자 가." 올가가 쏘아붙였다. "나 두 달 뒤에 결혼하잖아."

"그래서 뭐?" 얼굴을 찡그렸다. "넌 준비할 것도 없잖아."

올가가 뭔가를 말하려 했지만 재빨리 손가락을 들어 막았다.

"드레스도 이미 준비됐잖아."

방구석 마네킹에 입혀진 눈부시게 하얀 웨딩드레스를 가리키며 덧붙였다.

"무슨 말을 해도 못 빠져나가."

"남자친구랑 주기적으로 하지 않으면 내가 바람피울지도 몰라. 포르투갈 남자들이 워낙 섹시하잖아."

올가는 웃으면서 대답했다.

"가기 전까지 하루에 두 번씩 해야겠다. 그럼 버틸 수 있을지도 모르지."

"어휴, 그만해. 겨우 주말 이틀이잖아. 날 봐. 내 남편은 나랑 거의 하지도 않아. 자기 맘이 동할 때 빼고."

나는 어깨를 으쓱했다.

"물론 적어도 할 때는……."

나는 미소 지으며 고개를 끄덕였다.

"맞혀볼게요. 섹스 얘기하고 있죠?"

에미가 방으로 들어오며 끼어들었다.

"맞기도 하고 아니기도 해요. 라고스 패션쇼에 초대받았어요."

나는 행복하게 춤추며 빙글빙글 돌았다.

"알아요. 봤어요. 전 못 가요."

에미는 얼굴을 찡그리며 자기 안락의자에 앉았다.

"안됐네요."

올가가 폴란드어로 얘기했다. 나는 그녀를 노려봤다.

"조용히 해."

나는 쓩 소리를 내고는 에미에게로 몸을 돌렸다.

"우리랑 같이 가지 않을래요?"

"아쉽게도 그 주 주말에 가족들을 만나야 해서요."

나는 눈알을 굴리며 에미를 바라봤다.

"그래도 즐겁게 보내면 좋겠네요."

"파티다!"

올가는 소리치며 환호성을 질렀다. 나는 한심하다는 눈으로 올가를 보고는 도로 모니터 앞에 앉아서 메일의 나머지 내용을 훑어봤다.

다음 이틀은 순식간에 지나갔다. 패션쇼 준비에 여념이 없었던 나머지 시간이 지나는 것도 느끼지 못했다. 엘레나는 빠르게 토요일 연회를 위한 드레스와 다른 3일 동안 입을 덜 격식 있는 드레스를 만들어주었다. 나는 패턴이나 장식이 없는 무채색의 옷을 원했다. 하지만 엘레나는 내 지시사항을 무시하고 숨 막히도록 아름다우며, 피에 물든 것처럼 붉고 가슴골은 깊게 파였으며 앞에는 주름이 잡힌 긴 홀터넥 드레스를 만들었다.

"가슴." 나는 드레스를 입으며 말했다. "이런 드레스가 어울리려면 가슴이 있어야 해."

"말도 안 돼요." 엘레나는 깔깔거리며 천에 바늘을 찔러 넣었다. "보여드릴 게 있어요."

엘레나는 서랍에서 반투명한 패치를 꺼냈다.

"드레스가 움직이지 않게 이 패치를 붙여드릴게요. 필요한 부분을 올려줘서 가슴이 더 커 보이게 해주죠. 착시지만 그것도 괜찮아요. 팔 올려보세요."

엘레나의 말이 맞았다. 패치를 붙이고 나니 가슴이 훨씬 나아 보였다. 내 몸 굴곡에 완벽히 들어맞게 주름이 잡힌 드레스를 보니 기분이 좋았다. 처음에는 색이 마음에 들지 않았지만 이제 보니 내 머리카락 색깔, 눈, 그을린 피부와 잘 어울렸다. 왕족처럼 보였다.

"다들 당신만 볼걸요." 엘레나가 자랑스레 말했다. "그게 중요하죠. 겁먹지만 마세요. 나머지는 원하시는 대로 준비했어요."

"건방지긴." 나는 코웃음 치고는 한 바퀴 돌아보며 내 우아함에 감탄했다. "상사는 나야. 그러니 시키는 대로 하란 말이야."

엘레나가 내 옷에 한 번 더 핀을 꽂는 동안 나는 웃으며 덧붙였다.

"어련하시겠어요. 왜 아니겠어요? 하지만 한번쯤 변화를 주는 것도 좋죠."

엘레나는 입에 물고 있던 마지막 핀을 꺼냈다.

"이제 벗으세요. 디테일을 손봐야 하니까요."

한 시간 뒤, 서른 개는 되는 종이 가방에 짐을 챙겨 준비를 마쳤다. 처음에는 혼자서 전부 차로 실어 나르려 했지만, 열다섯 번의 시도 끝에 패배를 인정하고 아래층에서 기다리고 있던 운전기사를 불렀다. 구겨지고 찢어진 가방을 본 운전기사는 못 믿겠다는 표정으로 눈썹을 올렸다. 그러더니 가방을 집어 들었다. 나는 어깨를 으쓱이고 그를 따라갔다.

비행기는 저녁에 출발할 예정이었다. 행사는 금요일 오전에 시작한다. 아무것도 놓치고 싶지 않았다. 잠을 좀 자두고 옷을 완벽히 차려입은 다음 유럽을 정복할 계획이다. 물론 올가와 함께라면 자주 그랬듯 제대로 취할 예정이기도 했다. 라고스의 날씨는 특히 야외 파티에 아주 좋다는 걸 알기에 좀 즐기고 싶었다. 나한텐 한숨 돌릴 자격이 있지 않느냐고. 한 주 내내 묵을 스위트룸도 예약했다. 마시모에게도 알리고 싶었지만, 그는 외출 중이었다. 나는 비키니 한 벌을 더 가방에 넣으며 아쉬워했다. 패션에 관한 모험을 시작한 이래로, 내가 디자인에 어느 정도 재능이 있다는 걸 깨달았다. 유일하게 못하는 건 바느질뿐이다. 나는 란제리와 수영복을 디자인하는 걸 특히 좋아한다. 서른 벌이 넘는 란제리와 수영복을 챙긴 뒤 마지막 여행 가방의 지퍼를 잠갔다.

"이사라도 가?" 올가는 문틀에 기대 사과를 먹고 있었다. "나라가 작으면 온 국민이 입을 수 있겠는데."

올가는 눈썹을 올리며 히죽 웃었다.

"이게 다 왜 필요한 거야?"

나는 다리를 꼬고 팔짱을 낀 채 앉아 그녀를 쏘아봤다.

"그러는 너는 신발은 몇 켤레나 챙겼어?"

올가는 천장을 올려다보며 생각에 잠겼다.

"열일곱, 아니지. 스물두 켤레. 너는?"

"쪼리 포함해서?"

"쪼리까지 합하면 서른한 켤레야."

올가는 콧방귀를 뀌며 웃었다.

"이것 봐! 이 위선자." 나는 가운뎃손가락을 올려 보였다.

"무엇보다 파티도 할 거고…….'

"적어도 한 번은 말이지." 올가는 웃었다.

"적어도 한 번은 할 거고." 나는 따라 말했다.

"한 주 내내 거기서 지낼 수도 있어. 어쩌면 더 오래 있을 수도 있고. 어차피 항상 이걸 다 들고 다니진 않을 거잖아? 선택지가 있어야지. 그게 그렇게 나빠?"

"안타까운 건 내 짐이 사실 더 많다는 거지."

올가는 고개를 저었다.

"제트기에 짐 무게 제한이 있던가?"

"그럴걸. 하지만 우리 짐은 문제가 안 될 거야."

올가에게 가까이 오라고 손짓했다.

"이제 이리 와서 그 가방 위에 좀 앉아봐. 잠글 수가 없네."

지난 비행 경험을 떠올리며 와인 두 잔을 들이켠 뒤 이미 취한 채 비행기에 들어섰다. 잠들기 전에 편안한 자세를 취할 틈도 없었다.

비행이 끝난 뒤 반쯤 의식이 없고 숙취에 시달리는 상태로 비행기에서 내려 차까지 걸어가 자리에 누웠다. 올가도 비슷하게 취해 있었다. 우리 둘 다 팔걸이에 놓여 있는 생수에 의존했다. 날은 아직 어두웠고, 아쉽게도 취기는 사라져 있었다.

"엉덩이가 아파."

올가는 물을 벌컥벌컥 들이켜며 중얼거렸다.

"비행기 의자 때문에?" 나는 물었다. "꽤 편안했는데."

"제대로 섹스했거든. 도메니코가 한 주 내내 섹스는 생각도 안 나게 하려고 마음먹은 것 같더라."

그 말에 술이 확 깨서 똑바로 앉았다.

"저택에 있었어? 마시모랑 도메니코 둘 다?"

나는 놀라서 눈을 크게 떴다.

"응. 내내 있었어. 그러다 저녁에 나갔지." 올가는 얼굴을 찡그렸다. "마시모가 너 보러 안 갔어?"

"응." 나는 고개를 저었다.

"더는 못 참아. 결혼 생활의 반은 날 싫어하는 것처럼 굴어. 며칠씩 사라지기 일쑤야. 난 마시모가 뭘 하고 다니는지 전혀 몰

라. 내 전화도 안 받는다니까."

나는 올가의 눈을 들여다봤다.

"더 나아질 것 같지 않아." 속삭이는 내 눈에 눈물이 고였다.

"해변에 가서 얘기할까? 칵테일 마시면서?"

나는 고개를 끄덕이며 볼을 타고 흘러내린 눈물 한 방울을 닦아냈다.

CHAPTER 6

기지개를 켜며 커튼 리모컨으로 손을 뻗었다. 아침 해에 눈이 멀고 싶지 않았기 때문에 커튼은 조금만 열어두었다. 좁은 틈 사이로 밝은 빛이 흘러들어왔고, 눈은 천천히 빛에 적응했다. 몸을 흔들어 잠을 떨쳐내며 아파트를 둘러봤다. 하얗고 차갑고 우아하며 현대적인 아파트였다. 모든 게 아주 깨끗했다. 방 이곳저곳에 놓인 빨간 꽃만이 따뜻한 분위기를 얹어주었다.

그때 노크 소리가 들렸다.

"내가 열게." 다른 방에서 소리치는 올가의 목소리에 완전히 잠이 깼다. "아침 식사야. 서둘러. 늦었어."

위협적인 욕을 중얼거리며 화장실을 향해 터벅터벅 걸어갔다.

"코코아야." 올가는 내 앞에 머그잔을 내려놓으며 말했다.

"살았다." 나는 중얼거리며 단숨에 들이마셨다.

"아, 좋다. 헤어스타일리스트는 언제 와?"

"금방 올 거야."

다시 노크 소리가 들려서 눈알을 굴렸다. 서두르기 싫지만 요즘은 그게 습관이 되어 있었다. 올가에게 손가락 두 개를 펴 보이며 시간이 얼마나 필요한지 알려준 뒤 샤워를 하러 갔다.

두 시간이 흐르고 10리터의 아이스티를 마신 뒤 우리는 준비를 마쳤다. 길고 어두운 내 머리를 헐거운 올림머리로 묶었더니 꼭 끝내주는 섹스를 한 뒤 막 침대에서 일어난 사람처럼 보였다. 하얀색 하이웨이스트 아마 바지와 그을린 배가 드러나는 짧은 셔츠를 입었다. 은색 톰 포드 구두를 신고 거기 어울리는 내 디자이너의 클러치백을 들었다. 선글라스를 쓰고 올가의 침실 문가에서 기다렸다.

"차는 이미 대기시켜 놨어."

낮은 목소리로 말하자 올가는 휘파람을 불었다.

"그럼 패션 세계를 정복하러 가보자고!"

올가는 엉덩이를 흔들며 내 손을 잡았다.

우리가 가장 멋지게 보일 줄 알았던 내 예상은 오산이었다. 다른 여자들도 다들 잘 차려입었고, 죄다 보그 모델처럼 보였다. 머리는 스타일리시하고, 옷은 화려했으며, 메이크업은 꼼꼼했다. 내게 초대장을 보낸 소녀가 우리를 안내하며 다양한 사람들을 소개해 줬고, 나는 그들과 무뚝뚝한 인사와 명함을 교환했다. 내 이름의 성이 대부분의 이탈리아인에게 깊은 인상을 남긴 듯했지만 내가 원한 건 그게 아니었다. 서로 시선을 교환하는 그들의 눈은 같은 말을 했다. '그 마피아 놈 마누라군.' 신경 쓰지 않았다. 남편이 내 사업의 시작을 가능케 하는 자금은 댔을지 몰라도 성공으로 향하는 사다리를 오른 건 내 재능 덕분이다. 그 생각을 하니 하루를 헤쳐나갈 힘이 솟아났다.

몇 개의 쇼를 보고 디자이너 세 명의 이름을 받아 적고 나니 정오가 지나 있었다. 지나치게 속물적인 행사에 지쳐 올가를 데리고 바람을 쐬러 나갔다. 날은 기분 좋게 따뜻했고, 해안가를 따라 나 있는 넓은 산책로가 매력적이었다.

"산책하러 가자."

올가의 등을 두드렸다. 올가는 어깨를 으쓱했지만 따라왔다.

경호원을 함께 보내지 않을 마시모가 아니었기에, 포마드로 머리를 넘긴 우락부락한 남자들이 우리를 따라왔다. 느긋하게 산책하며 시시콜콜한 잡담을 했고, 섹시한 포르투갈 남자들에게 점수를 매겼으며, 좋았던 옛 시절을 회상했다. 올가는 우리를 지나치는 섹시한 남자 몇 명을 보며 침을 흘렸다.

마침내 인파가 북적북적한 해변에 도착했다. 흥미가 돋아서 낮은 난간에 기댔다. 아래쪽 바닷가에서 파티가 진행되고 있었다. 수영 시합인 것 같기도 했다. 신발을 벗고 산책로와 백사장을 나누는 돌담에 앉았다. 그때 물에 들어가 있는 사람들을 발견했다. 그들은 서프보드에 앉아서 완벽한 파도를 기다리고 있었다. 어떤 사람들은 수영을 하고, 다른 어떤 사람들은 해변에서 휴식을 취하고 있었다. 서핑 대회였다. 배가 꼬였다. 테네리페에서의 기억에 가슴이 뛰었다. 무릎으로 턱을 받친 채 미소를 지으며 천천히 고개를 젓고 있는데, 갑자기 누군가가 확성기에 대고 말하기 시작했다.

"우리의 챔피언, 마르셀로 마토스를 소개합니다!"

그 발표에 숨을 멈추고 말았다.

침을 삼켰는데도 갑자기 목이 탔다. 당황한 채 그대로 얼어붙어 눈으로 인파를 훑었다. 거기 그가 있었다. 형형색색의 문신으로 뒤덮인 남자가 서프보드를 들고 서 있었다. 그의 형광 수영복은 거울처럼 햇볕을 반사하고 있었다. 어지러웠다. 안달이 나서 손가락이 얼얼했다. 올가가 뭐라고 말하고 있었지만 들리지 않았다. 마르셀로만 보였다. 그는 보드에 가슴을 대고 파도를 향해 팔로 노를 저었다. 도망쳐야 했지만 근육은 뇌에서 보내는 신호에 응답하지 않고 있었다. 그래서 그곳에서 꿈쩍도 하지 않고 그를 응시했다.

그가 첫 파도를 타자, 나는 뭔가 무거운 것에 머리를 얻어맞은 것 같았다. 그는 완벽했다. 그저 완벽했다. 역동적인 움직임은 자신감 있게 서프보드를 자유자재로 다뤘다. 바다 전체가 그의 손아귀에 있었다. 파도는 그의 모든 변덕에 응답했다. 맙소사. 나는 기도했다. 이게 그저 꿈이기를. 하지만 아니었다. 실제로 일어나는 일이었다. 2분이 지나자 모두 끝나 있었다. 해변에 있는 사람들이 환호성을 질렀다.

"가자."

나는 내 발에 걸려 헛디디며 소리 질렀다.

올가는 바보 같은 표정으로 날 응시하다가 웃음을 터뜨렸다.

"이 멍청아, 너 뭐 하는 거야?"

낮은 벽 뒤에 수그리고 숨는 내게 올가가 다가왔다.

"형광 수영복 입은 남자 보여? 물에서 나왔어?"

올가는 바다를 흘깃 쳐다봤다.

"지금 나오고 있어." 그녀는 혀를 찼다. "섹시한데."

"세상에. 미친, 염병할."

나는 그 자리에 고정된 채 중얼거렸다.

"왜 그래?"

올가는 그런 나 때문에 무서워지기 시작한 모양이었다. 그녀는 내 옆에 무릎을 꿇었다.

"그게…… 저 사람이야……." 나는 말을 더듬었다.

올가의 눈이 커졌다.

"저 사람이 널 납치한 남자라고?"

올가는 그를 가리켰지만 나는 그녀의 손을 끌어내렸다.

"아주 깃발이라도 흔들지 그래?" 나는 손으로 얼굴을 감쌌다. "그 사람 지금 뭐 하고 있어?"

나초가 못 듣게 하려고 조용히 속삭였다.

"어떤 여자랑 얘기하다 서로 안고 방금 막 키스했어. 안됐네."

올가의 목소리는 분명하게 나를 비꼬고 있었다.

"어떤 여자?"

위가 경련했다. 무슨 일이 일어나는 거지? 남은 힘을 다해 몸을 일으켜 낮은 벽 너머로 그를 훔쳐봤다. 나초가 있었다. 예쁜 금발의 여자가 신나서 위아래로 뛰며 나초를 안고 있었다. 그녀가 뒤로 돌자, 나는 안도의 한숨을 내쉬었다.

"아멜리아야. 여동생."

인도에 앉자 올가도 내 옆에 앉아 조용히 생각에 잠겼다.

"그 사람 여동생을 알아." 올가가 찡그렸다. "다른 가족도?"

"가야겠다." 나는 속삭였다.

경호원들을 흘깃 바라보았다. 전혀 눈치채지 못한 듯했다. 나는 다시 불가능해 보이는 이 우연에 대해 빠르게 생각했다.

올가는 대답을 요구하듯 나를 바라봤지만, 좋은 말이 떠오르지 않았다. 올가는 눈을 가늘게 뜨고 얼굴을 찡그리더니 시선을 떨어뜨린 채 바닥에 떨어진 작은 나뭇가지를 만지작거렸다.

"그 사람이랑 잤구나." 올가가 갑자기 말했다.

"아니야!" 나는 격분했다.

"하지만 그러고 싶었네."

나는 올가의 눈을 들여다봤다.

"아마도…… 잠깐은." 나는 인정하고 벽에 이마를 댔다. "맙소사, 올가. 그가 여기 있어." 나는 손으로 얼굴을 가렸다.

"그건 맞아."

올가는 잠깐 생각에 잠겼다. 마침내 그녀는 입을 열었다.

"이리 와. 우릴 보진 못할 거야. 네가 여기 있다고는 생각도 못할 테니까."

올가의 말이 옳기를 바랐다. 신발에 발을 밀어 넣고 몸을 일으키며 눈으로 바닷가를 훑었다. 나초는 없었다. 올가는 내 손을 잡아끌며 나초가 있던 곳에서 멀리 떼어냈다. 우리는 차로 갔다.

뒷좌석에 앉고 나서야 편안히 숨을 쉴 수 있었다. 등줄기를 타고 흘러내리는 식은땀을 느끼며 안도의 숨을 내쉬었다. 경호원

들이 걱정스러운 표정으로 내게 질문을 퍼부으며 귀찮게 하는 걸 보니 어지간히 안 좋아 보였던 모양이다. 스트레스도 받은 데다 날씨도 더워서 그랬을 뿐이다. 적어도 그들에게는 그렇게 핑계를 대고, 운전기사에게 출발하라고 명령했다. 차가 속도를 내자마자 창문으로 시선을 돌렸다. 한 번만 더 그를 흘긋 볼 수만 있다면······.

갑자기 큰 경적 소리가 들렸다. 우리의 SUV가 날카로운 타이어 마찰음과 함께 멈췄다. 앞좌석의 등받이에 머리를 박고 말았다. 운전기사는 우리 앞에 멈춘 택시의 운전기사에게 고함을 지르고 있었다. 기사는 차 밖으로 나와 요란한 몸짓을 해댔다. 그때 나초를 봤다. 내 세상은 멈췄다. 입술을 깨물며 나초가 자기 차로 걸어가는 모습을 봤다. 그는 몸을 굽혀 글러브 박스에서 휴대폰을 꺼냈다. 그는 몇 분간 휴대폰을 손으로 스크롤하다가 고개를 들어 싸우는 두 남자를 봤다. 그리고 나와 눈이 마주쳤다. 나는 얼어붙었다. 그는 말도 안 된다는 표정을 지었다. 그의 가슴이 오르내리는 게 보였다. 시선을 피할 수 없어서 그저 그를 응시했다. 나초가 우리 쪽으로 걸어오기 시작했지만, 마침 우리가 탄 검은 SUV는 속도를 내며 자리를 떴다. 나초는 걸어오다 말고 멈췄다.

나는 입을 살짝 벌린 채로, 그를 뒤에 두고 와서도 계속해서 그가 있던 곳을 바라봤다. 나초는 팔을 축 늘어뜨린 채 거기 서 있었다. 잠시 후 다른 차가 시야를 막았다.

"나를 봤어." 나직이 말했지만 올가는 내 말을 듣지 못했다.

"내가 여기 있는 걸 알아."

내 삶이 겨우 평범해진 이때 나를 여기로 데려온 신은 못되고 악의에 가득 찬 어린아이임이 분명하다. 나초의 등장으로 다른 건 전부 의미를 잃었다. 이제 중요한 건 아무것도 없었다. 과거의 망령이 받아 마땅한 걸 찾으러 온 것이다.

"자." 웨이터가 샴페인 병을 가져오자 올가가 말문을 열었다. "우선 취하자. 그러고 나면 전부 말해줘. 자세하게."

"그 얘길 듣고 싶다면 확실히 취해야겠네."

나는 잔을 향해 손을 뻗었다.

두 시간이 지나고 몇 병의 술을 마신 뒤, 올가에게 모든 것을 말해줬다. 내가 깬 접시와, 나초가 날 구한 것, 해변의 별장, 수영을 배운 것, 키스, 그리고 나초가 플라비오를 쏜 것까지. 다른 것도 죄다 털어놓았다. 내 감정과 생각. 올가는 겁에 질린 표정으로 귀를 기울였다.

"내 생각은 이래." 올가는 만취한 눈을 희번덕이며 마침내 입을 열었다. "내가 술에 돈을 낭비했다면 넌 인생을 낭비했어."

올가는 얼굴을 찌푸리며 고개를 끄덕였다.

"프라이팬에서 이젠 불구덩이로 들어가는구나. 처음엔 시칠리아 마초더니 이제는 문신으로 가득한 스페인 남자야?"

"카나리아인이야."

나는 의자에 기대며 올가를 향해 잔을 흔들었다.

"그거나 그거나."

올가는 내게 손을 저으며 쏘아붙였다. 그 손짓에 웨이터가 자기를 부른 줄로 착각하고 테이블로 왔고, 올가는 놀란 눈으로 그를 봤다.

"왜 이래?"

올가는 폴란드어로 중얼거렸고, 나는 웃음을 터뜨렸다.

"이 아가씨 참……." 깔깔거리는 걸 멈출 수 없었다.

올가도 웃음을 터뜨리며 웨이터를 쳐다봤지만, 웨이터는 미소조차 짓지 않았다. 우리의 기분에 공감하지 못하는 듯했다.

"샴페인 한 병 더요! 소화제도요."

올가는 고개를 끄덕이며 웨이터를 보냈다.

"라우라." 웨이터가 자리를 뜨자 올가가 말문을 열었다.

"내일 중요한 파티가 있어. 그런데 우린 물에 한참 떠돌아다니던 똥처럼 보이겠다. 어떤 애가 수영장에 똥을 쌌는데 누가 꺼낼 때까지 며칠이나 떠다닐 때처럼."

나는 요란하게 웃었지만, 올가는 아직 말이 안 끝났다는 듯 손가락을 들어 보였다.

"하지만 그건 별개야. 다른 문제는, 난 항상 취하면 욕구가 생긴다는 거지. 그러니까 너한테 더 좋은 생각이 없다면 난 이만 하러 갈게."

올가는 테이블 위로 몸을 기울였다가 중심을 잃으며 팔꿈치로 몸을 받쳤다. 테이블이 흔들리며 술잔이 크게 쨍그랑거렸다.

재빨리 주변을 돌아봤다. 모두가 우리에게 추파를 던지고 있었다. 그것 자체는 이상할 게 없었지만 우리는 지금 시끄럽고 불쾌한 사람들이었다. 똑바로 앉으려 했지만, 등받이에 기댈수록 몸이 더 아래로 미끄러졌다.

"우리 방으로 돌아가야지." 나는 속삭였다. "근데 못 걷겠다. 나 업어줄래?"

"물론!" 올가가 행복한 듯 외쳤다. "네가 먼저 업어주면."

웨이터는 술 한 병을 더 가져오자마자 뚜껑을 열었다. 그가 첫 잔을 따르기도 전에 올가가 벌떡 일어나서 술병을 잡고 웨이터의 손에서 빼내 문으로 달려갔다. 사실 달려갔다는 건 과장이었다. 올가는 두 걸음을 뗄 때마다 한 걸음 뒤로 헛디뎠다. 바닥이 계속해서 어지러이 돌아가는 듯했다. 우리는 창피해하며 한참을 걸은 뒤에야 마침내 엘리베이터 앞에 도착했다. 취한 와중에도 내일 엄청난 숙취에 시달릴 생각에 신음이 나왔다. 우리는 아파트 안으로 들어가다가 러그 위에서 헛디뎌 서로의 위로 넘어졌다. '미친, 의자에 머리를 부딪칠 뻔했잖아.' 의자 바로 옆 커피테이블 위에 손을 디디며 생각했다. 올가는 흥에 겨워 자기 침실 문까지 굴러갔다. 그러고는 안으로 기어 들어가며 바보 같은 미소와 함께 손을 흔들었다. 나는 한쪽 눈만 뜨고서 올가를 흘긋보고는 내 손에 들린 샴페인 병에 집중했다. 어떻게 남은 샴페인을 흘리지 않았는지 알 수 없었다. 잠깐 다른 눈을 떴지만, 곧바로 어지러워져서 다시 감았다.

"우린 죽을 거야." 나는 중얼거렸다. "그리고 이 고급 아파트에서 썩기 시작하겠지."

레스토랑에 신발을 벗어둔 나는 맨발로 방 안쪽으로 터벅터벅 걸어 들어갔다.

"시체에서 냄새가 나기 시작하면 발견될걸."

꼬인 혀로 계속 말했다. 마침내 침실에 도착한 나는 침대에 쓰러져 이불 안으로 기어들어 가며 만족스러운 신음을 냈다.

"나초, 내 사랑, 불 좀 꺼줘요."

발코니 옆 안락의자에 앉은 남자의 실루엣을 향해 말했다.

"안녕, 아가씨." 그는 일어나서 침대로 다가왔다.

"너무 취했나 헛것이 다 보이네요." 나는 살짝 웃었다. "아니면 이미 잠든 건지도 모르죠. 그럼 우린 섹스해야 해요."

씩 웃으며 이불 속에서 몸을 꼬는 날 내려다보고 선 그는 나처럼 미소 짓고 있었다.

"나랑 하고 싶어요?"

그가 내 옆에 누우며 물었다. 나는 옆으로 움직여 그에게 자리를 내줬다.

"음……." 나는 여전히 눈을 감은 채 기분 좋은 소리를 냈다. "항상 그런 꿈을 꿔요. 당신과 사랑을 나누는 꿈."

바지를 벗으려 했지만, 손가락이 너무 무감각했다.

나초의 가느다란 손가락이 이불을 걷어냈다. 그는 내가 풀려던 단추를 대신 풀어주며 내 바지를 조심히 벗기고는 깔끔하게 갰다. 나는 블라우스를 벗겨달라는 뜻으로 팔을 들었다. 그는 내 등에서 지퍼를 찾아 블라우스를 벗겼다. 돌아누워 매트리스에 엉덩이를 문지르며 그를 유혹했다. 그는 침대 옆 서랍장 위에 갠 옷을 놓았다.

"영원히 그렇게 있어줘요." 나는 나직이 말했다. "오늘은 부드럽게 해줘요. 당신이 그리웠어요."

그의 입술이 내 어깨에 닿은 다음 쇄골로 옮겨갔다. 거의 느껴지지 않을 정도로 가벼웠지만, 그 따뜻함에 온몸이 전율했다. 그는 이불로 나를 덮어줬다.

"오늘은 안 돼요." 그는 내 이마에 키스하며 말했다. "하지만 조금만 기다려요."

실망해서 한숨을 쉬고는 부드러운 이불에 얼굴을 묻었다. 이런 꿈이 참 좋았는데 말이다.

아침의 숙취는 매우 고통스러웠다. 눈을 뜨자마자 네 번이나 토했다. 아파트의 다른 쪽에서 들려오는 소리로 보아 올가도 같은 상황인 듯했다. 샤워를 한 뒤 잠깐이라도 나아지길 바라며 캐리어에서 찾은 아스피린 두 알을 삼켰다. 거울로 걸어가 내 모습을 봤다. 그러고는 그 몰골에 앓는 소리를 냈다.

누군가 내게 안 좋아 보인다고 말하면 칭찬으로 들을 수 있을 정도였다. 누군가가 걸쭉해질 때까지 나를 갈아버린 다음 버거로 만들어 먹고 소화시킨 뒤 싸지른 것 같았다. 나는 내가 더는 열여덟 살이 아니라는 사실과 알코올은 하루에 최소 2리터를 마셔야 하는 물이 아니라는 사실을 잊곤 했다. 다리를 떨며 침대로 돌아가 누워서 약효가 돌기를 기다렸다. 지난밤에 일어난 일을 회상하는 건 어려웠다. 레스토랑을 나선 뒤에 필름이 끊겼다. 그때쯤 우리는 완전히 밥맛없게 행동했다. 방으로 안전하게 돌아왔다든지 하는 긍정적인 기억을 찾아내려 했지만 빠르게 실패했다.

나 자신의 무책임함에 좌절감과 분노를 느낀 나는 휴대폰을 집어 들고 헤어 스타일리스트와의 약속을 한 시간 뒤로 미뤘다. 화면에는 메시지가 와 있었다. 모르는 전화번호로 온 문자 메시지였다.

'원하는 꿈을 꿨길 바라.'

이게 무슨 소린가 싶어 얼굴을 찡그렸다. 그러자 발코니 옆 안락의자에 앉아 있던 카나리아인에 대한 기억의 조각이 서서히 맞춰졌다. 내 시선은 빠르게 왼쪽을 향했다. 의자가 침대에 더 가깝게 옮겨져 있었다. 두통이 더 심해졌다. 서랍장을 흘깃 봤다. 그 위에 내 옷이 깔끔하게 개켜진 채 놓여 있었다. 방금 전 마신 물이 다시 전부 목으로 넘어올 뻔했다. 벌떡 일어나 화장실로 달려갔다. 속의 내용물을 고통스럽게 게워낸 뒤, 침대로 돌아왔다. 겁에 질렸다. 서랍장 위에 개켜진 채 놓여 있는 내 하얀색 바지 위에서 뭔가가 반짝거렸다. 작은 서프보드 열쇠고리였다.

"꿈이 아니었어."

나는 나직이 말했다. 다리에 힘이 풀려 침대 옆에 무릎을 꿇으며 주저앉았다.

"그가 여기 왔었어."

너무 무서웠다. 두 달 전, 이보다 더 끔찍한 기분은 앞으로 없을 거라고 생각했지만 틀렸다. 내가 무슨 말을 했는지, 무슨 행동을 했는지 기억하려 애썼지만 내 뇌가 나를 보호했다. 기억해

낼 수가 없다. 바닥에 널브러져 천장을 쳐다보았다.

"죽은 거야?" 올가는 내 위로 몸을 숙이며 물었다. "이러지 마. 네가 알코올 과다 복용으로 죽으면 마시모가 날 죽일 거야."

"죽고 싶어." 나는 눈을 질끈 감으며 말을 더듬었다.

"알아, 나도 그래. 하지만 죽음보다 더 나은 게 뭔지 알아? 기름진 아침 식사야."

올가는 내 옆에 누우며 내 머리에 자기 머리를 댔다.

"기름지고 지방 가득한 음식을 잔뜩 먹자. 그럼 기운 차릴 수 있을 거야."

"너한테 잔뜩 토할걸."

"웃기시네. 토할 게 남아 있지도 않으면서." 올가는 나를 보며 말했다. "아침 식사 시켜놨어. 아이스티도 잔뜩 주문했어."

우리는 꼼짝 않고 등을 대고 누웠고, 나는 치열한 생각에 잠겼다. 올가에게 지난밤 일을 말해줘야 할까? 노크 소리에 고민에서 벗어났다. 우리 둘 다 움찔하지조차 않았다.

"염병할." 올가는 한숨을 쉬었다.

"그러게." 나는 대답했다. "난 절대 문 안 열어. 아침도 네가 먹자고 했잖아. 네가 열어."

우리는 시간을 들여 식사를 했다. 올가는 소시지와 베이컨, 달걀프라이와 팬케이크를 주문했다. 기름지고 설탕과 콜레스테롤 폭탄인 식사였다. 모든 미팅이 저녁에 있다는 사실에 감사했다. 연회에 가기 전까지 우리는 생산적인 건 아무것도 하지 않았고, 테라스에서 벌거벗은 채 일광욕을 하며 아이스티를 잔뜩 마시는 시간을 보냈다. 이 아파트의 가장 큰 장점은 바다와 서퍼들이 보이는 전망이었다. 개미처럼 작게 보이긴 했지만, 저들 사이에 그가 있다고 생각하니 활기가 돋았다.

내가 여기 있는 걸 어떻게 안 걸까? 안에는 어떻게 들어왔으며, 무엇보다도 왜 아무것도 하지 않았을까? 지난밤 나는 어느 때보다 몸이 달아 있었다. 뭐든 할 마음이었고 말이다. 내 팬티를 내리기만 하면 됐을 터였다.

바닷가 별장에서의 말다툼을 떠올렸다. 나초는 나와 한번 하기만을 원한다고 했다. 당시 나는 그가 거짓말하는 것이길 바랐다. 이제는 거짓말임을 확신한다. 오늘의 나는 그 생각을 떨칠 수가 없었다. 어떻게 그렇게까지 취할 수가 있지? 제일 화나는 사실은 그가 그렇게 가까이에 있었는데도 그를 잡아두려는 노력을 전혀 하지 않았다는 거다. 아니, 했는지도 모른다. 그가 내 옷을 벗기는 걸, 내 나체를 보는 걸 허락했는지도 모른다.

"무슨 생각해?" 올가는 눈부신 햇빛을 가리기 위해 손을 들며 물었다. "꼭 선베드랑 섹스하고 싶은 것처럼 꿈틀거리네."

"그러고 싶으니까." 나는 대꾸했다.

저녁 7시가 되자 스타일리스트 팀은 우리의 스위트룸에서 나갔고 우리는 거실에 서서 물과 숙취 해소제를 먹었다. 서로의 모습에 만족한 우리는 출발하기로 했다. 나는 숨이 막히도록 아름다운 빨간 드레스를, 올가는 어깨가 드러난 황백색 드레스를 입었다. 둘 다 내 디자이너의 작품이었다. 그러지 않는다면 말이 안 됐다. 내 재능으로 모두를 감탄시킬 마지막 기회였다. 패션

산업에서 가장 영향력 있는 사람들이 나를 보게 만들 기회.

휴대폰이 진동했다. 스피커에서 흘러나온 목소리는 차가 대기 중이라고 알렸다. 전화를 끊고 화면을 흘긋 쳐다봤다. 휴대폰이 삑삑거렸다. 배터리가 바닥나고 있었다. 충전기는 없었다. 속으로 욕을 하면서 클러치백에 휴대폰을 쑤셔 넣었다.

엘리베이터를 타고 아래층으로 내려가 연회장까지 가는 리무진에 올랐다.

"맥주 마시고 싶다." 입구에 선 남자에게 초대장을 건네는 내 옆에서 올가가 중얼거렸다. "차가운 걸로."

올가는 주변을 둘러보며 덧붙였다.

"그래. 머그잔에 맥주 담아 마시면 네 드레스랑 진짜 잘 어울리겠다."

나는 올가를 위아래로 훑어보며 말했다. 올가는 아무 반응 없이 가운뎃손가락을 들어 보이기만 했다. 그러고는 바까지 거의 뛰어가다시피 했다.

내 포르투갈인 파트너가 인파 속에서 나타나 내 허리를 잡고 군중 속으로 끌어당겼다. 예상치 못한 일이었다. 그녀는 다른 사람들은 딱히 신경 쓰지 않았지만 나 말고도 두 명을 더 데려갔다. 그런 생각을 밀어내려 했지만, 마음속 깊은 곳에서는 남편과 관련된 일이 아닐까 의심되었다. 괜찮은 뇌물이나 협박만 있으면 안 될 건 없었다. 두 시간이 지난 뒤, 알고 지내면 좋을 사람들과는 모두 안면을 틀 수 있었다. 직물 제작자, 제봉 공장주, 디자이너, 칼 라거펠트 같은 몇몇 스타까지. 그는 내 드레스를 마음에 들어 하며 칭찬했다. 기절하거나 지나치게 흥분한 10대처럼 팔짝팔짝 뛰어다닐 수도 있었겠지만, 위엄을 유지하기로 한 나는 고개를 끄덕여 감사 인사를 전했다.

내가 패션 왕국을 건립하는 데 여념이 없는 동안, 올가는 바 뒤의 잘생긴 현지 소년과 맥주잔을 부딪치며 수다를 떨고 있었다. 그 남자는 숨이 멎도록 잘생겼다. 그에게 바텐더 일을 시킨 사람은 마케팅 천재가 분명하다. 올가는 카운터에 서 있는 것 이외에 별다른 걸 하지 않았다. 제법 취해 있다는 뜻이었다.

"라우라, 여긴 누노야."

올가가 그를 가리키자 소년은 예의 바르게 고개를 끄덕이며 웃었다. 그러자 뺨에 아주 귀여운 보조개 두 개가 드러났다.

"당장 날 여기서 데리고 가지 않으면 한 시간 뒤에 일이 끝나는 누노가 해변에서 나랑 섹스할 거야."

올가가 폴란드어로 중얼거렸다. 올가를 바에 두고 떠난다면 정말 그렇게 될 거라는 사실을 알았다. 나는 실망한 소년에게 가장 매력적인 미소를 띠어 보이며 올가를 끌어내 출구로 향했다. 내 경호원들은 빠르게 눈치를 채고 차 뒷좌석에 올가를 조심히 밀어 넣는 걸 도와줬다. 올가를 차에 태우고 나오자마자 그녀는 마음을 바꿔 차에서 내렸다.

"한잔 더 할래."

올가는 연회장으로 비틀비틀 돌아가며 혀 꼬인 소리를 했다.

"얼른 차에나 타, 이 멍청아!"

나는 올가를 도로 차 안으로 밀어 넣으며 명령했다.

올가는 말을 듣지 않았다. 경호원 한 명이 그녀를 잡고 땅에서 살짝 들어 올리며 나를 바라봤다. 올가는 이리저리 움직이며 벗어나려 했다. 나는 체념하고 고개를 저었다.

"같이 들어가서 잡아줘요. 도망치려고 할지도 몰라요." 나는 한숨을 쉬었다. "저는 돌아가서 얘기해야 할 사람이 있어요."

"돈 마시모께서 혼자 두지 말라고 하셨습니다."

"호들갑 떨지 말아요. 괜찮아요. 여긴 안전해요."

팔을 뻗어 야자수와 고요한 바다를 가리키며 해변을 따라 휘저어 보였다.

"올가를 집에 데려다준 다음에 다시 오면 되잖아요."

뒤로 돌아 연회장 안으로 돌아가는데 적어도 여섯 명의 시선이 나를 따라왔다.

나는 내 주의를 끌기 위해 다투는 사람들과 어울리며 샴페인을 홀짝였다. 술을 마시기에 적당한 밤은 아니었지만, 숙취에도 불구하고 모엣 샹동 로제의 맛이 안정감을 줬다.

"라우라?"

뒤에서 목소리가 들렸다. 돌아보니 아멜리아가 인파를 헤치며 다가오고 있었다. 가슴에서 저릿한 고통이 솟는 게 느껴졌다. 샴페인의 취기가 곧장 머리로 올라왔다. 아멜리아가 두 팔을 벌려 휘청거리는 나를 안아줬다.

"한 시간은 보고 있었는데, 라우라인지 확신이 안 서더라고요. 경호원들이 나타날 때까지는요."

그녀는 활짝 웃었다.

"너무 예뻐요."

"맞는 말이야……."

또 다른 목소리가 날 얼어붙게 했다. 나는 숨을 멈췄다.

"정말 예뻐요." 나초가 아멜리아 뒤에서 나타나며 말했다.

밝은 회색 정장과 하얀색 셔츠에 블레이저와 같은 색의 넥타이를 맨 나초 또한 멋있었다. 깔끔하게 삭발한 머리는 조명에 반짝였으며, 그을린 피부는 초록색 눈을 더욱 돋보이게 했다. 나초는 무표정한 얼굴로 여동생의 허리를 감싸고 서 있었다. 아멜리아는 뭔가를 말하고 있었지만 들을 수 없었다. 나초가 도착한 순간 온 세상이 사라졌다. 나초는 냉정하고 무자비한 마피아 두목처럼 굴고 있었다. 익숙한 모습이었다. 내가 총에 맞은 날 나초는 그런 얼굴 뒤에 숨어 있었다. 아멜리아가 흥분해 재잘대는 동안 우리는 황홀경에 젖어 서로의 눈을 들여다봤다.

"넥타이 멋있네요."

나는 마침내 말문을 열어 아멜리아의 말을 끊었다.

아멜리아는 입을 벌린 채 멈췄다. 우리 둘 다 그녀에게는 신경조차 쓰지 않고 있다는 사실을 깨닫자 얼굴을 찌푸렸다.

"둘이 얘기해요." 그녀는 그렇게 말하고 자리를 떴다.

우리는 꼼짝도 하지 않고 안전한 거리를 유지한 채 서로를 바라봤다. 누구의 주의도 끌고 싶지 않았다. 입을 열고 심호흡했다. 나초는 침을 꿀꺽 삼켰다.

"잘 잤어요?" 1분간 더 정적이 흐른 뒤, 나초가 물었다.

그의 눈은 장난스럽게 빛났지만, 얼굴은 여전히 무표정했다.

내 머릿속은 지난밤의 기억으로 혼란스러웠다.

"몸이 별로 좋지 않네요."

나는 테라스 문으로 향하며 속삭였다. 출구로 거의 도망가다시피 하며 드레스 자락을 한 줌 움켜쥐었다. 곧장 테라스 가장자리로 가 난간에 팔을 올렸다. 몇 분 뒤 나초가 다가왔다. 그는 내 손에서 가방을 잡아 빼고는 내 손목을 잡아 맥박을 확인했다.

"이제 심장은 괜찮아요." 나는 나직이 말했다. "테네리페에서 살아 나온 일의 장점 중 하나죠. 새 심장을 이식받았거든요."

"알아요." 나초는 손목시계를 보며 무뚝뚝하게 대답했다.

"안다니, 그게 무슨 소리예요?"

진심으로 놀란 나는 손을 빼냈지만, 나초에게 다시 잡혔다.

"남편이랑 얘기해 봤어요?"

그는 마침내 내 손을 놔주며 물었다. 이제는 난간에 등을 기대고 서 있었다.

나초와는 내 결혼 생활에 대해 얘기하고 싶지 않았다. 특히 요즘 들어 마시모를 거의 보지 못했다는 사실은 나초와 아무 상관이 없었다. 그런 말은 절대로 하지 않을 작정이었다.

"지금은 당신이랑 얘기하고 있잖아요. 당신 관점으로 얘기를 듣고 싶은데요."

그는 한숨을 쉬며 시선을 떨어뜨렸다.

"나도 알고 있어요……. 내가 그 심장을 구했으니 당연하죠."

그는 나를 바라봤다. 나는 눈을 크게 떴다.

"표정을 보아하니 몰랐나 보군요. 내 의사들은 당신이 살아남을 거라고 생각하지 않았어요. 그래서……."

나초는 마치 뭔가를 숨기려는 듯 말을 멈췄다.

"그래서 이제 새 심장이 생겼죠."

그는 심각한 표정으로 말을 끝맺었다.

"심장을 어떻게 얻게 된 건지 내가 알아야 하나요?"

나는 손가락으로 그의 턱을 잡아 올려 시선을 마주치며 흐트러진 목소리로 물었다.

그의 초록색 눈은 나를 살폈다. 그는 자기 입술에 침을 묻혔다. 일부러 이러는 걸까? 무슨 질문을 했는지 잊고 말았다. 스피어민트 껌과 그의 향수 냄새는 매혹적이었다. 나초는 한 손을 주머니에 꽂고 다른 한 손으로는 가방을 들고 있었다. 그는 나를 똑바로 바라봤다. 온 세상이 멈췄다. 모든 게 조용했다. 세상엔 우리 둘뿐이었다.

"보고 싶었어요."

그 말에 숨이 턱 막히는 것 같았다. 눈에 눈물이 고였다.

"시칠리아에 있었군요."

나는 예전의 환각을 떠올리며 나직이 말했다.

"그랬죠." 나초가 대답했다. "여러 번이나요."

"왜죠?" 나는 이미 답을 알면서 물었다.

"왜 시칠리아에 갔냐고요? 아니면 왜 당신을 보고 싶어 했냐고요?"

"왜 이러는 거냐고요."

나는 무너지고 있었다. 그가 대답하기 전에 도망가야 했다.

"나는 그 이상을 원해요."

마침내 나초의 잘생긴 얼굴에 환한 미소가 피어올랐다. 그날 저녁 처음 만난 순간부터 억누르고 있던 미소였다. 눈썹은 올라가 있고, 몸은 긴장이 풀려 있었다.

"당신의 더 많은 걸 원해요. 당신에게 서핑을 가르치고 문어 잡는 법을 보여주고 싶어요. 당신과 오토바이를 타고 싶어요. 테이데산의 눈 덮인 정상을 보여주고 싶어요. 또……."

팔을 들어 올리자 나초는 말을 멈췄다.

"가봐야 해요." 나는 몸을 돌리며 말했다.

"태워다 줄게요." 나초가 내 뒤에서 외쳤다.

"고맙지만 내 경호원들이 태워다 줄 거예요."

"당신 경호원들은 호텔에서 올가를 따라다니느라 바쁘잖아요. 제법 정신없을 텐데요."

몸을 돌려 나초가 그걸 어떻게 알았는지 물으려 했지만, 곧 그는 모르는 게 없다는 사실을 깨달았다. 내 브래지어 사이즈마저도 아는 사람이었다.

"고맙지만 택시 탈게요."

그가 내 클러치백을 흔들고 있는 것을 알아차린 순간, 나초는 재미있어하는 얼굴로 나를 향해 걸어왔다가 한 걸음 물러섰다. 그는 나보다 훨씬 키가 컸다. 내가 하이힐을 신고 있었는데도. 가방을 잡기 위해 손을 뻗었지만 나초는 혀를 차고 고개를 저으며 가방을 높이 들어 올렸다.

"입구 앞에 차를 대기시켜 놨어요. 따라와요."

그는 나를 지나쳐 문을 향해 걸어갔다.

가방 안에 휴대폰이 없었다면 그대로 떠났을 것이다. 하지만 그럴 수 없었다. 나는 그 휴대폰에 중독돼 있었다. 건물에서 나올 때까지 나초로부터 안전한 거리를 두고 그를 따라갔다. 그는 손가락으로 내 손목을 감아 잡고 나를 다시 어둠 속으로 끌고 갔다. 그의 손이 내 살갗에 닿자 몸이 떨렸다. 그도 나와 같은 느낌을 받았는지 멈춰 서서 나를 놀란 눈으로 쳐다봤다.

"하지 마요."

나직이 말했다. 그는 내 손목을 놓아주는 대신 팔로 허리를 감쌌다. 나초는 나를 자기 쪽으로 끌어당겼다. 나는 나초가 키스하기 쉽도록 고개를 뒤로 기울였다. 우리는 거기 서서 서로를 만지며 가쁜 숨을 쉬었다. 나초는 내 눈을 들여다봤다. 그 이상 아무것도 하지 않고 나를 보기만 했다. 이건 끔찍한 생각이라는 걸 안다. 휴대폰을 두고 호텔로 도망쳐야 했지만 그럴 수 없었다. 그가 여기 있다. 진짜 나초가 바로 여기, 내 앞에 서 있다. 그의 몸이 뿜어내는 열기가 나를 적셨다.

"거짓말이었어요." 나초가 속삭였다. "당신한테 바라는 건 없고 한번 하고 싶다고만 한 거요."

"알아요."

"친구가 되고 싶다는 말도 거짓말이었어요."

다음에 올 말이 두려워 심호흡했다. 나초는 나를 놔주며 차 키 버튼을 눌렀다.

헤드라이트가 켜졌다. 나초는 조수석 문을 열고 기다렸다. 나는 안으로 들어가서 그가 타기를 기다렸다. 이상하고 특이한 차였다. 아름답지만 다른 시대의 디자인이었다. 가로등의 희미한 불빛 아래에서 파란색 페인트로 칠한 외관과 앞에서 뒤로 이어지는 하얀색 줄무늬 두 줄만 간신히 볼 수 있었다. 고개를 돌리며 내부를 살폈다. 제대로 된 차라는 생각이 들었다. 최첨단 우주선 같은 쓰레기가 아니었다. 총 세 개의 측정기와 네 개의 스위치가 있었다. 나무로 된 운전대에는 아무 버튼도 없었다. 완벽했다. 흠잡을 만한 단 한 가지는 지붕이 없다는 거였다.

"테네리페에서 몰던 차가 아니네요."

나초는 운전석에 앉으며 내 무릎에 가방을 놓았다.

"생각보다 눈썰미가 좋네요." 그는 미소 지었다.

"거기에선 콜벳 스팅레이를 몰았죠. 이건 셸비 코브라예요. 하지만 당신은 분명 지독히도 못생긴 페라리 모델들도 구분 못 하겠죠."

그는 빈정대는 투로 웃으며 시동을 걸었다.

"차에도 영혼이 있어요. 가격이 전부가 아니라고요."

엔진 소리에 맞춰 스피커에서는 구아노 에이프스의 「로즈 오브 더 보즈Loards of the Boards」가 터져 나왔다.

신나는 노래에 나는 앉은 채로 몸을 흔들었다. 나초는 웃음을 터뜨렸다.

"더 적절한 노래를 틀어줄게요."

그는 눈썹을 실룩이며 행복한 목소리로 말하고는 깔끔한 대시보드의 버튼을 눌렀다. 노래가 바뀌었다. 에반 에센스의 「마이

「이모털My Immortal」이 차 안을 부드럽게 채웠다. 피아노로 시작한 노래는 스스로의 공포에 지치고 답답해하는 부드럽고 깊은 목소리로 이어졌다.

가사 한마디 한마디가 내 감정과 너무나도 비슷했다. 일부러 이 곡을 고른 걸까, 아니면 단순한 우연이었을까?

해변을 뒤로하고 마을의 텅 빈 거리를 천천히 운전하는 동안 노래를 듣는 내 눈에는 눈물이 고였다.

'나 스스로에게 당신이 떠났다는 사실을 말하려 무던히도 노력했죠. 당신은 여전히 나와 함께 있지만 나는 지금껏 외로웠어요…….'

그 가사에 나는 더 참을 수가 없었다.

"차 세워요!" 나는 폭발할 것 같은 감정으로 소리쳤다. "망할 차 세우라고요!"

내가 엉엉 울자 나초는 차를 세우고 겁에 질린 눈으로 나를 쳐다봤다.

"어떻게 그럴 수 있어요?"

나는 문을 열고 뛰쳐나왔다.

"어떻게 나한테 이럴 수 있냐고요. 난 행복했어요! 모든 게 잘 돌아가고 있었다고요. 당신이 나타날 때까진 완벽했는데……."

나초는 나를 안고 벽으로 밀었다. 나는 저항하지 않았다. 그럴 수가 없었다. 그가 천천히 다가오는데도 방어조차 하지 않았다. 그는 더 하지 않고 멈춰서 내 허락을 기다렸다. 더는 기다릴 수 없었다. 나초의 머리를 잡고 그의 입술에 입을 맞췄다. 나초의 손은 천천히 내 엉덩이와 허리, 어깨를 지나 얼굴에 닿았다. 그는 내 입술을 부드럽게 물고 애무하며 핥았다. 그의 혀는 입술 사이를 지나 내 입안에 닿았다.

노래는 반복 재생되어 다시 크게 울려 퍼졌다. 우리는 어쩔 수 없이 얼어붙었다. 나초는 따뜻하고 부드러우며 너무나도 관능적이었다. 부드러운 입술은 단 한 번도 쉬지 않고 내 입술에 맞닿았다. 혀는 내 혀와 춤추며 내 숨을 가쁘게 했다. 너무 황홀해서 모든 걸 잊고 말았다.

그러고는 귀가 먹먹할 정도의 침묵이 내려앉았다. 그러자 현실 감각이 돌아왔다. 온 세상이 우리 위로 무너졌다. 우리 둘 다 그걸 느꼈다. 나는 입을 다물었다. 나초는 물러났다. 그는 내 이마에 눈썹을 대고서 눈을 질끈 감았다.

"당신과 더 가까이 있으려고 시칠리아에 집을 샀어요."

그는 속삭였다.

"당신을 지켜보려고요. 그래서 무슨 일이 일어나는지 볼 수 있었어요."

나초는 고개를 들어 내 이마에 키스했다.

"처음 당신한테 전화했을 때 당신과 같은 레스토랑에 있었어요. 클럽에서는 당신을 지켜보고 있었고요. 만취했더군요."

그의 입술은 내 볼을 타고 내려갔다.

"직장에서 언제 점심을 시켜 먹는지, 얼마나 조금만 먹는지도 알아요. 심리 치료사를 언제 만나는지도 알죠. 당신과 토리첼리 사이가 별로 안 좋은 것도 알아요."

"그만해요." 그의 입술이 다시 가까이 다가오자 나는 나직이 말했다. "왜 이러는 거예요?"

시선을 들고 그를 밀어냈다. 그는 똑바로 앉았다. 가로등 불빛에 비친 나초의 초록색 눈은 집중한 듯했지만, 행복해 보이기도 했다. 아름다운 얼굴은 평화롭고 유순해 보였다. 그의 입술에 작은 미소가 피어올랐다.

"당신과 사랑에 빠진 것 같아요." 그는 이렇게 말하고는 몸을 돌려 차를 향해 걸어갔다. "이리 와요."

그는 조수석 문 옆에 서서 기다렸다. 나 또한 돌 벽에 등을 기대고 기다리고 있었다. 다시 걸을 수 있을 때까지. 나초의 말을 들은 뒤로 다리가 말을 듣지 않았다. 그전에도 뻔해 보였다. 그렇다고 의심했었다. 특히 그의 섬으로 돌아가는 길에 로스 기간테스에 잠시 머물렀을 때, 그가 뭔가를 말하려 했던 뒤로는 말이다. 나는 그를 바라봤고, 그는 내 눈을 마주 봤다. 몇 초가 흘렀다. 몇 분이었는지도 모르겠다. 휴대폰 벨소리에 정신을 차렸다. 나초는 내게 가방을 건넸고, 나는 숨을 멈췄다. 화면에는 딱 한 단어가 표시돼 있었다. '마시모.' 침을 삼키고 전화를 받으려는 순간, 전화는 한 번 더 울리고는 전원이 꺼져버렸다.

"젠장." 나는 씁 소리를 냈다. "완전 큰일났어요."

"돈 토리첼리가 폭발할까 봐 걱정된다고는 못 하겠네요."

나를 바라보는 나초의 표정은 즐거워 보였다.

"금방 충전할 수 있을 거예요."

그는 나를 부축해 차에 태웠다.

CHAPTER 7

우리는 문까지 차를 타고 갔고, 나초는 리모컨의 버튼을 눌렀다. 방금까지 30분 동안 일어났던 모든 일만 아니었어도, 나초가 나를 곧장 아파트로 데려다주기로 한 걸 잊었을 것이다.

"여긴 내 호텔이 아니잖아요."

나는 우리 주변을 둘러싼 아름다운 정원을 돌아보며 말했다.

"당신한텐 안됐네요."

그는 입꼬리를 씰룩거리더니 완벽하게 하얀 이빨을 드러내며 활짝 미소 지었다.

"휴대폰 충전기가 있어요."

나초가 자동차 엔진을 끄며 말했다.

"와인, 샴페인, 보드카, 벽난로, 마시멜로도요. 편히 있어요."

그는 내가 차에서 나오기를 기다렸지만 나는 자리에서 움직이지 않았다.

"가장 가까운 건물까지 8킬로미터쯤은 돼요." 나초는 웃었다.

"또다시 당신을 납치한 것 같네요. 그러니…… 편히 있어요."

나초는 집 안으로 사라졌다. 그가 날 납치했다는 기분은 들지 않았다. 그냥 장난일 뿐이었고, 내가 고집부리면 날 호텔로 데려다줄 터였다. 하지만…… 차라리 여기 머무르는 게 낫지 않나? 오늘 밤 일어날 수 있는 일을 생각하니 말도 못 하게 떨렸다.

공포와 함께 안도와 욕망이 느껴지기도 했다. 몇 달 동안 내 안에서 불타고 있던 욕망 말이다.

"신이시여, 제게 힘을 주소서."

나는 셸비에서 내리며 나직이 말하고는 집의 입구로 향했다.

실내는 아주 어두웠다. 좁은 복도를 지나자 곧바로 널찍하고 예쁜 거실이 나타났다. 벽에 걸린 여러 개의 조명이 실내를 은은히 비추고 있었다. 더 안쪽에는 아일랜드 식탁 위쪽에 무수히 많은 칼과 프라이팬, 냄비가 걸린 오픈 키친이 있었다. 부엌을 따라 달리면 땀이 날 것 같을 정도로 넓었다. 나는 바다 테마로 꾸며진 스타일리시한 사무실을 지나 더 안쪽으로 들어갔다. 수수한 가구로 꾸며져 있지만 거대한 창문이 한쪽 벽을 차지하고 있었다. 창문 앞에는 짙은색의 직사각형 책상과 커다란 가죽 안락의자가 놓여 있었다.

"나도 가끔은 일하거든요." 나초가 속삭였다.

내 목에 그의 숨결이 닿았다.

"아버지가 돌아가셔서 이젠 내가 보스예요." 내 앞에 레드와인 한 잔이 놓였다. "난 내 일이 좋아요. 적어도 전엔 좋았죠."

나초는 내 뒤에 서서 말을 이어갔다. 가까이에서 그의 부드러운 목소리를 들으며 나는 와인을 마셨다.

"사람은 모든 것에 익숙해지기 마련이죠. 특히 진지하게 여기지 않으면 더 그래요. 일종의 스포츠처럼 생각한다면 말이에요."

"사람을 죽이고 납치하는 게 당신한테는 스포츠예요?"

나는 문가에 서서 커다란 책상에 시선을 고정시킨 채 물었다.

"사람들이 내 이름을 듣고 몸을 떠는 게 아주 좋더군요."

나초의 조용한 목소리와 그가 선택한 단어에 등줄기를 타고 소름이 돋았다.

"하지만 이제 더는 지붕에서 저격용 소총을 들고 기다리거나 사람들의 눈을 마주 보며 총으로 머리를 날리지 않아도 돼요. 책상에 앉아서 아버지가 만든 왕국을 관리하기만 하면 되죠."

그는 한숨을 쉬며 팔로 내 허리를 감았다.

"하지만 당신은 날 전혀 두려워하지 않았죠……."

나는 깜짝 놀라서 문신으로 가득한 팔이 내 허리를 감싸는 걸 쳐다봤다. 나초는 그새 옷을 갈아입은 게 분명했다. 차에서 나왔을 때만 해도 정장을 입고 있었기 때문이다. 아무것도 입고 있지 않을까 봐 그를 돌아보기가 두려웠다. 그을린 나신을 보면 나 스스로를 제어할 수 없을 거라는 생각이 들었다.

"그래요. 난 당신이 무섭지 않아요." 나는 와인을 홀짝였다. "몇 번 나한테 겁을 주려고 했던 건 알지만요."

몸을 돌려 그의 팔에서 벗어났다. 그는 바지를 입고 있었지만 맨발이었다. 그의 몸을 찬찬히 살피는 내 시선에 나초의 숨이 가빠졌다.

"온 세상을 자기에게 바칠게요."

그는 내 드러난 어깨를 만졌다. 시선은 손의 움직임을 쫓았다.

"꿈꿀 수조차 없었던 곳들을 보여줄게요."

그는 가까이 다가와 쓰다듬었던 곳에 키스했다.

"열기구를 타고 미얀마를 날며 일출을 보여주고 싶어요."

그의 입술이 내 목을 쓸었다.

"도쿄의 화려한 야경을 보며 칵테일을 마시고 싶어요."

나초의 입술은 내 귀에 닿았고, 나는 눈을 감았다.

"호주 연안 서프보드 위에서 사랑을 나누고 싶어. 온 세상을 보여줄게요."

한 걸음 물러섰다. 의지가 약해지고 있었다. 나는 아무 말 없이 널찍한 거실의 반대편에 있는 문을 지나 테라스로 나갔다. 테라스는 해변을 마주하고 있었다. 신발을 벗고 따뜻한 모래 위로 발을 내디뎠다. 드레스 자락이 끌리며 부드러운 모래에 자국을 남겼다. 내가 대체 뭘 하는 건지 알 수 없었다. 남편에게 최강의 적이자 최악의 악몽인 사람과 바람을 피우고 있다니. 남편의 등에 칼을 꽂고 비틀며 고통스러워하는 모습을 지켜보는 거나 마찬가지였다. 거기 앉아 흔들림 없는 파도 소리를 들으며 와인을 마셨다.

"나한테서 도망칠 수 있을지는 몰라도……."

나초는 내 옆에 앉으며 말했다.

"자기 생각에서 도망칠 수는 없다는 거 우리 둘 다 알잖아요."

어떻게 대답해야 할지 몰랐다. 나초의 말이 옳았다. 하지만 그게 사실이더라도, 내 인생을 바꿀 수 없는 것도 사실이었다. 티끌만큼도, 이제 와서는 말이다. 겨우 내 인생이 평범해 보이기 시작했는데. 나는 마시모를 생각했고 갑자기 뭔가를 깨달았다.

"이런 맙소사! 내 휴대폰."

나는 겁에 질려 신음했다.

"마시모 부하들이 곧 들이닥칠 거예요! GPS칩을 심어놨어요. 휴대폰이 꺼져 있더라도 마시모는 내가 어디 있는지 알아요."

"아뇨, 여기선 못 그래요."

나초는 겁에 질려 당황한 내게 침착하게 대답했다.

"이 집은 전파를 방해하거든요. 추적 장치나 도청기 같은 건 여기서 안 먹혀요."

그는 고개를 돌려 나를 부드러운 눈으로 바라봤다.

"당신은 사라졌어요. 그리고 원하는 한 얼마든지 눈에 띄지 않는 채로 있을 수 있죠."

모래사장에 도로 주저앉았지만 머릿속에서는 온갖 생각과 감정이 소용돌이쳤다. 내 아파트로 돌아가고 싶었지만, 한편으로는 해변에서, 바로 그 자리에서 나초와 섹스하고 싶었다. 나초의 온기를 생각하니 심장이 미친 듯이 뛰고 손이 떨렸다.

"가봐야 해요." 나는 눈을 질끈 감으며 속삭였다.

"진심이에요?" 나초는 몸을 젖히며 기지개를 폈다.

"맙소사…… 일부러 그러는 거 다 알아요."

나는 잔을 내려놓고 손을 짚고 다시 일어나려고 했다.

나초는 팔을 뻗어 내 팔을 끌어당겼다. 그 바람에 나는 그의 몸 위로 굴러갔고, 다리를 벌리고 그 위에 앉은 자세가 됐다. 나초는 즐거운 미소를 지었다. 그는 나를 단단히 잡았다. 나는 방어하거나 벗어나려 하지 않았다. 그는 깍지 낀 손으로 자기 머리를 받쳤다.

"당신을 데려가고 싶은 곳이 있어요."

그렇게 말하는 나초의 얼굴은 더욱 밝아졌다.

"여기서 멀지 않은 곳에서 레이싱 트랙을 운영하는 친구가 있어요. 거기에 오토바이가 두 대 있어요."

나는 눈을 크게 떴다.

"오토바이 타는 걸 좋아하고 꽤 잘 탄다고 들었어요."

나는 고개를 끄덕였다.

"잘됐네요!"

그는 나를 잡고 돌아누웠다. 이제 내가 그의 밑에 있었다.

"내일 레이싱 보러 가요. 올가도 데려와도 돼요. 난 아멜리아를 데려갈게요. 다 같이 시간 보내고 점심도 먹고 수영도 해요."

"진심이에요?"

"그럼요. 게다가 한 주 내내 그 아파트에 있을 예정인 거 알아요. 시간 있잖아요."

나초의 말을 믿을 수가 없었다. 그와 함께 시간을 보낼 생각을 하니 설레었지만, 경호원들을 또다시 따돌릴 수는 없을 거라는 사실을 알고 있었다. 지금 그들은 간이 떨어지고도 남을 지경일 터다. 지금쯤이면 마시모가 내 위치가 추적이 안 된다는 사실을 깨달았을 게 분명했다.

"시간이 필요해요. 생각할 시간요."

내 대답에 나초는 더욱 활짝 미소 지었다.

"당신이 결국 무슨 결정을 할지 내가 말해주죠. 이제 나 좀 다리로 안아주지 그래요?"

어리둥절한 채 나초의 말대로 했다. 그는 똑바로 앉으며 나를 안아 올렸다. 그러자 내 가장 민감한 부분이 발기한 그의 페니스에 닿았다.

"언젠가는 남편이 당신이 알던 사람이 아니라 당신이 원하던 남편의 모조품이란 걸 깨닫게 될 거예요. 마침내 그에게 의지하는 걸 그만둘 수 있게 되면 그를 떠날걸요. 내가 보기에 그는 당신의 가장 기초적인 욕구마저도 만족시켜 주지 못하는 것 같은데요."

"그러셔요?"

나는 팔짱을 끼며 나초와의 거리를 유지했다. 그러자 나초는 엉덩이를 살짝 들어 올렸다. 단단한 페니스가 내 클리토리스를 문지르자 나는 작게 신음했다.

"그렇고말고요!" 나초는 활짝 미소 지었다.

그는 한 손으로 내 허리를 감싸고 다른 손으로는 내 목덜미를 잡았다. 그러고는 자기 몸과 내 몸을 밀착시키며 엉덩이를 들이밀었다.

"날 원하잖아요. 화려한 문신이나 돈 때문이 아닌 거 알아요."

그는 다시 엉덩이를 바싹 갖다댔고 나는 본능적으로 고개를 젖혔다.

"나를 사랑하기 때문에 날 원하잖아요. 내가 당신을 사랑하는 것처럼요."

엉덩이의 움직임은 거칠었다. 나는 그의 얼굴로 빠르게 손을 뻗어 쓰다듬기 시작했다.

"당신 남편처럼 당신을 박고 싶지 않아요. 당신을 정복하고 싶지 않아요."

그의 입술이 내 입술을 부드럽게 쓸었다.

"당신이 나와의 친밀함을 갈망하길 원해요. 내가 당신 안에 들어가는 걸 바라길 원해요. 서로 최대한 가까워지고 싶어 하길 원해요."

나초는 더 느리고 부드럽게 키스했고, 나는 저항하지 않았다.

"당신을 소중히 여길게요. 당신 영혼의 모든 조각이 내게는 신성할 거예요. 당신의 평화를 앗아가는 모든 것으로부터 당신을 자유롭게 해줄게요."

나초의 혀가 내 입안으로 들어와 춤을 추기 시작했다.

누가 보더라도 우리가 서로 사랑을 나누는 것처럼 보였을 것이다. 내 엉덩이는 그의 엉덩이와 맞닿았다. 우리는 서로의 얼굴을 쓰다듬었다. 배 속에서부터 오르가슴이 올라오는 걸 느꼈다. 나초도 그걸 느꼈다. 떨쳐버리려 했지만, 그가 나를 붙들었다.

"나에게 맡겨요, 내 사랑."

그의 한 손은 내 등을 쓸며 뒷머리로 올라갔고 다른 손은 내 엉덩이를 잡고 그에게 더 가까이 눌렀다.

"당신을 황홀하게 해주고 싶어요. 당신이 꿈꾸던 모든 걸 주고 싶어요."

나는 절정을 맛봤다. 큰 신음과 함께 나초의 바지 지퍼에 문지르며 도달했다. 그는 부드러운 혀로 천천히 부드럽게 키스했다. 그의 눈은 순수한 행복과 즐거움으로 반짝였다. 남편과 몇 주 동안이나 섹스를 하지 않았다는 사실 때문이었을까? 아니면 나초와 함께 있었고 내 판타지 중 하나가 실현됐기 때문이었을까? 당시에는 상관없었다. 말도 못 할 쾌락을 맛본 이유는 중요하지 않았다.

"우리 뭐 하는 거죠?"

나는 정신이 들었다. 그는 움직이던 엉덩이를 멈췄고, 입술은 물러섰다.

"당신 드레스를 더럽히는 중이죠."

나초의 유머는 전염성이 있었다. 나는 큭 웃음을 터뜨렸다.

"심각한 문제가 있어요. 내 바지도 더러워졌네요."

그를 굴러 떨어뜨리자 바지에 남은 어두운 얼룩이 눈에 띄었다. 그도 사정했던 거다. 그건…… 불가능했다. 신비로웠다. 섹스하지도 않았는데 나와 같이 사정했다니.

"초등학교 때 이후로 사정을 못 참은 적이 없는데 말이죠."

나초는 웃으며 모래 위에 도로 누웠다.

"호텔로 돌아갈래요." 나는 미소 지으며 일어났다.

"태워다 줄게요."

나초는 벌떡 일어나 모래를 털어내기 시작했다.

"절대 안 돼요, 마르셀로. 택시 탈 거예요."

"그렇게 부르지 말아요."

그는 진지한 목소리였지만 미소를 참고 있는 게 분명했다.

"게다가 드레스 앞에 엄청나게 큰 얼룩이 졌잖아요."

아래를 흘깃 바라본 나는 그의 말이 옳다는 사실을 깨달았다. 드레스가 얼룩진 이유가 정액 때문인지 내가 그만큼 젖었기 때문인지는 알 수 없었다. 나는 한숨을 쉬며 체념하고는 문으로 향했다.

"드라이기 좀 가져다줘요."

나는 부엌에서 찾은 천을 적셔 얼룩을 문지르며 소리쳤다.

"드라이기를 쓰지 않아서요." 나초는 자기 민머리를 만지작거리며 웃었다. "아멜리아 옷을 줄게요."

그는 그렇게 덧붙이고 거실로 사라졌다.

나초를 따라가던 나는 그가 계단으로 걸어가며 바지를 벗는 걸 봤다. 속옷을 입고 있지 않았다. 문신으로 덮인 나초의 엉덩이를 보니 황홀했다. 신음을 억눌렀다.

"다 들었어요." 그는 위층으로 사라지며 소리쳤다.

살짝 헐렁한 회색 운동복 바지에 하얀색 탱크톱을 입고 분홍색 나이키 에어맥스를 신은 채 집 옆에서 나초를 기다렸다. 어떤 말로도 그를 설득할 수는 없었다. 호텔이 감시받고 있을 테니 거기까지 태워줄 수 없다고 논리적인 이유를 대려고 했는데 말이다. 결국 거기서 180미터 정도 떨어진 곳에 내려주면 나머지는 걸어가기로 했다.

"준비됐어요?"

나초는 지나가면서 내 엉덩이를 때렸다. 스스럼없는 그의 행동은 소년처럼 사랑스러우면서도 남자다웠다. 문에 기댄 채 가만히 서서 시선으로는 나초를 쫓았다. 검은 운동복을 입은 그는 아주 매력적이었다.

나초가 차로 다가가 문을 열기 위해 살짝 몸을 굽히자, 나는 그가 총을 차고 있는 걸 눈치챌 수 있었다.

"우리 지금 위험해요?"

나는 가죽 스트랩을 가리키며 물었다.

"아뇨."

나초는 어리둥절한 눈으로 나를 보다가 내 시선을 알아챘다.

"아, 이거. 총은 언제나 가지고 다녀요. 그냥 사소한 버릇이죠."

그는 차에 등을 기대고 나를 쳐다봤다. 정확히는 내 가슴을.

"하여간 난 창의력 하나는 끝내주는 것 같아요."

그는 미소를 지으며 말했다.

"생기 있는 가슴 덕에 운전이 지루하지 않겠어요."

그는 눈썹을 씰룩거리고는 활짝 미소 지었다. 밑으로 시선을 내린 나는 나초가 준 탱크톱의 얇은 천 덕에 젖꼭지가 아주 잘 보인다는 사실을 깨달았다. 내 젖꼭지가 그렇게 솟은 건 나초가 나를 덮쳤을 때가 마지막이었다. 차이점이라면 몸 전체가 젖었던 전과 달리 이번에는 내 사타구니만 젖었다는 거였다.

"그 운동복 내놔요."

나는 팔로 가슴을 가리고 웃음을 억누르며 명령했다.

우리는 서로를 흘긋거리며 천천히 운전했다. 대화는 나누지 않았다. 나는 미래를 생각하고 있었다. 어떡해야 할지, 이 순간부터 집중할 수 있는 대상이 있기는 할까 생각했다. 다음 날 그의 제안대로 나초를 만나야 할지 고려했다. 나초와 하루를 더 보내고 싶긴 했지만, 마시모가 금방 알아챌 거라는 데는 의심의 여지가 없었다. 그럼 우리 둘 다 마시모의 손에 죽을 터다. 올가에게 나초와 만나기로 한 계획을 말하면 올가는 심장마비로 죽을수도 있었다. 머릿속에서 생각이 소용돌이쳐서 결정을 내릴 수없었다. 이미 두통이 느껴지고 있었다. 왼쪽으로 고개를 돌려 나초를 바라봤다. 그는 상의를 탈의한 채 운전하고 있었다. 문신으로 덮인 그의 가슴에는 두 개의 거대한 총이 묶여 있었다. 그는 왼손으로 머리를 받치고 있었는데, 차 문이 그 왼손을 받치고 있었다. 오른손은 운전대를 잡고 있었다. 때때로 라디오에서 흘러나오는 노래에 맞춰 콧노래를 불렀다.

"진짜 납치해 줄까요?"

마을의 익숙한 지역에 접어들자 나초가 갑자기 물었다. 차가 멈췄다.

"사실 진지하게 생각하고 있었어요." 나는 운동복 상의를 벗으며 말했다. "그럼 결정하는 게 훨씬 쉬울 테니까요."

"내가 당신 대신 결정해 줬다는 뜻이네요." 나초가 웃었다.

"하지만 한편으론 말이에요." 나는 말을 이었다. "그랬다면 절대 내 과거를 정리하지 못했을 거예요. 여전히 열려 있는 문을 제대로 닫지 못했을 거예요."

나는 손으로 얼굴을 덮으며 한숨을 쉬었다.

"생각해 봐야겠어요. 정리할 시간이 필요해요."

"몇 개월을 기다렸어요. 그전엔 내 평생을 기다렸죠. 원한다면 몇 년도 더 기다릴 수 있어요."

"내일 당신을 만날 수는 없어요. 다음 날도요. 지금은 사라져 줬으면 해요."

"알겠어요, 자기." 나초는 한숨을 쉬며 내 눈썹에 키스했다. "가까이에 있을게요."

차에서 내려 아파트를 향해 걷기 시작했다. 갑자기 심장이 고통으로 불타며 엄청난 속도로 뛰기 시작했다. 눈물이 고였다. 몸을 홱 돌리고 싶었지만, 나초를 흘깃거리기라도 하는 순간 바로 그에게 돌아가 나를 납치해 달라고 응할 게 뻔했다. 목이 메었다. 신에게 이겨낼 힘을 달라고 조용히 기도했다.

호텔에 들어가 곧바로 엘리베이터를 탔다. 드레스와 클러치는 여전히 차 안에 있었다. 조용히 욕을 내뱉으며 리셉션 데스크로 돌아가 직원에게 호텔 열쇠를 달라고 부탁했다. 엘리베이터 안에서도 여전히 카나리아인 서퍼의 냄새가 났다. 사방에 그의 냄새가 가득했다. 내 머리카락, 내 입술, 내 목에. 고문이었다. 나초와 헤어진 지 15분도 안 됐는데 그가 그리워 심장이 터질 것 같았다. 호텔로 들어서며 대체 내가 왜 이러는 걸까 생각했다.

"어딜 갔다 온 거지?"

익숙한 으르렁거림이 내 뒤에서 들려왔다. 야간 등이 켜졌다.

"당장 대답해!" 마시모가 안락의자에서 일어나며 고함쳤다.

망할…….

남편이 한 발 가까이 다가왔다. 그의 표정을 보니 좋은 일이 생길 것 같지는 않았다.

"소리 지르지 마요. 올가가 깨겠어요."

"얼마나 취했는지 폭탄이 터져도 안 일어날걸. 게다가 도메니코랑 같이 있어."

마시모는 손가락으로 내 어깨를 단단히 쥐었다.

"어디 있었던 거지, 라우라?"

마시모의 눈은 분노로 이글거렸다. 동공은 커져 있고, 턱은 꿈틀거리고 있었다. 그는 화가 나 있었다. 사실 마시모가 그 정도로 화나 보이는 건 처음이었다.

"생각 좀 하러 나갔다 왔어요."

나는 그의 눈을 마주 보며 말했다.

"내가 어디에 누구랑 있든 언제부터 신경을 썼다고 이래요?"

나는 어깨를 으쓱해 그의 손을 털어냈다.

"당신이 며칠씩 자리를 비워도, 내가 어디에 있었냐고, 누구랑 있었냐고 물은 적 있어요? 당신을 마지막으로 본 게 2주 전이에요. 나한테 실컷 박고는 내버려 뒀을 때 말이에요."

이젠 내가 소리를 지르고 있었다. 내 안에서 화가 파도처럼 밀려와 쏟아졌다.

"정말 신물이 나요. 당신 자체도, 반년 전부터 바뀐 당신의 태도도! 난 아이를 잃었어요! 수술받은 것도 나예요!"

내 손은 생각보다 빨리 나갔다. 나는 그의 뺨을 때렸다.

"그런데 날 혼자 뒀잖아, 이 개자식아!"

마시모는 주먹을 꽉 쥔 채로 그 자리에 우뚝 서 있었다. 미친 듯이 뛰는 그의 심장 소리를 들을 수 있을 것 같았다.

"날 떠날 수 있을 거라고 생각한다면 오산이야."

마시모는 내 탱크톱의 옷깃을 잡고 단번에 두 갈래로 찢어버린 뒤 앞으로 달려들어 내 젖꼭지를 물었다. 비명을 지르며 방어하려 했지만 마시모가 힘으로 나를 침대 위로 밀어붙였다.

"당신이 왜 날 사랑하는지 상기시켜 주지."

마시모는 으르렁거리며 벨트를 뺐다. 도망가려 했지만, 그는 내 발목을 잡아당기고는 내 위에 올라앉아 다리로 움직이지 못하게 했다. 그는 빠르고 능숙하게 벨트로 내 손목을 침대 머리맡에 묶었다. 꿈틀거리며 소리를 지르고 벗어나려 발버둥 쳤지만 마시모는 천천히 일어나 내 옷을 벗기기 시작했다. 눈물이 볼을 타고 흘러내렸고, 손목은 쓰라렸다. 너무 단단하게 묶인 탓이었다. 만족스러운 듯 나를 보는 그의 눈동자는 분노로 타오르고 있었다.

"이러지 마요, 마시모." 나는 속삭였다.

"어디 있었지?" 그는 셔츠 단추를 풀며 질문을 반복했다.

"산책하러 갔어요. 생각할 게 있어서요."

"거짓말하는군." 그의 목소리는 다시 침착해졌고, 낮아졌다. "무서웠다고."

그는 안락의자 등받이에 셔츠를 걸고 바지를 끌어내렸다. 바지가 아무렇게나 바닥으로 떨어지자 마시모의 불거진 페니스가 드러났다. 발기돼 있었다. 근육질의 몸은 땀으로 번들거렸다. 마시모는 내 기억보다 더 거구였고 피부색은 더 어두웠다. 페니스는 엄청난 크기로 발기돼 있었다. 다른 때였다면 그 모습을 보기만 해도 황홀경에 불타선 그가 손대기도 전에 새해 전날의 불꽃놀이처럼 미친 듯이 젖었을 터였다. 하지만 오늘은 아니었다. 나는 카나리아인의 문신으로 뒤덮인 몸만을 생각했다. 그가 여전히 나와 헤어진 곳에 있을지도 모른다. 날 기다리면서. 창문이 활짝 열려 있었다. 시원한 바닷바람이 방 안에 몰아쳐 들어왔다. 나초의 이름을 소리쳐 부르면 그가 들을 터였다. 그럼 나를 구하러 오겠지. 강물처럼 흘러내리는 눈물이 그런 생각을 떠내려 보냈다. 마시모가 내 위로 기어 올라오자 나는 긴장했다.

"입 벌려."

마시모는 내 머리 위에 무릎을 꿇으며 명령했다. 나는 고개를 저었다.

"어서, 베이비걸." 그는 놀리듯 말했다. "난 어차피 원하는 대로 할 거야. 우리 둘 다 그걸 알잖아. 그러니 착하게 말 들어."

나는 입을 굳게 다물었다.

"오늘 아주 거칠게 하고 싶나 보군."

그는 내 코를 막아 산소를 차단했고 내가 숨을 쉬기 위해 입을 열 때까지 기다렸다.

시야가 흔들리며 어지러워지기 시작했다. 숨을 들이쉬기 위해 입을 살짝 벌렸다. 마시모는 엉덩이를 밀며 내 목구멍으로 페니스를 찔렀다.

"그래, 바로 그거야, 베이비걸." 그는 더 힘껏 찌르며 속삭였다.

"딱 좋아."

가만히 있으려 했지만, 마시모의 굵은 페니스가 내 입안을 휘저었다. 몇 분 뒤, 그는 일어나서 내게 키스했다.

술과 함께 씁쓸한 코카인의 맛이 느껴졌다. 그는 정신이 나갈 정도로 취해 한 치 앞도 예상할 수 없는 상태였다. 그래서 무서웠다. 공포가 언제나 그에게 가지고 있던 신뢰와 뒤섞였다. 마시모는 사랑하는 내 남편이지 않은가? 내 보호자이며 날 언제나 아끼던 남자. 하지만 지금 나는 나체로 침대에 묶인 채 그의 아래에 누워 있었다. 스스로를 방어할 방법은 전혀 없이, 고통이 오길 기다리는 상태로.

그의 입술이 내 목을 타고 내려가더니 가슴에서 멈췄다. 그는 내 유두를 거칠게 꼬집고 빨았다. 그는 한쪽 유두를 물면서 손으로 다른 쪽을 애무했다. 나는 그만하라고 애원하며 몸을 뒤틀었지만, 마시모는 내 말을 무시했다. 나는 흐느꼈다. 그는 내 허벅지에 닿을 때까지 아래로 내려갔다. 나는 허벅지를 강하게 다물고 있었지만, 마시모는 강한 힘을 가해 단번에 벌렸다. 그는 혀로 내 클리토리스를 애무하기 시작했다. 이로 물고, 손가락으로도 애무했다.

"바이브레이터 어딨어?"

마시모는 시선을 들어 내 얼굴을 보며 물었다.

"없어요." 나는 흐느꼈다.

"또 거짓말하는군."

"지금은 없어요. 집에 두고 왔어요. 우리 침대 옆에 있는 서랍

안에요."

나는 '우리'라는 단어를 강조했다. 그게 효과가 있을지도 모른다고 생각했지만 내 생각이 틀렸다. 그의 눈은 더한 분노로 차올라 으르렁거렸다.

그는 내 다리 사이에 무릎을 꿇고 내 다리를 들어 올려 자기 어깨에 올려놨다. 그러고는 맥동하는 페니스를 최대한 깊숙이 밀어 넣었다. 찢어지는 고통을 느낀 나는 비명을 질렀다.

"그래서…… 어떻게……." 그는 거칠게 박아대며 꽉 깨문 이 사이로 물었다. "어떻게 사정한 거지?"

피스톤 운동을 하는 그의 엉덩이가 나를 때렸고, 내 비명이 찰싹거리는 소리를 삼켰다.

"아니면 누가 사정하게 했냐고 물어야 하나?"

미친 듯이 박는 그의 속도와 고통에 제대로 생각할 수 없었다. 눈물이 고인 눈을 뜨고 그를 똑바로 바라봤다. 마시모가 죽도록 미웠다. 그가 하는 짓이 혐오스러웠다. 그런데도 다시 한번 오르가슴이 느껴지기 직전이었다. 전혀 오르가슴을 느끼고 싶지 않았지만 불안정한 마시모가 내게 선사하는 쾌락을 멈출 방법은 없었다. 곧 황홀경이 몸을 덮쳤다. 나는 격한 쾌락으로 날카로운 비명을 질렀다.

"그래! 바로 그거야!" 마시모가 으르렁거렸다.

그의 정액이 내 안으로 흘러들어오는 게 느껴졌다.

"넌 내 거라고!"

그는 사정했다. 마시모의 손가락이 내 발목을 꼬집었지만, 고통은 더 이상 느껴지지 않았다. 중요한 건 나를 덮쳐오는 엄청난 오르가슴의 파도뿐이었다.

목덜미에 느껴지는 부드러운 키스에 잠이 깼다. 꿈이 달아났다. 나초와 그의 부드러움을 느낀 꿈속에서 지난밤에 일어난 일은 악몽에 불과했다. 한숨을 쉬며 눈을 살짝 뜨고 뒤를 바라봤다. 남편이 보였다.

"좋은 아침이야."

그는 미소 지으며 부드럽게 말했다. 그의 목소리를 들으니 구역질이 났다.

"어제 얼마나 마신 거예요?" 나는 으르렁거렸다.

마시모의 눈이 진지해졌다.

"또 무슨 약에 취했던 거예요?"

나는 일어나 앉아 새로 생긴 멍으로 가득한 내 나신을 바라보며 충격에 빠진 그의 얼굴을 쳐다봤다. 그가 침대에 묶었던 내손목은 보랏빛이었다. 그는 몇 시간 전까지도 내 손목을 풀어주지 않았다. 다리와 배에도 마시모가 거칠게 다룬 탓에 거뭇한 멍흔적이 남아 있었다.

"세상에."

마시모는 자신이 제정신이 아닌 상태에서 남긴 흔적을 바라보며 초조하게 읊조렸다. 그가 나를 만지자 나는 얼어붙었다. 그걸느낀 마시모는 침대의 반대편으로 물러나며 손으로 얼굴을 감쌌다.

"라우라…… 내 사랑."

내 멍든 피부를 흘긋 돌아보는 마시모의 눈에 눈물이 차올랐다. 어제 그가 제정신이 아니었다는 걸 알기는 했지만, 그런 반응을 보고 나자 확신할 수 있었다. 밤중에 그는 정말 스스로를 통제하지 못했던 거다. 나는 깊은 한숨을 쉬며 마시모가 나를 얼마나 다치게 했는지 보이지 않게 이불로 몸을 덮었다.

"당신은 스스로 생각하는 것보다 당신 쌍둥이와 닮은 점이 많더군요."

나는 경멸하듯 말했다.

"술 끊을게. 약도 다시는 안 할 거야."

마시모는 손을 내밀며 단호히 말했다.

"개소리하지 말아요." 나는 코웃음을 쳤다. "또 할 거면서."

마시모는 침대에서 뛰쳐나온 뒤 빠르게 침대를 돌아와 내 앞에 무릎을 꿇고 내 손에 키스했다.

"미안해." 그가 속삭였다. "정말 미안해……."

"폴란드로 가겠어요." 나는 씩씩거렸다.

마시모가 눈을 들었다. 눈에는 공포가 서려 있었다.

"생각을 정리할 시간을 줘요. 안 그럼 영영 떠나버릴 거예요."

마시모는 뭔가 말하고 싶은지 입을 열었지만 나는 손을 들어 그를 제지했다.

"이혼 서류 내기 일보 직전이에요, 마시모. 우리의 결혼 생활은 우리 아이와 함께 죽었어요. 난 마음을 다잡으려 노력 중인데 전혀 도와주지를 않는군요. 당신도 그만 슬퍼해야죠."

일어나서 그를 지나치며 목욕 가운을 가지러 갔다.

"심리 치료 받고 술도 끊고 1년 전 상태로 돌아와요. 안 그러면 우린 끝이에요."

나는 손가락을 흔들며 그에게로 다가갔다.

"내가 폴란드에 있는 동안 날 통제하려 하거나 당신 부하를 보내거나 당신이 직접 오면 난 이혼 서류를 낼 거고, 다신 날 보지 못할 거예요."

몸을 돌려 화장실로 갔다. 거울 옆에 서서 내 얼굴을 바라봤다. 내가 무슨 말을 했는지 믿을 수가 없었다. 스스로의 힘이 두려웠다. 확신에 찬 내가 놀라웠다. 내게 그런 면이 있다는 걸 거의 잊고 있었다. 마음속 깊은 곳에선 그 이유를 알았지만 생각하기엔 너무 고통스러웠다.

"넌 날 떠나지 않을 거야. 내가 허락 못 해."

시선을 들자 거울에 비친 마시모가 보였다. 내 뒤에 서 있었다. 그의 목소리는 굳건한 명령조였고, 눈은 차가웠다.

나는 어깨를 으쓱여 목욕 가운을 벗어 바닥에 아무렇게나 떨어뜨렸다. 거기 서서 멍으로 가득한 헐벗은 몸을 그에게 보여줬다. 마시모는 침을 삼키고는 한숨을 쉬었다. 그러고는 시선을 떨어뜨렸다.

"날 봐요."

마시모는 내 말에 반응하지 않았다.

"날 보라고요, 마시모! 날 가두고 강간할 수는 있겠죠. 하고 싶은 건 뭐든 할 수 있겠죠. 하지만 내 마음은 절대 가지지 못할 거예요."

나는 한 발 다가섰고, 마시모는 한 발 물러섰다.

"당신을 떠나는 게 아니에요. 그냥 머리를 식히러 멀리 가 있는 것뿐이에요."

긴 침묵이 뒤따랐다. 마시모는 애써 내 멍으로부터 시선을 피하며 나를 무표정하게 바라봤다.

"비행기를 써. 따라가지 않는다고 약속하지."

마시모는 몸을 돌려 나갔다. 나는 차가운 바닥에 주저앉아 울기 시작했다. 뭘 어떻게 해야 할지 전혀 알 수 없었지만, 적어도 눈물 덕에 어느 정도 한숨을 돌릴 수 있었다.

방에서 나오니 오후가 돼 있었다. 나를 침대에서 끌어내리려는 올가의 시도를 몇 시간이나 무시했다. 무슨 일이 있었고 남편이 무슨 짓을 했는지 설명하고 싶지 않았다. 올가라면 마시모를 갈기갈기 찢어놓을 터였다. 하지만 동시에 도메니코도 무슨 일이 있었는지 알고 있으리라는 확신이 들었다. 도메니코는 올가를 데리고 나가거나 그녀와 함께 시간을 보내서 올가가 날 성가시게 할 시간이 없게 만들었다.

밝은색 긴팔 튜닉 드레스를 입고, 챙이 넓은 모자와 선글라스를 쓰고, 제일 좋아하는 이사벨 마랑 운동화를 신은 뒤 방에서 나왔다. 산책로를 걷는 동안 바다를 보며 생각에 잠겼다. 어떻게 할까? 어떻게 행동할까? 마시모를 떠날까, 말까? 내 삶을 밑바닥부터 다시 시작해야 할까? 어느 질문에도 대답을 찾을 수 없었

144

다. 각각의 새로운 질문은 다른 질문 열 가지를 불러왔다. 나초도 알고 보니 괴물이면 어쩌지? 남편도 괴물이 아니라고 생각했지만, 전날 밤 그의 행동으로 신뢰도 희망도 잃었다.

한쪽 구석에 있는 작고 예쁜 식당이 눈에 들어왔다. 간식을 먹고 와인도 한 모금 마시며 휴식을 취하고 싶어서 안으로 들어갔다. 친절한 노인이 주문을 받았고, 나는 휴대폰을 찾았다. 엄마에게 전화해서 집에 간다고 말하고 싶었다. 화면의 잠금을 풀자문자가 와 있는 게 보였다. '오른쪽을 봐요'라고 쓰여 있었다. 그래서 오른쪽을 봤다. 눈가에 곧바로 눈물이 차올랐다. 나초가 내옆 테이블에 앉아 나를 똑바로 바라보고 있었다. 그는 야구모자와 선글라스를 쓰고 문신을 가리는 긴팔 셔츠를 입고 있었다.

"거리를 등지고 앉아요." 나초는 그 자리에서 말했다. "당신을 따라오는 차가 적어도 한 대는 있어요."

나는 천천히 일어나서 햇빛에 눈이 부신 척 움직였다. 앞을 바라봤지만, 시선의 끝에는 나초가 말한 차가 걸렸다.

"마시모가 라고스에 있어요."

나는 휴대폰에 시선을 고정하며 속삭였다.

"알아요. 당신 내려주고 한 시간쯤 뒤에 그가 가는 걸 봤어요."

"나한테 약속한 게 있잖아요, 나초."

한숨을 쉬었다. 눈물이 볼을 타고 내려가는 게 느껴졌다.

"무슨 일이 있었죠, 자기?"

그의 목소리는 걱정으로 가득했다. 나는 대답하지 않았다.

노인이 다가와 내 테이블에 와인 한 잔을 올려놨다. 잔으로 손

을 뻗었다. 튜닉의 소매가 살짝 미끄러져 올라가면서 내 손목의
보랏빛 자국을 드러냈다.

"이게 뭐죠?" 갑자기 나초의 목소리가 바뀌었다. "그 개자식이
당신에게 뭘 한 거예요?"

나초를 향해 고개를 돌려 그의 눈을 마주 봤다. 나초의 눈은
살인이라도 저지를 듯한 분노로 가득했다. 그가 주먹을 꽉 쥐는
바람에 그의 선글라스가 요란한 소리를 내며 깨졌다. 유리 조각
이 바닥으로 떨어졌다.

"조금 있다가 일어날게요." 나초가 말했다. "당신 경호원들을
죽이고 그 개자식도 찾아서 죽일 거예요."

나초가 일어났다.

"그러지 말아요." 나는 와인을 꿀꺽 삼키며 중얼거렸다.

"그걸 원하지 않는다면 일어나서 계산해요. 그리고 산책로에
있는 거리를 두 번 지나요. 거기서 왼쪽으로 돌아 오른쪽의 두
번째에 있는 좁은 길로 들어가요. 거기서 만나요."

나는 웨이터에게 고개를 끄덕였다.

"우선 와인 먼저 마셔요."

오래된 주택가를 따라 좁은 거리를 가로질렀다. 갑자기 누군
가가 좁은 출입구에서 나를 잡고 끌어당겼다. 나초였다. 그는 내
소매를 말아 올려 멍을 살폈다. 나는 고개를 떨어뜨렸다. 나초는
선글라스를 벗고 내 눈을 들여다봤다.

"무슨 일이 있었던 거예요, 라우라?" 나초가 물었다.

나는 시선을 피했다.

"날 봐줘요."

나초의 목소리는 간절했지만, 화가 묻어 있기도 했다. 그는 그 모든 감정을 숨기려 했다.

"마시모가 나랑 자고 싶어 했고…… 나는…… 그가 어디 있었 냐고 물어서……."

나는 다시 흐느끼기 시작했다. 나초는 팔을 뻗어 나를 끌어당 겨 안았다.

"나 내일 폴란드로 가요. 당신한테서도 마시모한테서도 떨어 져 있을 시간이 필요해요."

나초는 나를 안은 채 아무 말도 하지 않았다. 그의 심장이 뛰 고 있었다. 시선을 들어 그를 바라봤다. 그는 뭔가에 집중해 있 었고, 냉정했으며, 진중했다. 완전히 넋이 나가 있었다.

"알았어요." 나초는 내 이마에 짧게 입맞춤하며 어렵사리 말문 을 열었다. "정리되면 전화해요."

그는 날 잡고 있던 팔을 놓았다. 그 후엔…… 텅 빈 느낌이었 다. 나초는 문을 지나갔고 돌아보지 않았다. 나는 한참을 가만히 서 있었다. 눈물 때문에 숨을 쉴 수 없었다. 어느 정도 시간이 지 난 뒤, 호텔로 돌아갔다.

올가가 방으로 쳐들어왔을 때 나는 마지막 가방을 싸고 있었 다. 머리는 마구 헝클어져 있었다.

"또 말싸움했어?"

올가는 내 옆의 바닥에 풀썩 앉으며 말했다.

"왜 그렇게 생각해?"

나는 무표정한 시선으로 그녀를 바라봤다.

"마시모가 너랑 같이 자지 않고 우리 아래층 호텔을 예약했길래. 도메니코랑 내 방은 그 옆방으로 하고."

올가는 나를 응시했다.

"무슨 일이야, 라우라?"

"나 폴란드로 돌아가." 나는 가방 지퍼를 올리며 중얼거렸다. "이 거지 같은 상황에서 벗어나야 해."

"알겠어, 이해해. 그런데 마시모, 나초, 나 중에 누구 얘기야?"

올가는 벽에 등을 기대고는 팔짱을 꼈다.

"회사는 어쩌고? 지금껏 쌓아왔던 건 다 어쩌고?"

"그런 거 아니야. 회사는 온라인으로 관리할 수 있어. 나 없이도 너랑 에미가 관리할 수 있을 거고."

나는 한숨을 쉬었다.

"나 정말 가고 싶어, 올가. 이 모든 상황을 견딜 수 없어. 엄마랑도 얘기하고 싶어. 크리스마스 이후로 못 봤단 말이야. 다른 이유도 많아."

"알았어. 가." 올가는 일어나며 말했다. "내 결혼식만 기억해."

나는 마시모의 방문 옆에 멈춰 섰다. 지금 내가 옳은 일을 하는 건지, 들어가는 게 맞는 건지 싶었다. 결국 이성과 사랑이 이겼다. 문을 두드렸고, 문의 잠금쇠가 풀리는 소리를 들었다. 도메니코였다. 그는 깊은 한숨을 쉬며 내게 힘없이 웃어 보이고 나를 안으로 들였다.

"마시모 어디 있어?" 나는 팔짱을 끼며 물었다.

"운동하고 있어."

도메니코는 고개를 끄덕이며 마시모가 있는 방향을 가리켰다.

"내가 쓰는 방도 크다고 생각했는데, 제일 좋은 건 역시 보스 몫이구나."

나는 코웃음 치며 여러 개의 방을 지났다. 남편의 아파트는 호텔 층 전체의 반을 차지하고 있었다.

문 뒤에서 끙끙거리는 소리와 으르렁거리는 소리가 들려왔다. 익숙한 소리였다. 문을 지나자 경호원 한 명과 계속 스파링을 하는 마시모가 보였다. 이번에는 경기장도, 격투도 없었다. 경호원은 복싱 패드를 들고 마시모 앞에 서 있었다. 마시모는 그가 시키는 대로 손과 다리를 바꾸며 때렸다. 마시모가 내 기척을 느끼지 못했기에 나는 소리를 내어 목을 가다듬었다. 마시모는 하던 걸 멈추고 경호원에게 뭔가 말했다. 그러자 경호원은 복싱 패드를 바닥에 두고 자리를 떴다. 마시모는 물병을 집어 들고 단숨에 들이켠 뒤 가까이 다가왔다.

어젯밤 일이 아니었다면 그의 몸이 세상에서 가장 섹시하다고 생각했을 거다. 꽉 끼는 스포츠 레깅스를 입은 그의 긴 다리는 더 그을리고 실제보다 길어 보였다. 땀에 젖어 오르내리는 가슴은 침이 고이게 했다. 내가 그의 몸을 보고 이렇게 반응하는 걸 마시모도 알고 있었다. 그는 장갑을 벗고 머리를 쓸어 넘겼다.

"안녕." 그는 내게 다가오며 말했다.

"할 말이⋯⋯." 나는 하려던 말을 잊어버렸다.

"응?"

마시모가 가까이 다가왔다. 위험할 정도로 가까웠다. 그의 매혹적인 냄새를 들이켰다. 눈을 감고 몇 달 전과 정확히 같은 기분을 느꼈다. 다른 무엇보다 마시모를 원했던 그때의 기분을.

"할 말이 있다고, 베이비걸?"

마시모가 다시 물었다. 나는 그 자리에 우뚝 섰다.

"그게…… 작별 인사를 하려고요."

나는 눈을 뜨며 말을 더듬었다. 그는 나를 향해 몸을 기울이고 있었다.

"이러지 마요." 나는 나직이 속삭였다.

그의 입술은 내 입술에서 아주 조금 떨어진 자리에서 얼어붙었다. 나는 몸을 움츠렸다.

"날 무서워하는군." 그는 빈 물병으로 벽을 후려쳤다. "세상에, 라우라, 어떻게 네가……."

소매를 걷어붙여 멍을 드러내자 마시모는 조용해졌다.

"당신이 나랑 섹스해서가 아니에요." 나는 침착하게 말했다. "내가 원하지 않는데 강제로 해서 그러는 거예요."

"라우라, 네가 원하지 않았을 때 백번은 그랬을걸? 그게 재미 잖아!"

그는 손으로 얼굴을 감쌌다.

"네가 그만하라고 했는데도 내가 너랑 섹스한 게 몇 번일까? 어떨 땐 금방 샤워했다고, 드레스가 망가진다고, 또 어떨 땐 머리가 헝클어진다고 거부했지……. 하지만 항상 결국 계속하라고 애원했잖아."

"어젯밤엔 내가 몇 번이나 계속하라고 했죠?"

마시모는 입술을 깨물면서 한 발 물러섰다.

"그것 봐요. 당신이 어떻게 했는지 기억도 못 하면서. 내가 운 것도 기억 못 하잖아요. 내가 고통스러워했던 것도요. 내가 그만하라고 얼마나 애원했는지도요."

나는 마음속에서 분노가 폭발하는 걸 느꼈다.

"당신은 날 강간했어요."

그렇다. 말했다. 속이 안 좋았다.

마시모는 꼼짝도 않고 얕은 숨을 쉬며 서 있었다. 그는 분노하고 있었고 체념하고 있었다. 몸이 안 좋아 보였다.

"정당화할 방법은 없는 거 알아." 그는 고개를 떨어뜨리며 간신히 말했다. "오늘 심리 치료사한테 전화했어."

그 말을 들은 내 표정은 분명 아주 이상하게 일그러졌을 터다.

"시칠리아에 돌아가는 대로 상담을 시작할 거야."

마시모가 말을 이었다.

"술도 끊을 거고, 약에는 절대 손도 대지 않을 거야. 네가 다시 나와 있어도 안전하다고 느낄 때까지 뭐든 할게."

나는 응원한다는 뜻으로 마시모의 손을 잡았다.

"우린 딸을 낳을 거고 나는 두 사람한테 정신이 팔리겠지."

그는 웃으며 덧붙였다. 나는 주먹으로 그의 배를 때렸다.

그 순간 마시모는 아주 잘생겨 보였다. 미소는 거의 느긋해 보였다. 하지만 나는 그가 연기하는 거라는 걸 알았다.

"앞으로 어떤 일이 생길지는 두고 봐야 알죠."

나는 그에게 등을 돌리며 말했다.

마시모는 평소보다 부드럽게 내 손을 잡고 나를 벽으로 밀어붙였다. 그는 내 눈 바로 앞에서 얼굴을 멈췄다. 마치 내 동의를 기다리는 것 같았다.

"네 입속에 혀를 넣고 싶어. 너를 맛보고 싶어." 그가 속삭였다.

그의 목소리에 나는 갑자기 달아올랐다.

"키스하게 해줘, 라우라. 폴란드로 가지 않는다고 약속할게. 필요한 만큼 충분한 자유를 줄게."

침을 꿀꺽 삼키고 천천히 숨을 내쉬었다. 가장 큰 문제는 남편이 신처럼 보인다는 사실이었다. 그래서 그를 거절할 수 없었다.

"그럼……."

마시모는 내 말이 끝나길 기다리지 않았다. 그는 내 입술 사이로 혀를 밀어 넣었다.

이상하게도 키스는 부드럽고 느렸으며 애정이 가득했다. 마치 그 키스로 날 무너뜨릴 것처럼 가벼웠다. 그의 혀는 천천히 내 혀를 쓸었다.

"사랑해."

마시모는 나직이 속삭이며 내 눈썹에 입을 맞췄다.

CHAPTER 8

나는 경호원도 운전기사도 원치 않았다. 하지만 마시모는 날 따라오는 사람이 없도록 하겠다는 약속에도 불구하고 나를 완전히 내버려 두지 못했다. 그에게는 불가능한 일이었다. 공항의 VIP 터미널을 통과하자 가장 먼저 데미안이 보였다. 그는 차에 기대선 채 크게 미소 짓고 있었다.

"어떻게 왔어?" 나는 소리를 지르며 그를 껴안았다.

"안녕, 자기." 그는 선글라스를 들어 올리며 말했다.

"지난 몇 달 동안 무슨 일이 있었는지는 모르겠지만, 네 남편이 캐럴한테 전화해서, 나더러 자기를 지켜보게 해달라고 부탁했다더라."

데미안은 메르세데스 문을 열어줬고, 나는 속으로 웃었다. 마시모가 이러는 이유는 명확했다. 나를 믿는다는 걸 보여주고 싶고 자기가 한 약속을 어길 수는 없으니 나를 조금이라도 보호할 방법은 이것뿐이었다.

"어디로 갈까?" 데미안은 좌석을 돌려 나를 보며 물었다.

"이건 말해야겠어. 운전기사 모자는 안 쓸 거야."

"집으로 데려다줘." 나는 미소 지으며 말했다.

우리는 그리 멀리 가지 않았다. 2분 뒤 그는 지하 주차장에 차를 댔다. 나는 먹을 걸 주문해 얘기나 하자고 했고, 데미안은 흔쾌히 응했다.

"무슨 일이 있었는지 들었어."

그는 접시의 매운 KFC 윙을 반쯤 비운 뒤 내려놓으며 말했다.

"얘기 좀 할까? 아니면 아무 일도 없었던 척할까?"

"네가 캐럴이랑 내 남편한테 얼마나 충실해야 하는지에 따라 다르지."

"너한테만큼 충실하지는 않아도 돼."

데미안은 바로 대답했다.

"정보를 얻어내려고 너를 괴롭히는 거냐고 묻는다면 절대 그런 거 아냐. 네 남편이 큰돈을 주긴 하지만, 충성심은 돈으로 살 수 없지."

데미안은 도로 소파에 기댔다.

"난 너한테 충성해."

"전에 얘기했던 거 기억나? 스카이프에서 말이야."

데미안은 고개를 끄덕였다.

"응. 기억나."

"그날 대화하고 난 뒤에 날 납치한 남자를 만났어. 그게 내 인생을 완전히 바꿔놨고."

모든 이야기를 더듬어가려니 오랜 시간이 걸렸다. 나는 계속 이야기했고 데미안은 적절히 웃거나 고개를 끄덕이며 귀를 기울였다. 마침내 이야기는 지난 48시간에 도달했다. 물론 라고스에서 나초와 있었던 일에 대한 자세한 이야기는 건너뛰었다. 그이후에 일어났던 일에 대한 것도, 남편이 어떻게 날 강간했는지도 말이다.

"뭔가 말이 안 맞는 것 같은데."

데미안은 내게 와인 한 잔을 더 따라주고 자기가 마실 물을 따르며 말했다.

"그 스페인 남자 말이야."

"카나리아인이야." 나는 그의 말을 끊었다.

"그래. 그 남자 말이야. 너 그 남자 좋아하는 것 같아. 그 사람 얘길 할 때마다 네 눈이 빛나."

그 말에 나는 겁에 질렸다.

"그것 봐. 난 널 너무 잘 알아. 지금은 꼭 심장마비 걸린 것 같은 얼굴이네. 그러니 헛소리는 그만 늘어놓고 전부 털어놔."

머리를 긁으며 핑계를 떠올리려 애썼지만 와인 한 병을 다 비우고 비행기에서 살아남기 위해 열댓 알의 수면유도제를 먹은 뒤였던지라 좋은 생각이 나지 않았다.

"그 사람 때문에 여기 있는 거야. 올가와 마시모도 떼어놓고."

나는 한숨을 쉬었다.

"그 사람은 날 혼란스럽게 만들었어. 그렇게 되도록 내가 내버려 됐지."

"그 사람이 그렇게 할 수 있었던 건 네가 스스로 생각하는 만큼 행복하지 않았기 때문이 아닐까?"

데미안은 말을 멈췄지만 계속해서 내게 시선을 고정했다.

"생각해 봐. 확신을 가진 사람의 마음은 대체로 바꿀 수 없어. 굳건한 기반이 있는 무언가를 무너뜨릴수 있는 건 없지. 특히 감정과 관련된 거라면 말이야."

데미안은 손가락을 들어 올리며 말했다.

"하지만 조금이라도 의심이 있고 기반이 튼튼하지 않다면 바람 한 번에 모든 게 와르르 무너져."

"넌 그냥 내 남편을 싫어해서 그렇게 얘기하는 거잖아."

"그놈은 신경 쓸 필요도 없어. 네 얘기 하는 거야."

데미안은 볼을 긁으며 말을 멈췄다.

"우리를 예로 들어보자. 몇 년 전의 너와 나 말이야. 나는 바보였고 위험을 감수하지 않았지…… 좋은 예시는 아니긴 하다."

"당연히 아니지." 나는 미소 지으며 동의했다. "하지만 뜻은 알겠어."

다음 날엔 나는 부모님 댁에 있어야 했지만, 눈을 뜨자마자 아주 못된 생각이 떠올랐다. 화장실로 뛰어가 외출 준비를 했다. 한 시간 뒤, 찬장을 뒤져 열쇠를 찾았다. 5월이었고, 폴란드의 날씨는 아름다웠다. 모든 곳에 꽃이 피고 생기가 돋고 있었다. 나처럼 말이다. 인터컴이 울렸다. 데미안에게 곧 나가겠다고 말하고 가방을 챙겼다. 발목까지 올라오는 아이보리색 루이뷔통 운동화를 신고 하얀색 찢어진 청바지와 배꼽이 드러나는 얇은 스웨터를 입은 내 모습은 멋졌다. 어리숙해 보이긴 했지만 어차피 아침에 떠올린 생각도 그리 성숙한 건 아니었다.

"안녕, 데미안."

나는 조수석에 평안하게 자리 잡으며 인사했다.

"존나 근사하다." 데미안은 나를 흘긋 보며 말했다. "너희 부모님 댁으로 갈까?"

나는 고개를 저었다.

"스즈키 자동차 매장으로 가자."

나는 활짝 미소 지었고, 데미안의 눈이 커졌다.

"난 널 안전하게 지켜야 해, 너도 알잖아……."

데미안이 중얼거렸다.

"스즈키 매장으로 가자니까!"

나는 힘차게 고개를 끄덕이며 반복했다.

나는 GSX-R750를 가리켰고, 오토바이 영업사원은 감탄하며 고개를 끄덕였다.

"저걸로 할게요."

오토바이에 올라타며 말했다. 데미안은 화가 나서 어쩔 줄 몰라 했다.

"내가 이래라저래라 할 수는 없지만, 그래도 캐럴한테 전화해야겠어. 캐럴이 마시모한테 전화할 거야."

"그럼 전화해!" 나는 탱크에 기대며 으르렁거렸다.

"150마력에 13,000rpm이에요." 젊은 영업사원이 재잘거렸다. "속도도 최고로 올라가는 데다……."

"가격표에 쓰여 있는 건 저도 읽을 수 있어요." 나는 그의 말을 잘랐다. "검은색도 있나요?"

내가 말을 자르자 영업사원의 눈이 커졌다.

"레이싱 유니폼도 주세요. 검은색으로요. 있다면 다이네즈로요. 여기 어디서 마음에 드는 걸 본 적이 있어요. 시디 부츠도 주세요. 옆에 빨간 별이 있는 거로요. 저기 있네요."

나는 오토바이에서 내렸다.

"보여드리죠. 헬멧이 제일 고르기 어려워요."

불쌍한 영업사원은 내 주변에서 법석을 떨며 데미안을 흘긋 쳐다보았다. 내가 진심인지, 자신이 올 시즌 최고의 영업 실적을 낼 수 있을지 궁금했을 터였다.

내겐 모든 게 가능했다. 나는 몸에 꼭 맞는 레이싱 유니폼과 장갑, 부츠를 착용했다. 새 헬멧은 팔 아래 끼웠다.

"완벽해요." 나는 말문이 막힌 두 남자를 보며 말했다. "전부 사죠. 오토바이는 입구로 가져다주세요."

"고객님, 한 가지 문제가 있는데요." 영업사원이 망설였다.

"오토바이를 가져가시려면 고객님 이름으로 등록하셔야 해요. 고르신 오토바이가 새것이라서……."

"그게 무슨 말이죠?"

나는 눈을 가늘게 뜨며 쏘아붙였다.

"급히 가져가셔야 하면…… 검은 오토바이는 등록된 게 없어서 어려워요."

영업사원은 문으로 향했다.

"하지만 데모 버전이 있어요. 사양은 똑같은데 빨간색과 검은색이 섞여 있죠. 시운전용으로만 사용했고요."

입술을 깨물며 영업사원의 말을 잠시 숙고했다. 내 계획이 실패했다고 생각한 데미안은 우쭐해 보였다.

"적어도 빨간색은 부츠의 별이랑 잘 어울리겠네요. 살게요."

영업사원에게 신용카드를 건넸다. 데미안은 이마를 짚었다.

"서류를 준비해 드리죠."

시동을 걸자 오토바이가 으르렁거렸다. 나는 활짝 미소 지으며 헬멧을 쓰고 얼굴 가리개를 올렸다.

"마시모가 날 자를 거야."

데미안은 고개를 떨어뜨리며 신음했다.

"안 그래. 너무 화가 나서 네 생각은 하지도 못할걸. 그저 날 죽이고 싶어 할 거야."

기어를 발로 차자 오토바이가 앞으로 달려나갔다.

그런 힘을 느껴본 지도 오래되었다. 뛸 듯이 흥분되면서도 두려울 수밖에 없었다. 한동안 오토바이를 타지 않았던 데다 진짜 재미를 보기 전까지는 익숙해지기 위한 시간이 필요했다.

등 뒤에서 따라오는 경호원의 차를 느끼며 바르샤바를 따라 천천히 오토바이를 몰았다. 주머니 속에서는 휴대폰이 진동하고 있었다. 내가 뭘 샀는지 마시모가 벌써 눈치챈 게 분명했다.

엔진의 속도를 올렸다. 거리는 혼잡했지만, 10분 정도 지나자 왜 그렇게 오토바이를 타는 게 좋았는지 기억이 났다. 곧게 뻗은 넓은 도로는 새로 산 오토바이의 성능을 시험하고 싶게 만들었다. 어느 정도 공간이 생기자마자 나는 총알처럼 오토바이를 몰고 나아갔다.

"완전 독한 년이구나."

나는 부모님 댁에 오토바이를 주차하며 애정 어린 손으로 쓰다듬었다.

얼마 후 메르세데스 S클래스가 타이어 긁는 소리를 내며 도착했고, 데미안이 뛰어내렸다.

"그놈이 어디까지 소리 지를 수 있는지 알기나 해?" 그는 문을 쾅 닫으며 고함쳤다. "정말 지옥 같았다고!"

"내 남편이 전화했구나?" 나는 히죽 웃었다.

"'전화했구나?' 아주 전화를 붙들고 놓지를 않더라. 3개 국어로 쌍욕을 하면서 소리를 질러댔어."

"그렇구나." 나는 중얼거렸다.

주머니에서 다시 진동이 느껴지기 시작했다. 휴대폰 화면에서 단어 하나가 반짝이고 있었다. 마시모의 이름이었다.

"좋은 오후예요, 여보."

나는 유창한 영어로 말했다.

"대체 무슨 짓을 한 거지? 당장 폴란드로 가겠어!"

마시모가 워낙 크게 소리를 지르는 바람에 수화기를 귀에서 떼어놔야 했다.

"거래했잖아요." 내가 말했다. "이리로 오면 이혼할 거예요."

마시모는 조용해졌고, 나는 말을 이었다.

"당신을 만나기 전엔 오토바이를 탔고 다시 탈 생각이었어요. 왜 그러면 안 되는데요?"

나는 한숨을 쉬었다.

"때로는 오토바이보다 우리 관계가 더 위험한 것 같은데요."

"라우라!" 마시모가 으르렁거렸다.

"내 말이 틀렸나요, 돈 토리첼리? 29년 동안 멀쩡했던 내가 작년 한 해에만 총에 맞고, 아이를 잃고, 납치당하고…….".

"그건 억지야, 베이비걸." 마시모가 중얼거렸다.

"사실이죠. 그리고 데미안한테 그만 화풀이해요. 그는 당신 편이니까요."

나는 데미안에게 윙크했다.

"미안하지만 이만 끊을게요. 레이싱 유니폼을 입으니 땀이 나서요."

정적이 흘렀다.

"그만 좀 겁내요. 안전하게 돌아갈 테니까요."

"네게 무슨 일이라도 생기면, 목숨을…….".

"누구를요? 이번엔 누구를 죽일 건데요?"

나는 짜증이 나서 마시모의 말을 끊었다.

"나 자신을. 네가 없으면 난 아무것도 아니야."

그는 그 말을 마지막으로 입을 다물고 전화를 끊었다.

나는 마시모의 자기 통제와 협상 기술에 감탄하며 검은 화면을 바라봤다.

"됐어."

데미안을 쳐다봤다. 그는 차에 등을 기댄 채 기다리고 있었다.

"이제 시내로 돌아가도 돼. 난 이틀 동안 여기 있을게."

"난 그 근처에 있을게. 여기서 1.6킬로미터 떨어진 호텔에 방을 예약해 놨어. 화내지 마. 네가 괜찮은지만 확인하고 싶어서 그래. 마시모가 어떤지 알잖아."

데미안은 어깨를 으쓱였고, 나는 엄지를 들어 보이며 그의 말을 받아들였다. 데미안은 현관에 가방을 놓아주고 떠났다.

열쇠를 돌려 오토바이의 시동을 켜두었다. 엔진의 속도를 최대한으로 높였다. 엔진소리가 지나치게 매섭고 컸던 모양인지 집 안에 있던 아빠가 잔뜩 겁을 집어먹은 얼굴로 뛰쳐나왔다.

"부럽죠!"

오토바이에서 내리며 소리를 지르고는 아빠에게 다가가 목을 감싸 안았다.

"세상에, 우리 딸!"

아빠는 나를 안았다가 재빨리 오토바이로 시선을 돌렸다.

"오토바이를 샀어? 중년의 위기라도 온 거냐? 엄마가 그러던데. 새로운 물건은 뭔가를 증명하고 싶을 때나 산다고……."

"라우라!"

양반은 못 되지. 우리 엄마 클라라 비엘은 내 두개골이 뚫릴 듯한 비명을 질렀다. 갑자기 도로 헬멧이 쓰고 싶어졌다.

"딸, 아주 정신을 났구나?"

"안녕, 엄마."

나는 레이싱 유니폼 상의 지퍼를 내리고 엄마를 안았다.

"잔소리하기 전에 하는 말인데, 남편도 이미 잔소리했어요. 하지만 내가 설득했죠. 내가 엄마도 설득해야 하나요?"

"얘." 엄마가 애원했다. "매일 네 아빠가 안절부절못하게 하는 것만으론 부족하니? 날 일찍 세상 뜨게 하려는 네 아빠의 노력에 너까지 일조해야겠어?"

아빠는 장난스럽게 눈썹을 올려 보였다.

"게다가 머리는 이게 뭐야?"

나는 손으로 머리카락을 쓸었다. 마지막으로 두 분을 봤을 때 내가 금발이었다는 사실이 기억났다.

"뭔가 바꿔야 했어요. 그 일이 있고 나서……." 나는 침을 삼켰다. "좀 힘든 시간을 보냈거든요."

최근 내게 일어났던 일을 떠올리는 엄마의 얼굴이 덜 심각해졌다.

"톰, 냉장고에서 와인 좀 가져다줘."

엄마는 여전히 등 뒤에서 웃고 있는 아빠를 흘긋 봤다.

"그 끔찍한 유니폼 좀 벗어. 땀이 엄청 나겠구나."

"이미 땀범벅이에요."

아빠는 와인을 가지러 갔고, 나는 샤워하고 운동복으로 갈아입은 뒤 정원으로 가 푹신한 소파에 앉았다.

"이맘때치고는 따뜻한데, 왜 긴팔 셔츠를 입은 거니?"

엄마는 내 옷을 가리키며 물었다.

엄마가 내 손목에 든 멍을 보면 뭐라고 할까 싶어 나는 눈을 굴렸다.

"내 브랜드의 새로운 컬렉션이에요. 맘에 들어요?"

나는 미소 지으며 엄마를 바라봤다.

"제가 보낸 거 봤어요?"

엄마는 고개를 끄덕였다.

"어땠어요?"

"아주 멋져! 네가 정말 자랑스럽구나. 하지만 네 기분이 어떤지가 더 중요해."

"사랑에 빠진 것 같아요."

나는 무심결에 내뱉었고, 와인을 마시던 엄마는 거의 사레가 들릴 뻔했다.

"뭐라고?"

"제 말은……."

나는 이야기를 시작했다. 엄마는 떨리는 손으로 담배에 불을 붙였다.

"테네리페에 있을 때 어떤 남자를 만났어요. 마시모의 가장 강력한 경쟁자 중 한 명이에요."

내 양심은 내 말에 분노하고 있었다. 나는 또 다른 거짓말을 지어내고 있었다.

"마시모는 나와 보낼 시간이 별로 없었고, 나초에겐 시간이 많았죠. 그 사람이 서핑을 가르쳐주고 하이킹에도 데려가 줬어요."

대체 내가 뭐라는 거지? 나는 스스로를 질책했다.

"자기 가족들에게 날 소개해 줬어요. 인상이 아주 좋은 사람들이었죠. 그러고는…… 내게 키스했고요."

그러자 엄마가 발작적으로 기침했다.

"아이를 잃은 뒤 마시모가 그렇게까지 변하지 않았다면 상관없는 일이었을 거예요. 하지만 마시모가 나한테서 거리를 뒀어요. 24시간 내내 일만 했고요. 절대 예전처럼 돌아갈 수는 없을 것 같아요."

나는 한숨을 쉬었다.

"정말 지쳐요."

"아가." 엄마는 담배를 끄며 말문을 열었다. "'그러게 내가 뭐랬니'라고는 하지 않겠다만, 처음부터 너무 빠르다고 했잖니."

엄마는 자기 잔과 내 잔에 와인을 더 따랐다.

"내가 보기엔 넌 아이 때문에 결혼한 거야."

엄마의 말은 빗나가도 그렇게 빗나갈 수가 없었다.

"그런데 아이를 잃었으니, 결혼의 매력이 없어진 거지."

엄마는 어깨를 으쓱했다.

"그러니 흥미로운 사람을 만났을 때 그에게 관심이 생겼다는 사실이 놀랍지는 않구나. 마시모가 네 남편이 아니라 남자친구였다면 어떻게 했을까? 그리고 네가 시칠리아가 아닌 폴란드에 있었다면 어땠겠니?"

"마시모를 떠났겠죠." 나는 잠깐 뜸을 들이다 대답했다.

"계속해서 날 무시하고 적처럼 대하는 남자랑은 살 수 없을 테니까요."

"그래? 그렇게 쉽게?"

"그렇게 쉽게라니요?"

마침내 내 이성의 끈이 끊어졌다.

"몇 달이나 이 결혼생활을 지키기 위해 싸웠어요! 그런데 실패했죠. 얼마나 시간을 더 낭비해야 하는데요? 몇 년이 지나서야 갑자기 내가 잘 알지도 못하는 사람과 평생 살아야 한다는 사실을 깨달을 수도 있었어요."

엄마는 슬픈 미소를 지으며 고개를 끄덕였다.

"그것 봐라. 스스로의 질문에 대답했네."

나는 얼어붙었다. 엄마 덕에 진짜 내 감정을 내뱉었다. 내가 뭘 원하고 뭘 필요로 하는지. 내가 느끼는 모든 감정에 정당한 권리가 있다는 사실을 불현듯 깨달았다. 실수를 범할 수도 있다. 틀릴 수도 있다. 하지만, 행복해지기 위해서라면 뭐든 할 수 있다.

"충고를 좀 할게. 네 아빠랑 거의 35년을 함께할 수 있었던 비결이야."

나는 몸을 기울였다.

"이기적이어야 해."

'젠장. 그거 새롭네'라는 생각이 들었다.

"네 행복을 먼저 생각하면 네 행복이 절대 끝나지 않도록 최선을 다할 거야. 그러니 네 관계를 소중히 하겠지. 그 관계가 네게 행복을 가져다주고 널 지치게 하지 않는다면 말이야. 남자를 행복하게 해주기 위해 사는 여자는 언제나 불행하다는 걸 기억하렴. 우울할 테고 넌 불평하겠지. 남자들은 불평하는 여자들을 좋아하지 않아."

"그렇죠. 화장하지 않는 여자들도요." 나는 수긍했다.

"제발 안 그러길 바라지만 네가 설령 혼자가 되더라도 스스로를 돌봐야 해. 너 자신을 위해서 말이야."

그거에 관해서라면 엄마가 전문가였다. 엄마의 머리 스타일과 화장은 항상 나무랄 데가 없었다. 엄마의 행동거지 모두가 그녀는 빛나기 위해 태어난 사람이라고 말하는 듯했다.

그날 오후 우리는 진탕 술을 마셨다. 나는 엄마랑 술을 마시는 걸 좋아했다. 엄마는 취하면 훨씬 더 재밌어졌다. 훨씬 덜 딱딱하기도 했고 말이다.

다음 며칠도 비슷했다. 아빠와 산책하고, 엄마와 와인을 마셨고 망원경을 써보려고 용을 썼다. 데미안은 항상 나를 따라다녔고, 올가는 회사가 망하지만 않게 하려고 노력했다. 우리는 스카이프로 연락하며 드레스를 고르고 디자인을 논의했다. 그리고 마시모는…… 조용했다. 내 최후통첩을 진심으로 받아들인 듯했다. 폴란드에서 지내는 열흘 동안 그는 딱 한 번 전화했다. 오토바이를 산 걸 가지고 온갖 꾸지람을 늘어놓았던 그때 말이다. 마시모가 보고 싶었지만, 나초가 그립기도 했다. 정신이 나가는 것 같았다. 마시모와 나초에 관해 번갈아 생각하다니. 심란해서 두 갈래로 찢어지는 것 같았다. 어떻게 해야 할지 알 수가 없었다. 마침내 내 치료사에게 전화를 걸기로 결심했다.

"안녕하세요."

페이스타임을 걸자 마르코가 인사했다.

"나초랑 거의 잘 뻔했어요." 내가 불쑥 내뱉자, 마르코는 놀라서 휘파람을 불었다. "하지만 안 잤어요."

"왜요?"

"남편을 두고 바람피우고 싶지 않아서요."

"왜요?" 마르코가 다시 물었다.

"그 사람을 사랑하는 것 같으니까요."

"확실하지 않나 봐요? 그리고 '그 사람'이라니 누굴 말하는 거예요?"

마르코와의 대화는 전과 다를 게 없었다. 내가 뭔가를 말하면 마르코는 가장 뾰족한 질문을 골라 내가 마음속 깊은 곳에서는 이미 알고 있는 대답을 꺼내놓게 했다. 마르코와 대화를 나누면 항상 빠르게 모든 의심을 없앨 수 있었다.

그리고 매번 최종적인 결론에는 나 스스로 도달했다.

그저 인생이 흘러가는 대로 두기로 했다. 거리를 두고 그 흐름을 지켜보기로 말이다. 흘러가는 일에 내 영향력을 행사하려 노력하는 건 의미가 없다. 모두 자연스럽게 전개되도록 둬야 한다. 운명이 뭘 계획하고 있든 받아들일 준비가 돼 있었다. 왜냐하면 각각의 해결책은, 적어도 이론상으로는 괜찮기 때문이었다.

주말이 되자 아빠에게 같이 라이딩을 가자고 했다. 잔뜩 들뜬 아빠는 오래됐지만 믿음직한 오토바이를 꺼내고 주름 장식이 있는 가죽옷을 입었다. 아는 길을 따라 운전하는 동안 우리는 다른 오토바이 운전자들에게 손을 흔들며 아름다운 날씨를 즐겼다. 평화로웠다. 행복했다. 답은 여전히 찾지 못했다.

유대인 지구의 중심 광장에서 멈췄다. 나는 헬멧을 벗고 머리를 흔들었다. 머리카락이 내 어깨 위로 쏟아졌다. 모든 게 영화 같았다. 단지 슬로모션이 아니었을 뿐이다. 나는 라이더 유니폼 안에 커다란 가슴을 가리는 섹시한 브래지어 대신 평범한 옷을 입었고 말이다. 단정한 검은색 티셔츠를 입었으니 그걸로 됐다.

오래된 장터는 오토바이족이 가장 좋아하는 명소다. 깔끔하게 정렬 주차된 오토바이 덕분에 여행객들은 주변의 온갖 유적을 무시하고 아름다운 오토바이들의 사진을 찍어 가고는 했다.

"옛날 생각나네." 아빠는 향수 어린 미소를 지으며 팔로 나를 감쌌다. "레모네이드 마실래?"

아빠는 턱으로 우리가 좋아하는 광장 옆 식당을 가리켰다. 내가 끄덕이자 아빠가 앞장섰다.

서로 팔을 두른 아빠와 나는 부자 후원자와 예쁜 정부처럼 보일 게 분명했지만 따라 들어오는 젊은 남자들의 비난하는 듯한 시선은 신경 쓰지 않았다.

"엄마를 어떻게 감당하는 거예요?"

나는 음료를 홀짝이며 물었다.

"나는 연속으로 이틀 이상은 감당 못 하겠던데, 아빠는 평생을 함께했잖아요."

"딸." 아빠는 애정 어린 미소로 답했다. "난 네 엄마를 사랑한단다. 널 임신했을 때도 견뎠는데 갱년기가 뭐 대수겠니?"

별것도 아닌 이유로 아빠를 비난하는 임신한 엄마와, 그런 엄마에게 필요한 걸 전부 즉각 대령하는 아빠의 모습을 상상하자

웃음이 터졌다. 아빠와 시간을 보내는 게 좋았다. 아빠는 야단스
럽지 않게 내 말을 잘 들어줬다. 동시에 말을 잘하기도 했다. 대
화를 계속 이어가려고 노력하지 않아도 된다는 뜻이었다.

한 시간이 지나자 화제가 바닥났다. 오토바이의 마력에 대해
서도, 좋아하는 술에 대해서도, 부동산 투자 전략에 대해서도 얘
기했다. 아빠가 얘기했고, 나는 들었다. 그러다 내가 얘기하자,
아빠는 내가 완전히 틀렸음을 증명해 줬다. 아빠는 사업적인 것
과 개인적인 것에 대해서도 조언해 줬다.

"알다시피 네 사업의 주요 목적은 이윤이어야 하고……."

1.5미터 앞에서 들려오는 엔진 소리가 아빠의 말을 끊었다. 우
리 둘 다 소리가 나는 곳으로 시선을 돌렸다. 아름다운 노란색
하야부사가 광장으로 들어오고 있었다. 부러워 신음이 나왔다.
항상 갖고 싶었지만 탈 기회가 없었던 오토바이였다. 운전자는
엔진을 끄고 오토바이에서 내렸다. 나는 넋을 잃고 노란색 오토
바이를 쳐다봤다. 검은 유니폼을 입은 남자는 헬멧을 벗어 손잡
이에 걸어두고 우리 쪽으로 몸을 돌렸다. 심장은 거의 터지다시
피 뛰었고, 몸은 긴장했다. 나초가 걸어오는 것을 보자 숨이 멎
는 것 같았다.

"라우라."

나초는 활짝 미소 지으며 인사했다. 초록색 눈동자는 내게 고
정된 채 아빠를 완전히 무시하고 있었다.

"하나님 맙소사."

내가 중얼거리자 아빠는 어리둥절해했다.

"나초 마토스라고 합니다."

그는 아빠에게 손을 내밀며 자신을 소개했다.

"따님께서 정신이 들려면 시간이 좀 필요할 것 같은데요. 앉아도 될까요?"

나는 나초가 폴란드어로 말하는 걸 보고 입을 다물지 못했다.

"토마쉬 비엘이에요. 서로 아는 사이인가 보죠?"

아빠는 마토스에게 자리를 권하며 물었다.

"하나님 맙소사."

나초가 자리에 앉자 나는 선글라스를 끼며 반복했다.

"친구인데 제가 멀리 살거든요. 그래서 따님이 놀랐나 봐요."

나초는 나를 흘긋 봤다. 누군가 내 머리를 야구방망이로 때린 것 같았다.

어리둥절해진 아빠는 나와 뜻밖의 불청객을 번갈아 봤다. 나초는 그새 아이스티를 주문하고 자리에 편안히 앉아 있었다.

"오토바이가 참 예쁘네요." 아빠는 하야부사를 보려고 몸을 돌리며 말했다. "최신형인가요?"

"네. 새로 뽑았죠."

두 사람이 대화를 나누는 걸 보니 갑자기 뛰쳐나가고 싶었다. 가능한 한 멀리. 나초가 여기 있다니. 그것도 우리 아빠랑 얘기하고 있다니. 주변을 돌아봤다. 검은 메르세데스가 광장 맞은편에 주차돼 있었다. 숨을 쉴 수가 없었다.

"금방 올게요."

데미안에게 다가가며 소리쳤다.

데미안이 나초를 아는지, 다른 남자가 나와 있는 걸 보면 어떻게 하라는 명령을 마시모에게 들었는지에 대해서는 전혀 아는 게 없었다. 그래서 나는 허풍을 떨기로 했다.

"데미안." 그가 창문을 내렸다. "뭐 안 마실래? 뭐라도 사다 줄까?"

"필요한 건 여기 다 있어."

그는 옆에 놓인 생수병을 향해 고개를 끄덕이며 웃었다.

"저 남자는 누구야?"

나는 몸을 돌려 우리 테이블을 흘긋 바라보았다. 두 남자는 열렬한 대화를 나누고 있었다. 아마 노란색 오토바이에 관한 얘기겠지.

"아빠 친구."

나는 어깨를 으쓱하며 안도의 한숨을 내쉬었다. 데미안은 나초가 누구인지 모르는 듯했다.

"오토바이가 좋네."

데미안은 인정한다는 듯 고개를 끄덕였다.

"응. 내가 봐도 좋더라."

나는 수긍하고는 우리 테이블로 돌아가기 위해 몸을 돌렸다.

"필요한 거 있으면 전화해."

내 자리로 돌아왔다. 아빠는 자리에서 일어나 내 눈썹에 입을 맞추고 말했다.

"엄마가 난리네. 나무랑 충돌사고라도 난 줄 아나 봐. 가서 진정 좀 시켜야겠다."

아빠는 몸을 돌려 나초와 악수했다.

"만나서 반가웠어요. 윤활유 잊지 말고요."

"고마워요, 톰. 좋은 조언이에요. 또 봬요."

아빠는 자리를 떴고, 나는 나초를 째려보며 앉았다.

"대체 여기서 뭐 하는 거예요? 우리 아빠 어떻게 알고요?"

나초는 의자에 기대앉아 안경을 벗었다.

"폴란드 도로는 어떤지 시험해 보고 있었죠. 맘에 안 드는 점
이 좀 있네요."

나초의 환한 미소는 매력적이었다.

"아버님이 좋은 분이시네요. 나를 마음에 들어 하시는 것 같은
데요."

"시간을 달라고 했잖아요. 마시모는 들어줬는데 당신은……."

"마시모가 당신 말을 잘 들은 덕에 내가 폴란드로 올 수 있었
던 거죠. 당신한테 붙은 경호원도 없고요. 벤츠 안에 탄 저 멍청
이만 빼고요."

나초는 눈썹을 올려 보였다.

"저번엔 날 두고 사라져버렸으면서."

문가에 나를 완전히 홀로 둔 채 떠난 나초의 기억에 눈물이 차
올랐다.

나초는 한숨을 쉬며 고개를 떨어뜨리고 주먹을 말아 쥐었다.

"그가 당신에게 또 벌을 줄까 봐 두려웠어요. 그럼 그를 죽였
을 거예요."

나초는 시선을 들었다. 눈빛은 차가웠다.

"그럼 당신을 잃었을 수도 있겠죠······."

"우리 왜 영어로 대화하는 거죠?"

화제를 바꿨다. 마시모나 내 얘기를 하기엔 타이밍이 좋지 않았다.

"폴란드어는 언제 배웠어요?"

나초는 다시 기대앉아 머리 뒤로 팔짱을 끼고는 씩 웃었다. 맙소사. 그 미소를 내가 얼마나 좋아하는지.

"난 여러 나라 말을 할 줄 알아요. 당신도 이미 알잖아요."

나초는 나를 가까이서 바라보았다.

"그 유니폼 아주 잘 어울리네요."

나초는 입술을 핥았다. 다시 한번 야구방망이로 머리를 얻어맞은 것 같았다. 어떻게 내가 아직도 기절하지 않았지?

"말 돌릴 생각 말아요. 폴란드어는 언제 배웠냐니까요?"

"사실 잘 못해요." 나초는 테이블로 몸을 기울이며 고백했다. "2년 배웠는데 6개월 전에야 제대로 흥미가 생기기 시작했죠."

나초는 아이스티를 홀짝이고는 장난스러운 눈을 했다. 그는 나를 놀리고 있었다.

"못 살겠네요."

항복하고 싶지 않았지만, 감정이 강렬해져 그럴 수 없었다. 나도 나초에게 미소를 지었다.

"여긴 왜 온 거예요?"

내 목소리는 덜 진지해졌다.

"잘 모르겠어요." 나초는 어깨를 으쓱였다. "당신이 남편을 열받게 하는 걸 보고 싶었는지도요?"

그는 즐거워하고 있었다.

"당신이 스스로를 위한 삶을 시작하는 걸 지켜보려고 왔거나 요. 자기가 자랑스러워요."

그는 내게 몸을 기울였다.

"필요한 걸 하고 있잖아요. 원하는 걸 하고 있고요. 날이 갈수 록 행복해 보여요."

그는 다시 뒤로 기대며 선글라스를 썼다.

"시합할래요?"

갑작스러운 물음에 나는 고개를 저으며 웃음을 터뜨렸다.

"농담이죠? 당신 오토바이가 내 것보다 적어도 70마력은 더 높을 텐데요. 게다가 속도 제한 장치를 뗐다면 나보다 두 배는 빨리 갈걸요. 게다가 나보다는 오토바이를 잘 몰 테고요."

나초는 살짝 고개를 저으며 이상한 미소를 지었다.

"참 인상 깊은 여자예요." 그는 낮은 목소리로 말했다. "당신 말고 이렇게 오토바이를 잘 아는 여자는 본 적이 없어요."

"놀리는 거죠?" 기분 상한 척 대답했다. "항상 그 물건을 타보 고 싶었는데, 자극하지 말아요."

"예상보다 쉬웠네요. 당신이 항상 내 생각을 했다고 말하게 만 드는 거요."

나초의 입술은 벌어졌고, 눈은 커졌다.

그제야 내 말이 어떻게 들렸을지를 깨달았다. 배 속이 저렸다. 시선을 들어 그를 마주 보며 덮쳐오는 욕망의 파도를 잠재우려 애썼다. 그가 날 노란 오토바이에 태워주길 얼마나 바랐는지. 나를 끌어안고 키스해 주길 얼마나 바랐는지. 무엇보다도 나를 다시 납치해 주기를 얼마나 바랐는지. 나를 그 작은 바닷가 별장으로 데려가 세상으로부터 숨겨주기를 말이다.

"라우라." 침묵이 길어지자 나초가 나직이 말하며 손을 뻗어 부드럽게 나를 끌었다. "가요. 헬멧 써요."

나초의 검은 헬멧을 쓰자 어두운 챙이 그의 눈을 가리며 주변 풍경을 반사했다. 오토바이에 탄 나초는 손을 뻗어 내가 오토바이에 오르는 걸 도와줬다.

데미안의 메르세데스를 흘깃 봤다. 확실히 혼란스러워진 듯한 데미안은 시동을 걸고 유턴하고 있었다. 오토바이에 시동이 걸리자 크게 부릉거리는 소리가 났다. 나초는 내가 팔로 자기 허리를 감싸게 했다. 내가 깍지를 끼자, 오토바이가 출발했다. 좁은 길을 따라 달리며 마을 밖의 곧게 뻗은 포장도로에 다다르는 동안 나는 마음속 깊은 곳에서 설렘을 느꼈다. 뒤를 돌아보자 데미안은 다른 차를 추월하며 우리를 쫓아오고 있었다. 하지만 커다란 벤츠가 민첩한 오토바이를 따라올 수 있을 리 없다. 30분이 지나자 우리는 단둘이 있을 수 있었다. 나초의 넓은 어깨에 머리를 기대고 순간을 음미했다. 나초는 속도를 줄였다. 그러고는 내 존재를 인지하며, 감사하다는 듯 깍지를 낀 내 손을 꼭 쥐었다.

나초는 19킬로미터를 더 달린 뒤 숲으로 들어가 멈췄다. 이런 곳을 어떻게 알았는지 모르겠지만 우거진 숲속 호숫가에 숨겨진 집이 있었다. 엔진은 한 번 더 부릉대더니 조용해졌다.

"휴대폰 있어요?"

나초는 헬멧을 벗으며 진지하게 물었다.

"아뇨. 아빠 짐 바구니에 넣어뒀어요."

나도 헬멧을 벗으며 대답했다.

"다른 수신기 있어요?" 그는 나를 돌아봤고, 나는 고개를 저었다. "잘됐네요. 그럼 오늘 밤은 우리뿐이에요."

그 말에 숨이 턱 막혔다. 두려움에 흥분이 뒤섞였다. 그의 단단한 어깨에 기대며 오토바이에서 내려 장갑을 벗었다.

나초는 오토바이에서 내려 손잡이에 헬멧을 걸고 유니폼 지퍼를 내렸다. 그러자 문신으로 덮인 상반신이 드러났다. 침을 삼키며 그를 바라보았다. 그는 상의를 완전히 벗고 나를 돌아봤다. 말도 없이 내 가죽 유니폼의 지퍼를 내리고 그 사이로 손을 집어넣어 벗겼다. 어깨 위로 민트 향이 나는 그의 숨결이 느껴졌다. 그가 만지자 온몸이 전기 충격을 받은 듯 찌릿했다.

"우리가 서로를 만질 때마다 왜 난 꼭 총에 맞는 것 같은 느낌이 들까요?"

시선을 들어 그를 마주 봤다. 그는 기다리고 있었다.

그의 그을린 피부는 땀에 푹 젖어 윤기가 흘렀고, 촉촉한 입술은 키스를 불렀다.

"나도 그래요."

나초와 겨우 몇 센티미터 떨어진 채 가만히 멈춰 속삭였다.

"무서워요……."

나는 고개를 떨어뜨렸다.

"내가 여기 있잖아요."

그는 손가락으로 내 턱을 들어 올리며 속삭였다.

"그래서 두려운 거예요."

그의 손이 내 볼로 미끄러져 올라왔다. 그는 엄지로 내 턱을 받치고 고개를 조금 더 들었다. 그의 입술에 가까워지고 있었다. 거부할 이유는 없었다. 도망치고 싶지도 않고 방어하고 싶지도 않았다. 엄마가 했던 말이 머릿속에서 마치 기도문처럼 울렸다. '이기적이어야 해. 너 자신이 행복하다고 느낄 수 있는 일을 해.' 나초의 입술은 빠르게 내 입술을 지나쳐 쇄골, 목, 그리고 귀에 닿았다. 입술은 내 볼과 코를 쓸었다. 그가 이제 내 입술에 키스할 거라고 확신했지만 나초는 거기서 멈췄다.

"당신을 배불리 먹이고 싶어요."

나초는 내 손에 깍지를 꼈다. 우리는 집 안으로 들어갔다.

미치고 팔짝 뛰겠군. 나는 조용히 신음했다. 음식 생각은 안중에도 없었다. 온몸이 그를 원했다. 뇌세포 하나하나가 그가 날 갖길 원했다. 하지만 나초는 자물쇠에 열쇠를 밀어 넣고 문을 열어준 뒤 안으로 들어가라고 손짓할 뿐이었다. 주변을 돌아봤다. 문이 다시 잠기는 소리가 들렸다. 나는 숨을 멈췄다.

"이제 됐어요." 나초는 휴대폰을 건네며 말했다. "부모님께 전화해요. 오늘 밤은 돌아가지 않는다고요."

그는 부엌으로 향하는 복도를 따라 사라졌다.

거기 꼼짝 않고 서서 내 선택지를 고민했다. 당장 오늘 저녁 식사 자리에 내가 없을 거라는 걸 엄마에게 어떻게 설명할지 말이다. 몸을 돌려 가장 먼저 보이는 문을 통과하자 거실이 나타났다. 벽은 올리브색이었다. 갈색 가죽 소파는 거대한 벽난로와 사슴 머리 장식과 잘 어울렸다. 커다란 테이블은 폭신한 버건디색 쿠션이 놓인 딱딱한 나무 의자로 둘러싸여 있었다. 고급스러운 오두막이었다.

엄마에게 전화해 짧은 대화와 백만 가지 거짓말을 한 뒤, 부엌 카운터에 휴대폰을 내려놓고 바 의자에 앉았다.

"중앙 광장에 내 새끼를 놓고 왔어요."

나초가 돌아봤다. 그의 손에는 프라이팬이 들려 있었다. 그는 궁금한 눈으로 나를 바라봤다.

"제 오토바이 말이에요." 내가 말했다. "마을 시장에 주차해 놓고 왔네요."

"그렇지 않아요." 나초는 미소 지으며 대답했다. "난 혼자 다니지 않아요. 토리첼리처럼 젠체하지 않아서 사람들은 모르지만 항상 부하들이 따라다니죠. '당신 새끼'는……."

나초는 코웃음을 터뜨렸다.

"당신 부모님 댁 근처 주차장에 있어요."

나초는 카운터에 두 개의 큰 접시를 올려놓고 맛있는 냄새가 나는 새우를 담았다. 잠시 뒤 오븐을 열어 치즈 크루통을 꺼냈다. 약간의 올리브와 와인 한 병도 곁들였다.

"먹어요."

나초는 먼저 먹기 시작하며 말했다.

"내가 머물다 갈 줄 어떻게 알았어요?"

나는 처음 한 입을 오물거리며 물었다.

"몰랐어요. 여전히 모르죠." 나초가 대답했다. "그러길 바랄 뿐이에요."

그가 눈을 들자 거기에 서린 두려움을 볼 수 있었다. 내 눈빛처럼 말이다.

"내가 머물면 나한테 뭘 해줄 건데요?"

장난스럽게 묻긴 했지만, 진심으로 알고 싶기도 했다. 나초가 히죽 웃었다.

"당신을 기분 좋게 해줄게요."

그는 포크를 입으로 향하다 말고 멈춘 채 나를 바라봤다. 나초의 미소가 사라졌다. 그의 말은 천천히 내게 닿았다.

"아."

나는 놀라서 말을 더듬고는 조용해졌다.

식사를 마칠 때까지 나는 말을 하지 않았다. 서로를 바라보는 것만으로도 충분했다. 공기는 욕망으로 가득했다.

접시를 비우자 나초는 식기세척기에 접시를 넣고 맥주를 홀짝였다.

"위로 올라가서 왼쪽 첫 번째 침실로 가봐요."

그는 평온한 눈으로 날 바라봤다.

"침대에 가방이 있어요. 샤워하고 거기 놔둔 옷으로 갈아입어요. 난 아멜리아한테 전화해야 해요. 아멜리아가 한 시간 전부터 계속 전화했거든요."

나초는 부엌을 통과해 내 이마에 키스하고 테라스로 나갔다.

또다시 아무 말도 할 수 없었다. 부드러우면서도 남자답고 자신감 넘치는 그의 행동 때문이었다.

어쩔 줄 몰라 손으로 얼굴을 가렸다. 여기서 나가 그의 오토바이를 훔쳐서 도망갈까? 하지만 우리가 있는 곳이 어디인지를 알 수 없었다. 집까지 가는 길을 찾을 방법도 없다. 무엇보다 중요한 것은 진심으로 나초로부터 도망가고 싶은 마음이 없다는 사실이었다. 몸을 일으켜 나초가 말한 침실로 향했다.

나초가 말한 대로 침대 위에는 가방이 있었다. 가방은 테네리페의 나초 집에 있던 옷으로 가득했다. 비싼 옷은 없었다. 분홍색 팬티와 하얀색 탱크톱을 집어 들고 샤워를 하러 들어갔다.

CHAPTER 9

"원하던 건 얻었어?"

마지막으로 함께한 저녁 식사에서 데미안이 물었다. 우리는 캐럴의 레스토랑에서 저녁을 먹고 있었다.

"아니." 나는 스테이크를 씹으며 짧게 대답했다.

"그런데도 돌아갈 거야?"

"응. 아무것도 안 하기로 결심했어. 문제가 알아서 해결되게 두려고."

"필요한 게 있으면 뭐든 나한테 말해도 돼."

"알아. 고마워."

탄탄한 데미안의 어깨에 잠시 머리를 기댔다. 그는 내게 손가락을 흔들어 보이며 반응했다.

프라이빗 제트기라고도 불리는, 날아다니는 작은 죽음의 덫에 올랐을 때는 11시 정각이었다. 수면제 덕에 약간 멍해진 상태로 의자에 기대어 창문 밖을 바라봤다. 나는 침착하고 평화로웠으며 완전히 사랑에 빠져 있었다. 나초와 밤을 보낸 뒤 생각할 게 많아 이륙을 눈치채지 못했다. 이번에는 비행하는 내내 잠에 빠져 있지 않았다. 대신 그날 밤의 일을 곱씹었다.

그날 나는 화장실에서 나와서 누가 봐도 잠옷으로 보이는 옷을 입고 아래층으로 내려갔다.

계단 옆에 놓인 행거에 나초의 운동복이 걸려 있었다. 그의 냄새가 났다. 그 옷을 걸치며 숨을 들이마시고는 천천히 거실로 걸어갔다. 나초는 낮은 커피 테이블 위에 다리를 올려둔 채 소파에 누워 있었다. 나는 한참 그의 문신을 바라보며 뒤에 서 있었다.

"거기 있는 거 다 느껴져요."

나초는 켜져 있던 TV를 음소거했다.

"당신이 가까이 있을 때마다 소름이 돋거든요."

그는 고개를 돌리며 목 근육을 풀었다.

"바다도 그렇죠. 좋은 파도가 다가올 때마다 눈에 보이지 않더라도 똑같은 흥분을 느낄 수 있어요."

나초는 커피 테이블에서 다리를 내리고 일어나 돌아봤다. 나는 다리를 꼰 채 벽에 기대어 서 있었다. 머리카락은 헐겁게 쪽 지어 묶었다. 그의 운동복은 내게 너무 컸다. 소매 아래로 겨우 빠져나온 손가락 끝만 보이는 정도였다.

"당신은 절대 지금보다 더 아름다울 수 없을 거예요."

나초는 나직이 말했다.

그는 조급한 듯 내게 다가왔다. 두려움의 파도가 나를 압도하는 것이 느껴졌다. 나초는 상체에 아무것도 걸치고 있지 않았다.

얇고 헐렁한 운동복 바지 하나만 입고 있었다. 그가 바로 앞에 멈춰 서자 그의 맨발이 내 맨발에 거의 닿았다. 우리는 서로 마주 봤지만, 둘 다 어떻게 해야 할지 몰랐다.

"이리 와요."

나초는 조용히 말하며 내 엉덩이에 손을 대고 끌어당겼다. 그러고는 나를 들어올렸다.

나는 다리로 그의 엉덩이를 감싸 안았다. 그는 나를 안고 부엌 조리대까지 걸어갔다. 가느다란 손가락이 내 어깨를 따라 미끄러져 팔로 내려가더니 내 옷을 벗겼다. 그는 가까이 붙어 내 반응을 지켜보며 천천히 옷을 벗겼다. 그 어떤 실수도 하고 싶지 않은 듯했다. 행동 하나하나가 내 말 한마디면 얼마든지 멈추고 기다리겠다고 말하는 듯했다. 하지만 멈추지 않기를 바랐다. 옷이 바닥으로 떨어지자, 나초는 더 가까이 다가왔다.

"당신을 느끼고 싶어요." 입술은 내 입술에 닿기 직전이었다. "그저 당신을 느끼고 싶어요."

'세상에. 이러다 시작하기도 전에 사정하겠어.'

그의 낮은 목소리가 내 머리를 울렸다.

나초는 내 윗도리 옷단에 엄지를 걸어 위로 끌어당겼다. 그러자 차례로 내 배꼽과 갈비뼈, 가슴이 드러났다. 숨이 가빠졌다. 약간 당황했지만 기쁨에 젖은 나초의 초록색 눈이 강렬하게 바라보자 진정이 됐다. 나초가 내 옷을 벗기기 쉽도록 차가운 조리대에서 손을 떼 머리 위로 올렸다. 상의가 바닥으로 떨어지자 내 피부 위로 그의 피부가 닿는 게 느껴졌다. 그는 내려다보지 않았다. 볼 필요가 없었다. 느끼기만 하면 됐다. 그는 다시 내 엉덩이 밑으로 손을 밀어 넣고 나를 들어올렸다. 그에게 몸을 기댔다.

"세상에." 그는 목 안쪽으로 내 머리를 끌어당기며 나직이 속삭였다. "당신이 느껴져요."

그는 나를 들고서 방을 가로질러 계단을 올라가 아름답고 어두운 침실로 들어갔다.

커다란 나무 침대 위에는 형형색색의 이불과 베개가 널려 있었다. 나초는 무릎을 꿇으며 나를 부드럽게 내려놨다. 살갗은 계속 맞대고 있었다. 심장이 마구 뛰었다. 숨이 턱 막혔다. 그가 그렇게 해주기를 얼마나 꿈꿨던지.

그는 내 손을 옆으로 펼치며 깍지를 꼈다. 초록색 눈이 나를 바라봤다. 그는 혀로 자기 입술을 핥았다. 더는 참을 수가 없었다. 나는 침대에서 머리를 들어 그에게 입을 맞췄다. 그러고는 깍지를 풀어 그의 머리를 감싸며 가까이 끌어당겼다. 당장 그를 갖고 싶은 욕심으로 가득했다. 하지만 나초는 침착하고 느렸다. 그는 부드럽게 키스하며 이따금 내 아랫입술을 빨았다.

"오늘 밤은 그런 쾌락을 선사하지는 않을 거예요."

그는 마침내 멀어지며 속삭였다. 나는 말문이 막혔다.

"내게 당신을 주면 좋겠어요. 다른 누구도 아닌 나만을 생각하면서요. 신 앞에서 다른 남자에게 한 약속 없이요."

그 말을 이해하는 데는 시간이 걸렸다. 처음에는 그 말에 그의 뺨을 때리고 그대로 나가버리고 싶었다. 나초는 내 애인이 되길 원하지 않았다. 내가 사랑하는 유일한 사람이 되기를 바랐다. 나는 베개에 머리를 묻으며 체념한 눈빛으로 그를 바라봤다.

나초는 이불을 끌어와 우리 둘을 덮었다. 그러고는 바지를 벗고 내 다리 사이로 미끄러져 들어왔다. 혼란스러웠다. 방금 한 말과 완전히 반대되는 행동이었기 때문이다.

"오늘 밤은 섹스하지 않을 거예요. 당신을 탐구할 거예요."

손으로 나초의 등을 쓸어 내리다 엉덩이를 쥐었다. 그는 사각팬티를 입고 있었다.

"안 벗을 거예요. 당신도 벗지 말아요."

나초는 환하게 미소 지으며 말했다.

"당신의 욕구와 욕망을 알아볼 거지만 만족시켜 주지 않을 거예요."

그는 몸을 기울여 다시 키스했다. 이번에는 빨랐다. 나는 갑자기 빨라진 속도에 놀라 신음하며 손톱으로 그의 등을 할퀴었다. 등에 빨간 자국이 났다.

"거친 걸 좋아하는군요."

나초는 내 입술을 깨물며 속삭였다. 나는 발기되어 고동치는 그의 페니스에 몸을 문질렀다.

"얼마나 거친 걸 좋아하죠?"

나초가 갑자기 페니스를 내 클리토리스에 문지르며 물었다.

"아주 거칠게요!"

나는 소리 지르며 고개를 젖혔다.

우리의 몸은 파도치며 뒤얽혔다. 나초의 손이 나를 끌어당겼다. 우리 사이를 나누는 건 살갗뿐이었다. 우리는 헐떡이며 거듭 키스하다 멀어져 서로의 어깨, 목, 볼을 애무했다. 그의 엉덩이는 점점 빠르고 더 거칠게 움직였다. 언제고 폭발할 것 같았다.

"나초."

내가 속삭이자, 그는 속도를 줄이고 내 눈을 들여다보며 내가 괜찮은지 확인했다.

"뭐가 좋아요?" 나는 도발적으로 입술을 핥으며 물었다. "당신도 거친 게 좋아요?"

나는 그의 엉덩이를 잡고 끌어당기며 강하게 흔들었다.

"깊은 게 좋아요?"

다시 그를 잡아당겼다. 나초는 눈을 게슴츠레 떴다.

그렇게 자기 통제가 잘되는 남자는 처음이었다. 그건 날 흥분하게 했지만…… 동시에 어렵게 하기도 했다. 그의 엉덩이에서 오른손을 떼고 내 팬티 사이로 집어넣었다. 맙소사. 제대로 젖어 팬티가 거의 반투명해져 있었다. 나는 그의 눈을 보며 잠깐 자위했다. 그러고는 손가락을 꺼내 그의 입속으로 집어넣었다.

"당신이 뭘 놓치고 있는지 한번 봐요."

나초는 눈을 감고 내 손가락을 핥았다. 그는 신음했다.

그 후 그는 다시 키스하며 피스톤 운동을 시작했다. 강렬하고 열정적으로 사랑을 쏟았다. 단지 내 안에 들어오지 않았을 뿐. 솔직히 그럴 필요도 없었다. 그를 거의 온전히 느낄 수 있었다.

"맙소사."

나초가 속삭이며 멈추고 내 목덜미에 얼굴을 묻었다.

"종종 당신의 온몸을 핥는 꿈을 꿔요. 당신의 달콤한 사타구니

또 다른 365일   187

를 구석구석 애무하는 꿈을요. 세상에, 향긋하네요."

그는 기분 좋은 듯 소리를 내며 몸을 떨었다.

"너무 좋지만, 너무 싫어요. 당신이 내게 너무나도 강력한 영향을 미친다는 사실이요."

나초는 갑자기 몸을 박차고 일어나 장난스럽게 날 바라봤다.

"샤워해야겠어요."

"하지만…… 방금 전에 샤워했잖아요."

나는 눈을 가늘게 떴다.

"네, 근데, 사정했거든요." 나초는 내 코끝에 키스하고 침대에서 나왔다. "한동안 둘 다 끈적이겠어요."

나는 나초를 잡고 못 가게 했다.

"그래서요?" 나는 눈썹을 올리며 다리로 나초의 엉덩이를 감싸 안아 끌어내렸다. "같이 더럽게 있죠, 뭐."

내가 씩 웃자 나초는 얼어붙었다. 표정을 읽기가 어려웠다.

"그건 안 되죠, 자기."

나초가 나를 들어 올리며 침대에서 일어나 방을 가로질러 샤워하러 가자 나는 소리를 질렀다. 그가 물을 틀었는데 얼음처럼 차가웠다. 그에게서 떨어지며 비명을 질렀다. 도망가려 했지만, 이제는 그가 나를 꼼짝 못 하게 했다. 주먹으로 그를 마구 내리치자 나초는 웃었다.

"이 사이코, 이거 봐요!" 나는 소리 질렀다.

얼음처럼 차가운 물 때문에 숨이 막힐 것 같은데도 웃음을 멈출 수가 없었다.

"우리 둘 다 몸을 식혀야죠."

최악의 아이디어는 아니었지만 정말로 그러려면 서로 등을 돌린 채 씻어야 했다. 나는 목욕 가운을 두른 다음 문신으로 덮인 나초의 엉덩이를 흘깃 바라보며 먼저 나왔다.

"여기 있는 동안은 돌아보지 않을게요."

나초가 고개를 기울이며 말했다.

"굳이 노력하지 않아도 돼요. 당신은 앞모습이 훨씬 더 보기 좋으니까요."

나는 킥킥 웃으며 물었다.

"진심이에요?"

나초가 갑자기 돌아봤다. 그러자 입이 벌어질 정도로 발기된 페니스가 드러났다.

나는 내가 본 것 중 가장 곧고 아름다운 페니스를 보고 입을 벌렸다. 물론 그의 페니스를 본 적은 있었지만, 다리 사이에서 덜렁거리고 있었던 만큼 최선을 다해 보지 않으려 노력했었다. 그토록 멋진 것을 보고 시선을 돌릴 수 있게 하는 건 이 세상에 아무것도 없었다. 그 끝이 나를 찔렀다. 나는 신음하며 이빨을 꽉 깨물었다. 나초는 벽에 기대며 킥킥 웃었다.

"무슨 얘기 하다 말았죠?" 충격을 떨쳐내려는 내게 나초가 말했다. "이미 머릿속에선 무릎 꿇고 있죠?"

그는 한 손으로 자기 머리를 문지르며 내게 가까이 다가왔다.

우리는 다시 절정에 가까워져 있었다. 나는 황홀경에 젖은 나머지 그의 페니스를 볼 수조차 없었다. 그가 손을 뻗어 수건을 집어 들고 엉덩이를 감싸자 나는 얼굴을 찌푸리며 입을 삐죽거렸다.

"이제 침대로 돌아가요!"

그는 웃으며 소리를 질렀고 나를 침실로 밀었다.

그날 밤 우리는 사랑을 나누지 않았다. 나초는 내게 키스조차 하지 않았다. 우리는 같이 침대에 누워서 대화했고, 웃고, 껴안았다. 나는 탱크톱과 팬티를 입고 있었고, 그는 사각팬티를 입고 있었다. 나초의 따뜻한 품 안에서 잠들었을 때는 해가 떠 있었다. 잠에서 깨자 나초는 아침을 만들어준 뒤 부하들이 내 오토바이를 주차해 놓은 주차장까지 나를 태워주었다. 나초는 내가 헬멧을 쓰기 전에 손으로 내 얼굴을 잡았다. 그의 키스는 너무 부드러워서 눈물이 날 것 같았다.

"항상 가까운 곳에 있을게요."

나초는 오토바이의 시동을 걸며 말했다.

그는 내게 어떻게 할 거냐고 묻지 않았다. 어디로 갈 거냐고도 묻지 않았다. 아무것도 묻지 않았다. 그저 떠나기 전 그를 알아갈 기회를 줬을 뿐이다.

집으로 돌아갔다. 가는 길에 문 옆에서 데미안을 마주쳤다. 그는 발끈해서 소리를 질렀지만 나는 전혀 신경 쓰지 않았다.

"마시모한테 전화했어?"

나는 드디어 잠잠해진 데미안에게 물었다.

"아니. 너희 엄마가 나더러 넌 안전한 곳에 있고 네가 어디 있든 내 알 바 아니라더라."

"그 말은 맞아."

집으로 오토바이를 몰았다.

놀랍게도 나는 부모님과 다투지 않았다. 엄마는 내 눈을 들여다보더니 행복감이 서려 있는 걸 눈치채고 한숨을 쉬며 고개를 저었다. 엄마답지 않았다. 아무것도 묻지 않다니? 설명을 요구하지도 않다니? 충격적이었다.

"도착했습니다, 아가씨."

프라이빗 제트기 조종사가 내 쪽으로 몸을 기울였다.

"잠들었나 보네요."

나는 기지개를 펴다 어지러워 눈을 깜빡였다.

선글라스를 쓰고 좁은 계단을 통해 땅으로 내려갔다. 눈을 찡그리며 시선을 들었다. 누군가가 나를 기다리고 있었다. 마시모였다.

남편은 차에 기대 미소 지으며 서 있었다. 밝은 회색의 얇은 정장을 입은 그를 보니 숨이 멎을 것 같았다. 따뜻한 바람이 그의 머리카락을 부드럽게 흩뜨렸다. 나는 딱 맞는 블레이저에 감싸인 그의 강한 팔 근육을 바라봤다. 주머니에 손을 꽂고 있는 마시모는 자신감이 넘쳐 보였다. 입안이 마르는 것 같았다.

"안녕, 베이비걸."

마시모는 내 몸을 훑어보며 입술을 깨물었다.

우리는 서로를 바라보며 한동안 거기 서 있었다. 둘 다 먼저 나서지 않았다. 너무 혼란스러웠다. 마시모의 눈은 나를 만지면 내가 어떻게 반응할지에 대한 두려움으로 가득했다.

"집으로 데려다줄게."

마시모가 차 문을 열어주며 말했다.

얼마나 이상했는지 표현할 수조차 없다. 그는 아주 사무적이고 무감정했다. 적어도 처음 다시 봤을 때는 말이다. 마시모는 내게 거리를 두고 조심하는 것처럼 보이고 싶어 했다. 1년 전 나를 납치했을 때보다 더더욱. 차에 오르자 마시모는 다른 자리에 앉으며 문을 닫았다. 우리는 터미널 입구까지 차를 타고 가서 복도를 지나 커브에 주차된 페라리로 향했다. '저놈의 못생긴 페라리.' 나초의 표현이 떠올라 속으로 웃었다. 슈퍼카로 다가가 보니 그 차는 사실 페라리가 아니었다. 문이 일반적인 자동차처럼 열리지 않고 위로 올라갔다. 놀라서 남편을 흘깃 돌아보자 그는 씩 웃고 있었다.

"새로 뽑았어요?"

나는 반짝이는 검은 스포츠카를 보며 물었다.

"예전 건 지겨워져서."

마시모는 어깨를 으쓱이며 대답했다. 그의 미소는 더 커졌다.

"두 번 지루하다가 파산하겠네요."

나는 중얼거리며 안으로 몸을 구겨 넣었다.

마시모는 운전석에 앉았고 전투기에 더 어울릴 만한 버튼을 눌러 시동을 걸었다. 액셀을 밟자 람보르기니 아벤타도르는 나를 의자 깊숙이 밀어 넣을 정도로 빠르게 출발했다. 마시모는 흔들림 없이 집중해서 운전했다. 가끔 나를 흘긋거리는 걸 느낄 수 있었다. 그는 말을 하지 않았다. 나는 갑자기 우리가 아는 길에서 크게 벗어났다는 걸 알아챘다. 우리는 메시나로 향하고 있었다. 나는 큰 소리로 침을 삼켰다. 6개월이 넘도록 그 집에 가본 적이 없었다. 나초를 알게 된 뒤로는 말이다.

마시모는 그 집 문 바로 앞에 주차했다. 안으로 들어가는 걸 내가 원하기나 했을까?

"우리 왜 여기 온 거예요?" 나는 마시모를 돌아보며 물었다. "맨션으로 가고 싶어요. 올가랑 다른 사람들을 보러요."

"올가와 도메니코는 이비사섬에서 파티 중이야. 맨션 열쇠는 나만 갖고 있고. 그러니 납치됐다고 생각해."

마시모는 유쾌하게 웃으며 화려한 문을 열어줬다.

"가방은 여기 둬. 필요 없을 거야." 그는 나를 흘긋 쳐다봤다. "특히 휴대폰은 두고 가."

"내가 납치당하고 싶지 않다면요?"

마시모가 손을 뻗어 부축해 주기도 전에 물었다.

"원래 납치가 성립되려면 그래야 하잖아."

마시모의 목소리는 차갑고 무서웠다.

"사람을 의지에 상관없이 잡아두는 게 그런 거잖아, 베이비걸."

마시모는 내 이마에 가볍게 키스한 뒤 집 안으로 들어갔다.

나는 답답해서 발을 구르며 폴란드어로 욕을 내뱉었지만 결국 따라 들어갔다.

인테리어는 기억과 달랐다. 커다란 크리스마스트리가 없으니 더욱 장관이었다. 마시모는 부엌 조리대를 향해 열쇠를 던지고는 와인을 집어 들었다.

"널 기다리는 손님이 있어."

그는 잔 두 개를 내려놓고 시선을 거기 향한 채 테이블에서 코르크 따개를 잡아챘다.

"거실로 가봐."

마시모는 작게 미소 지으며 덧붙였다.

나는 궁금해져서 부엌을 통과해 오직 섹스만을 연상시켰던 거실로 향했다. 그러고는 우뚝 멈춰 섰다. 나무 테이블 옆 커다란 베개 위에…… 개가 있었다.

나는 꺅 비명을 내지르며 작고 아름다운 털 덩어리를 향해 달려갔다. 가까이 가자 강아지는 베개 위에서 몸을 뒤집었다. 세상에 그렇게 멋지고 귀여운 건 없었다. 장난감 인형 같았다. 작은 곰 인형 말이다. 나는 개를 안고 행복해서 거의 눈물을 흘렸다.

"마음에 들어?"

마시모는 와인 따른 잔을 건네며 물었다.

"마음에 드냐고요? 너무 멋져요! 너무 작고요. 내 손보다 겨우 아주 조금 크네요."

"그리고 나처럼 너에게 완전히 의지하지." 마시모의 말이 내 심장을 찔렀다. "네가 돌보지 않는다면 죽을 거야. 나처럼."

그는 내 앞에 무릎을 꿇고 나를 마주 봤다.

"네가 없으면 난 죽을 거야. 그 며칠이……." 그는 손가락으로 자기 머리를 쓸었다. "한 시간이, 1분이…… 꼭……."

마시모의 눈에 눈물이 차올랐다.

"당신 없이는 살 수 없어. 그리고 싶지도 않고."

194

"그것참 위선적이네요, 마시모."

나는 자그마한 강아지를 안으며 한숨을 쉬었다.

"며칠씩이나 연달아 나를 내버려 두곤 했잖아요. 내가 폴란드에 있었던 시간보다 더 오랜 시간을요."

"바로 그거야."

마시모는 내 말을 끊고 손으로 내 얼굴을 쥐었다.

"네가 떠날 때까지, 난 내가 뭘 잃는 건지 알아차리지 못했어. 너를 전혀 어찌하지 못하게 돼서야, 가질 수 없었을 때에야 네가 내게 얼마나 중요했는지 불현듯 깨달았어. 넌 내 인생에서 가장 중요해."

그는 나를 놔주고 고개를 떨어뜨렸다.

"내가 제대로 망쳤어, 라우라. 하지만 나 때문에 슬펐던 모든 시간을 보상할게."

나는 그의 체념한 슬픈 눈을 바라보았다. 내가 떠났던 남자의 흔적은 없었다. 잔혹함도, 분노도 없이 그저 슬픔과 애정, 사랑만이 있을 뿐이었다.

나는 작은 강아지를 내려놓고 마시모의 무릎에 앉아 그를 안았다. 그는 내 품 안에서 온 세상으로부터 숨으려는 듯 나를 가까이 끌어당겼다. 너무 세게 끌어안은 나머지 그의 모든 근육이 긴장해 있는 걸 느낄 수 있었다.

"베이비걸." 마시모는 속삭였다. "너무 많이 사랑해."

눈물이 볼을 타고 흘러내렸다. 나는 눈을 질끈 감았다. 그러자마자 나초가 떠올랐다. 유치한 나초, 활짝 미소 짓는 나초. 나와 침대에서 장난치는 나초. 나초가 내게 키스하고 나를 안는 상상을 했다. 거의 토할 뻔했다. 내가 뭘 하는 거지? 나초가 그리 이성적이었던 게 다행이었다. 나에게 그를 내어주지 않을 수 있었으니까.

손가락으로 마시모의 머리카락을 쓸며 그의 고개를 밀어냈다.

"이름이 뭐예요?" 나는 하얀 털 뭉치를 가리키며 물었다. "강아지요."

마시모는 똑바로 앉아 미소 지으며 강아지를 안았다.

"이름은 아직 없어. 네가 지어도 돼."

나는 조각조각 무너졌다. 크고 강한 내 남자가 자기 손보다도 작은 생명체를 안고 있다니.

"지방시로 해요." 나는 자신 있게 말했고, 마시모는 눈알을 굴렸다. "내 최애 신발 브랜드요."

"라우라." 마시모는 내게 강아지를 건네주며 진지하게 말했다. "강아지 이름은 음절이 두 개여야 해. 그래야 부르기 쉽거든."

"언제나 나와 함께일 텐데 부를 필요가 뭐가 있어요?"

나는 즐거움을 숨기려 애쓰며 물었다.

"알았어요. 그럼 프라다라고 해요. 내 최애 가방 브랜드요."

마시모는 고개를 저으며 와인을 홀짝였다.

"하지만 마리오 프라다는 남자였는데 저 강아지는 암컷이야."

"올가도 암컷 고양이를 기른 적이 있는데 이름을 앤드류라고 지었어요. 그러니 나도 암컷 강아지를 프라다라고 부를래요."

나는 내 손 안에서 신나게 꼬리를 흔들기 시작한 하얀 털 뭉치에게 키스했다.

"봤죠? 자기 이름을 좋아하잖아요."

마시모는 벽에 등을 기댄 채 러그 위에 앉아서 우리의 행복한 마피아 대가족의 새로운 일원과 노는 내 모습을 지켜봤다. 그동안 그는 전화를 두 번 받았지만 내게서 시선을 떼지 않았다. 마시모를 그토록 오랫동안 보는 것도, 무슨 일이 있어도 그가 떠나지 않으리라는 느낌이 드는 것도 낯설었다. 마시모는 차분하고 느긋했다.

"상담은 어땠어요?"

두 번째 잔을 비우며 물었다가 아차 싶어 곧바로 혀를 깨물었다. 너무 많은 질문은 마시모의 화를 돋울 수도 있었다.

"잘 모르겠어. 내 상담사한테 물어봐."

하지만 마시모는 개의치 않는 듯했다.

"겨우 2주 됐거든. 상담은 네 번 했고. 그러니 기적은 안 바라."

마시모는 일어나서 부엌으로 갔다가 잠시 후 접시 두 개를 들고 돌아왔다.

"게다가 너도 알다시피…… 난 지난 30년간 최선을 다해 많은 것을 망가뜨렸잖아. 한 번에 모든 걸 바로잡긴 쉽지 않을 거야."

마시모는 어깨를 으쓱였다.

"마리아가 해산물 파스타를 만들어줬어." 그는 테이블에 접시를 올려놓고 포크를 건넸다. "와서 먹어. 취하면 업어줄게."

"술 안 마실 거라면서요."

마시모가 테이블에 잔을 올려놓는 걸 본 나는 말했다. 아마 지나친 비난조가 묻어 나왔던 것 같다.

"안 마셔." 마시모는 웃으며 대답했다. "체리 포도 주스야. 마셔볼래?"

마시모의 잔을 가져가서 한 모금을 마셨다. 거짓이 아니었다.

"미안해요."

스스로가 바보 같았다.

"괜찮아, 베이비걸. 술도 약도 안 하겠다고 약속했잖아. 널 되찾을 수만 있다면 비싼 값도 아니지."

마시모는 식사를 하며 특유의 커다란 눈으로 날 바라봤다.

"그리고 난 원하는 건 갖는다는 걸 기억해. 그건 지금도 변하지 않아."

그는 똑바로 앉아 씩 웃었다. 그다웠다. 강하고, 남자답고 자신감 있으며 침착한 마시모였다.

내가 의자에서 꼼지락거리자 마시모가 눈치챘다.

"생각도 마." 마시모가 속삭였다.

"우리 둘 다 준비가 안 됐잖아. 우선 정리해야 하는 게 있어. 그걸 마치고 나야만 내 것을 차지할 거야."

그 말에 내 감정이 소용돌이쳤다.

"하지만 변하지 않는 게 있더군." 마시모가 계속했다. "네 안으로 천천히 들어가면 네가 내 물건을 완전히 조이는 꿈 말이야."

나는 큰 소리로 침을 삼켰다. 어둠 속에서 길을 잃었다. 스스로를 채찍질하고 스스로와 싸웠다. 한편으로는 마시모의 결정과 자기 통제를 존중했다. 한편으로 그는 나를 시험하고 있었다.

"나 젖었어요."

나는 불쑥 내뱉었다. 마시모의 포크가 접시 위로 떨어졌다.

"잔인하군."

마시모는 먹다 만 파스타를 밀어내며 나직이 말했다.

"맛보고 싶지 않아요, 자기?"

나는 장난스레 한쪽 눈썹을 올리며 마시모를 자극했다.

마시모는 꼼짝 않고 앉아서 검은 눈동자로 나를 뚫어져라 쳐다봤다. 그는 아랫입술을 깨물었다.

"가서 씻어. 나 일해야 돼."

그는 앉아 있던 의자를 밀고 내 빈 접시를 가져갔다. 나는 놀라서 말문이 막혔지만 동시에 깊은 인상을 받았다.

마시모는 예상보다 자기 통제를 훨씬 잘하고 있었다.

"이런 엿 같은." 나는 큰 소리로 의자를 밀며 욕했다. "나랑 하고 싶어 하는 사람은 아무도 없네. 다들 아주 금욕적이셔."

나는 손으로 조그만 강아지를 안아 들고 위층 침실로 씻으러 갔다.

샤워를 마친 뒤 레이스 속옷을 입고 일에 몰두한 남편을 찾으러 갔다. 옷 선택은 우연이 아니었다. 마시모가 뭘 좋아하는지 안다. 여자에게 섹스하지 못하겠다거나 하지 않겠다는 남자보다 더 나쁜 건 없다. 그러면 여자는 남자에게 진심 어린 욕구와 유혹하는 능력을 보여주기 위해 멍청한 짓을 저지르기 마련이기 때문이다.

프라다를 안고 사무실과 손님용 방을 지나쳤다. 마시모는 거

기 없었다. 마침내 아래층 부엌으로 내려가 강아지를 조리대에
올려놓고 와인 한 잔을 더 따랐다. 시선 끝에서 정원의 움직임을
눈치채고 얼어붙었다. 주변에 경호원이 없으니 테라스에 마시모
의 부하가 있을 리는 없었다. 강아지를 그대로 놔두면 떨어질까
봐 조리대에서 바닥으로 내려놨다. 천천히 창문으로 향했다.

밖에는 남편이 있었다. 그는 헐렁한 바지 외에는 아무것도 입
지 않은 채로 막대기를 휘두르고 있었다. 상체와 머리카락은 땀
으로 젖어 있고, 모든 근육은 긴장해 있었다. 꼭 자기 그림자와
싸우는 것 같았다. 막대기가 검처럼 휘둘러졌다. 문을 지나자 프
라다가 마시모를 향해 달려들었다.

"프라다!"

나는 마시모가 프라다를 밟을까 봐 소리 질렀다.

마시모는 멈칫하더니 달려온 프라다를 집어 들고 다가왔다.

"부를 일 없을 거라며?" 그는 막대기에 기대며 씩 웃었다.

나는 넋이 나간 채 그를 바라봤다. 그의 아름다운 몸에 감탄하
면서. 울부짖는 성욕이 나를 그에게로 밀어붙이고 있었다.

"그건 뭐예요?"

그가 내게 강아지를 건네자 나는 막대기를 가리키며 물었다.

"'조'라고 불러. 싸움 도구야."

그는 머리카락을 쓸어 넘겼다. 나는 그의 향기를 들이마셨다.
그 내음이 나를 10톤 트럭처럼 치고 지나갔다.

"훈련을 다시 시작했어. 마음을 진정시켜 주거든."

그는 나무로 된 무기를 잘 길들였다.

"장도의 일종인데, 일본식 펜싱의 현대 버전이지. 자기방어를 위한 예술이야. 이것 봐."

그는 막대기로 몇 가지 섹시한 움직임을 선보였다.

"이 무술은 300년도 더 전에 만들어졌어. 검도와 조술을 합쳐서……."

나는 마시모에게 입을 맞추며 그의 말을 잘랐다.

"손톱만큼도 관심 없어요."

나는 나직이 말했다. 마시모는 막대기를 놓고 나를 안았다.

"그렇지만 너도 배우면 좋을 거야."

마시모의 대답에 욕망의 파도가 나를 덮치는 게 느껴졌다.

내 남편. 냉정하고 자비 없는 마피아 보스. 내 보호자이자 내 인생의 사랑이 돌아왔다. 그는 내 다리로 자기 엉덩이를 감싸며 나를 들어 올리고는 문으로 향했다. 나에게 키스하며 프라다를 강아지 침대에 두고 나를 침실로 옮겼다.

우리는 서로 사랑을 나누는 데 온전히 집중했다. 우리의 손은 서로의 몸을 탐구했고, 혀는 숨이 멎을 정도로 빠르게 뒤엉켰다. 침대에 도착하자 마시모는 침대에 앉아 자기 위에 나를 앉혔다. 능숙한 움직임 한 번으로 내 블라우스를 벗겼고 입술로 내 젖꼭지를 누르며 빨기 시작했다. 그가 내 젖꼭지를 핥고 깨물자 나는 주먹을 쥐었다.

"못 하겠어." 마시모는 갑자기 물러나며 헐떡였다. "널 다치게 하고 싶지 않아."

"난 괜찮아요."

나는 마시모의 무릎을 미끄러뜨리며 바지를 잡아당겼다. 욕구에 눈이 먼 나머지 바지를 거의 찢어버리듯 벗기곤 무릎을 꿇고 그의 페니스를 내 입속으로 넣었다. 내가 허기진 듯 페니스를 목구멍 깊이 밀어 넣자 마시모는 야성적인 고함을 내질렀다. 손이 내 머리 위로 올라왔다.

"말해줘야 해." 마시모가 헐떡였다. "아프면 꼭 말해줘야……."

"입 닥쳐요, 마시모."

나는 또다시 그의 페니스를 입안으로 찔러 넣으며 소리쳤다.

기분 좋게 그것을 음미하며 빨았다. 그는 내 머리를 잡고 속도를 통제했지만, 평소보다 훨씬 더 부드러웠다. 그는 스스로의 고삐를 잡고 더 야성적인 본능을 눌러두고 있었다. 나는 페니스를 놓고 몸을 일으켜 그의 골반 위에 걸터앉아 다리로 그를 강하게 감싸 안았다. 레이스 팬티를 벗고 그의 단단한 페니스 위로 내 몸을 꽂았다.

마시모는 작은 비명을 내뱉으며 얼어붙었다. 움직이지 않고 나를 보기만 했다. 숨을 헐떡이자 그의 상체가 오르내렸고, 크고 욕망 가득한 눈은 나를 바라봤다.

"섹스하고 싶어요."

나는 그의 머리카락을 잡고 그를 가까이 끌어당기며 말했다.

"안 돼." 마시모가 으르렁거렸다.

마시모는 갑자기 내 안에 들어간 채로 몸을 돌려 내 위로 올라탔다. 그러고는 가만히 있었다.

"마시모!"

나는 화가 나서 그를 재촉했지만 그의 냉랭한 눈은 내게 고정돼 있었다.

"안 돼."

그는 다시 거부하면서도 엉덩이를 앞으로 밀었다.

마시모는 가장 민감한 곳들을 모두 쓸었고, 나는 고개를 젖히며 신음했다.

"제발, 베이비걸." 마시모는 천천히 찌르며 속삭였다.

"아뇨, 마시모." 나는 마시모의 엉덩이를 잡으며 단단히 끌어당겼다. "그건 내가 할 말이에요."

마시모는 내 말을 들어야 할지 고민하며 한동안 슬프고 체념한 눈으로 나를 응시했다. 그러다 혀로 나를 애무했다. 하지만 아래에서 느껴지는 움직임은 여전히 느리고 부드러웠다. 거의 느껴지지 않았다. 그의 혀는 항상 내 밑을 기관총처럼 애무했는데 말이다. 2초 뒤, 갑자기 그가 긴장하는 게 느껴졌다. 곧 정액이 내 안으로 폭발하듯 쏟아졌다. 마시모는 내게서 떨어져서 내목에 얼굴을 묻었다. 그는 몸을 떨었다.

"일부러 그런 거죠!" 나는 비난하는 목소리로 침묵을 깼다. "어떻게 그럴 수 있어요?"

마시모를 밀어내려 했지만, 너무 무거웠다. 그는 웃느라 몸을 떨고 있었다.

"베이비걸." 그는 웃으며 손으로 자기 머리를 괴었다. "어쩌겠어? 자기가 날 그만큼 흥분하게 하는걸."

나는 마시모를 노려보았지만 곧 그의 웃음이 내게 전염되고 말았다.

"애인을 찾아야겠네요." 나는 혀를 내밀며 말했다.

"애인이라고?" 마시모는 눈을 가늘게 떴다. "이 섬에서?"

그는 다 알고 있다는 듯 고개를 저었다.

"찾으면 알려줘. 그 용기를 축하해 주고 싶으니까."

마시모는 웃음을 터뜨리고 어깨 위로 내 몸을 들쳐 멨다.

"내가 보상할게. 우선 샤워부터 하고."

마시모는 장난스레 내 엉덩이를 때린 뒤 나를 들고 화장실로 갔다.

잠시 후, 그는 한 시간 동안 내 클리토리스를 핥고 열댓 번의 오르가슴을 선사하며 정말 약속을 지켰다.

CHAPTER 10

우리는 다음 며칠을 단둘이 보냈다. 세상으로부터 분리되어 새로운 도전을 맞이하며 말이다. 마시모는 나와 섹스하지 않기 위해 최선을 다했고, 나는 최선을 다해 그의 의지를 무너뜨리려 노력했다. 그는 열심히 장술을 훈련했다. 가끔은 다칠까 걱정되기도 했다. 마시모는 거의 포기할 뻔할 때마다 바로 도망가서 장도 루틴으로 돌아갔다. 계속한다면 조만간 보디빌더처럼 보일 터였다. 아름답고 따뜻한 저녁이었다. 뜨거운 자쿠지 목욕을 즐기기에 완벽한 날이었다.

"그러기만 해봐요!"

나는 프라다를 강아지 침대에 놓고 마시모의 바지를 벗기려 하며 소리 질렀다.

"이거 놔!" 마시모는 웃으며 나를 소파로 던졌다. "그러다 다칠라."

그는 마침내 내 허우적대는 팔을 잡는 데 성공했고, 두 개의 베개 사이로 내 팔을 밀어 넣어 나를 움직이지 못하게 했다.

"나초, 그만해요!"

나는 내뱉자마자 충격에 휩싸여 곧바로 입을 꾹 다물며 얼어
붙었다.

내 손목을 잡은 마시모의 손이 꽉 조여왔고, 나는 아파서 얼굴
을 찡그렸다. 뼈가 부서지는 것 같았다.

"아파요." 나는 마시모의 시선을 피하며 나지막이 말했다.

그는 나를 놔주고 벌떡 일어나 부엌으로 쿵쾅대며 들어갔고,
잠시 후 꽃병을 들고 돌아왔다.

"뭐라고 했지?" 악다구니였다. 고함이었다. 그 소리에 집 전체
가 흔들렸다. "날 뭐라고 불렀지?"

그의 분노가 걷잡을 수 없이 불타고 있었다. 그가 입은 옷이
살갗 위에서 재가 될 것만 같았다.

"미…… 미안해요." 나는 겁에 질려 말을 더듬었다.

"테네리페에서 무슨 일이 있었지?"

나는 대답하지 않았다. 마시모는 달려와 내 어깨를 잡았다. 그
가 내 어깨를 잡고 바닥에서 들어 올리는 바람에 그의 손톱이 내
살갗을 파고들어 왔다.

"당장 말하는 게 좋을 거야!"

나는 마시모의 눈을 마주 봤다.

"아무 일도 없었어요." 나는 속삭였다. "테네리페에선 아무 일
도 없었다고요."

마시모는 잠시 나를 가까이서 지켜봤다. 마침내 그는 내 말을

믿고 나를 내려놨다. 거짓말은 아니었으니 신빙성이 있었을 것이다. 테네리페에선 아무 일 없었다. 하지만 폴란드에서는……
폴란드에선 많은 일이 있었다. 순수한 즐거움과 행복을 느낄 때면 내 무의식은 나초를 떠올렸다.

"왜 그 이름을 부른 거지?"

마시모는 벽난로 위 선반에 손을 올려놓은 채 무서울 정도로 침착한 목소리로 물었다.

"모르겠어요. 요즘 들어 새해 전날 꿈을 많이 꾸거든요."

내 무의식은 능수능란한 거짓말에 손뼉을 쳤다.

"내 무의식이 계속 카나리아 제도에서 있었던 일을 떠올리나 봐요."

나는 소파에 앉아 손으로 얼굴을 감쌌다. 마시모가 내 표정을 보지 못하게 하기 위해서였다.

"아직도 생생해요……."

"나도 마찬가지야." 마시모는 나직이 말하며 테라스로 향했다.

따라가고 싶지 않았다. 너무 두려웠다. 내가 뱉은 말이나 앞으로 말할지도 모르는 것들이. 우리 관계는 모든 면에서 너무나 좋아지고 있었다. 그런데 내 말 한마디로 모든 걸 망칠 뻔했다. 어쩔 줄 몰랐지만 내 안에 남은 힘은 없었다. 또다시 마시모와 대립할 힘 말이다.

프라다를 데리고 침실로 가 내 옷가지 속에 누웠다. 잠깐 강아지와 놀아주다가 잠들었다.

프라다가 약하게 짖는 소리에 잠에서 깼다. 눈을 떴지만, 램프의 빛 때문에 제대로 볼 수 없었다.

"그 자식이랑 잤군." 마시모의 목소리가 나를 차갑게 찔렀다. "인정해, 라우라."

소리 나는 곳으로 몸을 돌리자 마시모가 보였다. 아무것도 입지 않은 마시모는 호박색 술을 채운 잔을 들고 있었다. 그는 테이블 옆 소파에 앉아 있었다. 테이블에는 빈 병이 놓여 있었다.

"네가 좋아하는 대로 해줬나?"

이어지는 질문에 목이 막혔다.

"네 구멍이란 구멍에는 전부 들어갔냐는 말이야. 그걸 허락했어?"

마시모의 으르렁거림이 너무 끔찍해서 급히 프라다를 안았다.

"진심이에요?"

나는 이렇게 물으며 조용히 기도했다. 신이 앞으로 일어날 일로부터 살아남을 힘을 주시기를.

"그런 생각으로 나한테 이런 모욕을……."

"무슨 개 같은 헛소리를 하든 듣고 싶지 않아."

마시모는 날카로운 고함을 내지르곤 일어나서 침대로 가까이 걸어왔다.

"곧 너도 나한텐 신경 쓰지 않겠지."

그는 잔을 비우고 테이블 위에 올려놨다.

"내 물건으로 네 엉덩이를 두 갈래로 찢어놔도 말이야."

라고스에서의 기억이 머릿속을 스쳤다. 다시 그런 일이 일어나게 둘 수는 없었다. 나는 불쌍한 프라다를 안아 들고 문으로 달려나가 마시모의 눈앞에서 쾅 닫았다. 복도를 따라 있는 힘껏 내달렸다. 뒤에서 그의 발소리가 들렸다. 나를 따라오고 있었다. 그리고 나서 집 전체가 쨍그랑 소리에 흔들렸다. 나는 그 소리에도 뒤를 돌아보지 않았다. 거의 날아갈 듯 계단을 내려가 부엌에 다다랐다. 나는 조리대에서 자동차 열쇠를 집어 들고 맨발로 집 밖을 뛰쳐나와 람보르기니에 올라탔다.

"무서워하지 말렴."

프라다보다는 스스로를 안심시키려 달콤하게 속삭였다. 버튼을 눌러 시동을 걸고 액셀을 밟았다. 자동차는 충격적인 속도로 내달리기 시작했다. 뭔가가 창문을 때렸다. 깨지는 소리가 분명하게 들렸다. 분노로 타오르는 마시모가 날 잡으려 쫓아오고 있었다. 눈에 눈물이 차올랐지만, 마시모가 나를 차에서 내리게 한다면 자기가 느낀 만큼의 고통을 가할 거라는 사실을 알았다. 대문이 열리는 속도는 너무나도 느렸다. 나는 겁에 질려 백미러를 들여다보며 초조하게 운전대를 두드렸다.

"이 엿 같은 쓰레기, 서두르라고!" 나는 소리를 질렀다.

문틈이 겨우 넓어졌을 때 검은 슈퍼카는 타이어 끄는 소리를 내며 빠르게 문을 통과했다.

바닥에서 뭔가가 느껴졌다. 내 가방이었다. 마시모가 차에 두고 오라고 해서 정말 다행이었다. 가방 안으로 손을 넣어 휴대폰을 꺼냈다. 며칠 전 보조배터리에 연결해 놨었다. 배터리는 거의 죽어가고 있었다. 도메니코에게 전화를 걸고 기다렸다. 신호음이 세 번 울렸다. 살면서 가장 길게 느껴지는 기다림이었다.

"그래, 두 사람 어떻게 지내?"

도메니코의 목소리는 행복하고 느긋했다. 뒤에서 올가가 뭐라고 소리치는 게 들렸다.

"또 시작했어!"

나는 발작하며 소리쳤다. 말하기조차 힘들었다.

"도망가고 있는데 마시모가 쫓아오고 있어. 부하들을 보내서 날 잡아갈지도 몰라. 그럼 마시모는 또 그럴 거고!"

도메니코는 조용해졌다. 나는 이유를 알았다. 올가가 그와 함께 있기 때문이다. 올가는 여전히 내 남편이 완벽하다고 생각하고 있고 말이다.

"저녁에 어떤 와인을 곁들여야 할지 고민하고 있다고 말해."

도메니코는 침묵을 지켰다.

"그렇게 말하라고, 이 자식아! 그리고 올가한테서 멀어져."

도메니코는 즐거운 척하면서 내 말대로 했다. 올가는 조용해졌다.

"무슨 일이야?" 도메니코가 수화기에 대고 으르렁거렸다.

"마시모가 또 취해서……." 나는 말을 멈췄다. "그 사람이……." 눈물에 목이 메었다.

"어디야?"

"카타니아 방향 고속도로야."

"알겠어. 공항으로 가. 비행기를 대기시킬게. 네가 비행기에 타면 부하들을 못 가게 할게. 마시모가 만취했다면 이미 부하들을 불렀을 거야."

나는 거의 질식할 듯 숨을 참았다.

"무서워하지 마, 라우라. 내가 해결할게." 도메니코가 말했다.

"어디로 가야 하는데?" 나는 흐느끼며 소리 질렀다.

"여기 이비사로 올 거야. 일단은 준비해 둘게."

맨발로 액셀을 밟으며 미친 여자처럼 차를 몰았다. 조그맣고 하얀 내 동반자는 조수석에서 가냘프게 울었다. 곧 프라다는 공처럼 몸을 웅크린 채 잠들었다.

마침내 비행기에 오르자 스튜어디스가 이불을 가져왔다. 나는 이불로 몸을 감쌌다.

"보드카 있나요?"

맨발에 운동복을 입고서 화장은 전혀 하지 않은 내가 어떻게 보일지 알면서도 나는 그녀에게 물었다.

"그럼요."

스튜어디스는 내 발 앞에 일회용 슬리퍼를 내려놓았다.

"얼음 잔에 레몬즙 뿌려서 부탁드려요."

스튜어디스는 미소 지으며 고개를 끄덕였다.

술을 마시지 않으려 했지만, 남편이 날 강간하려 시도하는 건 날마다 일어나는 일이 아니었다. 눈앞에 술잔이 놓이자 가방에서 찾은 안정제 두 알을 먼저 삼킨 뒤 세 모금 만에 잔을 비웠다.

"무슨 일이 있었는지 말해줄래?"

다시 눈을 뜨자 도메니코가 물었다.

"여기 어디야?"

팔꿈치를 대고 일어났다. 나는 매트리스 위에 있었다.

"걱정하지 마."

도메니코는 안락의자에서 일어나 침대로 걸어와 나를 도로 눕히며 크고 검은 눈동자로 나를 슬프게 바라봤다. 나는 울지 않으려 노력했지만 그를 안자 눈물이 볼을 타고 흘러내렸다.

"간밤에 마시모랑 통화했어."

도메니코는 조소하듯 코웃음 쳤다.

"대화했다고 말하면 과대해석이긴 하겠지만. 내가 이해하기론 테네리페 때문인 것 같던데."

나는 이불 끝으로 눈물을 닦았다.

"마시모랑 장난치던 와중에 내가 그를 나초라고 불렀거든."

시선을 떨어뜨리며 당연히 따라올 도메니코의 잔소리를 기다렸지만 잔소리는 들리지 않았다.

도메니코는 침묵을 지켰다.

"왜 그랬는지 모르겠어. 정말이야. 밤에 잠에서 깼더니 마시모가 거기 있었어. 아무것도 안 입고서 술에 취해 있었어. 약도 한 것 같았어. 테이블에 코카인 봉지가 놓여 있는 걸 본 것 같아."

다시 시선을 들어 도메니코를 봤다. 실망과 고통을 감출 수 없었다.

"나를 또 강간하려 했어."

눈물이 멈췄다. 고통은 분노로 바뀌고 있었다.

도메니코의 표정은 바뀌지 않았다. 그는 내게 시선을 고정하고 있었다. 그도 숨을 멈춘 게 분명했다.

"젠장." 도메니코는 얼굴을 찡그리며 마침내 중얼거렸다.

"시칠리아로 돌아가야겠어. 어제 집에 사람들을 좀 보냈어. 마시모가 집을 뒤집어놨더라."

도메니코는 믿기지 않는다는 듯 고개를 저었다.

"그는 보스야. 가문의 수장이고. 그의 의지에 반해 묶어둘 수는 없지. 술에서 깨면 바로 여기로 올 거야. 그렇게 되면……."

"그럼 나는 그를 떠날 거야."

나는 도메니코의 말을 대신 마무리했다.

"완전 끝이라고." 나는 일어나서 창가로 갔다. "정말 끝이야. 이혼할래."

내 목소리는 차분했고 단호했다.

"마시모한테 그럴 수는 없어, 라우라!"

"못 한다고? 두고 봐."

나는 도메니코에게 다가갔다.

"이 모든 게 끝나면 내 삶이 어떨 것 같아? 난 남편한테서 맨발로 도망쳐야 했어. 강아지까지 데리고. 이번에는 도망칠 수 있어서 그나마 다행이지. 예전에 든 멍도 아직 사라지지 않았는데 새로운 멍이 들 뻔했다고."

나는 고개를 저었다.

"절대 되돌릴 수 없어. 마시모한테 그렇게 전해!"

도메니코의 얼굴을 향해 팔을 휘둘렀다.

"마시모의 돈도 권력도 너네 엿 같은 마피아도, 나를 정액받이로 쓰는 남자 옆에 묶어둘 순 없어!"

"알았어." 도메니코는 한숨을 쉬었다.

"하지만 마시모가 널 보길 원한다면 막을 수는 없어. 그를 떠나겠다는 말은 네가 직접 해야지."

"그럴 거야." 나는 단호하게 고개를 끄덕이며 말했다.

"말할 거야. 때가 되면. 지금은 나한테서 마시모를 떼어놔야 할 이유를 말해주는 거고."

"이번에는 그걸로 충분할지 모르겠다." 도메니코는 고개를 저었다. "그는 두 번이나 속진 않을 거야. 그렇지만 일단 보자."

도메니코는 내게 물 한 잔을 건넸다.

"올가는 두 사람이 말싸움해서 네가 여기 있는 줄로 알아. 올가에게는 네가 원하는 만큼 말해. 난 방해하지 않을게."

도메니코는 문으로 향했다.

"이 빌라는 우리 가문 소유야. 필요한 건 여기 다 있을 거야. 올가는 아직 자고 있어. 깨어나서 네가 가버렸다고 날 죽여버리기 전에 뭐라도 해줘."

도메니코는 자리를 떴다.

샤워를 했고 아래층에서 강아지 케이지를 발견했다. 안에는 프라다가 있었다. 무릎을 꿇고 프라다를 꺼내며 여전히 그 아이가 나와 함께 있음에 감사했다. 어찌어찌 프라다를 데리고 오긴 했지만 두고 왔다면 어떻게 됐을까?

"세상에, 너무 귀엽다!"

올가의 비명에 나는 벌떡 일어났다. 그 바람에 강아지를 거의 질식시킬 뻔했다.

"내놔! 나도 안아볼래! 제발 부탁이야!"

올가는 소녀처럼 발을 굴렀다.

"세상에, 너 너무 바보 같다."

나는 강아지를 넘겨주고 테이블에 앉아 올가가 프라다를 꼭 끌어안는 모습을 바라봤다.

"자, 헛소리로 날 속일 생각은 하지 마. 무슨 일이 있었는지 말해봐."

"이혼할 거야." 나는 한숨을 쉬었다. "잔소리하기 전에 이유부터 들어줘."

올가는 강아지를 내려놓고 내 옆에 앉았다.

"폴란드에 간 건 마시모 때문이었어……."

말은 또다시 내 목에 걸려 나오지 않았다.

"라고스에서……." 나는 말을 더듬었다.

"마시모는 술과 약에 취해 있었어. 나는 너무 늦게 집에 들어갔고. 그래서 그 사람이……."

나는 크게 심호흡했다.

"나를 강간했어."

올가는 충격으로 얼굴이 핼쑥해졌다.

"나도 어떻게 들리는지 알아." 나는 말을 이었다.

"우린 결혼했지. 거친 걸 좋아하기도 하고. 하지만 지나치게 잔혹했고 원하지 않는데도 강제로 했다면 강간이야. 다른 말론 표현할 수 없어. 멍이 아직도 남아 있는걸."

나는 어깨를 으쓱했다.

"시칠리아로 돌아간 뒤 한동안은 모든 게 좋았어. 내가 그를 나초라고 부르기 전까진 말이야……."

"개소리!" 올가는 고함을 지르곤 곧바로 조용해졌다. "진짜야? 정말 마시모를 나초라고 불렀어?"

"진심이야? 그거에 반응한다고?"

"그게……." 올가는 이상한 표정을 지으며 애를 썼다.

"어떻게 결혼한 사이에 강간할 수 있다는 건지 모르겠어. 그렇지만 알았어. 이해해. 그렇다고 마시모에게 나초라고 불렀다니 치사하네."

"알아. 나도 모르게 불쑥 나온 말이야. 폴란드에서 나초와 보낸 시간이 좋아서……."

"뭐라고?"

올가가 다시 소리쳤다. 나는 얼굴을 찡그렸다.

"그 스페인 남자가 폴란드에 있었다고?"

"카나리아인이야." 나는 체념하며 중얼거렸다. "네가 생각하는 것보다 얘기가 길어."

올가는 못 믿겠다는 듯 나를 바라봤다. 나는 한숨을 쉬었다.

"알았어. 말해줄게."

그렇게 다시 한번 모든 이야기를 짚어나가야 했다. 지난밤에 있었던 일과 도메니코가 갑자기 떠난 이유에 대해 이야기를 끝내자, 올가가 끼어들었다.

"그러니까 상황이 말이야."

마음을 다잡았다. 사실인 것처럼 말하는 순수한 짐작을 듣게 되겠지. 일단 들어보기로 했다.

"정리하자면 네 남편은 충동적이고 공격적인 데다 한 치 앞을 알 수 없는 마약중독자에 알코올중독자고……."

나는 힘없이 고개를 끄덕였다.

"나초는 매혹적이고 온화하며 문신이 가득한 납치범이라는 거네."

올가는 커피 한 모금을 홀짝였다.

"네 이야기 제법 일방적이라고 생각하지 않아? 더는 마시모와 함께하고 싶지 않은가 본데, 물론 그걸로 널 비난할 수는 없어. 하지만 마시모가 원래부터 그런 사람은 아니었잖아."

올가의 표정은 점점 슬퍼졌다. 그녀는 걱정하는 표정으로 나를 바라봤다.

"우리 집에 와서 몇 시간이고 그 사람에 대해 얘기했던 거 기억나? 너 그 사람을 많이 사랑했잖아. 마치 마시모가 신 자체인 것처럼 말했지. 원래 사람은 가장 최악인 상태에서 진정한 모습을 알 수 있는 거야."

올가의 말이 옳았다. 나는 나초를 잘 알지 못했다. 그 안의 악마가 나중에 그를 바꾸지 않을 거라는 확신은 없었다. 결혼하고 6개월이 넘도록 남편이 나를 다치게 할 수 있다는 것조차 몰랐다. 이런 엉망인 상황이 올 줄 몰랐음은 말할 것도 없다.

"더는 못하겠어." 나는 테이블 위로 고개를 떨구며 속삭였다.

"그냥 너무 지쳤어."

"잘도 그러시겠어. 우리가 어디 있는지 잊었어?"

올가는 팔을 뻗으며 뒤돌았다.

"세계 파티의 중심지라고. 우리한텐 호화로운 빌라는 물론이고 차에 보트에 제트스키까지 있어. 경호원은 전혀 없고."

올가는 검지를 들어올렸다.

"내 예쁜 친구, 우린 자유야. 게다가 충분히 날씬하고."

"너나 그렇겠지." 나는 웃었다.

"난 너무 말라서 엉덩이뼈가 보이려고 해. 게다가 경호원이 전혀 없다니 왜 그런 건데?"

"난 도메니코면 충분하거든." 올가가 눈썹을 올리며 대답했다. "게다가 그는 마시모만큼 나를 과잉보호하지 않아."

올가는 뭔가 말하려고 숨을 들이마셨지만 그때 내 휴대폰이 진동했다.

"마시모야."

나는 두려움에 떨며 올가를 흘긋 봤다.

"그래서? 그 휴대폰에서 튀어나올 것도 아니잖아."

올가는 벨소리를 진동 모드로 바꿨다.

"그냥 남자일 뿐이야. 다른 남자처럼 차고 잊어버려. 그가 네 마지막 남자는 아닐 거야. 전화는 그냥 무시하면 되지."

"내가 신경이나 쓰나 봐라!"

나는 전화 거절 버튼을 누르며 발끈했다.

"쇼핑해야겠어. 잠옷밖에 없거든."

휴대폰이 다시 진동했다. 나는 또다시 전화를 거절했다.

"하루 종일 이럴 거야."

나는 체념하며 테이블에 엎드렸다.

"난 마법사다! 널 괴롭히는 것으로부터 자유롭게 해주지!" 올가는 진동하는 휴대폰을 들어 전원을 껐다. "봤지?"

올가는 활짝 웃으며 테이블 위로 휴대폰을 던졌다.

"이제 따라와. 옷 챙겨 입고 나가자. 여긴 이비사인 데다 날씨도 좋고 우린 뭐든 할 수 있어!"

올가가 나를 의자에서 일으켜 끌고 가는 바람에 테이블 가장자리에 이빨을 거의 부딪칠 뻔했다.

팬티가 한 장도 없었다. 그게 문제가 됐냐고? 전혀 아니다. 나는 어차피 속옷을 입지 않는 걸 좋아했다. 하지만 신발이 없는 건 재앙이었다. 다행히 올가는 나와 신발 사이즈가 같았다. 창녀처럼 보이는 아찔하게 높은 힐 수백 켤레 중 마침내 흰색 쥬세페 자노티 플랫폼 구두를 꺼낼 수 있었다. 안도의 한숨을 쉬며 엉덩이 대부분이 드러나는 하이웨이스트 반바지와 배꼽까지 오는 헐렁한 상의를 집었다. 코디는 프라다 핸드백으로 완성했다. 그리고 강아지를 안으며 준비를 끝냈다.

"너 파리에서 온 스타 같아." 올가는 미소 지으며 말했다. "거기에 강아지까지……."

올가는 코웃음을 터뜨렸다.

"이 작은 털 뭉치를 그럼 어떡해?" 나는 얼굴을 찌푸렸다.

"두고 가면 지루해할걸. 게다가 쇼핑은 최고잖아? 개들도 아주 좋아할 거야."

나는 활짝 웃으며 문을 밀었다.

우리의 빌라는 타오르미나의 맨션과는 아주 달랐다. 현대적이고 날카로우며 잔은 항상 부족하지 않고 실험실처럼 깨끗했다. 안락함이라고는 전혀 없었다. 모든 게 하얀색과 차가운 파란색, 회색이었다. 거대한 거실은 커다란 유리벽을 사이에 두고 탁 트인 테라스로 연결되어 있었다. 그 뒤에는 가파른 경사길이 바다로 이어져 있었다. 빌라 앞에는 야자수와 하얀 자갈로 이루어진 정원이 있었다. 차도에는 핏빛의 애스턴 마틴 DBS 볼란테 카브리오가 주차돼 있었다.

"그렇게 보지 마."

으스대는 올가에게 눈알을 굴리자 올가가 말했다.

"허머도 있는데 너 같으면 뭘 타겠니? 이거? 아니면 달리는 와플 하우스?"

올가는 4미터 떨어진 곳에 주차되어 있는 커다란 차를 턱으로 가리켰다. 나는 빨간 차의 조수석으로 다가갔다.

"이 차의 가장 큰 장점이 뭔지 알아?" 안락한 하얀색 가죽 의자에 앉는 내게 올가가 물었다. "이것 봐."

올가는 단순하고 우아한 대시보드를 가리켰다.

"자동차야, 우주선이 아니라. 수천 개의 버튼이 여기저기 널린 비행기가 아니라 여자를 위한 차야."

나는 이 작은 섬의 부티크에 있는 브랜드를 보고 놀랐다. 손만 뻗으면 필요한 모든 걸 구할 수 있었다. 남편의 돈을 쓰느라 찔

렸던 양심은 올가의 담배 연기처럼 증발해 버렸다.

우리는 수영복, 튜닉, 슬리퍼, 선글라스, 비치백, 신발, 드레스를 샀다. 빅토리아 시크릿, 샤넬, 루부탱, 프라다(여기서 내 강아지가 실례를 했다), 발렌시아가, 돌체앤가바나까지 휩쓸었다. 이 모든 브랜드의 청바지를 종류별로 한 벌씩 사들였다.

"다 안 들어가."

올가는 우리 물건을 작은 트렁크에 구겨 넣으며 말했다. 잘생긴 젊은 매장 직원은 계속해서 쇼핑백을 가지고 나왔다.

"탱크를 탔어야 했어."

"좀 과하긴 했네." 나는 어깨를 으쓱했다.

"그래서? 나는 무슨 돈으로 복수라도 하는 줄 알았네. 네가 얼마를 쓰든 마시모가 신경이나 쓴다고. 아마 눈치도 못 챌걸."

올가는 선글라스를 올려 썼다.

"왜 죄책감을 느끼는지 이해가 안 되네."

"옷과 신발에 이 정도밖에 돈을 안 쓰는 게 이해가 안 되는 거겠지."

"헛소리. 네 돈도 아니잖아. 말을 말자."

올가는 차에 탔다.

"네 전용 개인 제트기라도 샀다면 마시모가 반응했을 수도 있겠다. 돈 때문이 아니라 도망갈 때 유용하니까 말이야. 그거면 열받게 할 수 있겠다."

우리는 집으로 돌아가 짐을 풀며 하루의 계획을 짠 뒤 마침내 테라스로 나갔다.

"모험을 떠나자!" 나는 해변으로 돌진하며 소리쳤다.

제트스키 두 대와 모터보트가 절벽 밑의 작은 만에 정박돼 있었다.

"네가 이렇게까지 열정적인 거 처음 봤어."

올가는 구명조끼를 입으며 말했다.

"나도 마찬가지야. 하지만 기분 좋아."

제트스키에 시동을 걸고 바다로 진출했다. 올가도 따라왔다.

우리는 서로 장난을 치며 즐거운 시간을 보냈고, 해변을 항해하며 반나체의 사람들을 구경했다. 이비사에서 비난의 눈초리를 받는 행동은 얼마 없었다. 유행 지난 옷, 창백하거나 반만 그을린 피부 정도. 주변에는 예쁘고 잘생긴 사람들뿐이었다. 전부약과 술에 취해 있었으며 욕정이 가득했다. 그들은 내일이 없는듯 파티를 즐기며 인생 최고의 시간을 만끽하고 있었다. 우리는바다로 나가 해변에서 몇 백 미터 떨어진 곳에 멈춰서 물을 즐겼다. 제트스키는 잔잔한 파도를 따라 오르내렸다. 이 순간이 영원하길 바랐다.

"올라!"

어떤 남자의 목소리가 들리고 이해할 수 없는 몇 마디가 이어졌다.

"영어로 말씀해 주세요."

나는 손을 들어 햇볕을 가리며 외쳤다.

스페인 남자들로 가득한 모터보트가 다가오고 있었다.

"이런 세상에."

스피도를 입은 여섯 명의 섹시한 남자가 갑판에 나타나자 올가는 나지막이 속삭였다.

로션을 발라 반질반질하게 그을린 울퉁불퉁한 그들의 몸은 거울처럼 햇빛을 반사하고 있었다. 남자들은 맵시 있는 엉덩이에 화려한 삼각팬티를 걸치고 있었다. 나는 본능적으로 입술을 핥았다.

"같이 놀래요?" 남자 한 명이 배 밖으로 몸을 내밀며 물었다.

"무슨 일이 있어도 절대 안 돼요."

올가는 갑자기 긴장하며 중얼거렸다.

"물론이죠!" 나는 활짝 웃으며 소리쳤다. "뭐 하고 놀 건데요?"

"이 멍청아." 올가는 여느 때처럼 부드럽게 질책했다. "나 곧 결혼한단 말이야."

"저 사람들이랑 섹스하라는 것도 아니잖아."

나는 스페인 남자들에게 시선을 고정한 채 쏘아붙였다.

"뭐 할 거예요?" 나는 영어로 물으며 매혹적인 표정을 했다.

"우수아이아 호텔로 오세요." 그가 말했다. "자정에 봐요."

보트의 엔진이 부릉거렸고, 우리는 곧 출발했다. 나는 유치한 미소를 지으며 올가를 향해 몸을 돌렸다. 올가는 제트스키의 속도를 높여 내 쪽으로 왔다.

"정신 나갔어?"

올가는 팔을 뻗어 나를 제트스키에서 밀어내며 소리쳤다. 나는 큰 소리와 함께 물속으로 빠졌다.

"뭐가?"

나는 여전히 미소 지은 채 다시 제트스키로 기어올랐다.

"우리 즐기기로 했잖아. 아니면 너만 즐긴다는 뜻이었어? 나도 좀 끼자!"

"도메니코가 날 죽일 거야."

"도메니코는 여기 없잖아."

나는 팔을 펼쳤다.

"코빼기도 안 보이는데? 게다가 자기 사이코 형이랑 통화하느라 바쁠걸. 얼마든지 내 잘못이라고 해도 돼."

나는 오만상을 찌푸린 올가를 내버려 둔 채 앞으로 걸어갔다.

저녁 식사 전 낮잠을 잤다. 정신을 차리니 어둑어둑해져 있었다. 거실로 가니 올가와 프라다가 TV를 보고 있었다.

"우리 빌라 건물마다 폴란드 TV 채널이 있는 거 알았어?"

"그래서?" 나는 둘 옆에 앉으며 물었다. 낮잠에서 덜 깨어 아직 머리가 멍했다. "없는 게 더 신기할 것 같은데."

"집이 몇 채인지나 알아?" 올가는 몸을 돌려 나를 바라봤다.

"전혀 몰라. 신경도 안 쓰고."

나는 화면을 보는 대신 올가의 시선을 피하며 말했다.

"내 말을 믿고 싶지 않은 거 알아." 나는 말을 이었다. "하지만 정말 마시모를 떠나고 싶어."

"이해해. 하지만 그가 널 쉽게 놔줄 것 같지 않아."

"술 있어?" 나는 몸을 기대며 화제를 돌렸다.

"그럼. 원하면 언제든지 얘기해."

"지금이면 좋겠는데."

두 시간이 지나고 모엣 샹동 한 병을 비운 우리는 준비를 마쳤다. 이비사에 대한 정보는 소문과 인터넷을 통해서만 들었다. 하지만 아무리 지나친 것도 여기선 모자란다는 건 충분히 알고 있었다. 게다가 이비사에서는 모두들 하얀색 옷을 입었다. 그래서 하얀색 발망 점프슈트를 입고 루부탱 구두를 신었다. 점프슈트라 표현하기엔 약간 어폐가 있는지도 모른다. 바지 역할을 하는 아랫부분이 얇은 천으로 되어 있어서 비키니 끈과 섞여 있는 것처럼 보였기 때문이다. 등은 완전히 파여 있어서 길고 어두운 내 머리카락과 잘 어울렸다. 마침 옷을 입기 전에 머리를 감고 곧게 폈다. 검은 눈 화장은 신비로우면서도 날카로운 인상을 줬지만, 누드 톤의 립스틱이 분위기를 부드럽게 해줬다. 올가는 스팽글로 장식된 짧은 크림색 드레스를 골랐다. 엉덩이가 거의 드러나는 길이였고, 등도 완전히 파여 있었다.

"차 대기시켜 놨어."

올가는 가방을 챙기며 소리쳤다.

"경호원 없는 거 아니었어?"

"없어. 근데 도메니코한테 외출한다고 했더니 최후통첩을 날리잖아. 택시 타겠다고 약속해야 했어."

나는 도메니코의 걱정과 사려 깊음을 존중하는 의미에서 고개를 끄덕였다.

"하지만 내내 우릴 감시하는 사람은 없을 거야."

올가는 나를 흘긋 쳐다봤다.

"적어도 그럴 거라고 들었어."

우수아이아 호텔 옆에는 안으로 들어가려는 수백 명, 아니 수천 명의 인파가 몰려 있었다. 곧장 VIP 입구로 향했다. 올가가 입구를 막아선 남자와 짧은 대화를 나누자 잠시 후 다른 경비원이 우리를 안에 있는 하얀 라운지로 안내했다.

인파는 엄청났다. 그 정도의 인파는 본 적이 없었다. 댄스플로어는 한 치의 틈도 없이 꽉 차 있었다. 조용히 남편의 돈에 감사했다. 그게 없었다면 파티 인파 사이에 끼어 있어야 했을 테니까. 나는 폐소공포증이 있었다. 군중 속에 있다가는 순식간에 공황발작을 일으킬 터다. 우리는 터무니없이 비싼 샴페인을 주문한 뒤 푹신한 소파에 기댔다.

"처음 뵙겠습니다……."

심장이 잠시 멈췄다. 입속으로 퍼부은 샴페인이 폭포수처럼 튀어나와 테이블에 흩뿌려졌다.

"안녕하세요. 나초라고 합니다."

그 카나리아인이 올가에게 다가가 악수를 청하며 말했다.

"안녕하세요, 아가씨." 우리는 옆에 앉으며 활짝 미소 짓는 나초를 멍 찐 채 바라봤다. "근처에 있을 거라고 했잖아요."

잠시 후 바다에서 만났던 여섯 명의 남자가 합류했다. 흥분한 나머지 거의 기절할 뻔했다.

"만난 적 있는 남자들이죠?"

나초는 그 남자들에게 손짓하며 미소 지었다. 그가 웨이트리스에게 손을 흔들자 곧 테이블은 술병으로 가득 찼다.

"정말 좋은 향기가 나는데요."

그는 내 어깨에 팔을 두르며 귀에 속삭였다.

만약 누가 우릴 봤다면 멍청한 사람이거나 뇌졸중에 걸렸나 보다고 생각했을 것이다. 올가와 나는 말없이 입을 벌린 채로 이게 다 무슨 일인지 이해하려 애썼다.

나초에게로 몸을 돌렸다.

"여기서 뭐 하는 거냐고 묻고 싶지만, 날이 갈수록 당신이 갑작스럽게 나타나는 게 덜 갑작스러워지고 있네요."

진지함을 가장하고 불쾌한 척했다. 반면 나초는 살면서 가장 행복한 순간인 척하고 있었다.

"날 따라다니는 거예요?"

"그래요." 나초는 표정 변화 없이 말했다. "내 부하들이에요. 당신을 보호하기 위해서 붙였어요."

그는 눈을 크게 뜨고 눈썹을 씰룩거렸다.

"끼어들어서 죄송한데요." 올가가 말을 잘랐다. "여기서 일어난 일을 누가 발설이라도 하면 문제가 심각해질 거예요."

올가는 우리의 테이블과 남자들을 향해 손짓해 보였다.

"도메니코가 알게 되면……."

"그는 이미 여기로 오고 있어요." 나초가 미소 지으며 말했다. 심장이 멎는 것 같았다. "혼자서요."

나는 안도의 한숨을 쉬었다.

"하지만 방금 출발했으니, 아직 두 시간 정도 여유가 있네요."

"확실해요?" 올가는 눈을 부릅뜨며 소리를 질렀다. "그 사람은 이 스페인 마피아들을 보기만 해도 약혼을 깰 거예요!"

올가는 가방을 집어 들고 자리를 박차고 뛰어올랐다.

"가요!"

"카나리아인이에요." 올가의 말을 정정하는 나초는 진지했다. "어디든 모셔다 드리겠지만 라우라는 저랑 있을 겁니다."

올가는 뭔가 말하려 입을 열었지만 그러지 못했다. 나초는 자리에서 일어나 올가의 손을 잡고 손바닥에 키스했다.

"나랑 있으면 안전할 거예요. 시칠리아인이랑 있는 것보다는요. 어쨌든 이비사는 스페인 섬이잖아요."

그들은 내가 의견을 얘기할까 말까 고민하는 동안 서로 눈치를 봤다.

마침내 나는 이런 짧은 자유의 박탈에 반대할 이유가 없다고 생각해 입을 다물었다. 올가는 부드러워졌다. 나초가 올가에게 활짝 미소 짓자 그녀는 도로 앉았다.

"뭘 좀 마시긴 해야겠네요. 술이 필요해요."

올가가 나초를 응시하며 중얼거렸다.

"너는?" 올가는 내게 몸을 기울이며 폴란드어로 물었다. "이틀 전 마시모가 한 짓 때문에 화가 난 건 알지만……."

"맙소사."

나초가 올가의 말을 전부 이해할 거란 사실을 깨달은 나는 속삭였다.

"마시모가 뭘 했죠?"

나초가 끼어들었다. 나초의 입에서 나온 폴란드어에 올가가
얼어붙었다.

"미친!" 올가는 주저앉아 샴페인을 한 잔을 비워냈다. "폴란드
어도 하네."

올가가 못 믿겠다는 표정으로 나를 보기에 나는 고개를 끄덕
이며 얼굴을 찌푸렸다.

"그가 뭘 했죠?" 나초는 끈질기게 다시 물었다. "당신한테 묻
는 거예요, 라우라."

눈을 감고 손바닥으로 얼굴을 가렸다. 그 주제에 관해서는 얘
기하고 싶지 않았다.

"다시 생각해 봤는데, 역시 나는 가는 게 좋겠어. 그게…… 샤
워하고 싶어서. 나 가도 괜찮지?"

올가는 자리를 벗어나도 될지 물었다. 나는 반응하지 않았다.

"그래, 괜찮겠지. 나 간다."

다시 시선을 들었을 때 올가는 이미 자리를 뜬 상태였다. 나초
의 일행 두 명도 함께 사라졌다. 나초가 거기 없는 것처럼 행동
하려 애썼지만 손가락 사이로 훔쳐보자마자 그가 내 턱을 잡고
는 자기 쪽으로 돌렸다.

"대화 좀 할까요?"

나초는 부드럽게 물었다. 걱정으로 가득한 그의 눈동자는 조
용히 분노하고 있었다.

나초를 멈출 방법은 한 가지밖에 없었다. 나는 팔을 뻗어 나초
의 양볼을 잡고 키스했다. 그는 곧바로 반응했다. 팔로 내 허리

를 감싸 안고 끌어당겨 내 입술에 대고 자기 입술을 눌렀다. 혀가 입안으로 들어왔다. 입을 더 크게 벌려 그의 혀를 받아들였다. 나초는 더 깊게 키스한 뒤 떨어지며 내 이마에 자기 이마를 댔다.

"제법인데요. 하지만 시가는 안 돼요." 나초가 말했다.

"오늘만요. 제발요." 나는 한숨을 쉬었다. "취하고 싶어요. 아무 생각 없이 즐기고 싶어요."

나는 그의 눈을 들여다봤다.

"아니, 당신을 취하게 만들고 싶어요."

나초는 놀란 표정으로 한동안 내게 시선을 고정했다.

"뭐라고요?" 그는 웃음을 터뜨리며 머리 뒤로 팔짱을 꼈다. "왜죠?"

"다음에 설명할게요. 하지만 취하겠다고 약속해요."

내 목소리는 절망적이었다. 내가 애걸하자 나초는 놀란 것 같았다. 그는 잠시 생각하더니 내 손을 잡았다.

"알았어요. 그런데 여기선 안 돼요."

나초는 자리에서 일어나 일행에게 몇 마디하고는 나를 이끌고 클럽을 통과했다.

나초는 거의 달리며 인파를 뚫었다. 내 손에 깍지를 끼고 날 안전하게 데리고 나왔다. 우리는 호텔을 나가 길 옆에 주차된 지프에 탔다. 지금까지 나초는 항상 직접 운전했지만 이번에는 아니었다.

"우리 어디 가는 거예요?"

나는 숨을 헐떡이며 물었다.

"우선 토리첼리 저택으로 가서 당신 짐을 쌀 거예요. 우리 집에 도착하면 당신만을 위한 정원을 선물할게요. 나 자신도 선물할 거예요. 그리고 취할 거고요."

나는 미소 지으며 자리에 기댔다. 계획은 간단했다. 나초가 인사불성이 될 때까지 제대로 취하게 할 작정이었다. 분노가 최대한 치솟도록 도발한 다음 그가 어떻게 행동하는지 지켜볼 작정이었다. 위험을 감수해야 했지만 엄마는 사람이 취했을 때야말로 그가 정신이 멀쩡할 때 생각하는 것을 보여준다고 했다. 나초를 믿는 게 같은 실수를 반복하는 것은 아닐지 확인해야만 했다. 게다가 샴페인을 마시니 용기가 났다. 나는 마음의 준비가 되었다. 노란색 파워레인저처럼. 최소한 마음은 그랬다.

"여기요."

나초는 물 한 병을 건네며 말했다.

"내가 취할 거라면 당신은 말짱해야죠. 우리 둘 다 취하면 나중에 후회할 짓을 할지도 모르니까요."

나는 물병을 받아 들고 홀짝였다.

불쑥 저택으로 들어갔고 내 침대로 가는 도중 올가를 마주쳤다. 나는 아무거나 집어 들고 캐리어에 구겨 넣기 시작했다.

"뭐 하는 거야?"

올가는 문가에 멈춰서 물었다.

"젠장…… 너무 작잖아. 네 캐리어 좀 줘."

고함을 지르며 내 물건들을 다시 한번 뒤졌다.

나는 지금 마시모와 함께 외출하는 게 아니었다. 지금 가는 곳에선 루부탱 구두가 필요 없을 터였다. 수영복과 반바지, 튜닉, 그리고 다른 물건 몇십 개를 집어 들었다. 그동안 올가는 내 앞에 커다란 자기 캐리어를 놓았다.

"어디 가는 건지 알기는 해?"

올가는 걱정하며 물었다.

"도착할 때까지는 몰라." 캐리어 지퍼를 잠갔다. "잘 있어."

"도메니코한테는 뭐라고 해?"

올가는 내 뒤에서 소리쳤다.

"그냥 내가 가버렸다고 해. 나도 몰라. 알아서 해."

CHAPTER_11

보트는 파도를 헤치며 미끄러져 나아갔다. 하지만 밖에서 무슨 일이 일어나든 신경 쓰이지 않았다.

나초와 함께였다. 그는 나를 감싸 안았다. 밤은 아름다웠다. 섬의 조명이 천천히 사라지자 별이 가득한 까만 하늘이 손만 뻗으면 바로 닿을 듯 가깝게 느껴졌다. 어느 정도 시간이 지나자 또 다른 어두운 형체가 수평선에 나타났다.

"우리 어디 가는 거예요?"

입술로 나초의 귀를 쓸며 물었다.

"타고마고요. 내 개인 섬이에요."

"섬이 어떻게 개인 소유일 수 있죠?"

나초는 웃으며 내 눈썹에 키스했다.

"곧 알게 될 거예요."

곧 섬이 정말로 나초의 개인 소유라는 사실을 알게 됐다. 섬에는 집이 하나뿐이었다. 사실 저택이라고 하는 게 더 맞았다. 저택은 아름답고 고급스럽고 편안해 보였다. 안으로 들어가자 해안까지 우리를 데려다준 남자가 따라오며 모터보트를 몰았다.

"아이반입니다." 그는 자신을 소개하며 내 캐리어를 내려놓았다. "이분의 경호원이죠."

그는 나초를 향해 고개를 끄덕였다. 나초는 수영장 불을 켜느라 정신이 없었다.

"이젠 당신도 경호할 겁니다. 당신이 마르셀로에게 뭘 주문했는지 말해주더군요."

나초가 술에 취할 예정이니 날 경호하겠다는 말이었을까?

"마토스 씨는 술을 많이 드시지 않습니다."

아이반이 말을 이었다.

"그를 알게 된 뒤로 그가 취한 걸 본 적이 없어요. 아기일 때부터 봤는데도요."

이해가 갔다. 아이반은 우리 아빠 또래였다. 검은색과 하얀색이 섞인 머리카락과 그을린 피부는 그를 나이 들어 보이게 했지만, 푸른색 눈은 나이를 가늠하기 어렵게 했다. 그는 거구도 아니었고 특별히 키가 크지도 않았다. 하지만 그을린 피부에 걸려있는 셔츠의 모양새로 볼 때 몸매가 좋은 건 확실했다.

"여기요."

아이반은 내게 작은 리모컨이 걸린 자동차 열쇠를 건넸다. 버튼은 단 하나였다.

"자기방어 리모컨이에요. 알람이 울리죠. 버튼을 누르면 내가 소리를 들을 수 있어요."

그가 버튼을 누르자 높게 삑삑거리는 소리가 났고, 그가 다른 손에 들고 있는 작고 검은 상자가 그 소리를 잠재웠다.

"이 정도면 됐네요." 그는 기기를 껐다. "무슨 일이 있으면 버튼을 눌러요. 근처에 있을게요. 행운을 빌어요."

아이반은 몸을 돌려 떠났다.

희미한 빛 아래 혼자 서서 그걸 쓸 일이 생길까 싶어 열쇠고리를 응시했다. 분노에 찬 마시모로부터 탈출한 기억을 떠올리니 위장이 꼬였다. 하지만 나초는 마시모가 아니었다.

"준비됐어요?"

테킬라 병과 레몬이 담긴 그릇을 들고 나타난 나초가 물었다.

"어디서 마실까요?"

그는 즐거운 듯 물었고, 나는 일종의 무대 공포증을 느꼈다.

"무서워요."

나직이 말했다.

나초는 작은 테이블 위에 그릇과 테킬라 병을 놓고 나를 끌어당겨 자기 무릎 위에 앉혔다.

"뭐가 무서운데요? 내가요?"

나는 고개를 저었다.

"당신 자신이요?"

나는 한 번 더 고개를 저었다.

"그럼 뭐가 무섭죠?"

"실망할까 봐 무서워요."

나는 속삭였다.

"그래요, 그건 나도 무서워요. 당신이 기대하는 만큼 술에 취해본 적은 한 번도 없거든요. 이리 와요."

수영장 옆의 낮은 칵테일 테이블에 앉았다. 나초는 내게 테킬라 병과 레몬 그릇을 맡기고 자리를 떴다. 잠시 후 무알콜 맥주와 소금을 가지고 돌아왔다.

"그럼 시작해 보죠."

그는 첫 잔을 비워낸 뒤 레몬 4분의 1을 베어 물었다.

"아이반이 알람 리모컨을 줬나요?"

나는 고개를 끄덕였다.

"지금 갖고 있어요?"

나초의 눈은 미소 짓고 있었다.

"이게 왜 필요해요?"

나는 손에 쥔 작은 리모컨을 돌리며 물었다.

"필요 없어요. 갖고 있으면 당신이 더 안전하다고 느낄 것 같아서요. 애초에 당신이 이렇게 된 게 술 때문이었으니까요."

그는 한 잔을 더 비워냈다.

"당신 친구가 한 말, 무슨 뜻이었어요?"

잠시 생각하다가 마침내 일어나서 내 캐리어로 갔다. 나초는 테킬라 한 잔을 더 따르고 따라왔다. 여긴 섬이었고, 그것도 이 저택 이외에는 아무것도 없는 섬이었다. 도망간다면 어디로 간단 말인가? 반바지와 티셔츠를 집어 들고 테이블로 돌아가 나초를 마주 보며 그 옆에 앉았다.

"말해줄게요. 지금 말고요. 지금은 당신 술 마시는 거 볼래요."

우리는 앉아서 대화를 나눴다. 이번에는 나에 관한 대화였다.

나초에게 가족에 대해 얘기했고 왜 코카인을 싫어하는지 말했다. 또 춤을 얼마나 좋아하는지에 대해서 얘기했다. 말을 이어갈수록 나초의 눈은 점점 빛을 잃고 흐릿해졌다. 대화는 느려지고 조금씩 꼬이기 시작했다. 배가 아팠다. 이윽고 나초는 노래를 부르기 시작했다. 스페인어로. 우리는 빠른 속도로 내게 그 리모컨이 필요할지도 모르는 순간에 도달하고 있었다.

나초는 몸을 흔들기 시작했다. 잠시 후, 그는 소파에 누우며 옆으로 돌아누웠다. 나를 바라봤지만, 의식은 기껏해야 반밖에 깨어 있지 않았다. 잠시 후 나초는 중얼거리기 시작했다. 때가 됐다. 나는 물을 더 마셔야겠다며 잠시 그를 떠났다. 말은 그렇게 했지만 부엌으로 가서 나초의 휴대폰을 집어 들어 카메라를 켜고 녹화를 시작했다.

"미안해요, 나초. 하지만 당신이 취했을 때 화나게 하면 어떻게 반응할지 알아야겠어요. 야비한 건 알지만 술에서 깨면 내가 왜 그랬는지 말해줄게요. 자, 이제 당신이 어떤지 봐요."

몸을 돌려 만취한 나초를 마주했다.

"취하면 어떻게 되는지 스스로도 모른다고 했죠? 이제 알게 됐네요."

나는 미소를 지었다.

"이제부터 듣게 될 모든 말은 거짓말이라는 거 기억해요."

수영장으로 돌아가 나초를 일으켜 세운 뒤 그에게 올라타 앉았다. 그에게선 술 냄새와 껌 냄새가 풍겼다.

"나랑 섹스해요."

속삭이며 그에게 가볍게 입 맞췄다.

"그럴 순 없어요." 그는 내게서 멀어지며 중얼거렸다. "날 조종하려고 취하게 한 거군요."

나초의 바지 지퍼로 손을 뻗었지만, 그는 내 손목을 잡았다.

"제발 그러지 말아요."

말을 더듬는 나초의 고개가 흔들리고 있었고, 눈은 반쯤 감겨 있었다.

"시칠리아에서 무슨 일이 있었는지 말해줄게요. 듣고 싶지 않아요?"

나초는 눈을 번쩍 뜨고 기대하는 눈빛으로 쳐다봤다.

"말해줘요." 그는 입술을 핥으며 으르렁거렸다.

"남편이랑 아주 뜨거운 섹스를 했어요. 5분마다 오르가슴을 느꼈어요."

무슨 얘길하든 나초가 기억하지 못할 거라는 사실에 감사하며 거짓말했다.

"남편이랑 짐승처럼 몸을 섞었고 난 더 해달라고 애걸했어요."

얼굴이 굳으며 내 손목을 놓은 나초의 심장이 거세게 뛰는 게 느껴졌다. 그의 위에서 내려와 멀어지며 테이블 위의 리모컨을 흘깃 보았다. 나초는 내가 이야기를 끝마치길 기다리며 나를 바라봤다.

"그에게 몸을 허락했고, 그는 마음껏 날 취했어요. 온몸으로 그를 느꼈죠."

나는 손을 뻗어 내 다리 사이로 집어넣고 천천히 자위했다.

"여전히 그의 거대한 페니스가 느껴져요. 당신은 절대 마시모만큼 할 수 없을 거예요. 누구도 내 남편과 비교할 수 없어요."

나는 조소했다.

"당신은 보잘것없어요!"

손가락을 뻗어 나초의 턱을 잡고 고개를 돌려 나를 마주 보게 했다.

"당신은 아무것도 아녜요."

나초는 이를 악물었고, 눈은 차가워졌다. 숨을 크게 들이쉬고는 고개를 떨어뜨리며 무릎 위에 팔꿈치를 받쳤다. 기다렸지만 그는 그 이상의 반응이 없었다. 그저 숨을 헐떡일 뿐이었다.

"그게 다예요. 당신에게 알려주려고요. 남편과 섹스했다고요."

"이해해요."

나초는 시선을 들며 속삭였다. 심장이 찢어지는 것 같았다. 나초의 눈에서 눈물 한 방울이 흐르고 있었다. 그는 그걸 닦아내지 않았다.

"마시모가 내 인생의 사랑이에요. 당신은 지나가는 바람일 뿐이었어요. 미안해요."

나초는 일어나다가 비틀거렸다. 그러고는 똑바로 서지 못하고 도로 소파에 누웠다.

"아이반이 데려다줄 거예요." 그는 눈을 감으며 말했다. "사랑해요……."

나초는 팔로 얼굴을 가리며 잠들었다. 눈물이 차오르는 걸 느끼며 나초 옆에 앉았다. 아무 일도 일어나지 않았다. 나초는 아무것도 하지 않았다. 내가 최선을 다해 그를 최대한 비참하게 만들었는데도. 입을 다물고 잠드는 게 다였다. 가장 끔찍했던 건 내가 한 모든 말에도 불구하고 그가 여전히 나를 사랑한다고 말했다는 사실이었다.

"아이반." 나는 경호원의 침실 문을 두드리며 말했다.

"무슨 일 있나요?"

"아무 일 없어요. 나초 좀 침대로 옮겨주실래요?"

미안하다는 뜻으로 미소를 지어 보이자 아이반은 고개를 젓고는 나와 함께 테라스로 나갔다.

아이반은 놀랄 정도로 힘이 셌다. 그는 미동도 없는 나초를 들어 올려 침실로 옮겼다.

"나머지는 제가 알아서 할게요. 감사합니다."

아이반은 내 말에 손을 흔들며 나갔다.

나초 옆에 앉아 엉엉 울었다. 어쩔 수가 없었다. 스스로에게 화가 났다. 어쩜 이렇게 이기적이지? 날 사랑하는 사람이 끔찍한 기분을 겪을 걸 알면서 그에게 상처를 주다니. 최악이었다. 내 역겨운 이기심이 시킨 일은 절대 떳떳할 수 없었다. 비열했다. 샤워를 하고 캐리어를 도로 방 안에 집어넣은 뒤 팬티를 입었다. 나초는 침대에 몸을 웅크리고 누워 이따금 몸을 떨었다. 그의 옆에 무릎을 꿇고 앉아 나초가 속옷을 입고 있기를 바라며 바지를 완전히 내렸다. 그는 속옷을 입고 있지 않았다. 지퍼를 내리자마자 그의 페니스가 보였다. 신이시여, 이 아름다운 남자를 이용해

240

먹지 않을 힘을 주세요.

나초의 찢어진 청바지를 흔들어 벗긴 뒤 그에게 이불을 덮어 줬다. 그의 페니스를 보고 있으려니 멍청한 생각이 들었다. 절대 해선 안 되는 일에 대한 생각 말이다. 적어도 지금은 안 된다. 부엌으로 가 냉장고에서 생수 한 병을 꺼내 나초 옆의 침실 탁자에 뒀다.

아침이 되자 갑작스레 나를 압도하는 욕구에 정신이 번쩍 들었다. 눈을 떠 유리로 된 침실 창을 보고 놀라고 말았다. 침실에서 보이는 전경은 숨이 멎도록 아름다웠다. 이비사와 바다, 아름다운 일출. 숨을 들이마시니 뭔가…… 이상한 느낌이 들었다. 누군가가 내 젖꼭지를 물고 있었다. 이불을 들추자 나초와 눈이 마주쳤다. 그는 여전히 반쯤 의식이 없는 채로 즐거워하고 있었다.

"완전 취했어요." 그는 키득거렸다. "완전 달아올랐고요."

그의 입술은 내 명치를 쓸며 다른 쪽 가슴으로 옮겨 갔다. 그는 내 다리 사이에 몸을 두고 내 위에 올라타 있었다.

"그래도 여전히 고양이처럼 민첩하죠."

그는 내 젖꼭지를 빨며 말을 이었다.

"그러셔요?"

흥분을 숨기려 노력하며 미소 지었다.

"요즘은 어설픈 걸 민첩하다고 표현하나 보죠? 죽은 사람이었어도 정신이 깼겠어요."

나초는 씩 웃고는 팔을 받치며 몸을 일으켰다. 그러고는 내 위에서 얼굴을 마주 봤다.

"죽은 사람이 속옷을 입고 있나요?"

그는 매트리스에서 오른손을 들었다. 내 팬티가 그의 손가락 사이에 있었다. 그는 팬티를 흔들었다.

"그게 뭐 어때서요?"

나초의 눈은 행복하게 반짝이고 있었다.

"내가 누군지 잊었군요. 이 끔찍한 취기가 가시기만 해봐요. 제대로 알게 해줄 테니까."

그는 이불 아래로 뛰어들었다. 나는 발가벗고 있는 게 두려워 얼어붙었다.

나초는 내 몸이 굳는 걸 느낀 게 분명했다. 그는 다시 고개를 들었다.

"필요한 건 얻었어요?"

그의 태도는 점점 진지해졌다. 나는 당황하기 시작했다. 전날 일을 기억하는 걸까?

"할 말이 있어요."

다리를 오므리고 그를 밀어내려 애쓰며 말했다.

문신으로 덮인 나초의 근육질 몸이 이불 아래서 미끄러지더니 나를 감싸며 어둠 속으로 끌어당겼다.

"그래요?"

그가 내 입술에 자기 입술을 쓸며 물었다. 껌 냄새가 압도적이었다.

이를 악물었다. 아직 이를 닦지 못했기 때문이다. 나초가 미소 짓는 게 느껴졌다. 그는 왼손을 뺐다가 잠시 후 내 입속에 뭔

242

가를 밀어 넣었다. 껌이었다. 나는 나초의 선견지명에 감사하며
껌을 씹기 시작했다.

"무슨 얘길 하려고요?" 그는 내 허벅지에 발기한 페니스를 누
르며 물었다. "어젯밤 얘기요?"

그가 무릎으로 내 클리토리스를 문지르자 신음이 나왔다.

"남편이랑 하는 섹스가 얼마나 좋은지요?"

나는 눈을 크게 떴다. 심장이 빨리 뛰었다.

"나초…… 나는…….."

나초가 입속으로 혀를 밀어 넣는 바람에 말을 끝마치지 못했
다. 나초가 내게 그런 식으로 키스한 적은 없었다. 가차 없고 집
요했다. 뭔가 안 좋은 일이 일어나고 있었다. 평소의 나초는 그
렇지 않았다. 고개를 돌려 피했지만, 그가 내 턱을 잡아 자기 쪽
으로 돌렸다.

"내가 그저 지나가는 바람일 뿐이었다면, 인생 최고의 바람으
로 기억해 주길 바라요. 제대로 작별 인사를 해줄게요."

나초의 말이 마음을 무너뜨렸다. 어디서 그런 힘이 났는지는
모르지만 그를 세게 밀었다. 나초는 이불에 싸인 채 바닥으로 떨
어졌다.

"거짓말이었어요!" 나는 몸을 웅크리며 소리 질렀다. "당신을
시험하고 싶었어요!"

눈물이 차올라 침대에 웅크린 채 흐느꼈다.

"당신이 취해서 날 다치게 하지는 않을지 확인해야 했어요. 또
그런 일을 겪을 수는 없어요."

나초는 침대에서 일어나 앉아 나를 이불로 감싸고는 무릎에 눕혔다.

"'또'라뇨?" 나초가 물었다. "무슨 일이 있었는지 말해줘요. 안 그럼 내가 직접 알아볼 거예요. 뭐가 더 나쁠지 모르겠네요."

그가 나를 감싸 안자 그의 심장이 거칠게 뛰는 게 느껴졌다.

"무인도에 있는 지금 말할래요? 아님 나중에 내가 총을 들고 있을 때 말할래요?"

"아무 일도 없었어요. 도망쳤거든요."

나초는 숨을 들이쉬고는 아무 말도 하지 않았다.

"폴란드를 떠나서 시칠리아로 돌아갔어요. 다 괜찮았어요. 마시모가 변하고 싶어 했거든요. 그에게 기회를 줘야 했어요. 그러지 않고서야 내 선택이 옳은지 절대 확신할 수 없었을 테니까."

나초의 숨결이 점점 빨라지기 시작했다.

"그런데 내가 마시모와 장난을 치다가 그를 당신 이름으로 불렀어요……."

나초의 숨소리가 멈췄다. 그는 큰 소리로 침을 삼켰다.

"그날 밤에 잠에서 깼더니 마시모가 머리맡에 있었어요. 그 사람은…… 그는……."

나는 말을 더듬었다.

"내가 누구 것인지 보여주고 싶어 했어요. 난 강아지를 데리고 도망쳤고 그런 다음 도메니코가 날 이비사로 데려온 거예요."

몸을 움츠리고 침대 헤드보드에 기댔다. 나초의 눈은 분노로 걷잡을 수 없이 소용돌이치고 있었다. 몸은 굳어 강철처럼 단단해졌다.

"갈 데가 있어요."

나초가 앙다문 이 사이로 차갑게 말했다. 그는 휴대폰을 꼭 쥐고 전화번호를 누르더니 말했다.

"아이반, 총을 준비해 줘요."

머리가 차갑게 식었다.

맙소사. 마시모를 죽이려는 거였다.

"제발요." 나는 속삭였다.

"옷 입고 따라와요. 아무것도 안 챙겨도 돼요."

나초는 일어나서 찢어진 청바지를 입었다. 그는 내 손을 향해 손을 뻗었다. 반바지와 티셔츠를 입은 뒤 운동화를 챙겨 그를 따라 나갔다.

정문 입구 옆에 접이식 테이블이 있고, 그 위에 온갖 종류의 총이 놓여 있었다.

"개인 소유 섬의 가장 좋은 점이 뭔지 알아요?"

나초는 이렇게 묻고는 내가 대답하기도 전에 말했다.

"하고 싶은 건 뭐든 할 수 있다는 거죠." 나초는 쌍안경을 건넸다. "저길 봐요."

나초가 가리키는 곳을 쌍안경으로 들여다봤더니 사람 모양의 사격 표적이 보였다.

"계속 보고 있어요."

나초는 테이블에 정렬된 무기 중 기관단총을 선택해 바닥에 펼쳐진 검은 매트 위에서 자세를 잡았다. 그는 총을 잠시 만지더니 표적을 향해 쐈다. 총알이 전부 표적의 머리를 맞혔다. 나초는 몸을 일으켜 세우고 다가왔다.

"나는 이렇게 스트레스를 풀어요."

나초의 차가운 눈에는 화가 담겨 있었다.

나초는 총을 바꿔 재장전하고 다른 표적에 열댓 번을 더 쐈다. 전보다 더 가까운 표적이었다. 그는 모든 절차를 몇 번 더 반복했다. 나는 멍하니 그의 소리 없는 비통을 지켜봤다.

"젠장!" 그는 다른 총을 내려놓으며 소리쳤다. "도움이 안 되네. 수영하러 가야겠어요."

그는 쿵쾅거리며 집 안으로 들어가더니 몇 분 뒤 수영복을 입고 해안으로 가버렸다.

나는 잠시 혼란에 빠진 채 테이블 옆에 서 있다가 안으로 들어가 나초의 휴대폰으로 올가에게 전화를 걸었다.

"상황이 어때?" 한참 뒤 전화를 받은 올가에게 물었다.

"마시모라는 이름의 허리케인을 겪는 것 같아."

올가가 건조하게 대답했다. 올가 주변에서 이사하는 소리가 들렸다. 집을 떠나는 거였다.

"너는 어때?"

"젠장, 그 사람 거기 있어?" 나는 신음했다.

"밤에 마시모가 전화해서 널 시칠리아로 데려오라고 하는 걸 도메니코가 거부했더니, 마시모가 전용기를 타고 이비사로 왔어. 지금 집 안을 난장판으로 만들고 있어. 네가 아무것도 안 가져가서 다행이야. 웬만한 네 물건엔 다 GPS 수신기가 있더라."

올가는 담배에 불을 붙이고 한 모금을 빨았다.

"너 당분간 여기 안 오는 게 좋겠어. 나한테 전화도 하지 마."

올가는 연기를 들이마시며 말을 멈췄다. "맙소사, 전부 좆됐네."

올가는 재밌어하며 덧붙였다.

"넌 이게 재밌니?" 나는 으르렁거렸다.

"물론이지. 네가 이 꼬라지를 볼 수 있다면 좋을 텐데. 집 전체가 마시모 부하랑 온갖 이상한 장비로 가득하다니까. 마시모가 뭔가 꾸미고 있어. 내가 쓸 테이블 하나 안 남겨줬어. 슬슬 배가 고프네. 마시모가 접시를 전부 박살냈는데, 적어도 아침 커피를 마실 플라스틱 컵은 찾아서 다행이야."

"너한테 화풀이하면 안 되지! 당장 마시모 바꿔줘."

단호하게 말했다. 올가는 오랫동안 아무 말도 하지 않았다.

"올가, 내 말 들려?"

"진심이야? 마시모 지금 내 쪽으로 오고 있어."

"바꿔줘."

나는 대답했다. 수화기 너머로 마시모의 짐승 같은 씩씩거림이 들리더니 조용해졌다.

"대체 어디야?"

나는 숨을 크게 들이마셨다.

"우리 이혼해요."

말을 내뱉고 나니 생명이 전부 빠져나가는 것 같아 바닥에 주저앉았다.

마시모는 아무 말도 하지 않았지만 그가 분노로 불타고 있으리라는 건 알 수 있었다. 올가가 도메니코의 아내임에 감사했다. 그렇지 않았다면 마시모는 바로 올가에게 화를 풀었을 것이다.

"절대 안 돼!" 마시모는 갑자기 고함을 질렀다.

"널 찾아내서 시칠리아로 돌아오게 할 거야. 그런 다음엔 다시는 못 떠나게 해주지."

"계속 소리 지르면 끊을 거예요. 그렇게 되면 나랑 다시 얘기하기 위해선 변호사를 통하는 수밖에 없어요. 그걸 원해요?"

나는 벽에 몸을 기댔다.

"문명인처럼 굴자고요." 나는 한숨을 쉬었다.

"알았어. 얘기하자고. 하지만 전화로는 안 돼."

갑자기 마시모의 목소리가 침착해졌다. 하지만 나는 어리석지 않았다.

"저택에서 기다리지."

"거긴 안 돼요." 나는 딱딱하게 말했다.

"공개된 장소에서만 만날 거예요."

"그렇게 하면 안전할 거라고 생각하나 보지?"

마시모는 코웃음을 쳤다.

"거리 한복판에서 널 납치한 적도 있는데 말이야. 너 좋을 대로 해."

"당신이랑 싸우고 싶지 않아요, 마시모."

나는 고개를 떨구며 나직이 말했다.

"평화롭게 헤어지고 싶어요. 당신을 사랑했고, 당신과 있으면 행복했어요. 하지만 당신과는 더 이상 안 돼요."

수화기 너머로 거친 숨소리가 들렸다.

"당신이 무서워요. 처음 기분과는 달라요. 지금 당신이 무서운 이유는……"

목소리가 갈라졌다. 고개를 드니 수영하느라 몸이 젖은 나초가 방 반대편에 서 있었다.

나초의 몸에서 물이 뚝뚝 떨어지고 있었다. 발밑의 물웅덩이를 보아하니 제법 오래 수영하다 온 모양이었다. 그가 다가와 내 손에서 휴대폰을 빼앗아 전화를 끊었다.

"이혼이라고요?"

그가 휴대폰을 부엌 조리대에 내려놓으며 물었다. 나는 고개를 끄덕였다.

"마시모가 여기 이비사에 있어요." 나는 나직이 말했다. "아침에 도착했고 날 만나고 싶어 해요."

"이혼이라고요?" 나초는 눈을 빛내며 다시 물었다.

"더 이상 그와 함께하고 싶지 않아요. 그게 당신과 함께하고 싶다는 뜻은 아녜요."

나는 슬프게 웃었다.

나초는 나를 바라보며 무릎을 꿇고 내 다리 사이로 미끄러져 들어왔다. 나를 끌어당기며 한 팔로 내 허리를 감싸고 다른 팔로는 목덜미를 받쳤다. 그는 나를 오래도록 바라보다가 몸을 가까이 기울였다. 무슨 일이 일어날지 알 수 있었다. 소금기 있는 그의 입술이 내 입술 바로 앞에서 멈췄다. 그의 입에서 민트 향을 맡을 수 있었다. 갑자기 그의 얼굴은 지금껏 본 적 없는 기쁨으로 빛났다. 그는 활짝 미소 짓고 서둘러 내 입안에 혀를 집어넣었다. 아주 열정적이어서 나초가 마침내 욕정의 고삐를 풀어버렸다는 걸 알 수 있었다. 나초는 나를 안아 들고 팔짝팔짝 뛰었다. 나를 차가운 부엌 조리대에 눕힌 뒤 내 티셔츠 자락을 쥐고 한 번에 벗겼다. 그는 내 가슴 위에 손을 올려놓았다.

"맙소사." 나초는 신음하며 손으로 내 몸을 더듬었다.

"나랑 섹스해요."

나는 다리로 그의 엉덩이를 감싸며 나직이 말했다.

"진심이에요?"

그는 살짝 물러나며 내 눈을 똑바로 들여다봤다.

진심이 아니었다. 아니, 진심이 맞나? 더 이상 무엇도 명확하지 않지만 그건 중요하지 않다. 나는 마음이 가는 대로 행동하고 있다. 다른 사람이 내게 원하는 것에 맞추지 않고.

"진심이 아니라고 하면요? 안 할 건가요?"

그는 내 목소리에 묻어나오는 장난기를 눈치챈 듯했다.

"나 속옷 안 입었는데요."

나는 입술을 깨물며 고개를 끄덕였다.

"됐어요, 못 참겠어요. 당신이 자초한 거예요."

그는 나를 조리대에서 끌어당기며 단단한 손으로 안아 들고 침실로 갔다.

"블라인드 칠까요, 말까요?"

그가 나를 부드럽게 매트리스 위에 올려놓으며 물었다. 그의 손가락이 이미 내 반바지 단추를 풀고 있었다.

"상관없어요! 바르샤바 광장에서도 할 수 있겠다고요."

나는 참지 못하고 침대에서 꼼지락거리며 말했다.

"6개월을 기다렸단 말이에요."

나초는 웃으며 내 반바지를 바닥으로 던졌다.

"당신을 보고 싶어요."

그의 초록색 눈이 내 몸을 구석구석 훑었다. 나는 갑자기 부끄러워져서 다리를 오므리고 몸을 웅크리기 시작했다.

"이제 와서 부끄러워할 필요 없어요."

나초는 자기 수영복 바지를 내리며 말했다.

"당신 벗은 모습을 워낙 많이 봐서, 뭘 봐도 놀랍지 않을걸요."

그는 한 걸음 더 다가오며 눈썹을 치켜올렸다.

"그러세요?"

나초가 몸을 기울이자 나는 그의 이마에 손을 대 멈추게 했다.

"언제 봤는데요?"

"당신이 여기 온 첫날밤에요. 말했잖아요."

나초가 내 손목을 잡고 밀어내며 말했다.

"드레스 밑에 속옷을 안 입고 있었잖아요."

그는 내 젖꼭지에 키스했다.

"아침에 당신 팬티를 벗길 때도……."

그는 다른 쪽 젖꼭지를 빨며 말을 이었다.

"또 짚고 넘어갈 게 있어요? 이제 당신을 맛봐도 될까요?"

그는 내 위에서 심각한 얼굴로 굳어 있었지만 그건 연기였다.

"당신 휴대폰에 영상을 녹화해 놨어요. 당신에게 한 말이 거짓말이라는 증거로요."

"알아요." 그는 천천히 미끄러져 내려가며 말했다.

"당신이 일어나기 전에 봤어요. 당신이 내 반응을 보고 싶어 한 것처럼, 나도 당신 반응을 보고 싶었어요."

나초의 혀가 부드럽게 내 배꼽을 훑었다.

"안 그랬다면 당신은 시칠리아에서 무슨 일이 있었는지 절대 말해주지 않았겠죠."

그는 이 순간을 놓치지 않고 내 클리토리스에 따뜻한 입술을 대고 부드럽게 빨았다.

"이런 맙소사."

베개 두 개 사이에 얼굴을 묻으며 나직이 말했다. 나초의 벌어진 입이 허기진 듯 내 클리토리스를 삼키자 나는 점차 젖었다.

문신에 덮인 손이 배를 지나 가슴까지 올라왔다. 그가 뭘 하든 상관하지 않았다. 중요한 건 내가 그를 원한다는 사실이다. 마침내 내 조바심이 한계에 다다르자, 나초는 입술을 벌려 혀를 내밀고 곧바로 클리토리스로 향했다.

터져 나온 내 비명이 정적을 갈랐다. 나초는 달콤한 고문을 시작했다. 그는 침착하며 태연했지만 동시에 열정적이었다. 혀의 움직임에 온몸이 전기 충격을 받는 것 같았다. 배에서 머리로, 다시 머리에서 배로 찌릿한 충격이 흘렀다. 몸을 꼬며 이불을 꼭 쥔 채 나초에게 계속하라고 말했다. 이 순간이 끝나지 않기를 바랐다. 그의 애무는 조금도 거칠지 않았다. 그런데도 너무 흥분한 나머지 숨을 쉴 수가 없었다.

"눈 떠요."

나초가 멈추고 말했다. 내가 겨우 시선을 들자, 그가 위에서 마주 보고 있었다.

"제대로 보고 싶어요." 그가 내 무릎을 쥐고 다리 사이를 벌렸다. "제발 날 봐줘요."

나초가 속삭였다. 그가 가까워지는 게 느껴졌다. 그의 손에 깍지를 꼈고, 나초는 팔을 들며 침대 위에서 내 몸을 펼쳤다.

"사랑해 줄게요."

페니스가 내 젖은 구멍을 문질렀다. 나는 숨을 돌리려 애썼다.

"당신을 지켜줄게요."

페니스 끝이 안으로 들어왔다. 곧바로 절정에 다다를 뻔했다.

"절대로 당신을 다치게 하지 않을게요."

나초는 빠르고 강하게 찔렀고, 갑자기 그가 내 안을 채우는 것이 느껴졌다. 고개를 비틀며 눈을 질끈 감고 신음했다. 지나친 자극이었다.

"날 봐요, 자기."

그는 천천히 확실하게 내 안을 들락거렸다.

나초의 말대로 했다. 눈이 마주치자 그의 속도가 빨라졌다. 서두르지 않지만 정확하고 열정적인 움직임이었다. 페니스가 온전히 느껴졌다.

나초는 내 입술에 키스했다. 눈을 마주 보면서 나초와 사랑을 나누고 있다니! 엉덩이를 들자 나초는 신음하며 더욱 깊숙이 들어왔다. 그는 고개를 떨어뜨리며 내 턱, 목, 어깨에 키스했다. 더는 가만히 있을 수 없었다. 손을 빼서 문신으로 가득한 나초의 엉덩이를 잡자 그는 팔로 나를 감싸 안았다.

"당신을 다치게 하고 싶지 않아요." 그의 나직한 목소리에서 진심 어린 걱정이 묻어났다. "그러지 않을 거예요."

나초의 엉덩이를 꽉 쥐며 그를 가까이 끌어당겼다.

나초의 눈빛이 폭발했다. 눈동자가 바다처럼 파란색으로 변하며 야성적인 빛이 서렸다. 속도가 바뀌었다. 나초는 더 빠르게 찌르고 안에서 소용돌이치는 쾌감은 더욱 강력해지고 있었다. 나초는 더 세게 들이닥쳤다가 나가기를 반복했다. 오르가슴이 쓰나미처럼 몰려오고 있었다.

"이걸 보고 싶었어요." 그는 내게 시선을 고정하며 숨을 헐떡였다. "당신이 날 위해 사정하는 걸 보고 싶어요."

머리에 총을 맞은 것 같았다. 나는 곧바로 사정했다. 내 몸의 근육들은 긴장해 장대처럼 뻣뻣하게 굳었다. 나초는 계속해서 내 안을 찌르며 점점 더 많은 쾌락을 안겼다. 그의 초록색 눈동자가 흐려졌다. 그도 거의 절정에 다다라 있었다. 나초는 엄청난 힘으로 내 안에 쏟아부었다. 안이 찢어지는 것 같았다. 함께 절정을 맛보는 나초의 입에서는 오직 미친 듯한 헐떡임만 새어 나왔다.

나초는 속도를 줄이며 흐름을 진정시켰다. 그가 다시 시작하기를 바랐다. 마지막으로 섹스한 건 라고스에서였지만 그때는 전혀 쾌락을 느끼지 못했다. 이번에는…… 완전히 달랐다.

나초는 쓰러지며 내 목덜미에 머리를 기댔다. 나는 그의 젖은 등을 쓰다듬었다.

"더는 견딜 수 없었어요."

나초는 내 귀를 깨물며 속삭였다.

"그동안 당신 안에 들어갈 수 없어서 몸이 고통스러웠거든요. 그러니 이제는 안 나올 거예요." 그는 몸을 일으켰다. "안녕."

그는 내 코끝에 키스하며 나직이 말했다.

"안녕." 나는 약간 쉰 목소리로 대답했다. "언젠가는 나와야 한다는 거 알죠?"

"난 마르셀로 나초 마토스예요! 뭐든 뜻대로 할 수 있는 사람이죠. 게다가 이미 원하는 걸 가졌으니 날 막을 사람은 아무도 없어요."

나초는 활짝 웃으며 내게 키스했다.

"날 떠날 건가요?"

나초는 입술을 떼며 갑작스레 물었다.

나는 베개에 얼굴을 묻었다. 내가 제대로 들은 게 맞나?

"아직도 내 안에 있는 지금 우리 미래를 논의하자는 거예요?"

"그래야 나한테 유리하잖아요." 나초는 활짝 웃으며 엉덩이를 흔들었다. 나는 신음했다. "대답해 봐요."

"불공평해요." 나는 쾌락에서 벗어나려 애쓰며 속삭였다. "섹스하는 동안 하는 말은 진심으로 치면 안 돼요."

나초는 한숨을 쉬며 내 안에서 나와 내 옆에 누웠다.

"마시모 때문에 그래요? 아직도 확신이 없어요?"

나초는 천장에 시선을 고정했다. 나는 슬픈 눈으로 그를 응시했다.

"그를 만나야겠어요. 대화해야만 해요. 완전히 정리해야죠."

나는 옆으로 돌아누우며 중얼거렸다.

"그가 당신을 시칠리아로 다시 데려갈 거란 거 알잖아요. 어딘가에 당신을 가둬놓을 거고 내가 당신을 찾기 전에 당신에게 무슨 짓을 할지 몰라요……."

"날 영원히 가둘 순 없어요."

나초는 조롱하듯 웃었다.

"당신 참 순진하네요. 그게 확실하다면…… 내가 뭐라고 할 순 없죠. 내게 그럴 권리는 없으니까. 하지만 적어도 내 방식대로 당신을 돕게 해줘요. 그가 당신을 다시 납치하려고 하기만 해도 그 자리에서 그를 죽일 거예요."

그는 오른손으로 내 오른손에 깍지를 꼈다.

"나는 온전히 당신 거예요. 당신을 다시 잃는 고통은 상상조차 할 수 없어요."

"알았어요." 나는 깍지 낀 손을 쥐며 말했다.

"좋아요. 이제 이 지저분한 섹스의 잔해가 하루를 망치게 두진 말자고요. 당신을 위한 선물이 몇 가지 있어요."

"하지만 해야 할 일이……."

"마시모도 하루는 기다려주겠죠."

나초는 손으로 내 턱을 잡고 다시 키스했다.

"나 지금 완전 이해심 많고 차분하잖아요. 최선을 다하고 있으니까, 부탁이에요. 마시모 때문에 흥분하지 말아요. 마시모가 두

렵다는 소리가 다신 나오지 않도록 그놈을 쏴 죽여버릴지도 몰라요."

나초는 무거운 한숨을 쉬었다.

"나한테 모든 걸 털어놓지는 않았다는 거 알아요. 그건 당신 선택이에요. 내가 억지로 실토하게 할 수는 없죠."

"그냥, 어떤 문제는 당신이랑 상관이 없다고 생각해서 그러는 거예요. 내가 알아서 할 수 있어요."

"오늘부터는 그 어떤 것도 당신 혼자 감당할 필요 없어요."

나초는 내 말에 대답하고는 화장실로 향했다.

CHAPTER 12

눈이 가려진 채 부엌 식탁 옆에 앉았다. 스페인 요리를 안다고 말해버리는 바람에 시험대에 오르게 된 것이다.

"좋아요, 그럼 쉬운 것부터 시작해 볼게요."

나초는 내게 한 입 먹이며 말했다.

"총 세 가지 요리예요. 전부 맞추면 소원 들어줄게요. 만약 맞추지 못하면 내 소원을 들어줘요."

고기를 씹으며 끄덕였다. 확실히 고기 요리의 일종이었다. 음식을 삼키고 입을 열었다.

"너무 쉬워서 자존심 상하는데요. 초리조잖아요."

"하지만 초리조가 뭐죠?"

그는 드러난 내 어깨에 키스하며 물었다.

"뭔지 맞추라고 했지 설명하라곤 안 했잖아요."

나는 쏘아붙였다.

"스페인식 소시지예요."

나초는 웃으며 내게 다른 요리를 먹였다.

"세상에, 날 얼마나 얕보는 거예요? 이건 하몽이잖아요. 숙성한 햄요."

나는 소금기 있는 고기를 맛있게 씹으며 말했다.

"빨리 내 소원이 뭔지 말하고 싶어요. 분명 당신이 질 거고 후회할걸요!"

"이제 달콤한 거예요."

나초가 즐거워하며 말했다. 나는 입을 벌렸다.

"물론 당신 입에 다른 걸 더 넣고 싶긴 하지만요."

나초는 웃으며 덧붙였다.

몇 초 후, 민트 향 가득한 그의 숨 냄새를 맡을 수 있었고, 나초는 부드럽게 내 입안으로 혀를 밀어 넣었다.

"그렇게 쉽게는 안 되죠." 나는 나초를 밀어내며 중얼거렸다. "다음 거 줘요."

다음 음식을 한참 씹었다. 자신감이 사라지고 있었다. 뭔지 감조차 잡히지 않았다. 입맛을 다시며 맛이 아예 느껴지지 않을 때까지 씹었다. 파인애플, 딸기, 망고 맛이 혼재했다. 그 세 가지를 합하면 뭔지 고민하며 얼굴을 찡그렸다.

"누가 후회할 거라고요?" 나초가 내 뒤에서 물었다. "방금 그건 뭐게요?"

"이건 불공평해요." 내가 말했다. "일종의 과일 같은데."

"이름은요?"

나는 아무 말도 하지 않았다.

"포기할 거예요?"

나는 안대를 벗어 던지며 나초를 봤다.

"보여줄게요. 맛을 모른다면 아마 본 적도 없을 거예요."

나초는 손바닥을 폈다. 커다란 초록색 솔방울처럼 생긴 과일이 있었다.

그 과일을 돌려보고, 냄새를 맡아보고, 쓰다듬고 이리저리 만져봤다. 하지만 나초가 옳았다. 한 번도 본 적 없는 과일이었다.

"체리모야예요." 나초는 활짝 웃으며 말했다. "이제 약속대로 내 소원 들어줄 거죠?"

그가 나를 도발하며 팔짱을 꼈다.

나는 잠시 생각에 잠겼다. 한 시간 전 일을 생각하면 내가 진 것도 제법 재미있는 결과를 가져올 것 같았다.

"좋아요, 마르셀로. 소원이 뭔데요?"

"나랑 떠나요."

나는 입을 벌렸다. 뭔가 말하려 하자 나초가 손을 들었다.

"아예 평생 같이 살자는 게 아니에요. 잠깐 동안만요."

그의 미소에 나는 무력해졌다. 햇살 가득한 봄날의 마지막 남은 얼음처럼 녹아버렸다. 나와 그 얼음에 공통점이 하나 있다면 나초를 보고 있노라면 젖은 나머지 물을 흘리게 된다는 거였다.

"함정이었군요."

그러자 나초는 고개를 끄덕였다.

"이 교활하고 앙큼하고……."

"무자비한 킬러지만 지금은 여자 앞에 벌거벗고 서서 그녀랑 시간 좀 보내보겠다고 맛있는 음식을 바치는 남자일 뿐이죠."

나초는 팔을 벌리며 내 말을 대신 끝마쳤다.

"그게 나예요."

거절할 생각은 아니었지만 그가 좀 더 매달리게 두기로 했다.

"날 통제할 셈이에요?"

나는 일어나서 나초에게 다가가 문신으로 덮인 그의 가슴에 손을 올려놨다.

"어디 가둬놓고 수신기를 채워둘 생각인가요?"

나초의 눈을 보니 진지하게 받아들이는 듯했다. 그동안 나는 그를 놀리며 즐거워했다.

"내 의지와는 상관없이 날 납치할 거냐고요. 그러고 싶어요?"

"당신 지금, 원치 않는데 묶여 있는 기분인가요? 노예가 된 기분이에요?"

그는 다리를 흔들어 나에게서 벗어났다. 내가 바닥에 떨어지기 전에 그는 내 허리를 잡아 조심스럽게 내려놨다.

"아니라면 어떤 기분인데요?" 나초는 내 위에 누웠다.

그는 눈을 가늘게 뜨고 내 속을 꿰뚫어 보려 하며 내 손목을 잡고 머리 위로 들어 올려 깍지를 꼈다.

"아이반은 어딨죠?"

피부로 느껴지는 대리석 바닥의 차가움에 몸을 떨며 물었다.

"이비사에 있거나 요트에 그 남자 녀석들이랑 같이 있겠죠. 원하면 확인해 줄게요. 여긴 우리 둘뿐이에요, 자기."

나초는 내 턱을 부드럽게 깨물며 속삭였다.

또 다른 365일   261

"주변에 사람이 많은 데에 익숙해졌다면 이제는 그들 없이 지내는 법을 익혀야 할 거예요."

나초는 내 고개를 돌려 살포시 귀를 깨물었다. 나는 기분이 좋아 신음했다.

"나는 고독을 가치 있게 여겨요. 일할 때는 집중해야 하니 혼자 있어야 하거든요. 하지만 12월 이후로는 기분이 달라졌어요. 마치 내 삶에 있어야 할 뭔가가 빠진 것처럼."

그는 자기 다리로 내 다리를 벌리고 갑작스레 내 안으로 들어왔다. 나는 탄성을 내질렀다.

"나 좀 그만 방해해요. 정확함을 잃었잖아요."

나초는 내 아주 깊숙한 곳에 닿은 채 천천히 허벅지를 움직였다. 나는 느리게 몸을 꼬며 그의 밑에서 움직였다.

"실수하기 시작했단 말이에요……. 계속할까요?"

"네. 아주 흥미롭네요. 멈추지 마요."

나는 말을 더듬었다. 몸이 그의 움직임에 반응했다.

"하루하루가 고문이었어요." 그의 혀가 내 입술을 쓸었다. "아무것도 끝내지 못했죠……."

그는 속도를 높였고, 나는 신음했다.

"정말 안 지루한 거 맞죠?"

"정말이에요. 화려한 결말을 기다리고 있어요."

나는 그의 입술을 깨물며 나직이 말했다.

"사람 몇을 죽이고 돈을 좀 벌었는데 기분은 좋지 않더군요."

나는 애타게 이야기의 결말을 기다리며 헐떡였다. 무슨 이야

긴지 이해할 순 없었지만 말이다.

"그거 끔찍하네요."

나초는 더 깊숙이 넣었다. 허리가 휘었다.

"나도 그렇게 생각했죠. 그래서 이유를 찾기 시작했어요."

나초는 더 빠르게 피스톤 운동을 하기 시작했고, 내 정신은 새하얘지기 시작했다.

"내 말을 안 듣고 있군요."

"듣고 있어요." 나는 눈을 뜨며 깊은숨을 들이마셨다. "그래서 결론이 뭔데요?"

"내가 잃은 걸 찾으러 나섰어요."

그는 입안으로 혀를 밀어 넣었다. 키스는 깊었다. 그는 나를 맛봤다.

"그리고 마침내 찾아냈죠. 이제 내게 필요했던 걸 알았으니 다시는 잃지 않을 거예요."

나초는 조용해졌지만, 움직임은 점점 빨라졌다. 기계처럼 신중하며 침착하면서도 놀라울 정도로 빨랐다. 나초는 다시 나와 사랑을 나눴다. 단지 이번에는 부드러웠을 뿐이다. 그의 마음속 깊은 곳의 거대한 맹렬함이 느껴졌다.

"절대로 놓지 않을 거예요." 그는 다시 내게 키스하며 속삭였다. "나올 것 같아요."

나는 배 속에서 오르가슴이 내려오는 걸 느끼며 신음했다.

"느껴져요."

나초는 페니스를 빼며 내가 황홀경에서 숨을 헐떡이는 걸 지켜봤다.

"맙소사."

그도 나처럼 헐떡였다. 그가 내 손목을 놓았고 나는 손을 뻗어 그의 엉덩이를 꽉 쥐며 손톱으로 그의 피부를 할퀴었다. 나는 한껏 고개를 젖히며 있는 힘껏 소리를 질렀다. 지금껏 겪은 것 중 가장 큰 절정이 느껴졌다. 나초의 움직임이 멈추자, 나는 심연에 빠졌다.

"당신이 오르가슴을 느끼는 걸 보면⋯⋯." 나초는 다시 속도를 천천히 높이며 나직이 말했다. "통제가 안 돼요."

"그거 끔찍한데요."

나는 속삭였다. 온몸에 기운이 없었다. 팔이 바닥에 떨어졌다.

"날 계속 놀리면 서핑도 못 할 정도로 다리에 힘이 빠질 때까지 계속 절정에 이르게 만들 거예요."

"뭐라고요?" 나는 눈을 떴다. "어차피 이 근처엔 파도도 안 치잖아요."

"맞아요. 그냥 당신이 노 젓는 걸 보고 싶었어요. 스케이트보드 연습도 시작해요."

나초의 눈이 장난스러운 소년처럼 빛났다.

"당신이 어떻게 균형을 잡는지 보고 싶어요."

"당장 여기서 보여줄 수 있어요." 나는 엉덩이를 비틀며 말했다. "난 서퍼가 아니라 댄서거든요."

"그것도 두고 봐야죠."

나초는 웃으며 대답하고는 나를 안았다.

샤워를 마쳤다. 그와 동시에 나초도 전화를 마쳤다. 나초에게 다가가 뒤에서 그를 안았다.

"오늘 두 번이나 내 안에 사정했잖아요. 아기가 생길까 봐 두렵지 않아요?"

"우선, 피임약 먹고 있는 거 알아요. 원하면 누가 알려줬는지까지 말해주죠. 이름을 적어뒀거든요."

나초는 몸을 돌려 나를 안아줬다.

"그리고 내 나이의 남자들은 그런 걸 걱정하지 않아요."

나초는 활짝 웃었고 나는 주먹으로 그의 가슴을 때렸다.

"마시모도 내가 피임하고 있는 건 모르는데." 나는 체념하며 고개를 저었다. "나에 관해서 모르는 게 있기는 해요?"

"당신이 날 어떻게 생각하는지는 모르죠." 나초는 진지하게 대답했다. "당신 마음속에서 내 위치가 어떤지요."

나초는 질문에 대한 대답을 기다리며 말을 멈췄다. 나는 아무말도 하지 않았다.

"하지만 내가 당신 머릿속이나 마음속에 있다면, 당신이 말해줄 거라고 생각해요."

나초는 내 눈썹에 키스하며 말했다.

"어쨌든, 나갈 준비 됐어요?"

나는 행복하게 고개를 끄덕였다.

"그럼 나가게 속옷 입어요."

"속옷이라고요? 수영복은요?"

"엎드려서 팔만 휘저을 거라서요. 당신이 살을 태우고 싶어 하는 줄 알았는데요."

나초는 웃으며 말했다.

"말했잖아요. 여긴 파도가 없어요. 그러니 제일 야한 팬티를 입도록 해요."

작은 해변 아래에는 숨겨진 만이 있었다. 나초는 모래사장에 두 개의 보드를 놓고 평소처럼 스트레칭하기 시작했다. 나는 나초가 씩 웃으며 말해준 순서대로 따라 했다. 아주 작은 T팬티만 입고 있으니 이상하게 편안했다. 신은 내게 수박처럼 큰 가슴을 주시지는 않았다……. 만약 가슴이 컸다면 위아래로 뛰거나 팔을 흔들 때마다 가슴에 얼굴을 맞아 이가 빠졌을 게 뻔하다.

"좋아요. 그 정도면 충분해요." 잠시 후 나초가 말했다. "어느 쪽 발잡이예요?"

나는 당황해서 그를 쳐다봤다.

"뭐라고요?"

나초의 말이 무슨 뜻인지 전혀 알 수 없었다.

"스노보드 탈 줄 알아요?"

나는 고개를 끄덕였다.

"어떤 발을 앞으로 두고 타요?"

"왼발요."

"그럼 왼발잡이네요. 이제 누워요."

그는 서프보드 위에서 내 다리를 쫙 벌려 양발이 보드에 닿도록 자세를 잡아줬다. 그런 다음 내 보드를 마주 보고 있는 자기 서프보드로 가서 누웠다.

"노는 이렇게 젓는 거예요."

나초는 근육질 팔로 물을 저으며 말했다. 나는 수축되는 그의 어깨 근육에 시선을 빼앗겼다. 침이 나오는 것 같았다.

"안 듣고 있군요." 나초는 킥킥 웃으며 말했다.

"뭐라고요?" 나는 그의 얼굴로 시선을 돌리며 산만해진 목소리로 물었다. "뭐라고 했죠?"

"상어 얘기를 하고 있었어요."

나초는 장난스레 눈을 가늘게 떴다.

"뭐라고요?" 나는 펄쩍 뛰었다. "상어라니요?"

"자, 다시 누워서 내 말 잘 들어요."

나초는 웃었다. 서프보드 위에 서는 법은······ 이상했다. 하지만 조만간 유용할 거라는 사실을 알고 있었다. 나초는 어떻게 해야 하는지 상기시키며 자주 소리쳤다. 하지만 그의 섹시한 엉덩이가 계속 주의를 산만하게 만드는데 어떻게 집중할 수 있지? 나초가 가르친 것의 반도 이해하지 못했지만 적어도 어느 정도 기초는 습득할 수 있었다. 서프보드 위에 서는 건 세 단계로 이루어진다. 먼저 팔을 벌려 밀면서 몸을 일으킨 다음 한 발을 뺀다. 이때 뻗는 발은 도약할 때 추진력을 얻기 위한 트레일 레그여야 한다. 그런 다음 일어서면 된다. 이론상으로는 쉽다.

하지만 물에 들어가니 팔로 노를 젓는 것조차 어려웠다. 서프보드에서 몇 번이나 떨어진 나는 아무리 작은 파도가 밀려와도 끝장나리라고 확신했다.

30분이 지나자 팔로 노를 젓는 데는 도가 텄다. 거의 동시에 팔이 저려와 포기하고 싶었다. 보드 위에 팔다리를 벌리고 엎드린 채 미소 지으며 물장구치는 나초를 지켜봤다. 아주 편안해 보였다. 항상 심각한 마시모와는 너무 달랐다. 마시모보다 나이가 많은데도 여전히 아이 같은 면이 있다. 나는 보드 표면에 얼굴을 기댄 채 그의 해맑은 행동을 지켜보며 오늘 아침 일을 회상했다. 가슴이 미어지도록 나초를 원했다. 그런 욕구가 내게서 스며 나오고 있었다. 하지만 내겐 아직 남편이 있었다. 물론 오래 못 갈 테고 이미 그를 떠나기로 결정했을지는 몰라도 내 상황은 여전히 확실하지 않았다. 웃음을 터뜨리며 깔깔대면서도, 한편으로 내가 하는 모든 행동이 불안했다. 나초 같은 사람과 새로이 연애를 시작하는 게 좋은 생각일까. 나는 끊임없이 자문했다.

"무슨 생각을 그렇게 해요?"

나초는 가까이 노 저어 오며 물었다.

그의 질문은 프로 선수가 친 테니스공처럼 내 얼굴을 맞혔다.

"나초……." 서프보드에서 일어나며 천천히 말문을 열었다. "난 아직 새로운 관계를 시작할 준비가 안 됐어요."

나초의 눈빛이 흐려졌다.

"당신을 잡아두고 싶지 않아요. 나는 지금 누군가에게 헌신하고 싶지 않아요. 사랑에 빠지는 건 확실히 원치 않고요."

나초의 얼굴에 피어오른 충격과 실망은 내게 찬물을 끼얹었다. 나는 또다시 가장 로맨틱한 순간을 망친 거다. 또 다른 문제를 만든 거였다. 마음이 머리를 이긴 덕에 모든 게 잘 되어가고 있었건만 갑자기 머리가 반항하며 분위기를 망치는 말을 하게 만들었다. 게다가 내 말은 전부 개소리다. 마음속 깊은 곳에선 그저 나초와 함께하고 싶다는 사실을 알고 있었다. 그 모든 일이 지난 지금 또 몇 달이나 그를 떠나 있을 생각을 하니 가슴이 찢어졌다.

나초는 한참 동안 나를 바라봤다.

"기다릴게요."

나초는 그렇게 말하고 해안을 향해 노 젓기 시작했다.

나는 무겁게 한숨을 쉬고 멍청하게 군 스스로를 비난하며 내 머리를 때렸다. 그러고는 나초를 따라갔다.

열을 식히려 빨리 수영을 한 건지 아니면 원래 그렇게 수영을 잘하는지는 알 수 없지만, 나초는 나보다 한참 먼저 모래사장에 도착했다. 그는 백사장에 서프보드를 던져놓은 뒤 젖은 수영복을 벗고 수건으로 몸을 감쌌다. 그가 몸을 돌려 바다를 바라보자 전자였다는 사실을 알 수 있었다. 나초는 분노하고 있었다. 잘생긴 얼굴에 미소는 더 이상 없었다. 얼굴은 굳고 눈은 냉랭해졌다. 나는 어쩔 줄을 몰랐다. 차라리 계속 물에 있는 게 나을까? 하지만 영영 거기 있을 수도 없다.

해변으로 수영해 가서 그의 서프보드 옆에 내 보드를 내려놓은 뒤 나초 앞에 섰다. 용기 있게 그의 눈을 마주 봤다. 아무 말도 하지 않았다. 무슨 말을 하겠는가?

나초는 손을 뻗어 내 T팬티 끈을 잡아당겼다. 한쪽 매듭이 풀렸지만, 팬티는 여전히 내 몸에 걸려 있었다. 나초가 다른 한쪽 매듭을 풀자 팬티가 바닥으로 떨어졌다. 나는 반응하지 않았다.

입을 벌리고 숨을 들이마셨다.

"내가 두려워요?"

그가 자기 입술을 핥으며 나를 바라봤다.

"아뇨." 나는 망설이지 않고 대답했다. "당신이 두려웠던 적은 한 번도 없어요."

"날 두려워하고 싶어요?" 나초가 물었다. 눈빛이 어두워졌다. "당신은 두렵다고 느끼면 흥분하잖아요. 그러는 거 알아요."

나초는 불쑥 손가락으로 내 목을 감쌌다. 아찔하게 만드는 열기가 몰려왔다.

"내가 두려워야만 나와 사랑에 빠질 건가요?"

그는 나를 밀어 넘어뜨렸다. 나는 모래사장에 주저앉았다. 나초는 나를 향해 몸을 낮췄다.

"원한다면 무서워질 수도 있어요." 나초가 으르렁거렸다.

나초는 내 입안에 혀를 밀어 넣고 거칠게 휘저었다. 나는 손으로 그의 목덜미를 받쳤다. 그는 나를 핥고, 키스하고, 깨물었다. 커다란 팔로 나를 단단히 감싸며 자기 엉덩이를 감싸고 있던 수건을 풀었다.

"날 원하지 않는다고 말해요." 내게 고정된 에메랄드빛 눈빛은 강렬했다. "내가 당신 옆에 있는 걸 바라지 않는다고 말해요."

그는 내 손목을 꽉 쥐어 꼼짝 못 하게 했다. 나는 신음했다.

"내가 떠나면 따라오지 않겠다고 말해요."

나는 아무 말도 하지 않았다. 그는 잠깐 기다렸다가 내 안으로 들어왔다. 경고조차 없었다.

"말해보라고요!"

나초가 고함쳤다. 커다란 페니스가 안으로 들어오니 머릿속이 하얘졌다. 아무 생각도, 아무 말도 할 수 없었다.

"그럴 줄 알았어요." 나초가 웃었다.

그는 미끄러져 나와 내 몸을 돌려 엎드리게 했다. 다리를 밀어 넣으며 내 다리 사이를 벌렸다. 내 머리카락 한 줌을 잡고 잡아당겼다. 나는 그 앞에 무릎 꿇었다. 머리를 잡아당기는 힘은 강력했다. 숨을 쉴 수 없었다. 유순한 나초가 이러는 건 처음이었다. 이토록 잔인했던 적은 없었다. 나는 충격받았다. 그는 내 어깨, 목, 등에 키스하며 깨물었다. 무인도에는 우리 둘뿐이고 나초는 해변에서 섹스하려 하고 있었다. 내 머리카락에서 여전히 바닷물이 떨어지고 있었다. 나초는 손을 아래로 뻗어 클리토리스의 가장 민감한 부분을 문질렀고, 나는 완전히 사로잡혀 신음했다.

발기한 페니스가 내 성기 입구를 쓰는 게 느껴졌다. 나는 허리를 휘며 엉덩이를 내밀어 가까이 다가갔다. 준비가 돼 있었다. 그가 들어오길 원했다. 하지만 나초는 가만히 있었다. 전혀 움직이지 않았다. 그러다 갑자기 내 안으로 페니스를 밀어 넣으며 머리카락을 당겼다.

나초는 미친 듯이 피스톤 운동을 했고, 그 바람에 그의 몸이 내 엉덩이를 때렸다. 그는 내 성기에서 손을 떼 내 엉덩이를 단단하게 잡았다. 내가 원하던 대로 나를 맛봤다. 능숙했고, 흔들림 없었으며, 거칠고 시끄러웠다. 내 입에서 흘러나오는 신음은 내가 이런 거친 섹스를 좋아한다는 사실을 나초에게 확신시켜 줬다.

"날 원하지 않는다고요?" 나초는 내 머리카락을 놓았다. "그럼 이것도 필요 없겠네요."

그는 뒤로 물러나기 시작했다. 하지만 나는 그를 놓지 않았다.

"장난해요?"

그가 씩 웃으며 조금 더 밖으로 나오자 나는 헉 하며 숨을 뱉었다. 그런 다음 나초는 페니스 끝부분만 내 안에 넣은 채 내 위로 몸을 굽혀 내 귀 가까이 얼굴을 댔다.

"당신, 내 여자 맞아요?"

질문과 동시에 앞으로 들이밀며 거칠게 내 성기를 뚫었다. 나는 비명을 질렀다.

"내 여자냐고요?"

그는 미끄러져 나왔다가 도로 페니스를 찔러 넣었다.

"그래요!"

나는 소리를 질렀다. 그는 믿을 수 없는 속도로 피스톤 운동을 하며 내 엉덩이를 꽉 쥐었다.

우리는 또다시 동시에 절정에 도달했다. 나초는 내 위로 무너지며 부드러운 모래사장에 나를 눌렀다.

"그럼 우리 사귀는 사이네요." 나초는 숨을 헐떡이며 말했다.

"못 말리겠네요." 나는 웃으며 대답했다.

나초는 움직여 내 옆에 누웠다.

"섹스할 때 하는 말은 진심으로 치면 안 된다고 했잖아요."

나초는 내 몸을 돌려 옆으로 눕히고 내 위에 다리를 올려 나를 끌어당겼다.

"내 여자가 되고 싶지 않은 거예요?"

나초는 실망한 표정으로 삐죽이며 물었다.

"당신 여자가 되고 싶긴 하지만……."

"봐요. 지금은 섹스 안 하고 있잖아요."

나초는 행복하게 말했다. 그러고는 내가 말을 끝마치기도 전에 내 입안으로 혀를 집어넣었다.

부엌에 앉아 나초가 요리하는 모습을 지켜봤다. 대체로 저택이 있으면 개인 셰프도 있기 마련이지만 나초는 자기 손으로 직접 요리했다. 내가 돕는 것도 허락하지 않았다. 도우려 하자 나를 부엌 조리대로 밀어내며 섹스했고, 그날만 네 번이나 오르가슴을 느끼게 했다.

"내일 말인데요." 나초가 저녁을 먹은 뒤 내 접시를 가져가며 말문을 열었다. "계획이 필요해요."

나는 갑자기 걱정이 되어 시선을 올렸다.

"마시모는 당신을 데려가려 할 거예요. 자기 사병을 데려왔더군요. 나도 부하들을 더 데려갈 수 있지만, 그와 그런 걸로 경쟁하고 싶진 않아요."

나는 고개를 떨구며 손으로 내 얼굴을 감쌌다.

"잘 들어요, 베이비걸……."

"날 그렇게 부르지 마요!" 나는 펄쩍 뛰며 소리 질렀다. "다시는…… 그렇게 부르지 말아요."

나초에게 손가락을 흔들어 보이며 씩씩거렸다.

눈물이 차올랐다. 내 본능은 또다시 싸울 것인지 도피할 것인지를 두고 망설이고 있었다. 나는 도망치는 걸 선택했다. 몸을 돌려 쿵쾅대며 밖으로 나가 수영장 옆에서 멈춰 섰다. 호흡이 가빠졌다. 격해진 감정의 소용돌이에 죽을 것 같았다. 나는 울지조차 않았다. 목이 메었다.

"그 사람을 직접 볼 필요는 없어요."

나초는 내 뒤에 서며 말했다.

"당신 선택이에요. 난 당신을 안전하게 지키고 싶을 뿐이에요. 그러니 그만 싸우고 말을 해요."

다시 소리를 지르려고 숨을 들이마시며 돌아보았지만 맨발로 서서 찢어진 청바지 주머니에 손을 꽂은 채 날 보는 나초의 표정에 마음이 누그러졌다. 나는 고개를 떨어뜨렸고, 목에 걸려 있던 응어리는 사라졌다.

"이렇게 해요. 내일 이비사의 레스토랑으로 가요. 어떤 테이블에 앉을지는 내가 고를 거예요."

나초는 내 볼을 감싸며 내 눈을 들여다봤다.

"아주 중요한 일이에요, 라우라. 내가 말하는 대로 정확히 해야 해요. 토리첼리가 앉는 자리도 중요해요. 그게 다예요."

나초는 한동안 내게서 시선을 떼지 않다가 마침내 휴대폰으로 손을 뻗었다.

"내일 전화가 울리면 받아서 스피커폰을 켜요."

그는 내 손에 휴대폰을 쥐여주곤 따뜻한 품에 나를 안았다.

"뭐라도 안 좋은 일이 생기면……." 갑자기 나초의 목소리가 갈라졌다. "내가 당신을 구하러 올 거란 사실을 기억해요."

"나초……." 나는 시선을 들어 그의 얼굴을 쓰다듬었다. "그와 얘기해야 해요. 일을 바로잡지 않고선 우리 관계를 계속할 수 없어요."

"이해해요. 말했듯이 내가 당신에게 뭘 강요할 순 없죠. 그저 안전을 지켜줄 뿐이에요."

나초는 내 눈썹에 키스했다.

"그 일이 끝나는 대로 테네리페로 데려가 줄게요. 아멜리아가 환영 파티를 준비하고 있어요."

나초는 눈알을 굴리며 미소 지었다.

"당신이 온다니 아주 행복해하더군요."

맙소사. 이번에는 엄마한테 뭐라고 말해야 할까? 변화가 필요하니 한번 카나리아 제도에서 살아보고 싶다고? 그것도 잘 모르는 남자와? 그 남자의 아빠네 집에서 거의 죽을 뻔했다는 말도 하는 게 좋겠지. 나를 총으로 쏜 남자가 내 새로운 연인의 처남이었다는 것도.

"오늘은 혼자 자는 게 낫겠어요?"

나초는 내 몸이 긴장한 걸 느끼며 물었다. 나는 그렇다고 중얼거렸다.

"우리가 자던 침실 옆에 다른 침실이 있어요. 필요하면 거기 있을게요."

나초는 내 이마에 키스하고 집 안으로 돌아갔다.

마시모는 무표정하게 내 얼굴을 마주 보고 앉아 있었다. 그는 테이블에 손을 올려놓고 이를 악물고 기다리고 있었다. 좋은 뜻이 아니었다. 시체처럼 차가운 마시모의 눈빛이 나를 음울하게 응시했다.

"날 쉽게 떠날 수 있다고 생각한다면 오산이야."

마시모는 잇새로 씩씩거렸다.

"전에 했던 말을 똑같이 해주지. 부모님을 사랑하나? 네 오빠는? 그들이 안전하길 원해? 그럼 엉덩이 들고 일어나서 얌전히 차로 가."

그는 턱으로 바깥을 가리켰다. 토하고 싶었다.

"그다음은요?" 나는 으르렁거렸다. "또 날 가둬두고 강간할 건가요?"

나는 일어나서 테이블 위에 팔을 받쳤다.

"더는 당신을 사랑하지 않아요. 나초를 사랑해요. 당신은 얼마든지 날 범할 수 있지만 그때마다 난 나초만을 생각할 거예요."

무시무시한 분노에 사로잡힌 마시모는 고함을 지르며 벌떡 일어났다. 그가 내 목을 꽉 쥐고는 나를 나무 테이블 위로 밀쳤다. 잔들이 넘어지고 깨졌다. 미친 듯이 날 도울 사람을 찾으며 고개를 비틀었지만 주변에는 아무도 없었다.

"미친놈." 나는 울부짖었다. 마시모가 내 속옷을 찢었다.

"어디 한번 그렇게 해볼까."

마시모는 으르렁거리며 한 손으로 바지 지퍼를 풀었고, 다른 한 손으로는 내 허리를 감싸 안았다.

"싫어요! 하기 싫다고요! 하지 마요!" 그를 떨쳐내려 허우적대며 소리 질렀다. "부탁이에요!"

"내 사랑, 내 아가씨." 귓가에 부드러운 목소리가 들렸다. 나는 눈을 번쩍 떴다. "그냥 악몽이에요."

문신으로 덮인 팔이 나를 감싸 안고 있었다.

"맙소사."

나직이 읊조렸다. 눈물이 볼을 타고 흘러내리는 게 느껴졌다.

"만약 마시모가 또 우리 가족을 두고 협박하면 어쩌죠?"

애원하는 눈빛으로 나초를 바라봤다.

"당신 가족은 이미 내가 보호하고 있어요."

나초가 내 머리를 쓰다듬으며 침착하게 말했다.

"내 부하들이 지켜보고 있어요. 당신 오빠는 마시모 밑에서 일하면서 회사를 두 개나 관리하고 있는데, 마시모도 그걸 잃을 감수를 하진 않을 거예요. 제이컵은 안전할 거예요. CEO가 된 뒤로 토리첼리의 수입을 세 배 이상 올렸으니까요."

나초는 어깨를 으쓱였다.

"하지만 그분도 지켜보고는 있어요. 혹시 모르니까요."

"고마워요." 나는 이불을 덮어주는 나초에게 속삭였다. "내 옆에 있어줘요."

그의 손을 잡았다. 나초는 나체를 내 헐벗은 몸에 바짝 댔다.

"나랑 할래요?"

나는 엉덩이를 내밀어 그의 엉덩이를 쓸며 조용히 물었다.

"스트레스 푸는 방법이 참 독특하네요. 지금은 자둬요."

나초는 미소 지으며 말하고는 내게 몸을 파묻었다.

타고마고의 아침은 아름다웠다. 떠오른 해는 작은 섬을 금빛으로 적셨다. 난 이곳에서 존재 의미를 찾을 수 없었다. 내가 아침 식사를 만드는 동안 나초는 수영을 하러 갔다. 나는 샤워를 했다. 그러고 나니 할 일이 아무것도 없었다. 생각을 그만두고 싶은 나머지 잠깐이라도 집안일을 할까 싶기까지 했다. 이 상황이 빨리 끝나기를 바랐다.

나는 잠시 예쁜 신발이 없다는 생각에 극심한 슬픔을 느꼈지만 달리 생각하니 조금도 신경 쓰이지 않았다. 더는 남편을 위해 잘 차려입을 필요가 없으니까. 침실로 돌아가 엉망이 된 캐리어 안을 바라봤다.

"음악이 없으면 안 되겠어."

중얼거리며 스피커를 켰다.

캣 드루나와 버스타 라임스의 「런 더 쇼Run the Show」가 쩌렁쩌렁 울려 퍼지자 살아 숨 쉬는 느낌이 들었다. 딱 내게 필요한 거였다. 베이스와 리듬, 음악. 음악에 맞춰 빙빙 돌며 남색의 돌체앤드가바나 반바지와 검은색 마크 제이컵스 운동화, 특수 처리된 해골 모티브의 짧은 회색 티셔츠를 입었다. 그러데이션된 선글라스를 걸치며 한 발로 빙글 돌았다. 나초가 껌뻑 죽을 거라는 생각이 들었다.

갑자기 쿵쾅거리던 음악이 멈추며 '난 끝났어'라고 노래하는 니콜 셰르징거가 벨벳 같은 목소리로 노래하는 부분이 들려왔다. 나는 멈췄다.

"난 클럽 댄스를 추지 않아요." 나초가 다가오며 말했다.

"하지만 그 귀여운 엉덩이를 흔드는 모습은 마음에 드네요."

그가 내 손을 잡고 손등에 키스한 뒤 나를 끌어당겨 안았다. 내 안의 모든 두려움이 사라지는 기분이었다. 잠에서 깬 뒤 마음속에 숨기고 있던 모든 스트레스도 사라졌다.

이 남자는 상황에 맞는 노래를 준비라도 해놓나? 나는 그가 고른 노래가 나에 관한 거라는 사실을 알아차렸다.

"난 사랑에 빠지고 싶지 않아요. 그저 재미만 좀 보고 싶을 뿐이죠. 그런데 당신이 와서 날 들어 올렸어요……."

니콜의 노래가 이어졌다. 나초는 내 마음을 알고 있었다. 내가 마음속에 숨겨놓은 걸 그도 느낀 것이다. 말로 꺼내놓지만 않으면 안전할 거라고 생각했었다. 나초에 대한 감정이 진짜가 아닐 거라고 생각했었다. 나초는 내 어깨에 키스하며 천천히 몸을 흔들었다. 그의 한 손은 내 목덜미를 받치고 다른 손은 등 아랫부분을 받쳤다. 그는 아까 한 말과 달리 리듬을 완벽히 따라갔다. 춤을 못 춘다는 건 거짓말이었는지도 모른다.

"준비됐어요?" 나초는 승리의 미소를 지으며 물었다.

"아니요." 나는 단번에 대답하고 스피커로 갔다.

"이제 내가 당신을 위한 노래를 틀 차례예요."

꾸준한 박자가 방을 채웠다. 푸시캣 돌스의 「아이 돈 니드 어 맨I Don't Need a Man」이 흘러나오자 나초는 코웃음을 터뜨렸다.

"진심이에요?"

내가 그에게 보란 듯이 엉덩이를 흔들자 나초는 얼굴을 찌푸리며 물었다.

삼바와 룸바, 힙합이 이어졌다. 내가 남자 따위는 필요 없다는 가사의 노래를 부르는 모습을 나초는 재미있다는 표정으로 지켜봤다.

노래가 끝나자 나는 말문을 열었다.

"이제 준비됐어요."

"샤워해요. 같이요. 당신에게 왜 남자가 필요한지 보여주죠."

머리를 다시 빗고 화장도 다시 해야 했다. 다행히 옷은 미리 벗어놨기에 그 옷을 그대로 입고 약속에 갈 수 있었다. 나초는 부엌 조리대 옆에서 주스를 홀짝이고 통화하며 나를 기다렸다. 나초는 헐렁한 찢어진 청바지와 몸에 꼭 맞는 검은 티셔츠를 입었다. 나는 위층에서 그를 내려다보며 미소 지을 수밖에 없었다. 나초는 쪼리를 신고 있었다. 마피아이자 돈 받고 암살을 하는 킬러가 쪼리를 신다니. 나초는 주스를 바닥까지 들이켠 뒤 통화를 끝내고 나를 올려다봤다.

"어제 준 휴대폰 켜져 있어요? 충전은 잘돼 있고요? 가방에 넣어놨어요?"

나초는 선글라스를 끼며 물었다.

"네. 두 번이나 확인했어요. 당신에게 할 말이 있어요. 잘 들어요, 나초……."

나는 숨을 들이마셨다.

"집으로 돌아오는 길에 말해줘요. 이제 따라와요."

CHAPTER 13

30분 일찍 나초가 선택한 장소에 도착했다. 알맞은 테이블에 앉으려면 마시모보다 일찍 도착해야 했다. 만나는 장소와 시간은 실제로 만날 시각의 45분 전에야 알렸다. 그래야만 했다. 그러지 않으면 마시모가 부하 열댓 명을 보낼 테니까. 그럼 난 테이블에 앉기도 전에 납치당할 테고 말이다.

심장이 미친 듯이 뛰었다. 긴장을 가라앉히려 칵테일을 주문했다. 마시모와 만날 장소인 카푸치노 그랜드 카페는 그 시간엔 대체로 텅 비어 있다.

대부분의 사람들이 낮잠을 자거나 숙취를 해소할 시간이었다. 그곳은 그날도 거의 텅 비어 있었다.

카페는 만 옆에 자리하고 있었고, 나는 오래된 항구 위에 솟은, 역사적 건물들이 즐비한 언덕을 바라보고 있었다. 갑자기 휴대폰이 진동했다. 몸을 휙 젖히다가 하마터면 의자에서 떨어질 뻔했다. 문자가 와 있었다.

'당신을 보고 있는데 심장 뛰는 소리가 여기까지 들릴 것 같아요. 침착해요, 자기.'

"침착하라고. 그래. 말이야 쉽지."

나는 중얼거렸다. 문자가 한 통 더 도착했다.

'나 폴란드어 알거든요.'

눈을 크게 떴다. 나초가 정말 내 목소릴 듣고 있는 거였다.

모히토를 홀짝였다. 모든 게 나초의 통제 하에 있다는 생각에 이미 진정이 됐다.

"베이비걸."

사무라이의 칼처럼 공기를 퉁명스럽고 날카롭게 가르는 목소리가 들렸다.

정신을 바짝 차리려 노력하며 몸을 돌려 남편을 바라봤다. 그는 검은 정장과 검은 셔츠를 입고 테이블 옆에 서 있었다. 선글라스를 끼고 있어서 그의 기분을 가늠할 수는 없었지만 분명 분노하고 있을 터였다.

"이혼이라고?"

그는 자리에 앉으며 블레이저 단추를 풀었다.

"그래요."

나는 간단하게 대답했다. 마시모의 향기에 내 코는 이미 바짝 곤두서기 시작했다.

"왜 이러는 거야, 라우라?"

마시모는 선글라스를 내려놓고 몸을 돌려 나를 바라봤다.

"뭔가 자기주장이라도 시도하려는 거야? 날 시험하는 건가?"

마시모는 얼굴을 찌푸렸다.

"대체 뭘 입고 있는 거지? 꼭 10대처럼 굴고 있군."

아무 말도 하지 않았다. 분명 내가 원했던 대로 그와 대화를 나누고 있는데도 아무 말도 하고 싶지 않았다. 웨이터가 커피를 가져왔다. 애써 증오를 삼켰다.

"더는 당신과 함께할 수 없어요." 나는 말했다.

"그럴 수 없기도 하고 그러지 않을 거기도 해요. 나한테 거짓말을 했잖아요. 무엇보다도······."

나초가 우리 말을 들을 수 있다는 걸 떠올리고 말을 멈췄다.

"메시나에서 있었던 일 이후로 우린 돌아올 수 없는 강을 건넜어요. 우린 끝났어요."

내 목소리는 강하고 침착했다.

"그게 내 탓인가?" 마시모는 추궁하듯 물었다. "나를······ 내 아들을 죽인 개자식 이름으로 불렀잖아."

"그랬죠. 그래서 그렇게 코카인에 취한 건가요?"

선글라스를 벗어 마시모에게 증오의 눈빛을 보였다.

"우리에게 있었던 일을 견디기 힘들다는 이유만으로 거의 6개월이 다 되도록 날 혼자 내버려 뒀잖아요."

나는 그에게 몸을 기울였다.

"나도 당신이 필요할 거라는 생각은 안 해봤어요? 둘이 같이 헤쳐나갈 수 있다는 생각은 안 했느냐고요."

눈물이 차올랐다.

"그런 관계를 계속하진 않을 거예요."

감정을 추스르고 도로 선글라스를 쓰며 말했다.

"경호원도 필요 없고, 두려워하며 살고 싶지도 않고, 통제당하면서 수신기를 달고 살고 싶지도 않아요. 당신이 술을 마실 때마다, 서재에서 코카인을 할 때마다 두려워하고 싶지 않아요. 한밤중에 잠에서 깰 때마다 당신이 여전히 곁에 있는지 확인하기도 싫어요. 날 놔줘요. 당신한테서 원하는 건 아무것도 없어요."

"안 돼."

퉁명스러운 거절이 나를 트럭처럼 쳤다.

"나와 함께해야 하는 몇 가지 이유를 말해주지. 우선 내 소유물을 다른 남자가 손대는 건 상상조차 할 수 없어. 두 번째 이유는, 너와의 섹스가 좋아."

마시모는 비웃으며 말했다.

"다른 건 전부 정리할 수 있다고 생각해. 그저 돌파구로 향하는 길의 장애물일 뿐이야. 칵테일이나 마저 마시고 네 짐 챙겨. 시칠리아로 돌아가자."

"당신은 돌아가요. 난 여기 있을 거예요." 나는 자리에서 일어나며 반박했다. "이혼 서류에 서명 안 하면……."

"안 하면? 뭘 어쩔 건데?" 마시모는 일어나며 날 내려다봤다. "감히 토리첼리 가문의 수장을 협박하는 건가?"

마시모가 팔을 불쑥 내밀어 내 어깨를 잡았다. 그러자 갑자기 그의 컵이 깨졌다.

나는 두려운 시선으로 테이블 위에 널브러진 컵의 잔해를 바라봤다. 내 휴대폰이 진동하기 시작했다. 전화를 받아 스피커폰을 켰다.

"지금 당신을 협박하고 있는 건 라우라가 아니야."

나초는 냉랭하게 말했다.

"나지. 이만 자리에 앉지 그래. 안 그럼 다음엔 네 머리를 쏠 거니까."

마시모는 씩씩댔다. 잠시 후 설탕 통이 깨졌다.

"앉아!"

나초가 으르렁거렸다. 마시모는 자리에 앉았다.

"나한테 총을 쏘다니, 아주 용감하거나 아주 멍청하거나 둘 중하나군."

마시모는 아무런 감정 없이 말했다.

"네놈을 쏜 게 아니야. 만약 그랬다면 네놈은 죽어 있겠지."

나초가 대답했다. 나초의 목소리를 들으니 그가 미소 짓고 있다는 걸 알 수 있었다.

"이만 본론으로 들어가지. 라우라는 잠시 후 레스토랑에서 나와서 입구에 주차된 차로 걸어갈 거야. 마시모, 라우라가 더는 당신과 함께하고 싶어 하지 않는다는 사실을 받아들여. 그리고 그녀를 놔줘. 그렇지 않으면 네 집을 몇 채나 벌집으로 만들어놓을 수 있는지 보여주지."

"암살자를 고용했군." 마시모가 웃었다. "내 아내가 말이야."

마시모는 고개를 저으며 입맛을 다셨다.

"라우라, 나 없이 이곳을 떠나면 절대 돌아올 수 없다는 걸 명심해."

286

"라우라, 일어나요. 입구 옆에 있는 회색 벤츠로 걸어가요. 아이반이 기다리고 있을 거예요."

"네 소개라도 해주지 그래?"

내가 자리에서 일어나자 마시모가 물었다.

"내가 새로 얻은 자유를 누구에게 감사해야 할지 알고 싶군."

"마르셀로 나초 마토스."

그 한마디에 팽팽한 활시위처럼 마시모의 온몸이 굳었다.

"모든 게 이해가 가는군." 마시모는 조소했다. "이 창녀 같은 년! 어떻게 나한테 이럴 수 있지?"

"토리첼리, 흥분 가라앉혀. 안 그럼 뇌를 박살낼 테니까." 나초가 으르렁거렸다. "지금 차로 가요, 라우라."

마시모를 지나치는 내 다리가 떨렸다. 갑자기 마시모가 나를 잡아 돌려세우며 나초의 시야를 가렸다. 내 어깨를 잡은 그의 손아귀 힘이 세졌다. 맙소사, 난 죽은 목숨이다.

"네 오른쪽 어깨를 봐, 마시모." 나초는 침착하게 말했다. "저격수는 한 명이 아니야."

마시모는 밑을 흘긋 내려다봤다. 그의 오른쪽 어깨에 빨간 점이 찍혀 있었다.

"셋 셀 때까지 라우라를 놔주지 않으면 죽이겠어. 하나……."

마시모가 내 선글라스를 뚫을 듯 노려보더니 벗겼다.

"둘!"

나초는 계속 숫자를 셌다. 마시모는 최면에 걸린 듯 나를 바라봤다. 그는 몸을 기울여 내게 키스했다. 나는 움찔하지조차 않았다. 세상에, 그 향기란! 그와 함께했던 지난 몇 개월이 떠오를 수밖에 없었다. 모든 아름다운 순간들도.

"셋!"

마시모는 나를 놔줬다.

나는 똑바로 서 있을 수 없어 비틀거리며 나갔다.

"나중에 봐, 베이비걸."

마시모는 블레이저 매무새를 정리하고 도로 앉으며 말했다.

달려 나오자 길에 주차된 차가 보였다. 아이반이 기다리고 있었다. 뒤를 흘긋 돌아보니 검은 SUV에 등을 대고 선 도메니코가 보였다. 그는 슬프게 고개를 저을 뿐이었다. 울고 싶었다.

"타세요."

아이반이 차 문을 열어주며 말했다. 그는 운전석에 탔다.

"그 사람 어딨어요?" 내 목소리가 갈라졌다. "나초한테 데려다 줘요!"

숨을 쉴 수가 없었다. 공황 발작이 오고 있었다.

"나초는 잠시 자리를 지켜야 해요. 작은 군인 소년처럼요."

차는 좁은 길로 접어들며 빠른 속도로 마을을 통과했다.

"그는 괜찮을 거예요." 아이반이 덧붙였다.

"그랬으면 좋겠네요."

심장은 쿵쾅댔고, 등줄기를 타고 소름이 쫙 돋았다. 몸을 떨었다. 밖은 숨이 막힐 정도로 더운데 나는 춥다고 느꼈다. 뒷좌석에서 몸을 웅크렸다.

"라우라, 괜찮아요?" 아이반이 물었다. "나초한테 데려다줄 수는 있는데, 이렇게 빨리 합류해도 괜찮을지 물어봐야 해요."

"휴대폰 주세요. 제가 전화할게요."

눈물을 참으며 휴대폰을 받아 들고 나초가 전화를 받기를 초조하게 기다렸다. 제발 받아라. 조용히 기도했다.

"아이반?" 나초가 나를 죽일 것 같은 고요를 깼다.

"당신이 필요해요." 나는 흐느꼈다.

"아이반을 바꿔줘요."

나는 아이반에게 휴대폰을 건넸다.

10분 뒤, 차는 유적지로 가득한 오래된 마을의 좁은 거리에 멈췄다. 일어나 앉아 눈물을 닦아내고 밖을 바라보며 기다렸다. 곧 헐렁한 청바지를 입고 쪼리를 신은 채로 침착하게 걸어오는 나초가 보였다. 선글라스를 쓰고 어깨에 커다란 가방을 메고 있었다. 나초는 트렁크를 열어 가방을 던져 넣고 내 옆에 탔다.

"왜 '베이비걸'이라고 부르지 말라고 했는지 이제 알겠네요." 나초가 활짝 웃었다. "절대 안 그러겠다고 약속할게요."

의자에 등을 기댄 채 이해하지 못한 얼굴로 나초를 응시했다.

"이제 다른 누구도 당신을 그렇게 부를 수 없기를 바라요. 이리 와요."

그는 팔을 벌렸고, 나는 나초에게 달려들어 그의 가슴에 얼굴을 파묻었다.

"해냈어요, 자기." 나초는 내 머리에 키스하며 속삭였.

"마시모가 자존심보다는 이성을 택하길 빌자고요. 그에게 거절할 수 없는 제안을 했어요."

나초는 웃었다.

"물론 그런 건 시칠리아식 스타일이긴 하지만요."

"나 때문에 얼마나 잃은 거예요?" 나는 고개를 들며 물었다.

"터무니없이 적게요."

나초는 선글라스를 고쳐 쓰며 말했다.

"아가씨는 그것보다 훨씬 더 값진 사람이랍니다. 그래서, 집에 돌아가면 하려던 말이 뭐였어요?"

나초는 나를 더 가까이 끌어당겼다.

"아무것도 아녜요." 나는 나직이 말했다. "어디 가는 거예요?"

"부하들을 만나야 해요. 이비사를 떠나기 전에 당신이 들러야 할 곳이 한 군데 더 있고요."

나초는 웃으며 고개를 저었다.

나는 자리에 앉아 혼란스러운 얼굴로 활짝 미소 짓는 나초를 쳐다봤다.

"트렁크에 뭘 넣은 거예요?"

나초의 얼굴이 심각해졌다.

"총요." 그가 대답했다.

"커피 컵을 쏜 게 당신이었어요?"

나초는 고개를 끄덕였다.

"맞힐 수 있다고 어떻게 확신했어요?"

나초는 웃으며 다가와 다시 나를 안았다.

"자기, 나만큼 오래 총을 쐈다면 그 거리에서 설탕 한 톨도 맞출 수 있어요. 그렇게 멀지도 않았고요. 제법 쉬웠죠. 마시모가 들어가기 전에 스코프로 당신 목의 혈관이 뛰는 걸 보고 당신이 긴장했다는 걸 알았어요."

"나도 그렇게 총을 잘 쏘고 싶어요."

나초는 나를 더욱 세게 끌어안았다.

"나만 할 수 있으면 충분해요."

자동차는 예쁜 미용실 옆에서 멈췄다. 놀라서 나초를 봤다.

"마피아의 비밀 미팅 장소라도 돼요?" 나는 살며시 속삭였다.

"아니요." 나초는 킥킥 웃으며 말했다. "미용실이에요. 당신은 잠깐 여기 있어요."

"왜요?"

여전히 이해할 수가 없었다. 나초는 손을 내밀어 나를 차 밖으로 안내했다.

안으로 들어가자 갈색 머리의 아름다운 여자가 나초에게 다가와 볼에 키스했다. 그녀는 숨이 멎도록 아름다웠다. 키는 너무 크지 않았고, 어깨와 가슴골은 문신으로 뒤덮여 있었다. 그녀는 나초에게 지나치게 가까이 서서 지나치게 활짝 미소 지었다. 기분이 좋지 않았다. 질투인 걸까? 마치 머리를 얻어맞듯 깨달음이 왔다. 나는 목을 가다듬으며 나초의 손을 꼭 쥐고 앞으로 한발 나섰다.

"전 라우라라고 해요." 나는 두 사람 사이에 끼어들었다.

"알아요. 안녕하세요." 그녀는 눈부신 미소와 함께 대답했다. "니나예요. 그거 붙임머리군요."

니나는 손가락으로 내 가짜 머리를 만지며 역겨운 듯 고개를 저었다.

"한 시간이면 돼, 마르셀로."

아무 말도 할 수 없었다. 나는 니나와 몸을 돌려 그곳을 나서려는 나초를 번갈아 봤다.

"당신이 뭘 하든, 어떤 사람이든 절대 내 의견을 고집하지 않을 거예요."

나초는 내 볼을 쓰다듬으며 말했다.

"하지만 그 가짜 머리카락은 끔찍해서 도저히 안 되겠어요."

나는 그제야 미용실에 온 이유를 알아채고 웃음을 터뜨렸다.

"어차피 떼려고 했어요."

나는 나초의 입술에 부드럽게 키스했다.

"마음을 치유하려고 한 거라서요. 하지만 이제는 필요 없죠. 한 시간 뒤에 봐요."

미용 의자 옆에서 기다리는 니나에게 돌아갔다.

붙임머리를 전부 떼어내니 놀랍게도 머리카락이 꽤 자라 있었다. 또다시 인생이 바뀔 시기니 응당 스타일도 바뀌어야 했다. 니나에게 머리를 탈색해 달라고 했다. 좀 늦을 거라고 나초에게 전화가 왔고, 덕분에 확실하고 극적인 변화를 줄 시간이 생겼다.

"얼마나 밝게 할까요?"

니나는 내 뒤에 서서 물었다. 손에 작은 그릇이 들려 있었다. 그녀는 그릇 속의 내용물을 휘젓고 있었다.

"밤색이면 좋겠어요." 내가 말했다.

"말씀하시기론 자주 머리색을 완전히 바꾸시는 것 같던데요.

완전히 대머리가 돼서 나가지 않으리라곤 장담 못 드리겠네요."

니나는 내 머리에 염색약을 바르기 시작했다.

"내 여자 어디 있어?"

나초는 미용실로 들어오며 소리쳤다. 손님들은 문신에 덮인 그의 그을린 몸을 보고 거의 기절했다.

"내 심장을 가져간 아가씨 어디 있냐고!"

신문을 보는 척 조용히 웃으며 그를 지켜봤다. 그는 나를 쳐다보지도 않았다.

"대신 새 여자는 어때요?"

신문을 내려놓으며 물었다. 나초는 깜짝 놀라 입을 벌렸다.

"그 여자랑 얼마나 오래 사귀었는데요? 잠깐 나랑 바람피우는 건 어때요?"

유혹적인 미소를 지으며 나초의 티셔츠 자락을 잡아당겼다.

"아가씨."

나초는 내게 팔을 두르며 기쁜 눈으로 응시했다.

"제 여자를 대신할 수 있는 사람은 없어요. 그녀를 너무 오래 기다렸거든요."

나초의 미소는 더 밝아졌다.

"하지만 서퍼가 어떻게 키스하는지 항상 알고 싶긴 했죠."

부드러운 혀가 내 입술 사이로 우아하게 들어왔다. 한참 후 그는 떨어지며 다시 나를 오래도록 바라봤다.

"고마워, 니나."

나초는 니나에게 손을 흔든 뒤 나를 거의 밖으로 끌고 나왔다.

우리는 회색 벤츠 G클래스에 올라탔고, 나초는 시동을 걸고 속도를 내기 시작했다.

"서둘러야 해요?" 나는 안전벨트를 매며 놀라서 물었다.

"이제는 그렇죠."

나초는 도로에 시선을 고정한 채 짧게 대답했다.

우리는 차에서 내려 곧장 공항의 콘크리트 바닥을 걸어갔다. 내 시선은 곧바로 우리의 비행기에 고정됐다. 마시모의 비행기보다도 작았다. 무엇보다 날개 달린 손수레처럼 보였다. 그 안에 몸을 구겨 넣는 일은 상상하기조차 힘들었다. 멈춰서 하얀색과 노란색이 섞인 그 죽음의 덫을 바라봤다. 그걸 내가 탈 거라고 생각하다니 나초의 정신이 나간 게 분명했다. 내가 하늘을 날고 있다는 사실을 잊게 만들 수 있는 침대가 있기는 할까? 의심이 머릿속을 스쳤다. 본능적으로 가방을 향해 손을 뻗었지만 진정제는 찾을 수 없었다.

"비행기 무서워하는 거 알아요."

나초는 스스로 비행기라고 부른 그 고물 덩어리로 걸어가며 말했다.

"하지만 이번에는 공중에 뜬 걸 알아차리지도 못할 거예요."

나초는 나를 돌아보며 멈췄다.

"앞에 앉아요." 나초는 활짝 웃으며 말했다. "원한다면 조종도 해볼 수 있어요."

나초는 다시 몸을 돌려 비행기보다 더 작은 문으로 들어갔다.

내 앞의 금속 덩어리를 바라보며 눈썹을 찡그렸다. 조종하게 해준다니. 맙소사. 자기가 이 비행기를 직접 몬다는 건가? 나는 쓰러질 것 같았지만 한편으로 궁금하다는 건 인정해야 했다. 아까 일어난 모든 일 덕에 스스로가 천하무적처럼 느껴지기도 했고 말이다. 하지만 한편으로 두려움과 공황 발작이 몰려와 꽁무니를 빼고 달아날까 싶기도 했다.

"맙소사."

비행기에 오르며 가방을 꼭 쥐고 중얼거렸다. 안을 둘러보지조차 않았다. 정신을 붙잡고 있는 것만으로도 충분했다. 비좁은 선실을 둘러볼 여유 따위는 없었다. 왼쪽으로 돌자 또 다른 작은 선실이 나타났다. 고급 제트기보다는 동물 우리에 가까웠다.

"나 죽어요."

나초 옆자리에 앉으며 선언했다. 나초는 방금 헤드폰을 썼고 이제는 대시보드 위의 수많은 스위치를 켜고 있었다.

"심장이 멎을 것 같아요. 공황 발작도 올 것 같고 아주 총공격이에요!"

나초가 몸을 기울여 내게 키스했다. 그렇게 키스 한 번으로 내가 어디 있는지를 잊게 했다. 나는 내 이름, 주소, 고등학교 시절 절친의 이름조차 잊었다.

"재미있을 거예요." 나초가 내게서 떨어지며 말했다. "헤드폰 쓰고……."

나초는 잠깐 말을 멈추고 궁금한 표정으로 나를 바라보며 씩 웃었다.

"섹스보다 더 나은 걸 기대하라고 말하려 했는데, 나와의 섹스보다 더 나은 건 없네요."

나초는 사과하듯 어깨를 으쓱였다. 머리에 쓴 헤드폰이 알림 소리를 냈다.

어떤 남자가 이해하지 못할 말을 했고, 나초가 대답했다. 나초는 손잡이 몇 개를 돌리고 버튼 몇 개를 누른 뒤 계기판을 들여다봤다. 나는 넋을 잃고 그저 지켜봤다. 이 남자, 못 하는 게 있긴 할까?

"그건 뭐예요?" 나는 계기판 하나를 가리키며 물었다.

"발사기요." 나초가 짧게 대답했다. "비행 중일 때 옆에 있는 빨간 버튼을 누르면 내가 공중으로 날아가요."

그냥 고개를 끄덕이려던 나는 갑자기 멍해져 그 말을 받아들이지 못했다. 이 자식이 날 지금 놀리는 건가?

"지금 당신 표정을 볼 수 있었으면 참 좋았을 텐데요."

나초는 킥킥거리며 말했다.

"사실 연료 계기판이에요. 이제 방향타랑 포일 덮개를 확인할 거예요."

제대로 바보가 된 기분을 맛본 나는 질문은 이제 속으로 삼키기로 마음먹고 능숙하게 이륙을 준비하는 나초를 가만히 지켜봤다. 그를 지켜보며 스스로에게 '내 남자야'라고 반복해서 말했다. 옛 남자를 제대로 떠나지도 않았는데 벌써 새 연인이 생기다니. 나는 고개를 저으며 시선을 돌려 전면 유리를 바라봤다. 엄마가 알았다면 뭐라고 말했을지 뻔하다. '난 널 그렇게 키우지 않았다!'부터 시작하겠지. 그러고는 '네가 대체 무슨 짓을 하는 건지 생각 좀 해봐라'라고 덧붙인 다음 '하긴 네 인생 네가 허비하는 거지'라고 결론 내렸을 테다. 즉 엄마와는 아무 상관없다고 말이다. 조만간 엄마와 해야 할 대화를 생각하자 한숨이 나왔다.

엔진이 부릉거리자 속이 약간 안 좋아졌다. 전면 유리를 봐도, 주변에 고급스러운 탑승객 선실이 있어도 전혀 도움이 되지 않았다. 심장을 옥죄는 두려움만이 생각을 지배했다.

"못 타겠어요, 나초." 나는 칭얼거렸다. "제발 내리게 해줘요."

나는 공황을 일으키기 직전이었다.

"그 모니터에 보이는 숫자 좀 계속 말해줘요." 나초는 화면을 가리키며 말했다. "거기 뭐가 뜨는지요. 그래줄 수 있어요?"

그는 걱정스러운 표정으로 나를 바라봤다.

화면에는 이해할 수 없는 숫자들이 나타났다 사라지고 있었다. 숫자들을 큰 소리로 읽으며 나초가 시킨 일에 집중했다. 갑자기 비행기가 뜨는 게 느껴졌다.

"세상에⋯⋯ 나초." 나는 숨을 헐떡이며 말을 더듬었다.

"숫자 계속 읽어줘요."

나초가 반복했다. 나는 다시 읽기 시작했다.

비행한 지 15분이 지나자, 나초의 시선이 느껴졌다. 고개를 돌리자 미소 지으며 나를 보는 나초가 보였다. 나초가 활짝 웃자 코에 주름이 졌고, 그가 쓴 갈색 선글라스가 살짝 올라갔다.

"그만해도 돼요. 이제 와서 내릴 수 있는 것도 아니니까요."

밖을 내다봤다. 구름이⋯⋯ 우리 아래에 있었다. 태양은 위에 있었다. 정말 아무것도 없었다. 여전히 약간 속이 좋지 않기는 했지만, 끝없이 펼쳐지는 푸른색을 보고 있노라니 새로운 감정이 느껴졌다. 감사함이었다. 갑자기 더는 무섭지 않았다.

"내가 무슨 생각하는지 말해줄까요?"

내 물음에 나초는 가만히 고개를 끄덕였다.

"당신을 맛봐도 된다고 허락받은 적이 한 번도 없다는 거."

나초가 이를 악물자 입술이 가늘게 길어졌다. 나는 고개를 젖히며 눈을 감았다.

"당신이 사정하는 걸 보고 싶어요. 당신에게 쾌락을 선사하고 싶어요."

"진심이에요? 이런 구름을 보는데 그런 생각이 나요?"

나초는 놀라서 물었다.

"구름은 그저 수증기나 작은 얼음 조각 덩어리일 뿐이라는 거 몰라요?"

나는 나초의 말을 잘랐다.

"말 돌리지 마요."

"당신을 빨고 싶어요."

"세상에, 아가씨." 나초가 중얼거렸다. "왜 지금 이런 얘길 하는 거예요? 몇 천 미터 상공에서?"

나초는 자기 입술을 핥았고, 나는 그의 지퍼를 흘긋 봤다.

"당신 반응을 보니 내 생각에 동의하나 봐요."

나는 다시 비행을 즐기기 시작했다.

CHAPTER 14

테네리페의 남쪽 공항에 착륙했다. 공항 터미널 입구 옆에는 세상에서 가장 화려한 차들이 주차돼 있었다. 나초는 내게 차 문을 열어주고 안으로 들어가려던 나를 감싸 안더니 차를 향해 밀어붙였다. 특별히 거친 움직임은 아니었다. 단단하고 흥분한 몸짓이었다.

"날 빨고 싶다고 했을 때부터 서 있었어요."

나초는 미소 지으며 내 다리에 사타구니를 문질렀다. 그는 내 코끝에 빠르고 부드럽게 키스하고는 나를 놔줬다. 실로 도발에 능한 사람이었다. 나는 한 다리만 차에 올린 채 굳었다. 당장 주차장에서 그를 빨까 싶었다.

"당신을 빨고 싶어요."

차에 타기 전 나초의 귀에 속삭였다. 나초의 얼굴에 승리의 미소가 피어올랐다.

"기다릴 수밖에 없을 거예요."

나초는 차 문을 닫고 검은 차 뒤로 돌아갔다.

"아멜리아가 환영 파티를 준비하고 있다고 했잖아요. 파티를 마치면 그다지 섹스가 필요하지 않을걸요."

나초는 활짝 웃으며 선글라스를 꼈다.

"내기할래요?"

내기를 제안하자 차는 타이어 끄는 소리와 함께 출발했다.

나초의 쾌활한 웃음이 울려 퍼졌다. 대답은 필요 없었다. 그가 내기를 받아들였다는 걸 알 수 있었다.

차는 지하 주차장에 멈춰 섰다. 어색하고 긴장됐다. 밖으로 나오려는데 다리가 말을 듣지 않았다. 마치 과거로 돌아간 것 같았다. 6개월 전 이곳에 있던 때와 지금이 다른 점이 있다면 당시 나는 임신한 유부녀였다는 것이다. 그땐 행복하기도 했다. 하지만 그게 다 진짜였을까? 물론 임신했던 건 확실하고 아직 기혼인 것도 맞는다. 하지만 마시모와 있을 때 내가 진정으로 행복한 적이 있긴 했던가? 머리는 모순적인 생각으로 가득했다. 한편으로는 이런 식으로 마시모와의 관계를 정리한 게 후회됐지만, 다른 한편으로는 지금 내 옆에 앉아 있는 남자가 모든 꿈을 현실로 만들어줬다. 하지만 다른 문제가 있었다. 만약 나초를 사랑한다고 나 스스로를 납득시키려 너무 애쓴 나머지 그 거짓말을 믿기 시작한 거라면 어쩌지? 어쩌면 내 감정은 단순한 호기심일지도 몰랐다. 끌림이나 흔들림에 지나지 않는지도 모른다. 그렇다면 내 결혼 생활과 남편과의 진정한 감정을 망친 셈이다.

"여기 있기 싫으면 호텔로 데려다줄게요."

나초가 쾌활하게 말했다.

"여기서 있었던 일 때문에 아직 마음이 아픈 건 알지만……."

"그렇지 않아요." 나는 나초의 말을 끊으며 한 발 내디뎠다. "갈까요?"

회상에 잠길 기분이 아니었다. 수많은 생각 때문에 머리가 아프기 시작했다. 술이 필요했다. 생각 없이 즐기고 싶었다. 하지만 동시에 이곳에 남아 있는 내 모든 망령을 마주해야만 했다.

아파트로 가는 문을 지났다. 그러자…… 집에 돌아온 기분이 들었다. 모든 게 두고 간 그대로였다. 다른 점이 있다면 이번에는 돌아오고 싶었다는 것이다.

나초는 우리가 여기에서 몇 개월은 함께 산 것처럼 굴었다. 그는 가방을 바닥에 던지고 부엌으로 갔다. 냉장고에서 맥주를 꺼낸 뒤 휴대폰으로 전화번호를 눌렀다. 내가 이곳에 익숙해질 틈은 줄까? 날 위한 겉치레도 없이 계속 그렇게 태평하게 굴 셈일까? 그런 질문으로 그를 방해하고 싶지 않아 위층 침실로 올라갔다.

옷장을 열었다. 텅 비어 있었다. 그것참 잘됐네. 씁쓸했다. 내 캐리어가 어디 있더라? 나초가 차에 싣지는 않았지만, 비행기 뒤에 있는 걸 봤다. 속옷 한 벌조차 없는데 어쩌면 좋지?

"이 침실이 아니에요." 잠시 후 나초가 내 뒤에서 나를 감싸 안았다. "오른쪽에서 첫 번째 방이에요. 계단 옆에 있는 거요."

그는 내 목덜미에 키스하고는 다른 말은 일절 없이 나갔다.

또 다른 365일   301

뒤돌아 나초를 따라갔다. 침실 문을 여니 바뀐 게 눈에 띄었다. 전과 완전히 달랐다. 가구도 전부 바뀌어 있고, 하얀 벽은 회색이 되어 있었으며, 침대에는 깔끔한 기둥들이 있었다. 여전히 현대적이고 스타일리시하긴 했지만, 침대 귀퉁이마다 있는 금속 기둥은 앞으로 있을 야성적인 시간을 암시하는 듯했다.

"당신 물건은 옷장에 있어요."

나초가 문을 열자 다른 방이 보였다.

"아멜리아가 사둔 것도 있어요. 내가 사면 입을 게 반바지랑 쪼리뿐일 거라더군요."

나초는 어깨를 으쓱였다.

"혹시 더 필요한 게……."

"날 묶어둘 거예요?"

나초는 내 물음에 고개를 돌리며 강렬한 눈빛으로 응시했다.

"안 그러고서야 저 기둥은 왜 필요해요? 장식은 왜 바꿨죠?"

나는 의심의 눈을 가늘게 뜨며 나초에게 한 걸음 다가갔다.

"여기서 그들이 당신을 총으로 위협했잖아요."

나초는 고개를 떨어뜨리며 말했다.

"그 기억을 떠올리게 하고 싶지 않았어요. 당신이 원하면 이사가요. 부동산에 투자한 적은 한 번도 없지만, 다른 집을 몇 군데 알아봤는데……."

나초에게 키스하며 그의 말을 끊었다. 혀를 밀어 넣고 그의 입 안을 휘저었다. 나초는 내 키에 맞춰 무릎을 굽히며 내 양볼을 감쌌다.

"그래요." 그는 나직이 말했다. "당신을 묶고 싶어요. 절대 도 망가지 못하게요."

나초는 침대로 몸을 던지며 매력적인 미소를 지었다.

"게다가 이 기둥에는 연장 스피커가 있죠. 시끌벅적한 걸 원하 진 않지만 수준 높은 사운드 시스템을 좋아하거든요."

나초는 내 코에 키스했다.

"음악도 좋아하고요. 음악 하니까 말인데……."

나초는 등을 돌려 현대식 빌트인 캐비닛에 있는 태블릿으로 걸어갔다.

"날 위해서 춤추는 걸 보고 싶어요."

나초가 버튼을 누르자 금속 기둥 밖으로 길고 검은 스피커가 튀어나왔다. 저스틴 팀버레이크가 부르는 「크라이 미 어 리버Cry Me a River」의 맑고 깨끗한 소리가 방을 가득 채웠다. 나는 소리 내 웃었다. 얼마 만에 그 노래를 듣는 건지.

나초는 미소 지었다. 비트가 시작되자 그는 저스틴 팀버레이 크처럼 춤추기 시작했다. 입이 쩍 벌어졌다. 나초가 방을 활보하 며 즐겁게 몸을 꼬고 빙글빙글 도는 모습을 지켜봤다. 그는 옷장 에서 야구 모자를 집어 들더니 노래하기 시작했다. 나는 넋을 잃 고 놀랐으며 동시에 즐거웠다. 어느 순간 그는 나를 향해 오더니 내 엉덩이를 잡고 춤추게 했다. 그는 부드럽게 바닥을 미끄러졌 고 나도 따라갔다. 이비사에서도 그가 춤을 잘 출 거라고 짐작하 긴 했지만, 이 정도일 줄은 몰랐다.

"거짓말쟁이." 노래가 끝나고 다른 노래가 시작되자 나는 나초의 귀에 대고 속삭였다. "춤 못 춘다면서요."

"클럽 댄스를 안 춘다고 했죠." 나초는 웃으며 셔츠를 벗어 근육을 드러냈다. "하지만 우리 서퍼들은 균형 감각이 좋거든요."

나초는 윙크를 날리고는 엉덩이를 흔들며 화장실로 향했다.

그를 따라가고 싶었지만 그러면 샤워하며 30분 동안 애무하고한 시간 동안 섹스할 게 뻔했다. 나는 제자리에 머물렀다.

처음으로 나초의 친구들에게 여자친구로 소개될 참이었다. 그는 마피아 가문의 수장이었다. 이건 장난이 아니다. 내 옷장으로가 열댓 개의 옷걸이를 뒤졌다. 입을 만한 게 많아 안도의 한숨이 나왔다. 화려한 티셔츠나 청바지는 없고 대신 드레스와 튜닉, 숨이 멎도록 아름다운 신발이 있었다.

"고마워요, 아멜리아."

나는 옷가지를 꺼내며 나직이 말했다. 갑자기 나초가 또 평소처럼 반바지를 입으면 그 옆에 화려하게 차려입고 서 있는 내가 멍청해 보일 거란 생각이 들었다. 나는 러그에 주저앉아 멍하니 앞을 바라봤다.

"아멜리아가 잘해놨던가요?"

나초는 수건으로 머리를 닦으며 내 옆을 지나갔다.

맙소사. 문신으로 뒤덮인 엉덩이가 바로 앞을 지나갔다. 옷걸이에서 회색 바지를 꺼내 입는 나초를 지켜보며 가만히 있을 수 있는 내 자기 통제 능력에 감탄했다.

"아멜리아가 옷을 잘 골랐나요?"

아무 말도 하지 않자 나초가 거듭 물었다. 나는 멍하니 고개를 끄덕였다.

"다행이네요. 물론 공식적인 자리는 아니지만…… 이제 보스가 됐으니 항상 소년처럼 입을 수만도 없거든요."

나초가 바지를 입자 나는 안도의 한숨을 쉬었다. 보이지 않으면 관심도 없어진다는 말도 있다. 나초는 어두운 파란색 셔츠를 집고 소매를 말아 올렸다. 줄무늬 색깔은 바지와 같은 회색이었다. 그 옷과 깔끔한 면도, 문신은 나초에게 아주 잘 어울렸다. 그는 어두운 파란색 로퍼와 손목시계를 매치해 코디를 완성했다.

"심장마비 온 사람 같네요, 자기." 나초는 걸어와 셔츠 단으로 내 입가를 닦았다. "침 흘렸어요."

나초는 웃으며 나를 안아 들었다.

"자, 이제 화장실로 가시죠!"

그는 내 엉덩이를 때리고 나를 문으로 밀었다. 나는 고개를 저으며 화장실로 갔다. 평소처럼 머리카락에 물이 닿지 않게 조심하며 차가운 물로 샤워를 했다. 니나는 머리카락에 약간의 층을 내주었고, 그 덕에 섹시하고 정돈되지 않은 듯한 스타일이 완성됐다. 거울을 보는데 화장실의 캐비닛을 가득 채운 화장품이 눈에 띄었다. 나는 다시 아멜리아에게 감사했다. 마스카라를 한 뒤 볼에 금빛 펄이 있는 파우더를 발랐다. 생기 있고 자연스러우며 깔끔한 연출이었다. 돌아왔을 때 나초는 침실에 없었다. 아무런 방해 없이 옷을 고를 수 있어 기뻤다. 길이가 짧고 등이 파인 모래 색깔 슬립 드레스에 발목에 스트랩이 달린 샌들을 골랐다. 거기에 어두운 파란색의 작은 클러치와 넓은 금색 팔찌를 매치했다. 그걸로 됐다. 준비는 끝났다.

아래층으로 내려가는 계단 위에서 몸을 굽히고 노트북을 보는 나초가 보였다. 그는 내 인기척에 노트북을 덮고 나를 보기 위해 몸을 돌렸다가 얼어붙었다. 내 드레스는 그렇게 딱 붙는 스타일은 아니었다. 드레스 자락이 걸음에 따라 우아하게 치렁거렸다.

"당신은 영원히 내 거예요." 나초의 입가에 미소가 번졌다.

"그건 두고 봐야죠."

나는 무심하게 머리카락을 뒤로 넘기며 대답했다.

나초는 웃으며 다가와 나를 들어 올려 남은 두 개의 계단을 내려오도록 했다. 그는 눈을 약간 가늘게 뜨고 나를 바라보다가 혀로 내 입술을 쓸었다.

"가요."

나초는 자동차 열쇠를 챙기고 내 손에 깍지를 끼며 문으로 향했다.

"술 마셨잖아요." 내가 쏘아붙였다. "그런데 운전하겠다고요?"

"맥주 한 잔인걸요. 하지만 정 그렇다면 조수석에 탈게요."

"경찰이 차를 세우면 어쩌려고요?"

나는 약간 지나치다 싶게 못된 목소리로 말했다.

"그거 알아요?" 나초는 코로 내 볼을 쓸며 물었다.

"당신이 원한다면 경찰한테 호위해 달라고 할 수도 있어요. 그럼 만족하겠어요?"

나초는 미소를 지으며 눈썹을 올렸다.

"한번 더 말할게요. 난 마르셀로 나초 마토스예요. 여긴 내 섬이고요. 이제 질문 더 없으면 이만 가요. 아멜리아가 우릴 죽일 거예요."

나초가 웃었다.

"맞다, 휴대폰 얘기하니까 말인데요."

나초는 주머니에서 하얀색 아이폰을 꺼내 내게 건넸다.

"당신이 쓸 새 휴대폰이에요. 연락처는 전부 옮겨놨고 전화번호는 등록해 두지 않았어요. 내가 복구할 수 있는 건 그 정도뿐이었어요. 당신 옷, 컴퓨터, 그리고 시칠리아에 놔둔 것들은 전부 아직 거기 있어요."

나초는 사과의 의미로 고개를 으쓱했다.

"시칠리아에 두고 온 건 그게 다예요." 나는 휴대폰을 주머니에 넣으며 말했다. "걱정되는 건 따로 있어요."

나는 덧붙였다. 나초는 몸을 굳히며 가까이 기울였다.

"어떤 걱정요?" 그는 눈썹을 찌푸렸다. "어떤 게 걱정돼요?"

나는 한숨을 쉬었다.

"올가요. 올가의 결혼요. 내 이혼요. 회사도요." 나는 고개를 저었다. "계속할까요?"

"그런 걱정 대부분은 나한테 해결책이 있어요."

나초는 내 이마에 키스하며 말했다.

"계획할 수 없는 게 딱 한 가지 있는데, 올가의 결혼식에 참석하는 문제예요. 그건 나중에 얘기해요. 이리 와요."

마토스 가의 저택으로 향하는 도로에 오르자 극심한 복통이 느껴졌다. 이곳을 보고 이렇게까지 반응하리라고는 생각하지 못

또 다른 365일

했다. 그 집 자체는 놀랍지 않았지만 목적지에 도착한 순간 토하지 않기 위해 애써야 했다. 그 끔찍한 날의 잔상이 눈앞을 스쳐 지나갔다. 하지만 단순한 장소일 뿐이다. 그저 건물일 뿐이다. 대단할 건 없다.

"자기." 나초의 목소리가 나를 상념에서 깨웠다. "또 심장마비 온 사람 같아요."

자동차가 멈췄고, 나초는 내 손을 잡았다.

"괜찮아요……. 장소가 장소인지라."

나는 저택을 훑어보며 말을 멈췄다.

"젠장." 으르렁거리는 나초의 목소리에 깜짝 놀랐다. "매일 그 일을 생각해요. 당신이 그런 일을 겪게 한 것 때문에 매일매일 죽고 싶었어요."

나초의 얼굴은 차갑게 굳고 눈은 분노로 불탔다.

"누구한테서든 당신을 보호할게요. 약속해요. 그 일은 용서해 줘요."

나초는 고개를 떨궜다.

"지금은 타이밍도 장소도 이런 대화를 하기엔 적절하지 않지만 언젠가는 얘기해요."

"라우라!"

나초의 말이 끝난 뒤 이어진 어색한 침묵은 아멜리아의 외침 덕에 깨졌다.

"빈말은 듣고 싶지 않아요. 충분히 들었어요."

나는 차에서 내리며 말했다. 아멜리아는 달려들어 나를 껴안왔다.

"안녕, 아멜리아." 그녀에게 키스했다. "오늘 참 예쁘네요."

나는 아멜리아에게서 떨어지며 덧붙였다.

"라우라도요!"

아멜리아는 나초의 손을 잡았다.

"두 사람 공식적으로 사귀는 거 맞아요? 나 드디어 언니 생기는 거예요? 파블로한테도 고모가 생기는 건가요?"

우리는 서로를 흘긋거리며 침묵을 지켰다.

"마르셀로 오빠의 생각이 어떤지는 알지만, 라우라 생각이 듣고 싶어요. 또 나한테 거짓말하는 거 아니죠?"

나는 한동안 고민하다 나초의 손을 잡고 길고 열정적인 키스를 퍼부었다. 그는 나를 똑바로 바라봤고, 또다시 온 세상이 사라진 듯한 기분이 들었다. 우리는 서로에게 매료된 채 한참을 가만히 있었다.

"최선을 다할 거예요." 나초에게 시선을 고정한 채 말했다. "하지만 결과는 장담 못 해요."

나는 아멜리아가 아닌 나초의 대답을 바라며 그에게 눈썹을 올려 보였다.

"두 사람 진짜 사랑하는구나!"

아멜리아가 두 손을 맞잡으며 재잘댔다.

"됐고 술 마셔요. 아이반이 할 말이 있대, 오빠. 시간 나는 대로 말이야."

아멜리아는 나를 입구로 데려갔다.

우리는 정문을 통과했다. 놀랍게도 저택은 전과 달라 보였다. 여기 있었던 시간은 얼마 안 되지만 납치당해 고문받은 장소는 잊을 수 없는 법이다. 우리는 긴 복도를 따라 걸었다. 나초는 차분히 주머니에 손을 꽂고 환한 미소를 지은 채 내 바로 뒤에서 따라왔다. 나는 아멜리아의 손을 놓고 팔로 그의 허리를 감쌌다.

"인테리어를 바꿨나 봐요?"

저번에는 덜 현대적인 것 같다는 생각이 계속 들었었는데.

"전부요." 나초는 조용히 웃으며 대답했다.

"집 전체를 개조했어요. 당신은 저택의 아주 일부만 봤지만요. 사고 직후에 전부 바꿨죠."

나초는 아멜리아를 향해 고개를 끄덕였다. 다행히도 아멜리아는 여전히 자신의 약혼자가 나를 고문했다는 사실을 모르고 있었다. 그게 사고가 아니라 날 죽이려는 시도였다는 것도 말이다.

"바닥부터 천장까지 저택 전체를 고치라고 지시했어요. 집이 오래되기도 했고, 솔직히 나도 여기서 좋은 추억이 많은 건 아니거든요."

"이제 오빠가 보스예요." 아멜리아가 거들었다. "마침내 마토스가 새로운 시대에 접어드는 거죠!"

"우리가 무엇 때문에 뭘 시작하는지에 집착 마, 아멜리아."

나초는 진지한 목소리로 아멜리아를 질책했다. 그녀는 눈알을 굴리기만 했다.

"네 아들을 키우는 데 집중해. 지금 어디 있어?"

"침실에 유모들이랑 고양이, 강아지에 둘러싸여 있지."

아멜리아는 나를 흘깃 봤다.

"오빠는 아이들이 동물과 함께 자라야 한다고 생각해요."

아멜리아의 표현을 보아하니 그런 나초의 양육 방침에 동의하지 않는 듯했다.

"하지만 오빠가 보스니까요."

아멜리아는 활짝 웃으며 덧붙였다.

"내가 보스지!" 나초는 나를 끌어당기며 소리쳤다. "두 사람 다 그걸 잊지 말도록!"

우리는 복잡하게 얽힌 복도 끝에 다다라 뒷마당으로 나갔다. 중앙에는 커다란 3단 수영장이 있고, 수영장은 바위가 많은 경사로와 이어져 있었다. 주변은 캐노피가 있는 나무 정자와 선 베드, 소파 의자로 둘러싸여 있었다. 더 먼 곳에는 네 개의 큰 소파가 모닥불을 중심으로 직사각형으로 놓여 있었다. 그 옆에는 기다란 바와 적어도 서른 명은 앉을 수 있을 커다란 테이블이 있었다. 하지만 인파는 그보다 더 북적였다. 대부분은 남자였지만 개중 여자도 있긴 했다. 그들은 수영장 안에서 휴식을 취하거나 술을 홀짝였다. 모두가 젊고 느긋했으며 전혀 마피아처럼 보이지 않았다.

"안녕!"

나초가 팔을 들며 소리쳤다. 모두들 우리를 쳐다봤다.

사람들은 환호성을 지르고 박수를 터뜨리며 휘파람을 불었다. 나초는 한쪽 팔로 나를 끌어당기며 다른 팔을 들어 손님들에게 흔들었다. 그러자 좌중이 조용해졌다. 음악도 사라졌다. 아멜리아는 DJ에게서 받은 마이크를 나초에게 건넸다.

"내 인생의 사랑이 이제 막 스페인어를 배우기 시작했으니 영어로 말하지."

나초는 말문을 열었다. 나는 부끄러워 시선을 떨어뜨렸다.

"이 황무지까지 와줘서 고마워. 술을 많이 준비했으니 멀리까지 온 수고에 대한 보상이 되길."

좌중이 환호했다.

"술이 필요하다면 가져가도 좋아. 공식적으로 소개하지…… 라우라야! 여성분들, 미안하지만 이제 나는 공식적으로 임자 있는 몸이야. 들어줘서 고맙고 좋은 밤 보내."

나초는 친구 한 명에게 마이크를 던져주고 내게 진하게 키스했다. 모든 손님이 잔을 들었고, 또 한 번 박수가 터져 나왔다.

너무 부끄러웠다. 그런 과시는 전혀 필요 없었지만 자연스럽기도 했다. 그게 나초의 방식이었다. 내가 어떻게 불평하겠는가? 키스는 오래도록 이어졌고, 첫 몇 초가 지나자 사람들은 우리에게서 시선을 거뒀다. 나초의 혀가 내 입안을 휘저었다. 음악이 다시 흘러나왔고, 파티는 계속됐다.

"꼭 그래야 했어요?" 내게서 떨어지는 나초에게 물었다.

"당신이 오늘 너무 아름다워서요."

나초가 말했다.

"확실히 내 거라는 도장을 찍으려고요. 안 그러면 저 남자들이 당신에게 작업을 걸기 시작할 테고 난 그놈들을 죽여야 할 테니까요."

나초는 활짝 미소 지었고 나는 눈알을 굴렸다.

"다들 전혀 위험해 보이지 않는데요."

나는 좌중을 둘러보며 어깨를 으쓱였다.

"전부 위험한 사람은 아니에요. 몇 명은 그냥 서퍼예요. 아멜리아의 친구들도 있고요. 내 부하는 몇 명뿐이에요."

"그런데 다들 당신이 누군지 안다고요?"

입술을 깨물며 물었다. 나초는 고개를 끄덕였다.

"그럼 어떤 남자도 나한테 말을 안 걸겠네요?"

나초는 교활한 미소를 지으며 어깨를 으쓱했다.

"예의를 차리는 선에서만 말을 걸겠죠. 아니면 동성애자가 걸거나요."

나초는 초조히 구두 굽을 구르고 있는 아멜리아를 향해 나를 끌어당겼다.

"뭐 좀 마셔요."

익숙한 환경에 있는 나초가 나를 대할 때와 마찬가지로 친구들을 대하는 걸 보니 안심이 되었다. 그는 꾸며내거나 연기하지 않았다. 대신 미소 짓거나, 웃거나, 농담하거나 장난을 쳤다. 곧 나초의 부하와 친구를 구별할 수 있었다. 쉬운 일은 아니었다. 나초는 자기와 비슷한 사람들을 곁에 두는 걸 좋아했다. 서퍼들은 머리가 길고, 문신이 있었으며 피부가 그을려 있었다. 고용인이나 동업자들은 키가 더 크고 더 근육질이거나 으스스하고 추레했다. 그것만 빼면 모두가 의심스러울 정도로 평범해 보였다. 그저 즐길 줄 아는 느긋한 사람들일 뿐이었다.

나초는 맥주를 홀짝였고, 나는 가장 좋아하는 샴페인을 연거푸 들이켰다. 만취하고 싶지는 않았다. 특히나 머릿속에 떠오르는 멍청한 생각들을 막아주는 올가가 없었으니까. 올가를 생각하니 슬펐다. 아멜리아도 좋은 친구지만, 올가와 같지는 않다. 올가에게 전화를 걸기로 결심하고 무리에서 멀어졌다.

"무슨 일이에요?"

나초가 팔로 내 허리를 감싸고 귀에 입술을 대며 물었다.

"올가랑 전화해야겠어요."

"여기로 초대해요."

그 말을 들으니 부글거리던 배 속이 잠잠해졌다.

"도메니코가 허락만 해준다면 내일 전부 준비해 둘게요."

나초는 내 머리에 키스하고 놔줬다. 나는 자리를 뜨지 못하고 그 자리에 그대로 얼어붙었다.

그렇게 난 사랑에 빠졌다. 지금껏 내 마음을 의심했다면, 이제는 내가 나초를 사랑한다는 걸 확실히 알 수 있었다. 나초는 서서 친구들과 이야기하고 있었다. 나는 움직일 수 없었다. 내 안의 뭔가가 허물어졌다. 나초의 셔츠를 강하게 잡아당겨 그의 대화를 방해하고는 열정적으로 키스했다. 방금까지 나초와 함께 대화하던 남자들은 전부 조용해졌다가 진하게 키스하는 나를 보며 웃음을 터뜨렸다. 나초는 한 손을 내려 내 엉덩이를 잡았다. 다른 한 손은 내 목덜미를 잡았다. 나초는 완벽하고 이상적이었다. 그리고 온전히 내 것이었다.

"고마워요."

나는 나초의 귀에 속삭였다. 그의 눈은 행복으로 빛났다.

"어디까지 얘기했지?"

나초는 친구들에게 고개를 돌리며 물었다. 그는 부드럽게 내 엉덩이를 때렸고, 나는 그 자리를 벗어났다. 나는 집 안으로 들어가 메인 홀의 소파에 자리를 잡고 휴대폰으로 올가에게 전화를 걸었다.

"안녕."

전화를 받은 올가에게 인사했다. 잠깐 정적이 이어졌다.

"괜찮아?" 올가가 물었다.

"그럼! 안 괜찮을 게 뭐 있어?"

"젠장, 라우라."

올가가 한숨을 쉬었다.

"마시모가 빌라로 돌아왔을 때, 우리 목숨 걸고 도망친 거 알아? 도메니코가 무슨 일이 있었는지 말해줬어. 나초라는 네 애인 말인데, 완전히 미친 개자식이더라. 아무리 그래도 그렇지 시칠리아 마피아 머리를 쏴?"

올가가 움직이는 소리가 들렸다.

"이러지 마. 정말 마시모를 쏜 건 아니잖아. 설탕 통을 쐈지."

나는 말을 멈췄다가 웃음을 터뜨렸다.

"그냥 겁만 좀 주려고 한 거야. 그리고 성공한 것 같던데."

"마시모를 열받게 하는 데는 성공했지."

올가는 목소리를 높였다.

"좋아, 방금 집에서 나왔어. 누가 듣고 있는 건 아닌지 확실하지가 않아서. 이제 전부 말해줘."

"올가, 여기로 올래?"

올가는 놀라서 아무 말도 못 했다.

"나 테네리페에 있어."

올가는 숨을 들이쉬었다.

"이번에는 무엇에도 말려들지 않게 한다고 약속할게. 부탁이
야. 와줘."

스스로가 불쌍하다고 느끼지 않았는데도 내 목소리는 불쌍하
게 들렸다. 하지만 그렇게 해야만 올가가 도메니코의 허락을 구
할 터였다.

"나 2주 뒤에 결혼하는 거 알긴 해? 기억은 하니?"

올가가 물었다. 나는 올가가 상처받았다는 걸 눈치챘다.

"물론 알지. 하지만 네 신부 들러리와 시간을 보내야 하지 않
겠어? 내 회사 얘기도 해야 하고. 더 이상 내 소유가 맞는지는 의
문이지만. 어쨌든 미리 계획을 세워야지. 이런 얘기를 전화로 할
수는 없잖아. 도메니코도 이해할 거야."

나는 내 말에 얼굴을 찌푸렸다. 만약 내가 도메니코라면 절대
올가를 보내지 않았을 터였다.

"세상에, 라우라, 너 때문에 못 살겠다." 올가가 고개를 젓고 있
는 모습을 쉽게 상상할 수 있었다. "알았어. 내일 얘기해 볼게."

생각을 입 밖으로 꺼내야 할까 잠시 망설였지만 결국 호기심
이 이겼다.

"어떻게 대처하고 있어?" 갑자기 죄책감이 느껴졌다.

"마시모? 솔직히 나도 몰라. 수류탄을 제트스키에 잔뜩 싣고 터뜨린 다음 사라져버렸어. 도메니코마저도 '엿 먹어보라지'라 며 안 따라가더라. 우리는 시칠리아로 돌아왔고 마시모는 이비 사에 남았어. 너한테 가게 되면 전부 말해줄게. 도메니코가 나한 테 원하는 게 있다는 건 확실해. 도메니코를 빨아주지 않고는 못 갈 거야."

"사랑해." 나는 웃었다.

"나도 사랑한다, 이년아. 내일 전화해. 아님 전화번호를 보내 주든가. 도메니코한테 얘기하고 나서 전화할게."

정원으로 돌아가자 또다시 박수갈채가 울려 퍼졌다. 나초가 연단에 서서 손짓으로 좌중을 조용히 시키고 있었다.

"매번 하게 만드네." 나초는 웃었다. "그래도 이렇게 멀리까지 왔으니 연주해 주지. 하지만 딱 한 곡이야."

연주라고? 나초가 연주를 한다고? 대리석 테라스에 서서 지켜 봤다. 나초는 재빠르게 나를 찾아 에메랄드빛 시선을 고정했다.

"진부하게 들리겠지만……." 나초는 수줍게 시선을 떨구며 말 문을 열었다. "책 이야기로 시작할게. 『그레이의 50가지 그림자』 말이야. 섹스와 통제에 중독된 거만한 놈에 대한 유치한 얘기지. 우린 모두 실제로 그런 사람을 알고 있잖아. 그러니 그건 실화를 기반으로 한 이야기인 게 틀림없어."

나초는 나를 뚫어지게 쳐다봤다.

"나도 그런 놈을 적어도 한 명은 알지. 하지만 인생이란 게 그 래. 이탈리아인을 전부 없앨 순 없잖아?"

나는 작게 미소 지으며 고개를 저었다. 사람들이 크게 웃음을
터뜨렸다.

"미안해, 마르코. 우린 친한 사이 맞아."

나초는 친구 중 한 명을 가리켰고, 그는 손을 흔들며 화답했다.

"그건 됐고 이만 연주를 시작해 볼까."

아멜리아가 연단에 올라가 나초에게 바이올린을 건넸다.

"로버트 멘도자라는 남자가 있어. 「러브 미 라이크 유 두Love
Me Like You Do」의 바이올린 버전을 만들었지. 이제 다들 내 낭만
적인 면을 잘 봐놓으라고."

나초는 바이올린을 집어 들고 어깨에 올려놨다. 손님들은 박
수를 쳤다.

DJ는 잔잔한 배경음악을 깔았고, 나초는 콘서트를 시작했다.
시선은 여전히 나에게 고정돼 있었다. 입이 벌어졌다. 나초는 실
로 못하는 게 없었다. 그는 실로 진심을 다해 부드럽게 연주하고
있었다. 손가락은 현 위로 능숙하게 미끄러졌다. 오른손에 쥔 활
은 유연하게 춤췄다. 온몸이 녹아내리는 것 같았다. 커다란 근육
질 팔은 바이올린을 부드럽게 쥐고 있었다. 표정은 평화로웠다.

정확히 언제였는지 알 수 없지만, 어느 순간 나는 인파를 헤치
고 나아가기 시작했다. 당장 내 남자의 손길을 느끼고 싶었다.

나초는 다가오는 나를 시선으로 쫓으며 연주를 계속했다. 나
초가 연주하는 바이올린이 스피커에 연결되어 있었기 때문에
그는 나를 마중 나오지 못했다. 하지만 나는 신경 쓰지 않았다.
주변을 둘러싼 낯선 사람 백 명 정도가 날 화형에 처해야 할 마

녀처럼 쳐다봐도 신경 쓰지 않았다. 나는 그의 시선을 따라 정원을 통과해 걸어갔고, 모두가 날 향해 고개를 돌렸다. 마침내 그곳에 도착했고 나초로부터 1미터가 채 안 되는 거리에서 멈췄다. 나초는 내가 있는 방향으로 돌아섰지만, 연주를 멈추지 않았다. 마법에 걸린 것 같았다. 매혹되고 최면에 걸린 것 같았다. 완전히 넋이 나갔다. 코러스가 시작되자 음악이 커졌다. 나는 활짝 웃었다. 그게 내가 할 수 있는 전부였다. 행복했다. 나초는 나를 위해 연주하고 있었다. 설령 그곳의 모든 여자가 자기를 위한 연주라고 생각하더라도 난 진실을 안다. 나초는 마지막 음을 연주한 뒤 바이올린과 활을 내려놓고 기다렸다. 다른 사람들도 기다리고 있었다. 나는 나초에게 달려들어 다리로 그의 엉덩이를 감쌌다. 그는 나를 끌어안았고, 사람들은 우레와 같은 박수를 보냈다. 짧은 드레스 때문에 모두가 내 엉덩이를 볼 수 있을 것 같았지만 나초가 키스하니 내가 벌거벗고 있대도 상관없었다.

"바이올린을 연주할 줄 아네요." 나는 속삭였다.

나는 더없이 행복한 표정으로 나초의 품에서 활짝 웃었다.

"또 뭘 할 줄 알아요? 못 하는 게 뭐냐고 물어야 할까요?"

"당신이 날 사랑하게 만들 수는 없죠."

나초의 커다란 초록색 눈이 나를 조심스레 응시했다.

"나한테 그렇게 매달려 있는데 발기한 걸 숨길 수도 없고요."

나초가 씩 웃자 나도 따라 웃었다.

"당신을 내려놔야겠어요. 다들 이쪽을 보고 있는데 내 발기한 아랫도리를 못 보는 사람이 없겠네요."

그는 나를 내려놓고 좌중을 향해 손을 흔들어 보였다. 콘서트는 끝났다. DJ는 다음 음악을 연주했고, 손님들은 다시 파티를 즐겼다.

"이리 와요."

나초의 팔을 잡고 집 안으로 들어가 미로 같은 복도를 지났다. 나초는 내가 그러는 내내 웃었다.

"어디 가는지는 알아요?"

내가 또다시 모퉁이를 돌자 그가 물었다.

"전혀 몰라요. 하지만 뭘 하고 싶은지는 알죠."

나는 주변을 흘긋거리며 대답했다.

나초는 나를 감싸 안고 멈춰 선 다음 어깨에 들쳐 메고 길을 돌아가기 시작했다. 저항하지 않았다. 일을 더 쉽게 해주려는 거니까. 나초는 어디로 가야 할지 알고 있었다. 그는 커다란 계단을 올라 2층으로 올라갔고 방문 중 하나를 발로 차 연 다음 뒤에서 문을 닫았다. 그런 뒤 나를 내려놓고 벽에 밀어붙였다.

"당신과 사랑을 나누고 싶어요."

그는 내 팔을 들어 올리며 말했다. 내 손목을 쥔 채 내 입술에 키스하고 살갗을 애무했다.

나는 흥분했지만 취기 때문에 그저 받아들일 수밖에 없었다.

나초가 부드럽고 다정할 거란 걸 알았지만 이번엔 완전히 다른 걸 원했다. 내 어두운 욕망을 달래야 했다. 나초의 아랫입술을 깨물었다. 세게. 그는 쏩 소리를 내며 멈추더니 멀어졌다.

"사랑을 나누지는 않을 거예요."

나는 손을 풀어내며 자신 있게 말했다.

"그래요?"

나초는 재미있다는 듯 물으며 내가 밀어서 그의 등이 닫힌 문에 닿을 때까지 가만히 있었다.

"그래요." 나는 나초의 셔츠 단추를 풀기 시작했다.

방 안은 어두웠지만 내가 뭘 하는지, 앞에 뭐가 있는지 알고 있었다. 볼 필요는 없었다. 나초의 숨이 가빠졌고, 가슴이 오르내렸다. 나는 손으로 그의 피부를 쓰다듬으며 점점 밑으로 내려갔다. 나초가 숨을 들이쉬고 내쉬는 소리가 들렸다. 껌 냄새는 압도적이었다. 어떤 여자들은 페로몬을 감지하고, 다른 여자들은 향수 냄새를 사랑하는데 나는 민트 향에 흥분하는 모양이다. 그의 어깨를 따라 셔츠를 미끄러뜨려 벗기며 그 방향을 따라 키스했다. 나초에게서는 바다와 햇빛, 나초 자신의 냄새가 났다. 나는 나초의 젖꼭지를 가볍게 깨물었다. 그의 목에서 한 번도 들어보지 못한 소리가 터져 나왔다. 일종의 으르렁거림이었는데 한숨 같기도 했다. 내 애무를 좋아하는 듯했다. 나는 더욱 힘을 가하며 빨았다. 나초의 손이 내 목덜미로 옮겨갔다.

"날 도발하지 말아요. 부탁이에요."

그는 거의 들리지 않는 목소리로 경고했다. 그의 말을 무시하고 천천히 다른 쪽 젖꼭지를 더욱 강하게 깨물었다. 나초가 또다시 소리를 냈다. 이번에는 슬슬 짜증이 난 것 같은 소리였다. 내 목을 잡은 그의 손힘이 세졌다. 이빨로 나초의 피부를 쓸며 밑으로 내려갔고 무릎을 꿇었다. 바지 지퍼를 내릴 때까지도 나초의 손은 내 목덜미에 고정돼 있었다.

"당신을 빨고 싶어요."

나초의 바지자락을 잡고 끌어내리며 나직이 말했다.

"정말 음탕하네요." 나초가 속삭였다.

"아직은 아니죠." 나는 목구멍으로 페니스를 밀어 넣었다.

나초는 안도하는 소리를 냈다. 낮은 목소리로 보아 그가 흥분했으며 아주 기분이 좋다는 걸 확실히 알 수 있었다. 나는 피부에 박히는 그의 손톱에 아랑곳 않고 허기진 듯 빨았다. 강하고, 깊숙하고, 빠르게. 어서 그를 맛보고 싶었다. 나초는 도와주지 않았다. 오히려 내 속도를 줄이려 노력하며 어렵게 만들고 있었다. 나초가 저항하는 데다 취기가 더해져 내 안의 폭력성이 깨어났다. 내 목덜미를 잡고 있던 나초의 손을 잡아 문으로 밀어냈다. 거기 나초의 손을 고정할 셈이었다. 그런 다음 오른손으로 그의 페니스 가장 안쪽을 꼭 쥔 채 그 끝을 핥았다.

"움직이지 마요, 마르셀로."

나는 으르렁거리고는 다시 그의 페니스를 삼켰다.

"당신이 부르는 내 이름이 참 좋네요."

나초는 한숨을 쉬었다.

계속해서 그를 빨자 나초는 문에 기대어 몸을 꼬았다. 나초의 땀이 그의 배를 타고 떨어지기 시작했다. 나초는 스페인어와 폴란드어로, 그러다 독일어처럼 들리는 언어로 중얼거렸다. 나는 의도했던 대로 나초에게 달콤한 고문을 선사했다. 그의 등을 쓸며 단단한 엉덩이에 손톱을 꽂았다. 나초는 고함을 지르며 주먹으로 문을 강하게 쳤다. 그 바람에 문이 흔들렸다. 나는 속도를 높였다. 나초는 입을 벌리며 헐떡였다.

갑자기 불이 켜졌다. 어리둥절해져서 그의 페니스를 입안에 넣은 채로 멈추고는 나초를 올려다봤다.

나초의 에메랄드빛 눈이 나를 응시했다. 그의 팔이 스위치에서 떨어졌다.

"당신을 보고 싶어요." 그가 속삭였다. "봐야만 해요."

나초가 뭘 필요로 하든 상관없었다. 제일가는 창녀처럼 계속해서 빨았다. 핥고, 깨물고, 최대한 음탕한 눈으로 그를 바라봤다. 나초는 문에서 손을 떼려 했지만 그럴 때마다 나는 그가 손을 다시 문에 둘 때까지 멈춰 기다렸다. 정액이 느껴진다는 확신이 들었을 때쯤, 나초는 빛처럼 빠르게 팔을 뻗어 나를 획 일으켜 세웠다.

"당신 안에 들어갈래요."

나초는 크고 야성적인 눈으로 나직이 말했다.

"움직이지 마요." 나는 으르렁거렸다. 나는 나초의 목을 잡고 그의 머리를 문에 밀어붙였다.

"싫어요." 그는 쇳소리를 내며 내 목을 꽉 쥐었다.

우리는 마주 보며 서로를 꽉 잡고 얕고 빠르게 호흡했다. 나초가 한 발 다가왔다. 나는 저항했지만, 나초는 꿋꿋이 나를 방 안으로 밀었다. 나는 뒤에 뭐가 있는지도 모르고 한 걸음씩 뒤로 물러섰다. 엉덩이에 뭔가 부드러운 게 닿았다. 나초는 내 목과 손을 놓고 어깨로 손을 옮겨 뒤로 밀었다. 나는 커다랗고 부드러운 침대 위로 넘어졌다. 나초는 내 등이 매트리스에 제대로 닿기도 전에 내 허벅지를 잡고 끌어당긴 뒤 셔츠를 찢듯이 벗고 무릎을 꿇었다. 나초는 내 젖은 성기에 입술을 눌렀다. 나는 그의 머리를 밀려고 애쓰며 비명을 질렀다. 나초는 내 두근거리는 민감해진 클리토리스를 탐욕스럽게 핥았다. 그러고는 팬티를 벗기는 대신 옆으로 당기며 더욱 깊숙이 안으로 들어왔다. 몸을 꼬며 그의 목을 할퀴었지만 나초는 더 열정적으로 움직일 뿐이었다.

"맛보고 싶어요." 그의 가느다란 손가락이 내 안으로 들어오자 나는 신음했다. "당신도 날 맛보게 해준다고 약속하죠."

그는 잠깐 뒤로 물러섰다가 곧바로 몸을 들이밀었다.

나초는 능숙하게 혀를 움직이며 가장 민감한 부분을 찾아냈고, 그 덕에 금방이라도 오르가슴을 느낄 것 같았다. 그러다 나초는 갑자기 멈추고 나를 돌려 눕힌 다음 내 팬티를 아래로 끌어내렸다. 놀라웠다. 나초가 그렇게 참을성이 없는 건 본 적이 없었다. 그는 내게 그렇게 강한 힘을 가한 적이 없었다. 이전에 해변에서의 일을 제외하면 말이다. 드레스는 바닥으로 떨어졌다. 이제 남은 건 신발뿐이었다. 나초는 내 등 위로 올라타며 내 손에 깍지를 끼고 내 팔을 위로 올렸다. 내 무릎은 바닥에 있었지만 가슴은 부드러운 매트리스에 닿아 있었다. 나초는 자기 다리로 내 다리를 벌리고 내 목덜미를 깨물었다.

"내가 누군지 알긴 해요, 라우라?"

나초는 낮고 차가운 목소리로 물었다.

"알아요." 나는 이불에 얼굴을 묻고 속삭였다.

"그럼 왜 자꾸 도발하는 거예요? 내가 당신을 강제로 범할 수 있다는 걸 증명이라도 하려고요?"

"나는⋯⋯."

내 목소리는 작았고, 나초가 헐떡이는 소리 덕에 그마저도 거의 묻혔다.

나초는 내 머리카락 한 줌을 쥐었다. 그 머리카락으로 손목을 감고 살짝 일어서 내 고개를 뒤로 젖혔다. 한 번에 내 안으로 들어왔고, 나는 비명을 질렀다. 나초답지 않았다. 적어도 그런 나초는 낯설었다. 너무, 내 남편 같았다. 마시모의 잔상이 눈앞을 스쳤다. 멈추게 하고 싶었지만, 목이 메었다. 나초는 거친 섹스를 하며 내 머리카락을 쥔 채 다른 손으로는 내 엉덩이를 때렸다. 멈추지 않았다. 고통과 쾌락이 같이 느껴졌고, 이게 무슨 감정인지 알 수 없었다. 나초는 내가 원하는 방식의 섹스를 하고 있었지만 마시모와의 일이 기억나 눈물이 차오르기도 했다.

나초는 뭔가 잘못된 걸 느끼고 갑자기 내 머리카락을 놓았다. 나를 살포시 매트리스 위로 돌려 눕혔다. 내 얼굴을 감싸고 키스했다. 부드러우면서도 열정적인 키스였다. 다시 페니스가 내 안으로 들어오는 게 느껴졌다. 하지만 이번에는 느렸고 다정했다.

"정말로 원하는 게 뭐예요?"

나초는 엉덩이를 천천히 그리고 꾸준히 흔들며 물었다.

"당신이 원하는 건 뭐든 될 수 있지만 나를 믿어줘야 해요. 그만하고 싶다면 말해줘요. 다치게 하고 싶지 않아요."

나초는 입술로 내 코, 내 볼, 내 눈을 쓸었다.

"당신을 아껴요. 고통을 원하면 느끼게 해주겠지만 그것도 당신을 사랑해서예요. 사랑해요……."

그는 내 입술에 키스했다. 다시 나초의 침에서 묻어 나오는 민트 맛을 느낄 수 있었다.

"이제 날 위해서 사정해 줘요."

침착한 에메랄드빛 눈이 불탔다. 내 안의 페니스가 커지는 걸 느낄 수 있었다.

나초는 다시 내 손에 깍지를 끼고 머리 위로 올렸다. 더욱 빠르고 강하게 움직이기 시작했다. 그는 내가 절정을 맛보기 직전이란 걸 알았다. 어떻게 아는지는 모르겠지만, 내가 오르가슴을 느끼려 하면 그것조차도 눈치챘다. 나초의 초록색 눈하며…… 문신, 상냥함, 그런 천성에도 불구하고 거친 짐승으로 바뀔 수 있는 면까지…… 전부 나를 흥분하게 했다. 나초는 고개를 숙이며 내 입술을 깨물었다. 나는 신음했다. 나초는 내 입술을 더 세게 깨물고는 목과 어깨도 깨물었다. 속도를 높이며 빠르게 피스톤 운동을 시작했고, 나는 그의 밑에서 몸을 꼬았다.

"어서요, 자기. 날 위해 사정해 줘요."

나초는 밝게 미소 지으며 나직이 말했다.

나는 통제력을 잃고 점점 올라갔다. 절정이 목도해 있었다.

"맙소사, 나초."

마침내 오르가슴이 오자 나는 숨을 내뱉었다. 온몸을 압도하는 오르가슴에 시간이 멈췄다.

나초는 손으로 내 얼굴을 잡고 진하고 열정적인 키스를 했다.

숨을 들이마시려 했지만 실패했다. 키스 때문에 숨을 쉴 수가 없었다. 끝났다. 파도는 지나갔다. 하지만 아니었다. 나초는 다시 속도를 늦추며 찔러댔고, 또 한 번의 오르가슴이 나를 덮쳤다. 허리가 휘고 근육이 긴장했다. 나는 그의 입속에 비명을 지르며 지금껏 겪었던 것 중 가장 큰 오르가슴을 느꼈다.

"이 정도면 충분하겠죠."

나초는 마침내 만족스러운 듯 입꼬리를 올리며 말했다. 그는 속도를 줄였고, 덕분에 우리 둘 다 진정할 수 있었다.

베개에 머리를 묻었다. 더 정교한 헤어스타일을 선택하지 않아서 다행이었다. 그랬다면 지금쯤 교통사고 당한 동물처럼 보였을 테니 말이다.

"아직 안 끝났어요." 나초는 내 코에 키스하며 말했다. "숨 좀 돌리라고 멈춘 거예요. 이리 와요."

나초는 내 머리 옆에 발을 둔 채 내 옆에 누워 손가락을 흔들었다.

"아까 시작한 거 끝내요."

69체위라고? 그걸 지금 하자는 건가? 제대로 생각도 못 하겠는데⋯⋯.

나는 충격받아 나초를 흘긋 보고 움직이지 않았다. 나초는 팔을 뻗어 내 엉덩이를 잡아 그의 얼굴 위에 앉혔다. 혀가 내 성기 사이로 들어와 지체 없이 클리토리스를 찾았다. 고개를 숙여 발기한 페니스를 삼키자 나초가 신음했다. 그의 혀와, 문신으로 뒤덮인 몸이 또 한번 내 안의 소용돌이를 휘저었다. 페니스를 더욱 강하게 쥐고 손과 입으로 흔들었다. 내 움직임은 빠르고 덜컥거리고 어지러웠지만, 나초는 몸을 굳히며 신음했다. 동시에 두 가지를 하는 나초에게 조용히 감탄했다. 페니스가 내 목구멍 깊숙이 들어가 있는데도 쾌락을 선사하는 걸 멈추지 않다니.

몇 분이 지나자 마침내 원하던 걸 얻었다. 나초의 뜨거운 정액이 목구멍으로 들어왔다. 달콤했고, 맛있었다. 나초는 큰 고함과 함께 사정했다. 그는 내 성기에서 입을 떼며 내 허벅지를 깨물었다. 나는 나초의 심장 소리를 들으며 한 방울도 남기지 않고 삼켰다. 아쉬운 점 단 하나는 나초가 사정할 때 그의 초록색 눈을 보지 못한 거였다. 나는 나초가 허벅지를 깨문 이를 놓을 때까지 그의 성기를 핥고 애무했다.

"만족해요?" 나초가 헐떡이며 물었다. "내 심장을 훔친 아가씨, 원하던 걸 얻었나요?"

"이제는요." 나는 나초의 문신을 쓰다듬으며 활짝 미소 지었다. "얼마나 기다렸다고요."

"난 더 오래 기다렸어요."

나초는 나를 감싸 안고 자기 가슴으로 끌어당기며 대답했다.

"정말 당신을 행복하게 해주고 싶지만 가끔은 내가 당신에게 상처를 주고 당신이 도망칠까 봐 걱정돼요. 날 떠날까 봐요."

나는 고개를 들어 혼란스러운 표정으로 나초를 바라봤다. 그 눈에는 걱정과 두려움이 서려 있었다. 나초는…… 슬퍼 보였다.

"마시모 얘기예요?" 나초는 시선을 떨어뜨리며 내 머리카락을 가지고 놀았다. "나초, 그와는 상황이 달라……."

"그와 무슨 일이 있었는지 말한 적이 없잖아요."

나초가 바라보기에 나는 깊은 한숨을 쉬었다.

"정말로 알고 싶지는 않다는 거 아니까요. 나도 별로 얘기하고 싶지 않기도 하고요."

일어나려 했지만 나초가 나를 꼭 잡았다.

"어디 가려고요?"

나초는 약간 지나치다 싶을 정도로 큰 목소리로 물었다.

"당신이 슬프거나 화났을 때는 놔주지 않을 거예요. 앞으로도 그럴 거니까 그만 저항해요. 말해줘요."

대답하지 않자 나초는 두 팔로 나를 감쌌다.

"라우라⋯⋯."

"생각하고 싶지도 않은 걸 얘기하라고 강요하네요. 그것도 섹스한 직후에⋯⋯."

나초는 내게 시선을 고정하고 굳은 채 기다렸다.

"놔줘요, 나초!"

나는 나초의 고집에 화가 나서 씩씩거렸다. 나는 팔을 흔들었지만, 나초는 굳건했다.

"제기랄, 마르셀로!" 나는 그를 밀어내며 소리 질렀다.

나초는 놀라며 나를 놔줬다. 나는 펄쩍 일어나 내 드레스를 잡았다. 나초는 자기 팔꿈치를 베고 옆으로 돌아누웠다. 그는 여전히 대답을 기다리며 나를 침울하게 바라봤다. 솔직히 그에게 왜 그렇게까지 화가 났는지 알 수 없었다. 나초는 그저 걱정한 건데. 하지만 그 얘기를 입에 올리고 싶지 않았다. 그 일에 대해서라면 생각조차 하고 싶지 않았다.

드레스를 입고 팬티를 끌어 올렸다.

"갈까요?" 나는 거울을 보고 머리를 정돈하며 물었다.

"아니요."

나초는 침대에서 일어나며 사무적인 말투로 대답했다. 그러고는 내 옆을 지나가며 바닥에 있는 바지를 집어 들었다.

"지금 얘기해요." 나초는 몸을 돌려 내게 차가운 시선을 고정했다. "당장요!"

그가 고함을 쳤다. 나초가 무자비한 킬러라는 사실을 잊고 있었다.

"강제로 말하게 할 수는 없어요. 거기다 나 취했단 말이에요. 취한 상태에서 얘기하고 싶지 않아요."

"이제는 안 취했잖아요." 나초는 바지 지퍼를 올리며 말했다. "술 깼잖아요. 말해줘요."

나는 그 자리에 얼어붙었다. 나초가 무슨 말을 하는 건지 믿을 수가 없었다. 유순하고 다정한 내 연인은 이제 가차 없이 권력을 행사하는 마피아 보스로 변해 있었다. 나는 내 선택지를 고민하며 눈을 가늘게 떴다. 나초에게는 진실을 알 권리가 있었다. 그는 나를 걱정하는 동시에 원치 않는 일을 내게 강요하고 있었다.

"마르셀로……."

"그렇게 부르지 마요." 나초가 으르렁거렸다.

"화났을 때만 그렇게 부르는 거 알아요. 지금 나한테 화낼 이유는 전혀 없잖아요."

이를 악물며 한숨을 쉬고 문을 향해 걸어갔다. 문은 잠겨 있었다. 나는 몸을 돌리며 얼굴을 찌푸리고 팔짱을 꼈다. 발을 구르자 구두 굽이 바닥을 때리는 소리가 침실 전체에 울려 퍼졌다. 이렇게까지 했는데도 나초는 나를 보지 않았다. 몇 걸음 다가가 나초를 들여다봤다. 나초는 침착하고 진지한 표정으로 내게 주의를 기울이며 기다리고 있었다.

"말해봐요." 나초는 눈썹을 올렸다.

"마시모한테 강간당했어요!" 나는 쏘아붙였다. "말했어요! 이제 만족해요?"

내 목소리가 침실 전체에 울려 퍼졌다.

"그놈이 내 온갖 구멍을 쑤셨어요! 그렇게 벌을 줬죠. 그 말이 듣고 싶었어요?"

원치 않는 눈물이 볼을 타고 쏟아졌다.

나초는 다가오며 나를 안아주려 팔을 벌렸지만 손을 들어 그를 멈춰 세웠다. 몸이 미친 듯이 떨렸다. 지금은 그 누구의 손길도 원하지 않았다.

나초는 한 걸음 물러서며 주먹을 쥐었다. 아무 말도 하지 않았다. 나는 눈물 때문에 숨도 못 쉬며 흐느꼈다. 나초는 갑작스러운 분노에 숨을 못 쉬고 있었다. 그의 가슴은 빠른 속도로 오르내렸다. 마치 막 마라톤을 뛰고 온 사람 같았다. 우리는 그렇게 각자의 감정에 빠진 채 서 있었다. 고작 5분 전까지만 해도 인생 최고의 섹스를 마친 뒤 서로에게 활짝 미소 짓고 있었는데, 어떻게 이럴 수 있단 말인가?

"이리 와요." 나초는 내 손목을 잡고 문으로 끌어당겼다. "방마다 잠금 장치가 있어요. 스위치를 누르면 나갈 수 있어요."

나초는 문틀 위의 작은 버튼을 가리켰다.

우리는 방에서 나갔고, 나초는 나를 끌고 복도를 따라갔다. 나초가 워낙 빨라 따라잡기가 힘들었다. 나는 날 잡고 있던 나초의 손을 풀고 구두를 벗으려고 몸을 굽혔다. 나초는 내 옆에 쪼그리고 앉아 내 신발을 손에 들었다.

우리는 사람들을 지나쳤다. 그들은 우리를 멈춰 세우고 말을 걸려 했지만 나초는 그들을 죄다 무시하고 앞으로 나아갔다. 층을 두 개 내려가자, 폐소공포증이 밀려오기 시작했다. 저택 밑의 좁은 복도를 보니 어지럽고 숨이 막혀서 벽에 기댄 채 멈춰서 시선을 떨궜다. 바닥을 보면 진정이 되곤 했다. 나초는 나를 흘긋 보더니 내가 또다시 분노를 터뜨리고 있는 게 아니라는 사실을 확인하고 나를 들어 올려 어깨에 들쳐 멨다. 문 하나를 지나자 나초가 나를 내려놨다. 고개를 들었다가 얼어붙었다. 사격장이었다.

나초는 사격 부스 하나로 걸어가더니 헤드폰을 건넸다. 그런 뒤 벽에 있는 커다란 캐비닛에 손을 뻗었다. 말문이 막혔다. 3미터에 달하는 강화 콘크리트 캐비닛은 총으로 가득 차 있었다. 한번에 그렇게 많은 총을 보는 건 처음이었다. 기관총과 권총은 물론이고 자그마한 대포처럼 생긴 것까지 있었다.

"나도 하나 줘요." 나는 팔을 뻗으며 말했다.

나초는 고민하며 나를 잠깐 바라봤다. 마침내 그는 선반에서 권총을 꺼냈다.

"22구경 헤메를리 X-ESSE예요. 괜찮은 무기죠. 예쁘기도 하고요. 맘에 들 거예요."

나초는 라즈베리색 손잡이가 있는 총을 건넸다.

"반자동식이고 뒤에 있는 가늠자로 조준을 조절할 수 있죠."

나초가 총을 재장전했다.

"총 열 발을 쏠 수 있어요. 장전해 놨어요. 여기요."

나초가 총을 건넸다. 나는 총을 잡고 엄지로 안전장치를 푼 다음 곧장 사격 부스로 걸어갔다.

나는 뒤에 있는 나초를 흘긋거리며 자세를 잡고 헤드폰을 벗었다. 전문가처럼 보이고 싶었다. 자기가 좋아하는 것을 내가 함께하자 나초는 얼굴이 밝아졌다. 그는 캐비닛에서 또 다른 총을 꺼내 자세를 잡았다.

"준비되면 시작해요."

나초는 적당한 거리에 표적을 준비하며 말했다.

두 번 심호흡한 뒤 아까 나초에게 말한 일을 떠올렸다. 포르투갈 라고스에서의 밤을. 나초에게 처음으로 키스했던 그 호텔로 다시 들어갔다. 술에 취한 마시모가 보였다. 그가 나를 마주 봤다. 가슴이 저릿했다. 눈물이 차올랐다. 그러다 분노가 나를 압도했다. 또 한 번 깊은숨을 들이마시며 눈앞의 표적을 향해 모든 총알을 비워냈다. 마치 판지로 된 목표물을 학살하면 내 마음속 고통을 지워낼 수 있을 것처럼.

"총알 더 줘요." 고개를 끄덕이며 쏘아붙였다. "더 쏠래요."

나초는 놀란 듯했지만 내 앞에 상자를 놔줬다.

손을 떨며 총알을 장전한 뒤 표적을 향해 열 번을 더 쐈다. 그러고는 또 한 번 모든 단계를 반복했다.

"그 정도면 됐어요, 자기."

나초가 속삭였다. 그의 손길에 현실로 되돌아왔다. 그의 손은 능숙하게 권총을 빼앗아갔다.

"나보다도 더 이게 필요했나 보군요. 이제 이리 와요. 재워줄게요."

나는 고개를 떨구고 나초가 침실로 들고 가도록 내버려 뒀다.

침대에 웅크린 채 나초가 샤워를 끝낼 때까지 기다렸다. 그에게 한마디도 하지 않은 지 한 시간이 지났다. 그는 나를 씻기고 옷을 갈아입힌 뒤 침대에 눕혔다. 그동안 나는 멍하니 앞만 봤다. 처음 나초가 나를 죽을 위기에서 살려주고 해변의 별장으로 데려갔을 때처럼.

"라우라."

나초는 침대에 앉으며 말문을 열었다.

"당신에겐 힘든 일이라는 거 알지만 완전히 끝내고 싶어요. 마시모를 죽이고 싶어요. 당신이 허락만 한다면요."

나초는 진지한 목소리로 덧붙였다.

"그동안은 돈 때문에만 사람을 죽였어요. 절대 사적인 건 아니었죠. 하지만 이번에는 사적인 이유예요. 그놈 목숨을 끊어버리고 싶어요."

그는 내 머리 양옆을 잡고 내게 몸을 기울였다.

"허락만 해줘요. 그럼 당신에게 상처를 준 사람은 영원히 사라질 거예요."

"안 돼요." 나는 속삭이며 돌아누웠다. "누군가 마시모를 죽여야 한다면 내가 해요."

나는 베개에 얼굴을 묻고 눈을 질끈 감았다.

"기회도 몇 번 있었고 이유도 충분하지만 마시모처럼 되고 싶지 않아요. 그를 떠올리게 하는 남자와 살고 싶지도 않고요."

나는 나직이 말했다.

침묵이 이어졌다. 나초는 일어나서 문을 닫으며 나갔다. 나는 잠이 들었다.

CHAPTER_15

두통에 잠에서 깼다. 숙취 때문이 아니라 전날 밤 겪은 감정의 소용돌이 때문이었다. 주변을 돌아보니 혼자 잔 것 같았다.

"또 시작이네."

침대 옆 탁자에서 생수를 집어 들며 중얼거렸다.

햇볕이 들어오자 마침내 침실 전체를 제대로 볼 수 있었다. 방은 모던한 스타일로 꾸며져 있었다. 직사각형의 가구와 거울, 수십 개의 사진이 가득했다. 유리와 나무, 금속, 가죽, 돌이 섞여 있었다. 통유리로 만들어진 거대한 창으로 바다와 아름다운 절벽이 보였다. 마치 풍경이 TV 화면이라도 되는 것처럼 회색의 커다란 소파 두 개가 창문을 바라보고 있었다.

침대에서 일어나 창문 가까이 걸어가 숨이 멎도록 아름다운 전망을 감상했다. 정말 숨이 멎을 것 같다. 정원에 서 있는 나초의 팔에는 아기가 안겨 있었다. 그는 아이를 얼러주고 있었다. 헐렁한 청바지 외에는 아무것도 입지 않은 나초는 선 베드에 누워 파블로가 자기 몸 위에 올라타 귀와 코를 만지고 입에 손가락을 넣도록 내버려 뒀다.

"맙소사."

창틀에 기대며 읊조렸다.

실로 아름다웠다. 완벽한 남자였다. 아이와 함께 있는 나초의 모습은 마음을 녹였고, 더욱 나초와 함께하고 싶어졌다. 차가운 유리에 이마를 대며 어젯밤을 생각했다. 내가 멍청했다…… 술에 취하면 항상 그랬다. 취기가 가시자 모든 상황이 달라 보였다. 부끄러웠다. 나초는 내가 안전하길 바랄 뿐인데, 왜 나는 항상 시비를 걸까? 왜 그가 가장 혐오하는 사람에 그를 빗대야만 했을까?

재빨리 샤워를 마친 뒤 나초의 티셔츠를 입고 아래층으로 달려갔다. 정원으로 향하는 문을 통과해 복도 테이블에서 찾은 선글라스를 썼다. 나초는 문을 등지고 앉아 있어서 나를 보지 못했다. 하지만 내가 나가자마자 고개를 돌려 나를 똑바로 봤다. 나는 고개를 푹 숙이고 천천히 그를 향해 걸어갔다.

"당신 기분 알아요." 나초는 선 베드에서 일어나 내 이마에 키스했다. "파블로예요. 내 세상을 뒤집어 놓은 아이죠."

금발의 작은 남자아이가 내게 손을 내밀었다. 나는 본능적으로 파블로를 안아 들었다. 파블로는 마르지 않은 내 머리카락을 잡으며 내게 몸을 파묻었다.

"세상에."

내가 파블로에게 키스하자 나초가 불쑥 내뱉었다.

"당신과 아이를 갖고 싶어요."

나초의 미소는 태양보다 눈부셨다.

"그만해요."

나는 나초에게서 등을 돌리고 음식이 놓인 테이블로 향했다.

"그전에 이혼부터 해결하고, 올가도 설득하고, 내 남자가 남편을 죽이는 것도 말려야 하니까요."

나는 파블로를 아기 의자에 앉히고 손가락을 들어 보이며 말을 이었다.

"그리고 확실히 말해두는데……."

"당신 '내 남자'라고 했어요." 나초는 나를 감싸 안으며 말을 잘랐다. "그럼 우리 공식적으로 커플이라는 뜻인가요?"

나초는 내 눈을 보기 위해 선글라스를 벗겼다.

"당신은 공식적으로 유부녀의 애인이에요."

나는 코웃음을 치며 대답했다.

"그는 절대 당신 남편이 아니었어요. 난 제대로 된 남편이 돼줄 거예요."

나초는 미소 지으며 반박하곤 다시 선글라스를 씌워줬다.

"그리고…… 미안해요." 나초는 내 눈썹에 키스하고 무거운 한숨을 쉬며 덧붙였다. "어제는 그렇게 강요하는 게 아니었어요."

"다시는 그러지 말아요."

나는 진지하게 말하며 그에게서 멀어졌다. 그러고는 다시 한 번 손가락을 들어 보였다.

"마르셀로 나초 마토스. 나와 떨어져서 자는 건 어제가 마지막이에요. 또 그러면 청혼하기도 전에 이혼해 버릴 거예요."

나는 입꼬리를 올렸다. 나초는 긴장한 표정을 지었다.

"그럼 승낙하는 거예요?"

"대체 이번엔 뭘 말하는 거예요?" 나는 어리둥절해졌다.

"당연히 내 프러포즈죠!"

"그만해요, 나초. 일단 이혼부터 하게 해달라고요. 그리고 당신도 더 잘 알아가야죠. 다음에 다시 물어봐요."

나초의 얼굴이 슬퍼졌다.

"지금은 배가 너무 고파요. 아멜리아는 어디 있어요?"

"나랑 함께하고 싶지 않은 거예요?" 나초가 물었다.

"잘 들어요. 문신 덩어리씨. 당신을 알아가고, 당신과 사랑에 빠지는 게 먼저예요. 그다음엔 어떻게 되는지 두고 보자고요. 괜찮죠?"

슬슬 짜증이 나고 있었다. 아주 살짝이지만 말이다.

"이미 날 사랑하는 거 알고 있어요."

나초의 얼굴에 다시 그 특유의 미소가 피어올라 있었다.

"그건 그렇고 내 티셔츠 입으니까 무지 섹시하네요. 이제 내 옷만 입어요."

나초는 내 정수리에 키스하고 손을 티셔츠 소매로 미끄러뜨리며 내 가슴을 쥐었다.

"지금 내 아들 앞에서 여자 가슴을 만지는 거야?"

아멜리아의 목소리가 채찍처럼 공기를 갈랐다. 나초는 손을 떼어 내가 앉은 의자의 머리 받침에 올렸다.

"불쌍한 파블로." 아멜리아는 킥킥대며 말했다.

"파블로네 엄마도 불쌍하지. 그 여자 가슴은 아무도 안 만져주니까."

아멜리아는 유혹하는 듯한 시선으로 나초를 흘긋 바라봤고, 나초는 아멜리아에게 손가락을 흔들어 보였다.

"도발하지 마!" 놀랍게도 나초는 진지했다.

"파블로랑 놀아주든가 해. 그리고 당분간 남자는 쳐다보지도 마. 그랬다간 죽여버릴 테니까."

아멜리아는 눈알을 굴리고 파블로에게 먹일 젖병을 집었다.

"오빤 파리 한 마리도 못 죽일걸."

아멜리아는 혀를 내밀고는 파블로를 안아 들었다.

"그놈의 웃기는 마피아 일이 오빠를 아주 망쳐놨다니까."

아멜리아는 코웃음을 쳤다. 나초는 아멜리아에게 뭔가 말하려다가 깊은숨을 들이쉬었다. 나는 그의 허벅지를 잡으며 말렸다. 나초는 화난 눈빛으로 아멜리아를 바라보며 스크램블드에그를 먹었다.

"동생을 너무 통제하네요."

나는 우유를 탄 차를 마시며 폴란드어로 말했다.

"그런 거 아니에요. 또 다른 멍청이와 사랑에 빠질까 봐 그러는 거죠."

나초는 포크를 내려놓으며 대답했다.

"지금 아멜리아는 아이에게 집중할 때예요. 자기 자신한테도요. 그리고 저택을 개조하는 데도요. 스릴을 찾을 때가 아니라요. 아멜리아는 너무 많은 걸 겪었고 회복하는 데 꽤 시간이 걸렸다고요."

"그렇게 위세 떨 때마다 참 섹시하다니까요."

나는 입술을 깨물며 나초를 향해 몸을 기울였다.

"지금 당장 당신을 빨아주고 싶어요. 테이블 밑으로 들어가서 맛볼래요."

그의 허벅지를 꽉 쥐자 나초의 페니스가 발기하며 바지가 솟았다.

"음탕하네요, 라우라."

나초는 입꼬리가 올라가는 걸 숨기며 내 말을 잘랐다.

"오늘 일정이 빡빡하니 그런 생각은 그만하고 아침 먹어요."

"당신 바지도 빡빡한 것 같은데요."

나는 미소 지으며 발기한 페니스 끝을 쥐었다.

"또 그러고 있어요? 나 못 알아들으라고 폴란드어로 얘기하는 거죠?"

아멜리아가 눈알을 굴렸다.

"하여튼 변태들. 나도 숙취 때문에 욕구불만이 터지기 직전인데……."

"그만!"

나초가 주먹으로 테이블을 쳤다. 나는 놀라서 떨어졌다.

"어제 그 개자식이 온종일 너한테 들이대는 거 봤어. 그놈 아빠가 사업 파트너만 아니었어도 산 채로 거죽을 벗겼을 거야."

"오늘 유독 짜증이 나셨나 봐?"

아멜리아는 동요하지 않고 계속 파블로에게 음식을 먹였다.

"2년 전에 그 사람이랑 한 번인가 두 번 키스한 걸 가지고 아직도 열을 내고 그래. 이리 와, 파블로. 교양 있는 대화를 이어가기엔 네 삼촌이 너무 화가 나 있구나."

아멜리아는 테이블을 지나 나초가 파블로의 이마에 키스할 수 있도록 몸을 기울인 뒤 나초에게 윙크하고 자리를 떴다.

"당신 그러는 거 별로예요." 나는 나초를 돌아보며 말했다.

"싱거운 소리 하지 마요."

나초는 테이블에 시선을 고정한 채 빵을 향해 손을 뻗었다.

"좋아하면서. 이제 아멜리아가 갔으니 테이블 밑으로 내려와도 돼요."

나초는 활짝 미소 지었다. 나는 그 말을 듣자마자 의자를 뺐다. 그러자 나초의 미소가 사라졌다.

"내가 밥 먹는 동안 하겠다고요?"

나초는 바지 지퍼를 푸는 내게 놀라서 물었다.

"왜 안 돼요? 빨리 할게요."

나는 나초의 페니스를 입안에 넣으며 대답했다.

하지만 직원 한 명이 우리를 두 번이나 방해할 뻔했다. 다행히 나초는 필요하다면 동시에 두 가지 이상의 일에 집중할 수 있는 사람이었다. 나초는 직원이 문을 통과하기도 전에 그를 쫓아냈다. 나초는 뻣뻣하게 스크램블드에그가 담긴 접시를 비웠다. 그래서 나는 나초에게 주스라도 마시라고 말했다. 나초는 두 번 사레가 들렸지만 결국 황홀감을 맛봤다. 나는 일을 끝마친 뒤 아침을 마저 먹으려고 내 의자에 앉았다.

"당신 때문에 못 살아요."

나초는 눈을 감고 고개를 젖히며 한숨을 쉬었다.

"오늘 뭐 할 거예요?" 나는 아무 일도 없었던 것처럼 물었다.

"섹스요." 나초는 망설이지도 않고 대답했다.

"뭐라고요?"

"테이데로 갈 거예요." 나초는 웃으며 선글라스를 꼈다.

"그 후에 섹스할 거예요. 이제 나는 할 일이 있어서 가봐야 해요. 올가한테 전화해서 도메니코랑 얘기 끝났는지 물어봐요."

나초는 테이블 가장자리를 짚고 의자를 밀어 일어났다. 그때 우리를 방해했던 직원이 다시 문가에 나타났다. 나초가 가까이 다가갔고, 직원은 이번에는 군말을 듣지 않았다. 손에는 커다란 꾸러미가 들려 있었다. 나초가 직원을 쳐다보자, 직원은 스페인어로 몇 마디하며 그에게 건넸다. 나초는 꾸러미와 나를 번갈아 쳐다봤다.

"당신한테 온 거예요."

나초가 엄숙하게 말했다. 초조해 보였다.

"어디에서 온 건진 모르겠지만 누가 보낸 건진 알아요. 내가 풀어보게 해줘요."

나초는 내 눈을 들여다보며 가만히 서 있었다. 내 결정을 기다리는 거였다. 나는 고개를 저었다.

"그가 날 죽이고 싶어 하는 건 아닐 거예요, 나초."

꾸러미에 손을 뻗어 테이블에 내려놓고 포장지를 찢었다.

"사이코패스는 아니니까요."

나는 포장지를 버리며 덧붙였다. 지방시 상자가 있었다.

"신발인데요?" 나는 놀라서 말을 더듬으며 덮개를 열었다.

상자 안의 내용물을 보자 속이 뒤틀렸다. 테이블에서 확 멀어져 무릎을 꿇고 주저앉아 잔디에 토했다. 숨이 쉬어지지 않았고, 몸이 경련했다. 어지러웠다. 아침 식사가 속에서 올라오며 머릿속이 소용돌이쳤다. 나초는 옆에서 무릎을 꿇고 앉아 내 머리카락을 잡아줬다. 더 이상 구토가 나오지 않자, 나초는 냅킨과 물한 잔을 건넸다.

"사이코패스가 아니라고요?"

나초는 나를 일으켜 세운 뒤 내가 빼낸 의자에 앉혔다. 그러고는 내가 더는 상자를 보지 못하도록 의자의 방향을 돌렸다.

"내가 열게 해달라고 했잖아요. 제기랄!"

나초는 주먹으로 테이블을 치며 으르렁거렸다.

나는 입을 벌린 채 몸을 떨었다. 대체 상자 안에서 뭘 본 건지받아들일 수가 없었다. 내 강아지. 내 작고 사랑스러운 하얀색털 뭉치. 어떻게 사람이 그렇게까지 잔인할 수가 있지? 자기방어도 못 하는 동물을 그렇게 다루는 사람이 이 세상에 어디 있단말이야? 눈물이 고였다.

나초가 포장지를 마저 찢는 소리가 들렸다. 뭘 보게 될지 확신하지 못한 채 흘깃 봤다. 나초의 손에 편지가 들려 있었다.

"망할."

나초는 꽉 깨문 이 사이로 씩씩거리며 편지를 구겼다. 나는 편지를 향해 손을 내밀었다. 나초는 한동안 나를 보기만 하다가 마침내 내 손에 편지를 쥐여 주었다.

"'네가 한 일을 똑같이 갚아준 거야…….'"

나는 편지를 소리 내 읽었다. 그 짧은 문장과 상자 안에 담긴 학살당한 시체 때문에 또다시 구토하고 말았다.

"라우라." 나초의 강한 손이 나를 바닥에서 들어올렸다. "침실에 데려다주고 의사를 불러줄게요."

나초는 나를 안고 집 안으로 들어가 침대에 눕힌 뒤 리모컨을 눌러 블라인드를 쳤다. 나는 저항하지 않았다. 방이 어두워지며 침대 옆의 작은 등이 켜졌다.

"의사는 필요 없어요." 흐느끼며 옆으로 돌아누워 볼의 눈물을 닦아내려 했다. "괜찮아요. 아마도요……."

베개에 얼굴을 묻고 나초를 바라봤다. 그는 내 옆에 앉아 내 머리를 부드럽게 쓰다듬었다.

"대체 그건 뭐죠?" 갑자기 화가 나서 물었다. "찢어발긴 강아지 대신 적의 말을 참수시켜 머리를 보내는 게 맞는 거 아녜요?"

나초는 큭 웃으며 고개를 저었다. 그의 입술에 씁쓸한 웃음이 피어올랐다.

"내 세상에는 바다와 평화, 서프보드뿐이에요."

나초는 한숨을 쉬었다.

"그 외엔 아무것도 없어요. 어제 했던 말을 반복할게요. 내가 그를 죽일 수 있어요."

"안 돼요!"

내가 목소리를 높이자 나초는 곧바로 고개를 숙였다.

"강아지는 위험한 존재도 아니고 잘못도 없는데, 마시모가 그렇게까지 잔인할 수 있다니 믿을 수가 없어요."

"당신이 누굴 상대하는지 아는 줄 알았어요. 특히나 마시모가 당신을 강간한 뒤에는요."

나초는 말을 뱉고 후회했다. 후회하는 게 분명했다.

"망할…… 정말 미안해요."

나는 충격받아 아무 말 없이 가만히 있다가 침대에서 벌떡 일어나 쿵쾅거리며 옷장으로 걸어갔다. 나초가 나를 따라왔다.

"자기……."

나초가 말문을 열었지만 손을 들어 그의 입을 다물게 했다.

"라우라……." 그는 반바지와 티셔츠를 입는 나를 보며 말을 더듬었다. "잠깐 기다려요, 자기!"

나초가 내 어깨를 잡았지만 어깨를 흔들어 벗어났다.

"나한테서. 당장. 꺼져요." 나는 으르렁거렸다. "만지기만 해봐요. 아주 돌아버릴 테니까."

나는 쏘아붙였다.

"내가 그 얘길 당신한테 대체 왜 했을까!"

스스로를 제어할 수 없었다. 나초가 그런 말을 꺼내다니 믿을 수 없었다.

"앞으로 계속 그 얘길 하겠네요. 아주 고마워 죽겠어요."

운동화를 신고 가방을 집었다.

"차 열쇠 줘요." 나는 소리를 질렀다.

"여기 지리를 모르잖아요. 운전하면 안 돼요."

"망할 차 열쇠 당장 내놓으라고요!"

나는 쇳소리를 냈다. 나초는 깊은숨을 들이마시며 이를 꽉 깨물고 문으로 향했고, 나는 선글라스를 끼고 따라갔다.

잠시 후 우리는 온갖 차들이 즐비한 차고에 있었다. 나초는 캐비닛의 비밀번호를 누르고 나를 흘긋 봤다.

"큰 차요, 작은 차요?" 그가 물었다.

"뭐든요."

나는 인내심이 바닥나 발을 구르며 으르렁거렸다.

"알았어요, 이리 와요. 나중에 집을 찾아올 수 있게 내비게이션을 설정해 줄게요."

나초는 열쇠 꾸러미를 들고서 차고 더 깊은 곳으로 들어가 마침내 커다란 검은색 캐딜락 에스컬레이드의 문을 열었다.

"'집1'은 아파트고, '집2'는 저택이에요. 또 필요한 거 있어요?"

나초는 무표정했다. 내 분노는 천천히 절망으로 바뀌었다.

대체 내가 무슨 생각을 한 거지? 아마 나초가 나를 통제하고 멈출 거라고, 강제로 나를 이곳에 묶어둘 거라고 생각했을 것이다. 아니면 지난 30분 동안 일어난 일을 잊을 수 있게 머리가 멍해질 정도로 섹스를 해줄 거라던가. 하지만 나도 내가 뭘 원하는지 모르는데 나초라고 어떻게 알겠는가?

"도움이 필요하면 아이반한테 전화해요."

나초는 나를 차에 두고 나갔다.

"망할."

SUV에 앉으며 중얼거렸다. 커다란 엔진에 시동을 걸고 차고를 나오면서 다른 차들을 거의 들이받을 뻔했다. 곧 차도를 통과했다.

따라오는 사람도 보호하는 사람도 지켜보는 사람도 없으니 기분이 이상했다. 누군가에게 위협당하는 기분은 들지 않았지만, 아침 식사를 마친 뒤 본 장면을 아직도 잊을 수 없었다. 테이데로 가는 표지판을 따라 운전했다. 혼자 있고 싶었고, 그러기엔 화산이 최고의 장소일 것 같았다.

한 시간이 조금 넘게 걸렸다. 마침내 구름을 뚫고 눈 덮인 정상이 보이는 주차장을 찾을 수 있었다. 공기는 차갑고 깨끗했다. 풍경은 숨이 멎을 정도로 아름다웠다. 눈이 쌓인, 텅 비고 돌로 가득한 황무지와 섬 중앙의 거대한 분화구가 있었다.

운전석에 기대 올가에게 전화를 걸었다.

"마시모가 무슨 엿 같은 짓을 했는지 알아?"

나는 올가가 전화를 받자마자 소리를 질렀다.

"지금 스피커폰이야. 도메니코랑 같이 있거든."

"잘됐네! 네 사이코 형한테 적당히 하라고 좀 해줄래?"

침묵이 흘렀다. 눈을 감았다. 다시 눈물이 차오르고 있었다.

"상자에 토막난 강아지를 담아서 보냈어."

"미쳤군."

도메니코는 중얼거렸고, 올가는 비명을 질렀다.

"나도 형을 통제 못 해, 라우라. 어디 있는지도 모르는걸. 여길 뜨더니 사라졌어."

"당장 올가를 보고 싶어, 도메니코."

나는 한숨을 쉬었다. 다시 침묵이 흘렀다.

"오늘 일을…… 젠장, 지난 이틀 동안 일어난 모든 일 때문에 …… 올가가 필요해. 안 그럼 미쳐버릴 거야."

나는 미친 듯이 흐느끼기 시작했다.

"네가 지금 무슨 부탁을 하는 건지 알아?"

도메니코가 부드럽게 물었다. 그의 표정이 눈앞에 보이는 듯했다.

"내가 올가가 가도록 허락한 걸 마시모가 알면 난리 칠 거야."

"무슨 상관이야?"

올가가 갑자기 쏘아붙였다.

"내 친구가 부탁하잖아! 갈 거야. 네 의견을 물어봐 준 것만으로도 감사하도록 해. 네 형은 눈곱만큼도 신경 안 쓰니 그런 줄 알아!"

올가가 도메니코에게 팔을 휘두르는 모습이 눈에 선했다.

"내 의견을 듣기나 할 거야?" 도메니코는 깊은 한숨을 쉬었다. "내일 올가를 비행기에 태워 보낼게. 그러니 네……."

도메니코는 말을 멈추고 목을 가다듬었다.

"마르셀로한테 비행기가 테네리페에 착륙할 거라고 말해둬. 올가한테는 이미 약혼자가 있고 또 다른 '모험'이 필요하진 않다는 거 명심하고."

도메니코의 목소리는 올가의 웃음소리에 묻혔다. 올가가 도메니코에게 키스하는 소리가 들렸다.

"나는 이만 미래의 남편과 섹스해야 하니 끊을게. 이 사람 머릿속에서 쓸데없는 걱정을 없애줘야지."

화가 녹아내렸다. 그 자리를 슬픔이 대신했다. 나초와 진짜로 다툰 건 처음이었다. 사실에만 집중하자면 내가 성질을 부린 거다. 온전히 내 탓이다. 나초의 전화번호를 누르고 휴대폰을 귀에 댔다. 그는 전화를 받지 않았다. 그렇게 나한테 화가 난 걸까? 나는 시동을 걸고 '집2'를 누른 다음 속도를 냈다.

저택 옆에 주차한 뒤 안으로 들어가 나초를 찾았다. 저택은 거대했고 미로 같았기에 금방 길을 잃었다. 아멜리아에게 전화해서, 짧은 대화였지만 저택의 지형에 관한 가치 있는 정보를 얻을 수 있었다. 5분 뒤, 나는 구출됐다.

"나초는 어딨죠?"

나는 복도를 따라 길을 안내하는 아멜리아에게 물었다.

"두 사람 싸웠군요." 아멜리아는 눈알을 굴리며 한숨 쉬었다.

"오빠는 욕하면서 집 안을 쿵쾅거리고, 당신은 보이지 않기에 짐작했죠. 아마 해변 별장에 있을 거예요."

좋았던 추억이 한차례 머릿속을 스쳤다. 해변에서 나초와 함께 보냈던 시간은 다시 테네리페로 오기로 마음먹은 주요한 이유 중 하나였다.

"내비게이션에 찍어줄 수 있어요?" 입술을 깨물며 물었다.

"물론이죠."

10분 뒤 나는 다시 마토스 저택을 벗어나 운전하기 시작했다. 이번에는 경사로를 내려갔다. 내비게이션에 따르면 한 시간이 더 걸릴 예정이었다. 나초를 만나면 어떻게 말하고 행동할지 생각하고 계획하기엔 충분한 시간이었다. 안타깝게도 아무 생각도 떠오르지 않았다. 사과해야 하나? 뭐 때문에? 솔직히 나초는 계속 화낼 이유가 많았다. 하지만 나는 도망침으로써 그와 마주할 기회를 잃었다. 언제나 그랬듯이. 아무래도 도망치는 게 내 대처 방식인 모양이다. 거대한 트럭을 몰며 다시는 도망치지 않겠다고 다짐했다. 단순히 나초뿐 아니라 뭐가 됐든 말이다. 도망치는 건 충분히 했다. 내 안의 악마를 마주할 때가 됐다.

한참 시간이 지난 뒤 마침내 모래사장에 도착하자 심장이 뛰기 시작했다. 마지막으로 이곳에 왔을 때 나는 두려워하고 있었다. 하지만 그러다 이런 작은 낙원을 떠날 생각을 하니 고통스러웠다. 바로 이곳에서 감히 날 납치한 사람이 내게 키스했고, 바로 이곳에서 그와 사랑에 빠졌다. 모든 게 기억하는 그대로였다. 나무집, 현관의 그릴, 끝없이 이어지는 바다까지. 야자수 옆에 세워져 있는 나초의 자전거가 눈에 띄었다. 그가 근처에 있다는 뜻이었다. 문으로 가 손잡이를 잡고 몇 번 심호흡했다. 그냥 들어가야 했다. 사과받기를 기대하거나 사과할 생각 없이. 일단 들어가서 어떻게 되는지 지켜보는 거다. 숨을 뱉고 문을 통과했다.

나초는 거기 없었다. 테이블 위에 나초의 휴대폰과 반쯤 빈 맥주병이 있었다. 병의 내용물을 홀짝였다가 헛구역질했다. 맥주는 따뜻했다. 거기 꽤 오래 있었던 게 분명했다. 한숨을 쉬고 밖으로 나가 계단에 앉았다. 나초가 언제쯤 돌아올지 궁금해졌다. 그러다 분명해진 사실이 있었다. 우리 둘 다 외진 곳에 있게 됐다는 것이다. 나는 나초와 화해할 계획을 세웠다. 놀라게 해주는 게 좋겠지.

다시 안으로 들어가 샤워를 했다. 그런 뒤 담요 하나로 몸을 감싸고 현관에 앉아 난간에 머리를 기대고 바다를 바라봤다. 파도가 높은 날이었다. 나초는 괜찮은 걸까? 능숙한 서퍼이니 나에 대한 앙심 때문에 물에 빠지진 않을 터였다. 고개를 젓고 기다렸다. 몇 분이 지났다. 그러다 몇 시간이 지나 잠들었다.

젖은 손이 나를 감싼 담요를 벗기는 게 느껴졌다. 제대로 잠에서 깨지 못한 나는 일어나려 했다. 젖은 손이 나를 제지하며 바닥에 눕혔다. 해는 이미 져 있었다. 익숙한 민트 향 껌 냄새가 코끝을 간지럽히자 안도의 한숨이 나왔다.

"당신을 기다렸어요."

나직이 말했다. 나초의 혀가 내 목을 쓸었다.

"당신의 그런 모습이 좋아요."

나초는 천천히 내 입안으로 혀를 밀어 넣었다.

나는 신음하며 나초의 엉덩이에 손을 올렸고, 그가 아무것도 입지 않은 걸 눈치챘다. 담요 위에 몸을 벌리고 누운 채 그를 가까이 끌어당겼다. 나초는 젖어 있었고 소금기가 묻어 있었다. 근육은 팽팽했다. 서핑을 몇 시간은 한 모양이었다.

"정말 미안해요, 자기." 나초는 내게서 떨어지며 속삭였다. "가끔 내가 멍청하게 굴 때가 있어요. 하지만 배울게요."

"나도 다시는 안 도망칠게요."

나는 완전히 눈을 뜨고 내 위의 어두운 실루엣을 응시했다.

"가끔은 그냥 생각을 정리해야 할 때가 있는데, 혼자 있을 때 그게 가장 잘되거든요."

나는 어깨를 으쓱였다.

"그거 놀랍네요." 나초가 미소 지었다. "생각보다 우리한테 공통점이 많나 봐요."

그는 다시 내게 키스했다.

"여기서 섹스하면 당신 등이 쓸릴 거예요." 나초가 덧붙였다.

"끝나면 온몸이 쓸린 듯 달아올라 있을 텐데요, 뭐."

나는 나초를 끌어당겼다.

"무릎 꿇고 할까요?" 그는 내 몸을 돌려 내 엉덩이를 들어 올리며 물었다. "아니면……."

나초는 한 손으로 내 엉덩이를 쓰다듬으며 말을 멈췄다.

"당신의 연약한 몸을 생각해서 서서 하죠."

갑자기 그가 나를 획 들어 올렸다. 나는 놀라서 비명을 질렀다. 나초는 기둥을 받치고 있는 나무에 나를 민 다음 무릎으로 내 다리를 벌렸다.

"당신 정말 작군요." 나초가 내 목덜미에 키스하며 웃는 소리가 들렸다. "해결할 수 있어요. 기다려요."

나초는 내 엉덩이를 때리고 들어가더니 잠시 후 일종의 나무단을 가지고 돌아왔다. 그는 그 위에 나를 올려놓았다.

"맥주 상자예요?" 나는 아래를 내려다보며 미소 지었다. "아주 창의적이네요."

"와인 상자예요. 저장고를 당신이 가장 좋아하는 빈티지로 채우라고 명령했거든요."

나초는 내 가슴을 쥐며 내 어깨에 키스했다.

"냉장고도 채워놓고……." 엉덩이 위로 그의 단단한 페니스가 느껴졌다. "화장실도 채워놓고……."

나초의 손가락이 내 배를 미끄러져 클리토리스에 가닿았다.

"화장실에서 와인이 필요할 이유가 뭐예요?"

나는 나직이 물었다.

"화장실은 화장품으로 채워놓고, 옷장은 옷으로 채워놓고, 고속 인터넷도 연결해 놨죠. 안 나가도 되게요."

나초가 어깨를 깨물었다. 나는 이를 악물고 숨을 들이마셨다.

"선물도 샀어요. 하지만 시키는 대로 하고 엉덩이 대줘야 줄 거예요."

나초는 손으로 내 허리를 눌렀다.

"잡아요."

그는 내 손을 잡고 기둥 위에 올려놓았다.

그의 손가락 끝이 내 손가락, 팔, 어깨, 등을 따라 선을 그리며 마침내 엉덩이에 도착했다.

"엉덩이가 참 예뻐요."

나초는 내 엉덩이를 벌리며 나직이 말했다.

"당신 안으로 들어갈 때마다 바로 사정하지 않으려고 애써야 하죠."

나초는 천천히 내 안으로 페니스를 밀어 넣었다.

그는 신음하며 엉덩이를 잡은 손을 더 꼭 쥐었다. 나는 나무

기둥을 꽉 잡았다. 나초의 느린 움직임과 내 안 깊숙이 들어오는 페니스에 황홀경에 젖었다. 나초가 속도를 높이자 몸이 꼬였다. 찌를 때마다 나는 비명을 질렀다. 강력한 손이 나를 들어 올리며 매번 더 세게 움켜쥐었다. 잠시 후 나초는 속도를 높이며 거친 섹스를 시작했다. 열정적인 신음이 해변에서 철썩거리는 파도 소리를 삼켰다. 엉덩이가 서로 부딪히는 소리가 공기를 갈랐다. 나초는 위압적인 동시에 상냥했고 사랑이 넘쳤으며, 조심스러웠고 침착했다. 더는 오르가슴을 참을 수가 없었다.

"당신을 봐야겠어요."

오르가슴이 도달하기 직전 나초는 숨을 헐떡이며 말했다.

나초는 나를 들어 올려 희미한 조명이 비치는 거실 안으로 들어갔다. 나를 벽난로 옆 소파 위에 내려놓고 내 뒤에 무릎을 꿇었다. 그러고는 나를 끌어당겨 다시 안으로 들어왔다. 오른손으로 내 목덜미를 감싸고 왼손으로는 내 엉덩이를 잡았다. 그의 시선은 내 얼굴에 고정돼 있었다. 나초는 다시 피스톤 운동을 시작했다.

"맙소사." 나는 베개 두 개 사이에 얼굴을 누르며 나직이 말했다. "더 세게요!"

엉덩이를 들어 뒤로 밀며 그의 페니스를 내 안 더 깊숙이 닿게 했다. 그러자 곧바로 오르가슴이 찾아왔다.

나는 주변의 모든 소리를 삼킬 정도로 크게 비명을 질렀다.

나초는 내 등 위로 자기 몸을 누르며 혀로 내 비명을 막았다. 잠시 후 그도 사정했다. 우리는 열정적인 키스를 나눴다. 얼마나 오랜 키스였는지는 알 수 없지만, 숨이 찰 정도였다.

나초는 여전히 내 안에 들어와 있는 채로 상체를 일으켰다. 나는 쾌락으로 반쯤 정신이 없었지만 눈을 뜨려 했다.

"이제 자요, 자기."

나초는 나직이 속삭이곤 나를 부드럽게 안아 들어 침실로 데려갔다.

"당신과 화해하는 거 좋네요."

나는 팔과 다리로 나초의 몸에 매달려 중얼거렸다.

"하지만 다시는 입씨름하고 싶지 않아요. 다음에 또 화해해야 한다면 다른 다툴 이유를 만들어 봐요."

나초의 얼굴이 보이지는 않았지만 그가 미소 지으며 특유의 초록색 눈으로 나를 바라보고 있다는 걸 알 수 있었다.

"사랑해요."

나초는 내게 이불을 덮어주고 바짝 몸을 갖다 댔다.

"나도 알아요." 나는 나초의 손을 잡았다. "나는……."

나는 나초의 손가락에 키스하고 잠이 들었다.

CHAPTER_16

공항의 VIP 터미널 옆 차에서 기다리며 나는 초조하게 깡충깡충 뛰었다. 밖은 여전히 아주 무더웠다. 반바지에 쪼리에 상체가 거의 드러난 상의만 입고 있는데도 더위에 몸이 녹아내리고 있었다. 문신에 덮인 팔이 나를 감쌌고, 나는 나초의 어깨에 머리를 기댔다. 어젯밤엔 잠을 많이 자지 못했다. 나초는 그날 아침 서핑을 가르쳐주러 나를 해변으로 데려갔다. 그러니 피곤한 건 당연했다. 나초의 입술이 내 볼을 쓸며 입가로 다가왔다. 나는 고개를 기울여 마치 사랑에 빠진 10대처럼 열정적인 키스를 퍼부었다.

"저 남자 보면서 침이나 흘리라고 여기까지 부른 거야?"

올가가 터미널에서 빠져나오며 물었다.

나는 나초에게서 멀어지며 몸을 돌려 올가를 마주 봤다. 올가는 통 넓은 리넨 바지와 노출이 꽤 있는 같은 색 상의를 입고 뾰족한 스틸레토를 신고 있었다. 올가의 머리카락은 높고 우아하게 틀어올려져 있었다. 손에는 샤넬 가방이 들려 있었다. 나는 나초의 품 안에서 그대로 얼어붙었다.

"너랑 얘기하고 싶어서 부른 거야." 마침내 올가에게 다가가 그녀를 안았다. "보고 싶었어."

내가 덧붙이자 올가가 내 볼에 키스했다.

"이쯤 되니 전 세계를 끌려 다니는 데 익숙해졌으니 걱정 마."

올가는 나를 놔주곤 나초에게 손을 내밀었다.

"안녕하세요, 마르셀로, 아니면 나초? 뭐라고 불러야 하나요?"

"원하시는 대로요." 나초는 올가를 끌어당겨 볼에 키스했다. "제 섬에 와주시니 반갑네요. 감사해요."

"저한테 선택권이 있었던 것도 아닌데요, 뭐."

올가는 나를 향해 턱짓했다.

"감정적인 공갈협박엔 재가 1등이잖아요. 게다가 전 곧 결혼해야 하니 그 얘기도 자세히 해야 하고요."

나초는 무거운 한숨을 쉬며 우리에게 차 문을 열어줬다.

우리는 함께 오후를 보냈다. 올가가 내 결정의 이유를 이해할 수 있도록 나초를 잘 알아갔으면 했다. 우리는 해변에서 와인을 마시고, 나초가 서핑하는 모습을 지켜본 뒤 주위에 아무것도 없는 예쁘고 작은 식당에서 점심을 먹은 다음 마침내 저택으로 돌아갔다.

나초는 올가를 그녀가 지낼 침실로 안내해 주고 내 눈썹에 키스한 뒤 할 일이 있다고 말했다. 그렇게 나는 올가와 단둘이 남았다. 나초의 그런 면을 사랑했다. 내게 시간을 주고 내게 필요한 것을 존중해주는 면 말이다.

나초는 우리를 위해 파자마 파티를 준비해 줬다. 이 사실을 알아차린 나는 놀라기도 했지만 행복했다. 방은 최고의 패션 브랜드 로고의 풍선으로 꾸며져 있었고, 침대에는 귀여운 샤넬 운동복 두 벌이 놓여 있었다. 아마 직접 고른 건 아닐 터였다. 너무 좋아 보였기 때문이다. 냉장고에 분홍색 샴페인 병들이 고개를 내밀고 있었고, 낮은 커피 테이블에는 형형색색의 머핀, 솜사탕, 해산물, 타르트가 놓여 있었다. 마치 작은 공주님을 위한 생일 파티 같았다. 나초는 주크박스에 노래방 기계까지 들여놓았다. 그것만으로는 부족했는지 침실과 붙어 있는 테라스에는 자쿠지 욕조와 마사지 베드 두 개가 나란히 놓여 있었고, 마사지사를 부를 수 있는 호출 버튼까지 준비되어 있었다.

올가는 한가운데 서서 믿을 수 없다는 표정으로 머리를 긁적였다.

"서핑하는 모습을 봤을 땐 섹스 때문에 사귀는 줄 알았는데."

한참 후 올가가 입을 뗐다.

"그러다가 그 웃겨 죽을 뻔한 카리브해에서의 모험 얘길 했을 땐 다 큰 남자 안에 소년이 남아 있어서 그런가 싶었지."

올가는 팔을 크게 펼쳐 보이며 주변을 둘러봤다.

"그런데 지금은 뭐라고 해야 할지 모르겠다. 완벽한 남자일 수도 있겠어. 그치만 분명 뭔가 하자가 있을 거야."

올가는 확신에 차서 고개를 끄덕였다.

"그래. 일단 마피아 보스라는 사실이 있지. 그리고 돈을 받고 사람을 죽인다는 것도."

나는 손가락을 들어 보였다.

"엉덩이가 문신으로 뒤덮여 있다는 것도 있지."

그러고는 올가의 눈이 커지는 걸 보며 웃었다.

"장난해? 왜 그런 얘길 해?"

"어쨌든 아직은 나초의 어두운 면을 찾아내지 못했어. 나를 아기처럼 돌봐주면서도 필요한 만큼 충분한 자유를 주거든. 날 따라오는 경호원도 전혀 없어. 적어도 내가 아는 한은. 난 자전거도 탈 수 있고, 서핑도 할 수 있어. 내가 베이스 점핑을 하고 싶어하면 나초는 그것도 허락할걸. 그 사람이 내가 뭘 못 하게 한 적은 한 번도 없어. 억지로 싫은 걸 하게 만든 적도 없고. 자기 여동생한테나 거칠게 굴지."

나는 어깨를 으쓱였다.

"하지만 여동생은 신경도 안 쓰니 해가 되는 건 아니야."

"그치만 마시모도 처음엔 그랬잖아."

올가는 나를 빤히 응시했다.

나는 한숨을 쉬며 올가에게 분홍색 운동복을 건넸다.

"그렇지도 않아. 마시모는 좋은 사람이지만 처음부터 지배적이고 고압적이었어. 내가 그걸 잘 길들이지 못했다는 건 아니야. 새해 전날 밤까지는 거의 완벽하다고 생각했거든. 하지만 어떻게 봐도 마시모는 거의 모든 걸 강요했어. 난 어떤 것에도 의견을 낼 수 없었지. 결혼도, 아기도, 여행마저……. 뭘 하든 항상 결정은 마시모의 몫이었어."

소파 의자에 앉아 잔을 집어 들었다.

"이제 난 자유고 내 남자는 나를 여왕 대접해 주는 데다 다시 열여섯 살이 된 기분이 들게 해."

"딱 도메니코처럼 들리네."

올가는 옷을 갈아입고 자리에 앉았다.

"도메니코는 잘 못 받아들이고 있어. 네가 떠난 것도, 마시모가 사라진 것도……. 이제 도메니코와 마리오가 사업을 운영하고 있어. 집은 텅 비어 있고. 귀신이 들렸다니까."

올가는 고개를 저었다.

"저택에서 이사 나올 생각이야. 도메니코도 반대하지 않는 것 같고……."

올가는 말을 멈추고 망설이며 와인을 홀짝였다.

"우리 회사는 어떻게 돼가?" 내가 물었다.

"사실 잘돼가. 에미가 전부 책임지고 있어. 컬렉션도 거의 완성됐고. 전부 네 지시사항에 맞춰서 말이야. 그 점은 변함이 없지만, 미래를 생각해야지."

나는 고개를 끄덕였다.

"내 결혼은 어쩔 건지 말해줘야지."

올가가 갑자기 말했다. 다시 시칠리아에 돌아갈 생각을 하니 구역질이 났다.

"넌 내 신부 들러리잖아. 마시모가 신랑 들러리를 설 예정이었고……."

"모르겠어." 나는 고개를 떨어뜨렸다.

"네가 나한테 이러면 안 되지!"

올가가 내 머리채를 잡아 고개를 들게 만들며 으르렁거렸다.

"나초한테 뭐든 방법을 생각해 내라고 해. 어떻게 해서든 넌 무조건 와야 해. 게다가 그때까지 마시모가 시칠리아에 돌아오지 않을지도 모르잖아. 도메니코 말로는 멕시코 사창가를 돌아다니고 있다더라. 성병 걸려서 죽을지도 모르지."

올가는 씩 웃으며 눈썹을 올렸다.

심장이 저릿했다. 마시모가 다른 여자와 있는 건 상상해 본 적이 없었다. 위선적인 걸지도 모르지만 이제 와서 그 생각을 하니 질투심이 들었다.

"마시자." 잔을 들어 올리며 말했다. "아니, 제대로 취해보자!"

두 시간이 지나고 네 병의 샴페인을 비우고 나자, 우리는 똑바로 서서 노래방 기계의 노래를 바꿀 수 없을 정도로 만취했다. 기계는 제대로 고장이 났다. 우리는 부드러운 러그에 누워 굴러다녔고, 좋았던 옛 시절을 얘기하며 웃었다. 대화는 제법 단순했다. 둘 다 서로의 말을 듣지 않고 각자 지껄였다. 어느 순간 올가는 테이블 가장자리를 잡고 일어나려 했지만 테이블이 바닥으로 넘어지면서 그 위의 물건들이 전부 쏟아졌다. 램프가 넘어져 유리가 깨지는 바람에 술이 약간 깼지만 두 발로 설 정도는 아니었다. 우리는 키득거리며 그대로 바닥에 누워 있었다.

그때 곧바로 문이 쾅 하고 열렸다. 나초가 헐레벌떡 안으로 들어왔다. 그는 운동복 바지만 입은 채 두 손에 총을 들고 있었다. 그 모습에 우리는 얼어붙었다. 나초는 아래를 내려다보며 우리의 상태를 확인하고는 활짝 웃었다.

"좋은 시간 보내고 계신 것 같네요."

우리는 진지한 표정을 지으려 했지만 술병과 음식에 둘러싸여 있어 위엄 있는 모습과 거리가 멀었다. 우리는 깔깔 웃으며 손가락에 솜사탕을 감싸는 나초를 지켜보았다.

"일어나는 거 도와줘요?"

나초는 즐거워하며 물었고, 우리는 고개를 끄덕였다.

나초는 우선 올가에게 다가가 땀 한 방울 흘리지 않고 그녀를 들어 침대까지 옮겨줬다. 그런 뒤 내게로 돌아와 나를 꼭 끌어안았다. 그러고는 놓지 않은 채 다른 침대에 앉았다.

"두 사람 왜 그랬어요?" 나초는 내 눈썹에 키스하며 올가를 흘긋 봤다. "내일 제대로 숙취에 시달릴 텐데요."

"토할 거 같아요." 올가가 중얼거렸다.

"화장실까지 들고 가줘요? 아니면 양동이를 가져다줄까요?"

나초는 씩 웃으며 내게 이불을 덮어줬다.

"양동이면 돼요." 올가는 옆으로 돌아누우며 더듬거렸다.

나초는 올가에게 필요한 모든 것을 가져왔다. 양동이, 물, 수건까지. 그새 올가가 잠든 걸 확인한 그는 내 침대에 앉아 내 이마에서 머리카락을 쓸어냈다.

"괜찮아요?"

나초의 물음에 고개를 끄덕였다. 입을 열면 토할 것 같았기 때문이다.

"다음에는 주스랑 채소를 준비해야겠네요." 나초는 내 코끝에 키스했다. "두 사람 파티 실력이 장난이 아니군요."

나초가 얼마나 오래 거기 머무르며 날 지켜봤는지는 모르겠다. 하지만 까무룩 잠들 때까지도 내 머리를 계속 쓰다듬는 나초의 손길을 느낄 수 있었다.

"이제 죽을래."

올가의 목소리에 잠에서 깼다. 동시에 커다란 망치가 관자놀이를 때리는 것 같은 느낌이 들었다.

"이런 망할." 나는 신음하며 생수병으로 손을 뻗었다. "적당히 마실걸."

"양동이가 있네? 참 고마워라." 올가는 놀라서 말했다. "내가 그 안에 토한 것 같네."

올가가 덧붙였다. 큭 하고 웃는 그 순간 또다시 커다란 망치가 내 관자놀이를 때렸다.

"네가 부탁해서 나초가 갖다놨잖아." 나는 가만히 있으려 노력하며 말했다. "기억 안 나?"

올가는 신음하며 천천히 고개를 저었다.

"우리가 뭔갈 부순 것 같은데."

올가가 중얼거렸다. 나는 테이블과 램프의 잔해, 남은 뷔페를 바라보았다.

"확실히 뭔가를 엉망으로 만들긴 했지. 나초가 총을 들고 우릴 구하러 왔고. 우릴 구해주긴 했어. 폭력적인 방식으로는 아니었지만. 우릴 침대로 데려다줬어."

"정말 친절하네." 올가는 속삭이며 물을 들이켰다.

"내 침대 옆에 아기 모니터라도 있는 거야? 나초가 우리 소릴 듣고 있었나 본데."

올가가 가리킨 방향을 보고 그녀의 말이 옳다는 걸 깨달았다.

"만약 나초가 정말 우릴 몰래 감시하고 싶었다면 우린 끝까지 몰랐을걸."

한 시간이 지나서야 침대에서 기어 나왔다. 샤워하고 싶었지만 그러지 않기로 했다. 선글라스를 쓰고 여전히 분홍색 운동복을 입은 채로 아래층으로 내려가 정원으로 향했다. 파블로를 안고 있는 나초의 모습은 우리 둘의 마음을 녹였다. 나초는 잠든 파블로를 가슴에 꼭 안고 테라스를 돌아다니며 통화하고 있었다. 올가와 나는 한숨을 쉬었고, 나초는 돌아보며 미소 지었다.

"나 사랑에 빠진 것 같아, 라우라."

올가는 약간 침을 흘리며 말했다.

"그럴 줄 알았어." 나는 한숨을 쉬었다. "파블로를 안고 있으면 정말 어쩔 수 없다니까."

비틀거리며 테이블로 향했다. 통화를 끝낸 나초는 1미터도 채 안 떨어진 나무 그늘 밑 소파에 파블로를 조심히 눕혔다.

"드디어 잠들었어요."

나초는 내 머리에 키스하고 우리 둘을 자리로 안내했다. 우리를 위한 접시가 준비되어 있었다. 접시 위 안에는 끈적한 녹색 물약이 담겨 있었다.

"쭉 마셔요." 나초는 의자 두 개를 뺐다. "정맥 주사가 낫나요?"

내가 자리에 앉자 나초는 웃으며 다시 내게 키스했다.

"끔찍한 뭔가에 전해질과 포도당을 섞은 거예요." 나초의 얼굴에 미소가 떠올랐다. "그래도 의사 말로는 숙취를 해소해 줄 거라더군요."

"이건 뭐예요?"

올가는 아기 모니터를 잔 옆에 두며 물었다. 나초는 테이블을 돌아가 우리를 마주 보고 앉았다.

"파블로의 아기 모니터예요."

나초는 진지한 표정을 유지하려 했지만 실패했다.

"올가, 당신이 침대에서 세 번이나 떨어졌어요. 그럴 때마다 방에서 소란스러운 소리가 들려서 달려가 확인해야 했고요. 셀 수 없이 반복하고 나서야 여기 모니터를 두기로 했죠. 별일 없이 잘 자고 있는지 확인할 수 있을 테니까요."

나초가 웃었다.

"망할, 엄청 창피하네요."

올가는 약을 한 무더기 삼키며 신음했다.

"그렇게 나쁘진 않았어요. 더 창피한 게 뭔지 알아요? 라고스 레스토랑에서 두 사람이 도망치려고 했던 거예요."

나초는 의자에 기대앉아 머리 뒤로 팔짱을 꼈다.

"정말 돕고 싶었지만 그럴 수 없었죠. 결국 난 꿈에 지나지 않았으니까요."

나초는 나를 향해 윙크했고, 나는 킥킥 웃었다.

"그걸 봤어요? 세상에……."

올가는 선글라스를 끼고 있었지만, 눈알을 굴리고 있는 모습을 쉽게 상상할 수 있었다.

"당신 친구의 행동을 보면 당신에 대해서도 많이 알 수 있죠."

나초는 내게 시선을 고정하며 올가에게 말했다.

"나이도 젊고 파티를 좋아하는 건 나쁜 게 아니에요. 분홍색 운동복을 입은 섹시한 여자가 마치 내일이 없는 듯 토하는 모습을 보니 솔직히 좀 재밌기도 하던데요."

올가는 팬케이크를 집어 나초에게 던졌다.

"이 남자 맘에 드네." 올가는 나를 흘긋거리며 폴란드어로 말했다. "정말 맘에 들어."

"고마워요."

나초는 나를 흘긋거리며 폴란드어로 대답했다. 올가는 문득 나초가 폴란드어를 이해한다는 사실을 상기하며 이마를 쳤다.

"저도 당신이 맘에 들어요." 나초가 덧붙였다.

"이제 원샷하시죠, 아가씨들. 그 초록색 액체가 저절로 없어지는 건 아니니까요."

나초는 웃으며 엄지로 집을 가리켰다.

"양동이가 필요하면 저기 있어요."

올가는 며칠 더 머물렀다. 그사이 아멜리아를 만났고, 그녀를 만나자마자 마음에 들어 했다. 한번은 아멜리아가 와인을 마셨을 때 그녀를 감싸주기까지 했다. 나초가 알아챘을 때는 내가 사격장에서 그를 빨아주며 주의를 흐뜨렸다. 엄밀히 말하면 아멜리아도 원하는 건 뭐든 할 수 있는 성인이지만 나초는 아멜리아가 재미있는 걸 거의 못 하게 했다. 나는 서핑을 배웠지만, 올가는 수영복은 작고 서프보드는 크고 무겁다며 불평하고는 한 번 해본 뒤 다시 하지 않았다. 내가 물에서 노는 동안 올가는 아멜리아와 파블로와 시간을 보냈다. 나는 원하는 건 전부 가질 수 있었다. 절친, 햇볕, 그리고 마음속에서 점점 자리를 넓혀가는 남자까지. 물론 그에게 그걸 고백할 순 없었다. 내가 마음을 놓아버리면 그가 내 비위에 맞춰주는 걸 그만둘 테니 말이다. 그럼 모든 게 변할 터였다.

전날 저녁 우리는 해안가 레스토랑에서 저녁을 먹고 있었다. 아멜리아는 파블로와 남았다. 아멜리아를 보낸 건 사실 나초라는 걸 알았다. 나초는 대화를 나누고 싶어 했다. 디저트를 다 먹고 나자 나초는 무거운 한숨을 쉬었다.

"좋아요. 앞으로 일주일 뒤에 일어날 일에 관해 얘기해 보죠."

나초는 냅킨을 내려놓으며 심각하게 말했다.

"거짓말은 안 할게요. 라우라가 시칠리아에 가지 않았으면 좋겠어요. 하지만 그러라고 할 수는 없겠죠."

나는 나초의 허벅지에 손을 올려놓으며 고마운 표정으로 그를 바라보았다.

"도메니코에게 라우라의 안전을 논의하고 싶어요. 내 부하들 없이 가는 건 상상할 수 없어요. 적어도 여덟 명은 돼야 해요. 술도 있어야 하고요."

나초는 숨을 들이쉬며 올가를 바라보았다.

"당신 결혼식인 건 이해하지만 최대한 라우라의 안전을 보장하고 싶어요. 결혼식이 끝난 뒤엔 여기서 피로연을 해도 좋아요. 아니면 전 세계 다른 어디라도 좋아요. 시칠리아만 빼고요."

나초의 목소리는 여전히 부드럽고 침착했지만 그는 반대 의견을 들을 생각이 없었다.

"내 하객으로 우리랑 같이 가서 직접 경호하지 그래요?"

올가는 잔을 내려놓으며 물었다.

"그렇게 간단한 일이 아녜요."

나초는 한숨을 쉬며 얼굴을 쓸어내렸다.

"우리는 범죄 조직이지만 예의를 차리거든요. 규칙은 신성불가침이죠. 저는 마시모와 함께 일하는 다른 가문들과도 협업하고 있어요. 내가 시칠리아에 있으면 지나친 과시처럼 보일 거예요. 토리첼리 가문에 대한 결례이기도 하고요. 다른 가문들은 내가 내 여자를 보호하는 게 아니라 전쟁을 선포하는 행위로 받아들일 거예요."

나초는 어깨를 으쓱였다.

"내가 마시모의 아내를 빼앗은 것만으로도 안 좋은 상황이죠. 그들이 눈감아 준 게 아니에요. 그러니 도메니코에게 전화해 줘요. 제가 경호 방법을 논의하고 싶어 한다고요."

올가는 나초의 말대로 휴대폰을 그에게 넘겨줬다. 나초는 자리를 벗어나 해변으로 향했다.

"나초한테 마시모가 결혼식에 오지 않을 수도 있다고 했어?"

올가는 와인을 홀짝이며 물었다.

"응, 그래서 나초가 그나마 진정한 거야. 그런데 그게 확실한 건 아니잖아. 도메니코도 자기 형이 제때 돌아올지 모른다던데. 나초는 최대한 안전을 확보하자는 주의거든."

20분 정도가 지난 뒤 나초는 자리로 돌아와 올가에게 휴대폰을 건넸다.

"배터리가 거의 다 떨어졌어요."

나초는 손짓으로 웨이터를 불러 맥주 한 잔을 주문했다.

"계획은 이래요. 라우라, 당신은 내 비행기로 시칠리아에 갈 거예요. 이번엔 내가 비행기를 몰 수 없어요. 내가 사둔 집에서 지내요. 내 부하 수십 명이 거길 지킬 거예요. 토리첼리의 사병에 비교하면 아무것도 아니지만요."

나초는 내 손을 잡으며 내 눈을 들여다봤다.

"자기, 기분 나쁘게 들릴 거라는 건 알지만 결혼식에선 아무것도 먹거나 마시면 안 돼요. 내 경호원이 주는 것만 맛봐요."

나초는 올가를 흘긋 봤다.

"도메니코는 아무것도 안 할 거라고 믿지만 도메니코의 부하는 다른 명령을 받았을 수도 있어요. 모든 게 아수라장이 되길 바라진 않는다면 날 이해해 줘요."

나는 나초의 등에 손을 얹으며 그의 관자놀이에 키스했다.

나초는 이미 아주 많은 것을 감수하고 있었다.

"그리고 일요일 아침에 테네리페로 돌아가요. 토요일만 버티면 다 괜찮을 거예요."

나초는 미소를 지었다.

"좋아요." 올가가 응수했다. "그런데 라우라가 내 결혼식 준비를 도울 수 있나요?"

"네. 하지만 도메니코에게 중립 지역에서 진행되어야 한다고 말해뒀어요. 누군가의 저택이 아니라요. 타협안이죠. 우리 모두 양보해야 하니까요."

나초는 무표정한 눈으로 올가를 바라봤다.

"다 내 잘못이에요." 내가 말했다. "내 삶을 바꾸자고 다른 사람을 전부 망치려 들고 있네요. 아무래도……."

"그러기만 해봐!" 올가가 손을 들며 쏘아붙였다.

"넌 안전할 거야. 내가 그렇게 만들 거야. 만약 너한테 무슨 일이 생기면 도메니코와 결혼하자마자 미망인이 될게. 너한테 무슨 일이 생겼는데 도메니코가 그걸 그냥 두고 보면 내가 죽여버릴 테니까."

올가는 결심한 듯 고개를 끄덕였다.

"그만하고 웨이터나 불러. 한 병 더 마시게."

행복하지 않았다. 죄책감이 들었다. 술을 마셔도 진정되지 않았다. 내게 가장 중요한 사람 두 명은 이제 테이블에 마주 앉아 대화를 나누고 있었다. 울음을 터뜨리고 싶었다. 나초는 내가 딴 생각을 하고 있다는 걸 눈치챘다. 그는 내 기분을 풀어주겠다고 결심한 듯했다. 자신만의 기술을 아무리 써도 통하지 않자, 그는 자리에서 일어나 아무 말도 없이 어디론가 가버렸다. 나와 올가는 시선으로 그를 쫓았다.

나초가 작은 무대로 걸어가자 웨이터는 그에게 바이올린을 건넸다. 나는 참지 못하고 활짝 미소 지었다. 나초는 윙크했다.

"말도 안 돼! 연주를 한다고?" 올가는 멍해져서 물었다.

나초가 연주하는 첫 음이 우리의 귀에 닿았다. 다른 손님들은 조용해졌다. 존 레전드의 「올 오브 미All of Me」였다. 또다시 노래로 메시지를 전하는 거였다. 이번에는 사랑의 세레나데였다. 올가는 혼이 빠져서 앉아 있었고, 나초는 내 눈을 바라보며 날 위해 연주했다. 후렴구가 시작되고 음역이 높아지자 눈물이 차올랐다. 눈물이 제멋대로 흐르도록 내버려 뒀다. 나초는 내 눈물을 봤지만, 슬퍼서 우는 게 아니라는 사실을 알았다. 나초는 내게 시선을 고정한 채 노래가 끝날 때까지 아름다운 소리로 나를 애무했다. 제법 긴 노래였는데도 너무나 짧게 느껴졌다. 음악은 느려지며 침묵 속으로 사라졌다. 사람들은 손뼉을 치기 시작했다. 나초는 인사한 뒤 웨이터의 등을 두드리며 그에게 바이올린을 돌려줬다.

"내 모든 것이 당신의 모든 것을 사랑하니까요."

나초는 후렴구 첫 가사를 읊으며 내게 키스했다.

우리는 입을 벌린 채 앉아 있는 올가를 무시하고 키스를 계속했다. 한동안 키스가 이어진 뒤에야 나초는 자리에 앉았다.

"와인 더 마실래요, 올가?"

나초는 병을 들며 물었다. 올가는 입을 벌린 채 멍하니 고개를 끄덕였다.

다음 날 올가와 나는 다시는 서로를 못 볼 것처럼 작별 인사를 나눴다. 우리 둘은 공항 옆 도로에서 울음을 터뜨렸다. 마침내 나를 팔로 감싸고 공항 터미널로 끌고 와 집어넣는 데 성공한 나초는 이내 나를 그의 비싼 차로 안내했다.

"난 카이로로 가야 해요." 나초가 말했다. "같이 갈래요?"

"거긴 왜 가는데요?"

"의뢰가 들어와서요." 나초가 사무적인 투로 말했다.

"아."

"오래는 안 있을 거예요. 최대 이틀이에요."

나초는 문을 닫고 시동을 걸었다.

"사람을 죽이는 데 이틀이나 걸려요?"

나는 당황했다. 나초는 미소 지었다.

"자기, 실제 살인보다 준비가 항상 오래 걸리는 법이죠. 나는 가서 잘못되는 일이 없게 주변을 살피고 방아쇠를 당기는 역할만 해요."

나초는 잠깐 말을 멈췄다.

"하지만 이번에는 버튼도 좀 눌러야 할 것 같네요."

나초는 씩 웃으며 덧붙였다.

"사람을 죽일 생각을 하면서 어떻게 웃을 수 있는 거죠?"

나는 고개를 저으며 말했다.

나초는 길에서 벗어나 차를 멈추었고, 나는 놀란 표정으로 그를 바라봤다.

"답을 알고 싶지 않으면 묻지 마요."

나초의 눈은 상냥했고, 입가에는 옅은 미소가 걸려 있었다.

"이해하려 노력하지 않는 게 나을 거예요. 말이 안 되니까요. 일일 뿐이에요. 필요한 곳에 가서 의뢰받은 일을 하는 것뿐이에요. 그들은 죽어 마땅한 사람이라고 나 자신을 설득하고요."

나는 고개를 끄덕였다.

"그럼, 수영하러 갈래요?"

갑작스러운 화제 전환에 나는 놀라서 눈을 크게 떴지만 곧 진정하고 숨을 들이마셨다. 죽은 사람을 보는 건 새로울 게 없지만 그 장면을 두고 볼 수는 없을 것이다. 내가 어떻게 했다면 좋았을까? 나초가 무고함과는 거리가 멀다는 건 오래전부터 알고 있었다.

나는 스스로의 생각에 놀랐다. 마시모나 나초 같은 사람과 함께한 오랜 세월이 내 관점을 바꿔놨다.

나는 우리가 해변 별장으로 향하고 있다는 사실을 금세 알아차렸다.

바다는 아주 사나웠지만 나초는 내가 더 높은 파도도 탈 수 있다고 생각했다. 여전히 그의 서프보드보다 두 배는 더 큰 보드 위에서 수영하는 나였지만 아직은 작은 걸 쓰면 안 된다는 나초의 말을 믿었다. 나초가 서핑을 가르쳐주는 게 좋았지만, 그가 서핑하는 모습을 지켜보는 게 훨씬 더 좋았다. 하지만 차에서 들은 나초의 말에 기분이 썩 좋지 않았다. 약간의 휴식을 취하며 아름다운 장관을 눈에 담은 뒤, 거의 곧바로 부서지는 파도를 향해 노를 저었다. 나는 몸을 돌려 바다를 지켜보며 기다렸다. 마침내 완벽한 파도가 찾아왔다. 재빨리 움직여 보드 위에 올라섰다. 나초가 뭔가 소리치고 있었다. 파도 소리가 워낙 커서 그의 목소리가 들리지 않았지만 균형을 잘 잡는 것만으로도 너무 행복했다. 갑자기 들이친 파도가 내 바로 뒤에서 부서지며 머리 위로 쏟아졌고 나를 물 밑으로 밀어 넣었다. 발을 차며 수면을 향해 올라가려 최선을 다했지만 발목에 묶인 매듭이 엉켜 움직일 수 없었다. 파도는 계속해서 들이닥치며 수면 밑에서 나를 흔들었다. 방향을 잃었다. 어디가 위일까? 당황해서 팔을 휘젓기 시작했다. 그러다 서프보드가 내 머리를 때렸다. 귀가 울리고 눈물이 차올랐다. 갑자기 어둠 속에서 단단한 팔 두 개가 나타나 나를 꼭 붙잡고 들어 올린 다음 보드 위로 던졌다. 나초는 내 위로 몸을 기울이며 나를 움직이지 못하게 만든 매듭을 풀어냈다. 그동안 내 노란색 보드는 해안가로 흘러갔다.

"괜찮아요?"

나초는 숨을 헐떡이며 물었다. 그는 두려움에 찬 눈으로 나를 훑어봤다.

"끈을 계속 살펴야 해요. 묶이거나 꼬일 수 있거든요."

"몰랐어요." 나는 숨을 헐떡이며 소금물 한 입을 뱉었다.

"오늘은 이 정도면 충분해요. 이리 와요. 요리해 줄게요."

나초는 자기 보드 위에 나를 눕히고 보드를 끌며 해안가를 향해 수영하기 시작했다.

"그다지 배가 안 고파요. 방금 술을 마셔서요."

나초는 장난스레 숨을 고르는 내 엉덩이를 때렸다. 그와 있으면 안전한 느낌이 들었다.

나초는 그릴을 켰고 평소와 같은 산해진미를 준비했다. 몇 달 전 그 첫날밤과 같은 옷을 입고서. 위에는 아무것도 입지 않았고, 엉덩이는 헐렁하고 찢어진 청바지 위로 드러나 있었다.

"나한테 원하는 건 섹스뿐이랬잖아요." 나초는 나를 돌아봤다. "왜 그랬어요?"

"그럼 뭐라고 말해야 했을까요?"

나초는 어깨를 으쓱이며 물었다.

"당신에게 빠져 있었기에 내가 당신에게 상처를 주면 당신이 나와 거리를 두지 않을까 하고 바랐어요. 그러면 우리 인생을 망칠 일은 없을 테니까요. 그리고 당신이 떠날 때 나한테 욕을 한 바가지 퍼붓기도 했고요."

나초는 내 코에 키스했다.

"여자가 날 거절한 건 처음이라 어떻게 해야 할지 몰랐죠."

나초는 일어나서 맥주 한 모금을 홀짝였다.

"어라, 당신 과거 얘기는 한 적 없잖아요."

나는 눈썹을 올리며 말했다.

"어디 한번 들어봅시다, 마토스 씨. 이전 연애 사업은 어떠셨나요?"

"뭔가가 타는 것 같네요."

나초는 뛰다시피 바비큐로 돌아갔다.

"그러기만 해봐요!" 벌떡 일어나서 나초를 따라갔다. "어떻게 아무 말도 안 해줄 수가 있어요. 어서 말해요."

나초의 엉덩이를 때리고 팔짱을 낀 채 기다렸다.

"누구랑 사귄 적은 한 번도 없어요. 정말 알아야겠다면요."

그릴 위의 음식을 뒤집는 척하는 나초의 등에 내 몸을 기댔다.

"12월에 말했잖아요. 다른 어떤 여자와도 비교할 수 없는 여자를 원한다고요. 그리고 그런 여자를 찾았죠."

나초는 몸을 돌려 내 이마에 키스하곤 그렇게 나를 한참 안고 있었다.

"그날 무슨 일이 있었는지 얘기 좀 해요. 언제를 말하는 건지는 알죠?"

"얘기할 것도 없어요. 모든 게 사고였어요. 당신을 원망하느냐고 묻는 거라면 아니에요. 운명이었을 뿐이에요."

한동안 조용해진 채 나초의 심장 소리를 들었다.

"아이를 잃어서 슬프냐고요?" 말을 이었다. "난 사실 엄마가 된다는 게 어떤 건지도 몰라요. 단 하나 확실한 게 있다면, 인생에 일어나는 모든 일에는 그럴 만한 이유가 있다는 거죠. 타임머신 같은 건 없으니 이랬다면 어땠을까 하는 생각을 뭐 때문에 하겠어요."

까치발을 세워 나초의 턱에 키스했다.

"하지만 지금 내 기분이 어떤지는 말해줄 수 있어요."

나초는 눈을 크게 떴다.

"난 행복해요. 지금의 어떤 것도 바꾸지 않을 거예요. 당신과 보내는 시간이 좋아요. 안전한 느낌이 들고……."

지나치게 많은 말을 하지 않으려 조심하며 말을 멈췄다.

"그리고요?"

"이번에는 생선이 진짜 타고 있는 것 같은데요."

나는 나초의 화려한 문신에 키스하고 안으로 들어가 잔을 다시 채웠다. 우리는 서로에게 미소 지으며 식사했다. 말은 필요 없었다. 행동으로 충분했다. 나초가 내게 음식을 먹여주며 손가락으로 내 입술을 부드럽게 쓸었을 때는 둘 다 등줄기를 타고 흘러내리는 떨림을 느꼈다. 마법 같고, 로맨틱하며, 완전히 새로운 순간이었다. 포크를 내려놓고 와인 한 병을 비웠다. 약간 어지러웠지만, 아직 취한 기분은 아니었다. 한 병 더 마시기로 했다. 나초는 벌떡 일어나서 내 손을 잡더니 와인 대신 나를 해변으로 데려갔다. 나는 궁금해서 저항하지 않고 모래에 부딪히는 파도 소리를 들으며 나초를 따라 어둠 속으로 향했다.

별장 조명이 닿는 반경 밖은 완전히 어두웠다. 나초는 내 손을 놓고 손을 자기 지퍼로 향했다. 바지를 벗고 아무 말 없이 돌아서더니 내 상의를 벗기고는 무릎을 꿇어 팬티를 벗겼다. 나는 완전히 벌거벗은 상태가 됐다. 나초는 다시 내 손을 잡고 바다로 향했다. 바다는 따뜻하고 부드러웠으며 밤처럼 검었다. 무서웠지만 바다를 잘 아는 나초가 있었다. 그는 내 허리를 감싸 안고 들어 올리며 더 깊은 물속으로 걸어 들어갔다. 물이 나초의 견갑골에 닿자, 물소리를 들으며 한참을 가만히 서 있었다.

"당신과 평생을 함께하고 싶어요."

나초는 내가 대답하려는 순간 막았다.

"무슨 말을 할지 알지만 이건 알아줘요. 지금은 아무 말도 하지 않아도 돼요."

나초는 나를 끌어안으며 조용히 덧붙였다. 나초의 입술이 내 입술 바로 앞까지 다가왔다. 민트 향은 압도적이었다.

"당신을 느낄 수 있어요, 라우라."

나초는 내 입안으로 혀를 밀어 넣었다. 나는 그에게 바짝 붙으며 다리를 벌려 그의 엉덩이를 감쌌다.

"내가 정말 사랑하는 두 가지가 있어요……. 바다와 당신."

나초는 내 엉덩이를 잡으며 안으로 들어왔다.

"내 남자."

나직이 읊조리자 나초는 다시 한번 키스하며 애무했다.

물 안에 서 있으니 몸의 무게가 나가지 않는 것 같은 느낌이었다. 나초는 원하는 대로 할 수 있었다. 더욱 열정적으로 깊이 들어왔다. 내 몸의 모든 세포가 그를 느낄 수 있었다. 고개를 젖히며 하늘을 바라봤다. 별이 가득했다. 지금과 비교할 수 있는 순간은 없다. 완벽했다. 그가 내 안에 있는 느낌, 따뜻함, 부드러운 물까지…….

나초는 내 안에서 살짝 빠져나오며 나를 수면 위에 눕혔다. 그러고는 천천히 계속해서 내 가슴을 주무르며 클리토리스를 애무했다. 내 눈을 들여다보며 내 젖꼭지를 부드럽게 꼬집었다. 그러자 욕망이 타올랐다.

축복에 겨운 오르가슴이 찾아올 때쯤, 나초는 빠르게 내 몸을 돌려 다시 발기한 페니스로 나를 뚫었다. 이제 나는 나초 위에 앉아 있었다. 물 밖에서라면 그런 체위는 불가능할 터였다. 나초는 한 손으로 내 가슴을 잡았다. 다른 손으로는 느린 속도로 내

민감한 부위 주변에 원을 그렸다. 그러고는 내 목, 어깨, 내 팔을 깨물었다. 파도에 맞춰 엉덩이를 움직였다. 페니스가 나를 헤집자 아래 깊은 곳에서부터 터져 나오는 폭발을 느끼며 그를 조였다. 신음하며 나초의 어깨에 머리를 기댔다. 나초는 내가 절정을 느끼기 직전이라는 사실을 알았다. 아니, 느꼈다. 그는 속도를 높였다.

"이제 쉬어요." 나초가 내 귀에 속삭였다. "내가 황홀경을 선사할게요."

그 말이 정점이었다. 내 가슴을 잡은 팔에 손톱을 박아 넣으며 오르가슴을 맛봤다.

"당신을 봐야겠어요."

오르가슴이 거의 끝나갈 때 나초는 나직이 말하며 나를 마주 봤다.

나초는 잡아먹을 듯 키스하며 신음했다. 파도 치는 감정과 걷잡을 수 없는 흥분에 나는 다시 사정했다. 이번에는 나초도 사정하며 내 안에 따뜻한 정액을 쏟아냈다.

그 후 우리는 서로의 눈을 마주 보며 가만히 있었다. 시간이 영원히 멈추길 바랐다. 결혼도, 마시모도, 마피아도 없기를 바랐다. 지금 이 순간 나와 이 남자 사이를 망칠 수 있는 건 아무것도 없기를 바랐다.

나초는 단단한 팔로 나를 안고 몸을 돌려 천천히 해안으로 걸어갔다.

"싫어요."

나는 나초를 끌어안으며 속삭였다. 나초는 멈췄다.

"현실로 돌아가고 싶지 않아요. 계속 여기 있어요. 다른 건 아무것도 바라지 않아요. 여기 계속 있으면 시간이 멈출 거예요. 다른 아무 일도 일어나지 않을 거예요."

나초는 고개를 뒤로 빼며 내 눈을 들여다봤다. 눈빛은 나를 뚫고 내 영혼까지 가닿았다.

"내가 당신과 함께할게요. 두려워하지 말아요."

나초는 나를 끌어당긴 채 바다를 떠났다.

그는 나를 현관에 내려놓은 뒤 수건으로 감싸주고 내 손을 잡았다. 그런 뒤 우리는 서로에게 묻은 바닷물을 씻어줬다. 나초는 내게 자기 티셔츠를 건네주곤 침대에 눕혀 이불을 덮어준 뒤 내 위에 누웠다. 나초의 따뜻함은 익숙하고 편안했다. 그는 내 머리카락에 얼굴을 묻은 채 잠에 들었다.

아침에 기지개를 켜며 손을 뻗어 나초를 안으려 하는데 침대 옆자리가 비어 있었다. 놀라서 눈을 번쩍 뜨고 주변을 돌아보았다. 그의 베개 위에 휴대폰과 '전화해요'라고 쓰인 카드가 놓여 있었다. 휴대폰을 집어 들고 나초에게 전화를 걸었다.

나초는 단번에 전화를 받았다.

"옷 입고 해변으로 와요." 그가 말했다.

벌써 침대에서 나오고 싶지는 않았지만, 나초의 목소리는 명령조였다. 한 번 더 스트레칭을 하고 자리에서 일어났다. 양치하고 반바지와 하얀색 티셔츠를 입었다(브래지어는 입지 않았다). 그러고는 컨버스 운동화를 신었다. 달리 뭐가 더 필요할 이유가 없었다. 여기선 편안했으니까. 이곳은 우리의 은신처였다. 홀딱 벗고 있어도 됐을 터였다. 머리를 대충 틀어올리며 머리카락 몇 가닥이 얼굴 위로 흘러내리도록 한 뒤 선글라스를 끼고 밖으로 나갔다.

나초는 별장 옆에서 두 마리의 검은 말과 함께 서 있었다. 나는 미소 지었다.

"훔친 거예요?"

킥킥대며 묻고는 나초를 향해 걸어갔다. 그는 내게 키스했다.

"이름은 천둥, 번개예요. 우리 거죠."

"우리 거라고요?"

놀라서 되묻자 나초는 활짝 웃었다.

"말이 더 있어요?"

"분명 몇 마리 더 있을 텐데……."

나초는 생각에 잠기며 말을 멈췄다.

"정확히 스물세 마리 더 있죠. 총 스물다섯 마리예요. 하지만 그보다 더 많을지도요."

나초가 말을 쓰다듬자, 말은 그의 몸에 머리를 비볐다.

"프리지아종이에요. 냉혈 네덜란드종이죠. 아주 힘이 세요. 역사적으론 기마로 사용됐죠. 마차를 끌기 좋은 종이지만 오늘은 직접 탈 거예요. 이리 와요."

내 커다란 검은 말은 갈기가 길고 꼬리도 예쁘고 두꺼웠다. 동화 속 망아지의 큰 버전 같았다.

"내가 말을 탈 수 있는 줄은 어떻게 알았어요?"

고삐를 잡으며 물었다.

"당신 움직임을 느껴보니 알 수 있었죠."

나초는 즐거운 듯 눈썹을 치켜올리며 대답했다.

등자를 딛고 뛰어올라 안장에 앉았다. 나초는 나를 보며 고개를 끄덕였다. 오랫동안 말을 타지 않았는데도 도움이 필요하지 않다니 놀라웠다. 아마 자전거처럼, 말 타는 방법도 잊지 않는 모양이다. 나는 혀를 차며 등자를 흔들어 말이 제자리에서 빠르게 뒤로 돌게 했다.

"내가 경보를 하는 거 한번 볼래요?"

박차를 가하며 고함을 질렀다. 말이 달리기 시작했다.

해변은 넓고 아무도 없었다. 원하는 대로 활보할 수 있다는 뜻이다. 뒤를 돌아봤다. 나초도 말에 올라 활짝 웃으며 따라오고 있었다. 나초와 속도를 겨룰 생각은 없었기에 고삐를 쥐고 속도를 구보로 줄였다. 나초는 빠른 속도로 나를 따라잡았다.

"이런, 이런." 나초는 애정 어린 미소를 지으며 말했다. "그런 걸 할 수 있는지는 몰랐는데요."

"나한테 또 다른 걸 가르쳐줄 수 있겠구나 싶었어요?"

"솔직히 말하면 그랬어요."

나초는 고개를 끄덕이며 웃었다.

"오히려 당신이 나한테 몇 가지 팁을 줘야겠네요."

우리는 해안가를 따라 천천히 말을 몰았다. 몇 시인지는 모르지만 아주 이른 시간인 건 분명했다. 덥지도 않았거니와 수평선 너머 보이는 해도 낮았기 때문이었다.

"열 살적에 아빠가 처음으로 날 종마 사육장에 데려갔어요."

나는 회상하며 미소 지었다.

"물론 엄마는 야단법석이었고요. 엄마는 내가 말 근처에 있는 것도 싫어했어요. 나는 너무 작고 말은 너무 크니 다칠 수도 있지 않겠느냐고요. 하지만 아빠는 평소처럼 엄마 말을 무시하고 날 데려가서 승마 훈련을 시켰죠. 그래서 말을 몰 줄 알지만, 그럴 기회는 많이 없어요."

검은 말을 쓰다듬었다.

"당신이 사육하는 말들이에요?"

"날 안정시켜 주거든요."

나초는 미소 지으며 말했다.

"어머니가 말을 아주 좋아하셨어요. 우리 부모님은 서로 반대 성향이었죠. 나는 엄마한테 말 타는 법을 배웠고 엄마가 돌아가시고 나서는 오랫동안 말 농장에 들를 수 없었죠. 그런데 어느 날 아빠가 말을 팔겠다고 선언하시는 거예요. 그래서 내가 돌보겠다고 약속했어요. 꽤 돈이 되는 사업이더군요. 그래서 큰 보스마저 말을 계속 사육하는 걸 맘에 들어 하게 됐죠."

나초는 한숨을 쉬고 고개를 저으며 회상을 떨쳐냈다.

"우리 아름다운 아가씨, 그 덕에 우리에게는 탈 만한 망아지가 몇 마리 있답니다."

나초는 특유의 잘생긴 미소를 짓고는 전속력으로 달리기 시작했다.

나초는 비밀을 간직하는 사람은 아니었다. 뭘 물어보든 전부

대답해 줬다. 하지만 그에게도 숨기고 있는 감정이 있었다. 나초
의 그런 두 가지 성향에, 그 안에 있는 다른 두 영혼에 강렬한 흥
미를 느꼈다. 나초는 정말이지 내가 만난 남자 중 가장 비범했
다. 나는 나초가 내 남자라는 사실에 만족스러운 미소를 지으며
그를 따라갔다.

CHAPTER 17

우리는 카이로에서 사흘을 보냈다. 너무 오래 머무르지 않아
도 되어 다행이었다. 그렇게 푹푹 찌는 더위는 경험해 본 적이
없었다. 나초가 일해야 해서 혼자서 보낼 시간이 많았다. 나초가
내게 자유를 허락하지 않은 건 이집트가 처음이었다. 어디를 가
든 아이반과 동행해야만 했다. 아이반은 말이 많은 사람은 아니
었지만 적어도 내 수많은 질문에 인내심 있게 대답해 주는 성격
이었다. 우리는 피라미드를 구경했지만 내 폐소공포증 때문에
안에 들어가지는 못했다. 사원과 박물관도 둘러봤다. 물론 쇼핑
도 했다. 불쌍한 아이반은 침착함과 놀라운 인내심을 보여줬다.
나는 수영장에서 오후를 보내며 그런 인내심을 보상했다.

카이로와 근교에서 어느 정도 시간을 보내고 나니 이집트가
나 같은 여자에게 그리 친절한 곳은 아니라는 사실을 확신할 수
있었다. 여기서 강조할 건 '여자'다. 이집트 사람들의 종교적인
전통은 여자의 권리를 상당히 제한했다. 많은 것이 금지돼 있었

다. 내가 할 수 없는 게 너무 많아서 놀랄 정도였다. 받아들이기가 힘들었다.

이집트의 가장 낯설고 끔찍한 문화는 '도덕의 수호자'라는 기관이었다. 다른 사람의 배우자와 섹스하면 법적으로 사형당할 수 있었다. 말만 들어도 겁이 났다. 어쨌든 내게는 애인이 있으니 말이다. 이곳에서의 첫날 나초는 내게 어깨와 무릎을 가려 적어도 다른 사람들과 어울리는 차림을 하라고 한 시간이나 애원했다. 나는 단순히 나초의 잔소리를 멈추려고 그의 말대로 했다. 나초는 기독교인이었지만 만약 그가 이슬람교를 믿었다면 불복종을 이유로 나를 때려야 했을 것이다. 관광객이 많은 곳이었다면 문제가 안 됐겠지만, 카이로는 수도만의 관습이 있었다. 적어도 날씨는 좋았다. 덥고 맑았으며, 하늘은 파랗고 구름 한 점 없었다. 햇볕 아래에서 하루를 보내고 나니 피부가 보기 좋게 탔다. 포시즌스 호텔의 수영장 물은 기분 좋게 차가웠고, 직원들은 내가 웃옷을 벗은 채 일광욕을 즐기는 걸 상관하지 않는 듯했다. 시칠리아에서 열리는 결혼식에서 입어야 할 들러리 드레스는 몸을 상당히 드러내는 스타일이었다. 피부를 반만 태우면 예쁘지 않을 테니 웃옷을 입을 수가 없었다.

아이반은 그 점을 이해하지 못하고 내가 옷을 벗자마자 나초에게 전화를 걸었다. 나는 나초에게 일에 집중하라고, 밤에 돌아오면 황홀한 섹스를 해주겠다고 약속하고는 일광욕을 계속했다. 나초는 갑자기 분노로 이글거리며 뭐라도 입으라고 명령하는 사람이 아니라는 걸 알게 되어 좋았다.

마침내 테네리페로 돌아왔을 때, 또다시 곧 시칠리아로 떠나야 한다는 사실을 알아차렸다. 테네리페에 있을 시간은 이틀뿐이었다. 시칠리아에 두고 온 모든 것을 생각하니 몹시 두려웠다. 한편으로는 시칠리아 옷장에서 귀걸이 몇 개를 슬쩍할 수 있으니 충분히 가치 있는 여행일지도 몰랐다. 올가는 적어도 내가 폴란드에서 가져왔던 물건들은 챙겨주겠다고 약속했다.

금요일 아침이 되자 나초는 안절부절못하며 초조하게 아파트 안을 활보했다. 나초가 그렇게까지 스트레스받는 모습은 본 적이 없었다. 냉장고 문을 쾅 닫고, 사람들에게 소리를 쳤으며, 한번은 쿵쾅거리며 나갔다가 금세 다시 돌아왔다. 나는 최대한 나초를 방해하지 않으려고 작은 캐리어에 짐을 싼 뒤 아래층으로 갖고 내려가 벽 옆에 뒀다.

"젠장!"

나초는 고함을 지르며 걸음을 멈추곤 나를 노려봤다. 나는 침착함을 유지하며 눈썹을 올렸다.

"이렇게 가게 둘 순 없어요. 내가 2주 전에 마시모한테 총을 들이댔는데 어떻게 그 섬에 가게 내버려 둬요? 절대 안 돼요."

나는 분노하는 나초를 살피며 고개를 저었다.

"올가라면 당신이 결혼식에 못 가도 이해할 거예요. 용서할 거예요. 그 개자식을 추적할 수는 없다고요!"

나초는 넋두리를 늘어놓곤 숨을 크게 들이마셨다.

"자기."

나는 나초의 손을 잡으며 말했다.

"올가한텐 다른 친구가 전혀 없어요. 난 신부 들러리잖아요. 아무 일 없을 거예요. 걱정하지 마요. 우리가 계획을 잘 세웠잖아요. 당신 부하들이 지키는 집에서 머물 거고 올가의 브라이덜 샤워는 우리 침실에서 와인 마시는 걸로 대신할 거예요. 다음 날에는 옷을 차려입고 올가와 도메니코의 결혼식에 갈 거고 그런 다음 돌아올 거예요. 알았죠?"

나초는 힘없이 팔을 떨어뜨리며 한숨을 쉬었다. 나초의 무력한 모습이 내 마음을 녹였다. 눈물이 차올랐다. 그를 도울 방법은 전혀 없었다. 올가를 실망시킬 순 없었으니까.

"난 괜찮을 거예요, 나초. 알겠죠?"

나초의 턱을 들어 올려 내 눈을 마주 보게 했다.

"올가랑 도메니코랑 얘기했어요. 마시모는 온데간데없어요. 도메니코가 믿는 사람들이 우릴 경호할 거고 당신 부하들도 날 경호할 거예요. 그러니 그만 걱정해요."

나초에게 바짝 다가가 그의 입안에 혀를 밀어 넣었다. 하지만 나초는 그럴 기분이 전혀 아니었다. 이틀이나 내게 손도 대지 않은 그였다. 상관없었다. 제대로 된 섹스 없이 떠날 마음은 전혀 없었다. 나는 나초의 몸을 돌려 그의 손목을 잡고 벽으로 밀어붙였다. 나초가 나에게 하듯 똑같이. 미끄러져 내려가며 나초의 지퍼로 손을 뻗자, 나초는 놀란 눈으로 나를 쳐다봤다.

"그럴 기분 아녜요." 나초는 신음하며 날 멈추려 했다.

"나도 알아요." 나는 대답했다. "하지만 당신 페니스는 그렇게 말하지 않는데요."

불거지는 나초의 페니스를 손으로 찔렀다. 나초는 몸을 굽혀 나를 감싸 안고 공주님처럼 들어 올려 부엌으로 향했다.

나초는 나를 아일랜드 식탁 위에 대충 눕혔다. 빠른 움직임으로 단번에 내 반바지의 단추를 풀어 벗긴 다음 옆으로 던졌다. 한 손으로 나를 끌어당겼고, 다른 손으로는 발기한 페니스를 꺼냈다.

"이번엔 당신이 시작한 거예요."

그는 미소 지으며 씩씩거렸다.

"그랬길 바라요."

나는 쏘아붙이고 입술을 깨물며 그가 들어오길 기다렸다.

이번에는 부드럽지 않았다. 나도 나초가 그러지 않길 바랐다. 그의 분노와 답답함이, 끓어오르며 요동치는 감정이 고스란히 느껴졌다. 열정적이고, 거칠었으며, 가차없었다. 완벽했다. 나초는 부엌 조리대 위에서 가능한 모든 체위로 내게 박아댔다. 하지만 그 모든 행동에 다정함과 사랑이 묻어났다. 그는 내 소리를 듣고 나를 느꼈다. 모든 움직임은 나를 위한 것이었다. 고통이나 통제를 벗어난 폭력성은 없었다. 나초는 내가 그의 감정을 느끼기만을 바랐다. 나초가 자극하는 게 옳은 일이었을까? 아니었을지도 모르지만 나초가 그런 식으로 거칠게 행동할 줄은 알고 있었으니 애초에 그의 성격에 어느 정도 거친 면이 있었는지도 몰랐다. 얼마 후 우리는 공항 앞 도로에서 서로를 꺼안고 있었다. 나초가 날 놔주지 않길 바랐다. 나초도 날 놔주고 싶어 하지 않았다. 이륙은 지연됐다. 나초는 내 양볼을 잡고 눈을 들여다보며 키스했다. 아무 말도 하지 않았다. 그럴 필요가 없었다. 그가 무슨 생각을 하는지 너무나도 잘 알 수 있었다.

"이틀 뒤에 돌아올게요." 나는 그에게 속삭였다.

"잘 들어요, 자기……." 나초는 입을 뗐다가 멈췄다. 나는 그의 목소리에 얼어붙었다. "만약 일이 잘못되면……."

나는 나초의 입술에 손가락을 댔다.

"나도 알아요."

나는 그의 입속에 혀를 밀어 넣었고. 나초는 입술을 떼지 않으며 나를 공중으로 들어 올렸다.

"기억해요. 난 당신 거예요."

마침내 나를 놔준 나초에게 말했다. 비행기로 걸어가며 뒤를 한 번이라도 돌아본다면 절대 떠날 수 없으리라. 그럼 올가가 날 죽일 터였다.

진정제를 삼키고 숨을 크게 들이쉬며 날아다니는 죽음의 덫 안으로 발을 내디뎠다. 비행을 생각하지 않으려 최선을 다했다. 그리고…… 손쉽게 그럴 수 있었다. 비행장에 두고 온 남자가 자꾸 떠올랐기 때문이다. 나초는 슬퍼 보였다. 화나 보였는지도 모르겠다. 근육질 몸에 꼭 맞는 하얀색 티셔츠를 입고서 주머니에 손을 꽂은 나초는 숨이 멎을 정도로 멋있었다. 곧장 비행기에서 다시 내리고 싶었다. 뭔가를 그토록 간절히 바란 적은 없었던 것 같다. 달려가 그의 품에 안기고 싶은 기분, 모든 것을 잊고 싶은 기분. 그리고 거의 그럴 뻔했다. 다른 경우라면 그랬을 테지만 올가의 결혼식이 기다리고 있었다. 올가는 항상 내 곁에 있어줬으니 그 호의를 돌려줄 기회였다.

승무원은 샴페인 한 잔이 놓인 쟁반을 들고 내게 다가왔다. 잔을 낚아채듯 집어 들어 단숨에 들이켰다. 약을 먹고 술까지 마시는 건 좋은 생각이 아니지만 상관없었다.

공항을 나섰을 때는 해가 지고 있었다. 나는 차에 올랐다. 아마 장갑차였을 거다. 내가 찬 타 앞에 다른 차 한 대가 있고 뒤에도 두 대가 있었다. 미국 대통령도 이 정도의 경호를 받진 않는다. 휴대폰은 켜자마자 울려댔다. 이동하는 내내 나초와 전화로 딱히 주제 없는 잡담을 했다. 내가 어디 있는지 굳이 생각하고 싶지 않았지만 연기가 피어오르는 에트나산 정상을 보니 실감이 났다. 긴장한 탓에 숨이 잘 쉬어지지 않는 순간도 있었다. 다행히 타오르미나로 가는 고속도로로 접어들었고 화산으로 향하는 경사로를 올라 거대한 장벽 옆에 멈췄다. 눈이 휘둥그레졌다. 요새였다. 나초가 소유한 다른 건물들과는 너무 달랐다.

"이게 뭐예요? 성이라도 돼요?"

나초가 한참 서핑하다 겪은 모험을 얘기하던 중 내가 물었다.

"아, 도착했군요."

나초가 웃었다.

"군사 기지 같긴 하지만 적어도 방어는 잘돼요. 내 부하들은 자기 할 일도 지형도 잘 알아요. 거기라면 벙커보다 안전해요."

나초의 목소리가 심각해졌다.

"지금 아이반이 운전 중인가요?"

나는 그렇다고 대답했다.

"잘 들어요. 항상 아이반 말대로 해요. 그가 어떻게 해야 할지 잘 아니까요."

"진정해요! 이 편집증 대머리 아저씨." 나는 농담했다.

"대머리 아저씨요?" 나초는 웃음을 터뜨렸다. "머리를 길러야겠네. 얼마나 끔찍해 보일지 두고 봐요. 이제 가서 저녁 먹어요. 아침 먹고 아무것도 안 먹었잖아요. 물론 내 아랫도리 빼고요."

그의 목소리에서 즐거움이 묻어났다. 나초의 유머가 돌아와서 나도 깔깔댔다.

"도메니코랑 얘기했어요."

나초가 말을 이었다.

"올가는 한 시간 뒤에 도착할 거예요. 집 전체를 마음대로 써도 좋아요. 좋은 시간 보내요."

휴대폰을 주머니에 집어넣으며 나초가 얼마나 완벽한지 생각했다. 아이반이 문을 열어줬다. 집은 거대했다. 두 개의 층과 아름다운 정원으로 이루어져 있었다. 깔끔하게 다듬어진 덤불은 푸르른 초목 사이로 굽이져 자그마한 길을 형성하고 있었다. 이곳이 정말 세상에서 가장 안전한 곳인지는 확신할 길이 없지만 돈을 받고 암살하는 킬러가 보장하는 곳이니 어떻게 반박하겠는가? 이 집의 가장 놀라운 점은 불쾌할 정도로 두드러진다는 점이었다. 주변의 모든 경관과 전혀 어울리지 않는 집이었다. 현대적이고 앙상하며, 난간이 전혀 없는 수십 개의 테라스가 있었다. 열린 서랍을 상상하게 만드는 구조였다. 눈이 멀 정도로 하얀 우주선 같은 집이었다.

모두가 차에서 내렸다. 걱정됐다. 수십 명은 되는 점점 많은 부하가 주변에서 고개를 내밀며 나타났다. 집 안에도 남자들이 있었다. 장벽에도 순찰하는 남자들이 있었다. 진정한 군대였다. 이 정도의 경호가 정말 필요했을까? 아무래도 그런 모양이다. 어쨌든 갑자기 나타나 날 납치할 수 있는 사람이 존재하니까 말이다.

"무서워하실 필요 없어요." 아이반이 말했다. "가끔은 마르셀로가 지나치게 굴거든요."

예상대로 집 인테리어 또한 상당히 현대적이었다. 주변은 유리, 금속, 뾰족한 장식으로 가득했다. 아래층에는 천장이 높고 거대한 거실이 있었다. 바닥은 하얀 대리석이었고, 소파 바로 옆에는 얕은 수영장이 있었다. 그리고 열두 명이 앉을 수 있는 테이블과 동그란 쿠션이 있었다. 커다란 유리벽을 통해 보이는 전망은 아름다웠다. 화산의 경사면과 테라스가 보였다. 오른편에는 넓은 부엌이 있었다. 그럴 만했다. 나초는 요리를 좋아했고, 최상의 품질만을 고집했다. 벽에는 거대한 직사각형 벽난로가 자리하고 있었다. 버튼을 한 번 누르자 곧바로 불기둥이 올라왔다. 벽난로가 진짜로는 어떻게 쓰일지 상상하자 두려워져서 그대로 두기로 했다. 위층으로 올라갔다. 2층에는 유리벽으로 이루어진 넓고 탁 트인 공간이 있었다. 도무지 사생활을 지킬 수 없는 구조였다. 그렇게 생각하는 와중에 아이반이 버튼을 누르자 모든 벽이 뿌연 하얀색으로 변했다. 모든 침실에는 각기 1인용 침대와 TV가 있었다. 또 각각의 침실에는 전용 욕실과 옷장이 있었다.

아이반을 따라 복도 끝에 도착했다. 문을 열자, 스칸디나비아 식으로 꾸며진 아름답고 안락하며 편안한 침실이 나타났다. 커다랗고 하얀 나무 침대가 가운데에 있었다. 바로 옆에는 러그 위와 푹신한 아이보리색 안락의자가 두 개 놓여 있었다. 주 침실인 게 분명했다.

화장대 위에는 아멜리아, 파블로, 나초의 사진이 있었다. 그리고…… 내 사진도 있었다. 호기심에 그걸 집어 들었다. 내게 그런 사진이 있는 줄 몰랐다. 나는 금발의…… 임신한 모습이었다. 동영상의 일부분인 게 분명했다. 나는 나초의 사진을 바라보며 앉았다.

"이 집에 감시카메라가 있나 보네."

혼자서 중얼거렸다. 놀랍지는 않았다. 침대 옆에 사진을 뒀다. 매일 아침 눈을 뜰 때마다 그의 초록색 눈을 보고 싶었다.

시칠리아에 있는데도 마음은 테네리페에 가 있으니 이상했다. 몇 달 전만 해도 누군가 지금 내 상황을 이야기해 줬다면 절대 믿지 않았을 것이다.

"어디 한번 망가져 볼까!" 밖에서 올가의 목소리가 들렸다. "잘 있었냐, 이년아!"

올가는 환히 웃으며 나를 안았다. 갑자기 마음이 침착해졌다.

"물론 농담이야. 취할 순 없지. 그래도 한두 잔 정도는 마시자. 내일은 아주 끝내주게 보여야 하거든."

"나도 알지." 나는 올가를 집 안으로 데려가며 미소 지었다. "나초가 준비를 잘해놨어. 어떻게 지냈어?"

올가에게 어깨동무하고 테라스로 걸어가며 물었다.

"모든 게 완벽해. 난 아무것도 안 해도 돼. 다른 사람들이 전부 다 해주거든."

올가는 가장자리에 멈춰 섰다.

"그건 그렇고 이 집엔 왜 이렇게 사람이 많아? 이렇게나 많이 필요해? 들어오기 전에 나를 머리부터 발끝까지 수색하더라. 내 엉덩이를 쑤시진 않았지만 아마 안 뒤진 건 거기뿐일걸."

나는 미안해하며 어깨를 으쓱였다.

그날 저녁에는 취하지 않았다. 샴페인을 홀짝였을 뿐이다. 우리는 딱히 주제 없는 잡담을 나눴다. 주로 작년을 회상하며, 그때 우리의 삶이 어떻게 바뀌었는지 이야기했다. 올가가 도메니코 얘기를 꺼내자, 그녀의 자신감을 느낄 수 있었다. 올가는 도메니코를 사랑하고 있었다. 그녀만의 이상한 방식으로. 올가와 도메니코는 서로를 이해했고, 친구처럼 서로 장난쳤으며, 오래된 커플처럼 싸웠고, 이제 막 사귀기 시작한 연인처럼 섹스했다. 두 사람은 완벽한 한 쌍이었다. 도메니코는 유순하며 회유하는 성격이었지만 올가가 도메니코 위에 올라탈 때마다 분노에 가득 찬 미친 짐승으로 변했다. 그래서 올가는 도메니코를 더더욱 사랑했다. 두 사람의 사랑은 부인할 여지가 없었다.

토요일 아침이 되자, 우리는 결혼식 준비를 위한 호텔로 갔다. 미용실 의자에 앉아 아이반이 준 생수병의 물을 홀짝였다. 우리는 주스며 아이스티며 온갖 것을 상자째 가져왔다. 나초는 아침까지 전화 한 통 없다가 달콤한 웃음소리로 나를 깨웠다. 나초는 하루만 지나면 다시 볼 수 있다는 사실을 상기시켜 줬다. 마음만 먹으면 온종일 휴대폰만 붙들고 있을 나초였지만, 그는 내가 최대한 자유를 누리길 바랐기에 내게 전화하는 대신 아이반을 귀찮게 굴었다. 불쌍한 아이반은 15분마다 전화를 받았고, 그때마다 모든 게 잘되어 가고 있다고 열심히 나초를 안심시켜야만 했다. 아마 나초가 이 정도로 집착하는 건 본 적이 없을 터였다. 하지만 나초는 모든 일을 운에 맡기는 성격이 아니었다. 완벽주의자였고 모든 게 잘못되는 걸 지켜보느니 이틀을 꼬박 밤새는 걸 선호할 사람이었다.

"망할, 라우라. 지금 내가 세 번째 묻고 있잖아!"

올가의 목소리에 정신이 들었다. 고개를 휙 돌려 올가를 바라보는 바람에 내 메이크업 담당자가 브러시로 내 눈을 도려낼 뻔했다.

"소리 좀 그만 질러." 나는 으르렁거렸다. "왜 그러는데?"

"머리를 너무 높이 쪽진 거 같지 않아? 그리고 너무 힘없지?"

올가는 머리를 문지르며 쪽진 부분을 정리하려 했다.

"안 예쁘지 않아? 뭔가 다른 게 필요해. 나 완전 엉망이야. 다 씻고 다시 시작할래. 하나도 말이 안 돼! 애초에 결혼하고 싶지 않아!"

올가는 잔뜩 당황한 채 내 어깨를 붙잡고 흔들어댔다.

"왜 나 스스로 자유를 잃고 싶어 하는 거지? 이 세상에 남자가 얼마나 많은데. 조만간 임신도 하게 될 거고……."

올가는 사색이 된 얼굴로 따발총처럼 속사포를 내뱉었다.

나는 손을 들어 그녀의 뺨을 세게 후려쳤다. 올가는 눈을 이글거리다 단숨에 조용해졌다. 직원들은 모두 찍소리조차 내지 못했다. 모두의 시선이 날 향해 있었다.

　"이제 됐어?" 나는 침착하게 물었다.

　"응, 고마워."

　올가는 속삭이며 대답하고 도로 앉아 깊은숨을 들이마셨다.

　"그냥 쪽진 머리를 좀 밑으로 내리면 다 괜찮아질 거야."

　한 시간 뒤, 에미가 직접 올가에게 드레스를 입혀줬다. 올가가 에미의 남자를 빼앗은 걸 생각하면 이상한 광경이었다. 내가 사라진 덕분에 두 사람이 화해했고, 그 뒤로 떨어지지 못하는 사이가 된 게 다행이었다. 에미가 일을 마치자 나는 올가를 눈으로 훑었다. 아주 아름다웠다. 울음이 터져 나오는 걸 간신히 참아냈다. 드레스 자체는 그리 독특하지 않았다. 어깨가 드러나 있고 허리 아래로 펼쳐지는 전형적인 웨딩드레스였다. 하지만 그 크리스털이란……. 크리스털이 구불구불 인상적으로 반짝이며 빛의 소용돌이를 자아냈다. 대부분은 가슴 주변에 장식돼 있고, 아래로 갈수록 덜해졌다. 발 주변에는 크리스털이 전혀 없어서 그러데이션 효과가 났다. 아름답고 우아한 그러데이션 드레스. 분명 거의 90킬로그램은 나갈 것이다. 하지만 올가는 상관하지 않았다. 공주처럼 보이길 원했으니까. 티아라를 쓰겠다고 고집 부리기까지 했다. 덕분에 나는 한바탕 웃음을 터뜨렸지만 반대하진 않았다. 올가의 결혼식이니까. 올가는 러시아의 여황제가 쓸 법한 티아라를 고려했지만 다행히 그건 못 쓰게 설득했다. 올가가 별종처럼 보일 상황은 겨우 피해 갈 수 있었다.

드레스는 전체적으로 빈티지하면서 세련됐다. 분명 숨이 멎을 법한 드레스다. 끔찍한 티아라만 아니었다면 말이다. 나는 흰색이 아닌 웨딩드레스를 정말 좋아했는데, 이 드레스는 말 그대로 장관이었다. 겉으로는 단순해 보이지만 여러 겹으로 되어 있어 독특했다.

"나 토할 것 같아." 올가는 내 손목을 꽉 쥐며 말했다.

나는 무표정을 유지한 채 손을 뻗어 방금 비운 쿨러를 집어 들어 그녀의 턱 아래에 받쳤다.

"토해." 나는 고개를 끄덕이며 말했다.

"너무해. 네가 완전 망치고 있잖아." 올가는 멀어지며 쏘아붙였다. "나한테 필요한 건 양동이가 아니라 공감이란 말이야."

올가가 중얼거렸다.

"내가 조금이라도 감정적으로 굴면 화낼 거면서. 우리 둘 다 잘 아는 사실이잖아?"

나는 눈알을 굴리며 올가를 따라갔다.

입구에는 차들이 주차돼 있었다. 두 대는 내 경호원들이, 세 대는 토리첼리 가문 사람들이 타고 있었다. 우리는 그중 한 대를 타고 성당으로 갈 예정이었고, 남은 차들은 부하들 몫이었다. 도메니코는 우리가 타고 갈 차를 나초의 부하가 운전하는 데에 동의했다. 하지만 안에 함께 타는 경호원은 시칠리아 출신이어야 한다고 했다. 건장한 마피아들은 서로를 노려보며 상황과 합의를 보기 위해 애쓰고 있었다.

마돈나 델라 로카 성당. 경사로를 내려가는 순간 거의 기절할 뻔했다. 이곳에는 좋은 추억밖에 없었지만 내 결혼을 생각하고 싶지는 않았다. 올가의 결혼식이 그곳에서 진행될 거라는 사실을 알기는 했지만, 내 눈으로 보는 건 완전히 다른 문제였다.

마시모의 고문인 마리오는 힘없는 미소로 인사하고 내 뺨에 입을 맞췄다.

"다시 보니 좋네요, 라우라." 그가 말했다. "당신이 떠난 뒤 상황이 바뀌긴 했지만요."

나는 어찌 대답해야 할지 몰라 그냥 서서 눈앞에 펼쳐진 아름다운 광경을 바라보았다. 곧 끝날 터였다. 올가의 아빠가 올 때까지 성당 옆에서 기다렸다. 모든 준비가 끝나자, 나는 올가를 돌아보고 마지막으로 한번 안아줬다.

"사랑해." 올가의 귀에 속삭였다. "다 괜찮을 거야. 이따 봐."

올가는 고개를 끄덕였다. 나는 더 나이 든 시칠리아인에게 팔짱을 끼고 성당 안으로 들어갔다.

우리는 문을 통과해 버진 로드에서 멈춰 섰다. 도메니코는 이미 만면에 미소를 띤 채 기다리고 있었다. 도메니코는 내 볼에 키스하고 더욱 활짝 웃었다. 자그마한 성당을 둘러보니 기시감이 느껴졌다. 음침한 마피아들의 얼굴도, 분위기도 똑같았다. 다른 점이 있다면 참지 못하고 흐느끼는 올가의 엄마뿐이었다.

갑자기 스피커에서 건스 앤 로지스의 「디스 아이 러브This I Love」가 울려 퍼지기 시작했다. 올가가 이쯤 되면 눈이 빠질 정도로 통곡하리라. 지금쯤 엄청나게 긴장했을 올가를 상상하니 미소가 지어졌다. 입구를 돌아보았다. 성당 안으로 들어오는 올가를 보는 도메니코는 거의 기절할 뻔했다. 올가는 아빠의 손을 잡고 제대로 입장하기도 전에 곧장 도메니코에게로 달려가 키스를 퍼부었다. 올가의 아빠는 체념한 채 손을 흔들며 염소처럼 통곡하는 자기 아내 옆에 앉았다. 올가와 도메니코는 키스에 심취해 주변의 모든 것과 사람들을 잊은 듯했다. 노래가 끝나지 않았다면 분명 멈추지 않았을 거다.

마침내 그들은 숨을 헐떡이며 제단을 마주했다. 사제는 두 사람에게 손가락을 흔들었다. 막 식이 시작하려던 참에 마시모가 문 안으로 들어왔다.

다리가 후들거렸다. 나는 몸을 떨며 자리에 주저앉았다. 마리오가 내 팔꿈치를 잡았고, 올가는 두려움에 찬 혼란스러운 눈으로 마시모를 바라봤다. 검은 턱시도에 하얀 셔츠를 입은 마시모는 멋있었다. 그을린 피부와 잘 어울리는 패션이었다. 느긋하고 침착하며 차분해 보였다.

"여기가 내 자리인 것 같군." 마시모의 말에 마리오는 한 걸음 물러섰고, 나는 내 남편 바로 옆에 있게 됐다. "안녕, 베이비걸."

그 말에 도망가고 싶은 마음과 토하고 싶은 마음, 죽고 싶은 마음이 전부 동시에 느껴졌다. 숨을 쉴 수 없었다. 심장은 미친 듯이 뛰었다. 얼굴에서 핏기가 완전히 가셨다. 마시모가 바로 옆에 있었다. 그의 향기가 얼마나 좋은지 잊고 있었다. 눈을 감고 호흡을 가다듬으려 애썼다. 마침내 도메니코와 올가는 제단을 마주했고, 사제는 식을 시작했다.

"아주 예쁘네."

마시모가 몸을 살짝 기울여 내 손을 잡고 자기 이마에 대며 속삭였다. 그가 나를 만지자 몸에 찌릿 전류가 흘렀다. 나는 재빨리 손을 빼 밑으로 떨어뜨려 다시는 그러지 못하게 했다.

가슴골이 깊게 파인 꼭 맞는 드레스 아래서 내 가슴은 위험한 속도로 오르내렸다. 제대로 서 있을 수가 없었다. 남편을 무시할 수도 없었다. 한 가지는 확실했다. 조금이라도 약한 모습을 보이면 마시모에게 이용당할 것이다.

성당에서의 30분은 영원처럼 느껴졌고, 나는 모든 게 끝나길 기도했다. 아마 나초도 마시모가 돌아온 걸 이미 알 터다. 두려움과 분노에 미쳐가고 있을 게 분명했다. 내 경호원들은 밖에 있었다. 그들에게 무슨 일이 일어나고 있는지는 알 턱이 없다. 그리고 조만간 내게 무슨 일이 일어날지도.

마시모를 흘긋 훔쳐봤다. 그는 차분하게 배 위에 깍지 낀 손을 올려놓은 채 설교에 집중하고 있었다. 하지만 나는 전부 꾸며낸 모습이라는 걸 알았다. 마시모는 이따금 나를 흘깃거렸다. 어쩜 그렇게 아름다울 수 있을까? 어디선가 파티를 하고 있었던 게 아니었나? 약으로 몸을 망치고 있던 것이 아니었나? 아니었나 보다. 마시모는 제대로 변신한 것처럼 보였다. 영웅에서 신으로. 수염을 깔끔하게 깎으니 내 피부를 쓸던 그 거친 흥분이 떠올랐다. 머리카락은 평소보다 자라 뒤로 쓸어 넘겨져 있었다.

"날 보니까 좋은가 보지?"

갑자기 마시모는 나를 쳐다보며 물었다. 그를 흘긋거리는 걸 그만두고 싶었지만 그럴 수 없었다. 나는 얼어붙었다.

"그놈은 절대 이런 식으로 널 흥분시키지 못할걸."

마시모는 속삭이곤 다시 제단을 바라보았다.

이곳에서 도망쳐야 했다. 고개를 떨궜다. 명치에 고통이 느껴진 나는 숨을 들이쉬었다.

감사하게도 드디어 결혼식이 끝났다. 저번처럼 손님들은 곧장 피로연에 돌입했다. 우리는 필요한 서류에 서명하기 위해 예배당으로 갔다. 마시모는 환하게 웃고 있었다. 그는 신혼부부에게 키스하며 축하 인사를 전했다. 나는 멀찍이 떨어져 있었다.

"이런 개 같은 거짓말쟁이를 봤나."

내 차례가 오자 나는 도메니코에게 씩씩거리며 그의 팔꿈치를 꼬집고 손톱을 박아 넣었다.

"마시모는 안 올 거라며."

"사라졌다고만 했잖아. 내 결혼식에 오는 걸 막을 수는 없어."

도메니코는 내 어깨에 손을 올리며 내 눈을 들여다봤다.

"전부 계획대로야. 바뀐 건 아무것도 없어. 제발 진정해……."

"이브를 소개하고 싶은데."

마시모의 목소리가 들렸다. 돌아보니 마시모 옆에 갈색 눈의 아름다운 여자가 서 있었다. 그녀는 매력적인 미소를 지으며 마시모의 팔 옆에 꼭 붙어 있었다. 순수한 질투가 심장을 찔렀다.

분명 내가 마시모를 찼다. 그 반대가 아니라. 내게 화를 낼 권리는 없다. 그런데도 나는 마시모의 무례한 행동에 분노하고 있었다. 길고 검은 머리카락을 가진 그 미녀는 내게 손을 내밀며 스스로를 소개했다. 내가 한심해 보였을 게 분명하다. 나는 완전히 충격에 빠져 아무 말도 못 했다. 이브는 키가 크지 않았지만 그걸 빼면 나와 많이 닮았다. 그녀는 아담하고 우아하며 유약한 사람이었다. 그래, 인정하자. 나와는 전혀 닮은 구석이 없는 사람이다.

"우린 브라질에서 만났는데……."

"이 멋진 남자와 사랑에 빠졌죠."

여자가 마시모의 말을 이었다. 올가와 나는 눈알을 굴렸다.

내 안에서 쌓이는 감정을 감당할 수가 없었다. 그래서 까치발을 서서 빙글 돌아 서류에 서명하러 갔다.

"적어도 끝나긴 했네."

올가가 다가와 말했다.

"저 사람도 여자가 있고 너도 남자가 있으니까. 이제 이혼만 끝내면 다들 행복하게 잘 살 수 있겠어."

"됐어, 꺼져." 나는 쏘아붙였다. "겨우 만난 지 3주 된 여자야. 난 저 사람 아내고."

"좀 위선적인 거 아냐?"

올가는 진지해졌다.

"너한테는 아주 좋은 소식일 텐데. 모든 걸 네가 원하는 방식으로 끝낼 기회잖아. 그러니 얼른 서명하고 가자."

"하지만 어떻게……."

나는 내가 하려는 말이 얼마나 멍청한지 깨닫고 멈췄다.

"잘 들어, 라우라."

올가가 단호하게 말했다.

"결정을 내려. 그 서퍼든지 네 남편이든지. 둘 다 가질 수는 없어. 누굴 고르라고는 하지 않겠어. 나라면 남편을 고를 테니까. 어쨌든 네가 나와 함께하길 바라거든. 하지만 결국 네 인생이잖아. 네가 행복한 선택을 해."

올가는 고개를 끄덕였다.

나는 밖으로 나가 아이반 옆에 멈춰 서서 올가와 도메니코의 사진 촬영이 끝나기를 기다렸다. 잠시 후, 아이반이 내게 휴대폰을 건넸다. 나는 몇 번 심호흡한 뒤 전화를 받았다.

"기분은 어때요?" 나초는 걱정이 가득한 목소리로 물었다. "다 괜찮아요, 자기."

나는 조금 옆으로 움직이며 나직이 말했다.

"마시모가 여기 있어요."

"미친, 그럴 줄 알았어요." 나초가 으르렁거렸다. "라우라, 부탁이니 내가 시키는 대로 해요."

"여자랑 같이 있어요. 이제야 항복한 것 같아요."

나는 무심한 척 애쓰며 말했다.

그때 여자를 차로 안내하는 마시모의 모습이 눈에 띄었다. 그는 여자에게 문을 열어주고 차에 타는 그녀의 머리에 키스했다. 나는 주먹을 말아 쥐었다. 마시모는 차를 돌아가 우아하게 몸을 밀어 넣다가 잠시 멈추고 나를 똑바로 바라보았다. 휴대폰이 거의 손에서 떨어질 뻔했다. 나는 깊은숨을 들이마시려 입을 벌렸다. 마시모의 입가에 피어오르는 자신만만한 미소는 내 숨을 멎게 했다.

"라우라!"

휴대폰에서 흘러나오는 목소리에 정신을 차렸다. 나는 마시모에게서 고개를 돌려 바다를 건너다보았다.

"무슨 일이에요, 자기? 말 좀 해봐요."

"아무것도 아니에요. 잠깐 다른 생각을 했어요."

나는 시선을 떨어뜨리고 페라리가 시동 소리를 내며 멀어져가기를 기다렸다.

"그냥 어서 당신에게 돌아가고 싶어서 그래요."

기다리던 소리가 조그마한 광장에 울려 퍼졌다.

"올가가 오고 있어요. 공항에 가면서 전화할게요."

나는 아이반에게 돌아가 휴대폰을 돌려줬다.

"꾸며내는 거예요." 아이반이 말했다. "토리첼리요. 다 꾸며내는 거라고요. 조심해요."

마시모가 무슨 꿍꿍이인지는 전혀 알 턱이 없었다. 나는 고개만 끄덕여 아이반이 날 내버려 두고 차에 타게 됐다. 머리가 지끈거렸고, 드레스는 피부에 쏠리기 시작했다. 우아하게 쪽진 머리에 꽂힌 머리핀은 두피에 구멍을 내는 것 같았다. 몹시 화가 났다. 위험할 정도로.

"술을 마셔야겠어요." 나는 내뱉었다. "술 어딨죠?"

"마르셸로가 술은 안 된다고 했습니다."

아이반이 감정 없이 말했다.

"마르셀로가 뭐라고 했든 손톱만큼도 신경 안 써요! 술 어딨냐니까요!"

"없어요." 아이반이 대답했다.

나는 창문에 머리를 기댄 채 스스로의 생각과 싸우려 애쓰며 바깥 풍경을 바라봤다.

저택으로 향하는 문에는 수십 명의 경호원이 있었다. 도로에는 장갑차와 경찰이 즐비해 있었다. 도메니코와 올가는 호텔에서 파티하기를 원하지 않았다. 대신 가든파티를 하러 갔다. 바다 옆 정원에 거대한 텐트가 세워졌다. 장식은 예뻤다. 거기에 가만히 서서 인내심 있게 신혼부부를 기다렸다. 갑자기 누군가의 시선이 느껴졌다. 그 익숙함이 누구일지 확신할 수 있었다. 드레스 자락을 살짝 들어 올리며 천천히 몸을 돌렸다. 그는 겨우 몇 센티미터 떨어져 있었다. 마시모는 주머니에 손을 꽂은 채 나를 내려다보고 있었다. 어둡고 차가운 눈은 나를 뚫어질 듯 보고 있었다. 마시모는 입술을 깨물었다. 나는 그의 입술을 맛보는 상상을 했다. 마시모는 내게 바짝 다가섰다.

아이반이 목을 가다듬으며 가까이 다가왔다. 그 외에도 다섯 명의 남자가 따라붙었다.

"네놈의 개들은 꺼지라고 하지?"

마시모는 으르렁거리며 냉랭한 눈으로 그들을 쳐다보았다.

"여기 내 부하들이 적어도 백 명은 있는데 말이야. 도메니코와 올가가 멀리 갔으니 단둘이 있을 수 있겠군."

마시모는 내게 팔을 내밀었고, 나는 생각 없이 잡았다.

"이 저택에서 나가는 출구는 하나뿐인데 그쪽이 막고 있군."

마시모는 아이반을 향해 덧붙였다.

아이반은 내게 경고의 눈빛을 보내며 한 걸음 물러섰다. 나는 마시모를 따라 정원 깊숙이 들어갔다. 그에게서 열기가 뿜어져 나왔고, 향기는 압도적이었다. 정장 속 마시모의 근육이 긴장하는 게 느껴졌다. 우리는 조용히 걸었다. 꼭 과거로 돌아간 것 같았다.

"회사는 네 거야."

마침내 마시모가 입을 열었다.

"내 것이었던 적은 없어. 갖고 싶지도 않고. 회사를 카나리아 제도로 옮겨서 사업을 계속해도 돼."

왜 회사 얘길 먼저 할까? 왜 그리 침착한 걸까?

"오늘은 이혼 얘길 하고 싶지 않아. 피로연이 끝나면 얘기하자. 며칠 머무를 거지?"

마시모는 멈춰서 나를 돌아봤다. 다리가 후들거렸다.

"자정이 지나면 테네리페로 돌아갈 거예요."

나는 말을 더듬었다.

"안됐네. 일을 마무리하고 싶은데, 네가 시간이 워낙 없으니, 이혼은 나중에 얘기해야겠어."

복잡한 나무와 덤불의 그늘 밑에 아름다운 정자가 있었다. 마시모는 그 정자로 나를 안내했다. 내가 앉자 마시모도 옆에 앉았다. 우리는 바다를 바라보았다. 머릿속은 마시모의 갑작스러운 변화로 가득했다.

"베이비걸, 내 목숨을 구해줘 놓고선 다시 죽이려고 하네."

마시모의 목소리가 너무 슬퍼서 나는 시선을 떨어뜨렸다.

"하지만 덕분에 다시 삶을 되찾았어. 이브를 만났고, 약도 끊었고, 돈이 되는 계약도 몇 개 했지."

마시모의 눈빛은 예상 밖의 즐거움으로 빛났다.

"네가 나를 나 자신으로부터 구했다고 할 수 있지."

"다행이네요. 하지만 당신이 개한테 한 짓을 생각하면……."

갑자기 속이 안 좋아져서 말을 멈췄다.

"그런 잔인한 면이 있을 줄은 몰랐어요." 목소리가 갈라졌다.

"뭐? 무슨 말이야? 네가 떠나자마자 테네리페로 보냈잖아."

"나도 잘 알아요. 토막 내서 보냈잖아, 이 개자식아."

나는 쏘아붙였다.

"뭐라고?" 마시모는 충격받은 표정으로 펄쩍 뛰었다.

"사람을 붙여서 안전하게 보냈는데 무슨 소리야. 강아지를 보고 날 떠올리길 바랐어. 속상해하길 바랐다고. 그런데……."

"당신이 프라다를 죽이지 않았다고요?"

어마어마한 감정이 물밀려 들어왔다.

"토막 나서 신발 상자에 넣어진 채로 받았어요. 편지랑 같이."

"베이비걸."

마시모는 내 손을 잡으며 무릎 꿇었다.

"내가 아무리 괴물이라고 해도 머그잔만 한 강아지를 왜 죽이겠어? 내가 정말 그럴 수 있을 거라고 생각해?"

마시모는 눈썹을 올리며 가만히 있다가 입에 손을 대고 무언가를 골똘히 생각했다.

"마토스, 이 개자식." 마시모는 마침내 내뱉으며 씁쓸히 웃었다. "그럴 줄 알았어. 어떤 값이든 치러야지."

마시모는 고개를 저었다.

"이비사의 레스토랑에서 나왔을 때 마토스가 나한테 뭐라고 했는지 알아? 내가 네 사랑을 받을 자격이 없다는 걸 보여주기 위해서라면 어떤 값이든 치를 거라고 했어."

다시 엄청나게 어지러웠지만 귀를 기울였다. 마시모는 다시 웃었다.

"내가 마토스를 과소평가했군."

귀가 울렸고, 숨이 쉬어지지 않았다. 나초가 그랬다고? 내 멋지고 상냥한 남자가 그 작고 힘없는 강아지를 죽였다고? 믿을 수 없었다.

마시모는 내가 얼마나 상처받았는지 보았을 것이다. 그는 주머니에서 휴대폰을 꺼내 전화를 걸어 몇 마디한 뒤 끊었다. 몇 분 뒤, 키 큰 근육질의 남자가 정자에 나타났다.

"세르지오." 마시모가 말했다. "내가 테네리페로 데려가라고 한 강아지를 어떻게 했지?"

"명령하신 대로 마토스 저택으로 데려갔습니다."

세르지오라는 남자는 혼란스러운 듯 나를 흘긋 바라보았다.

"마르셀로 마토스 말로는 라우라가 부재중이니 자기가 받겠다더군요."

"고마워, 세르지오. 그거면 됐어."

마시모는 난간에 팔을 기댔다. 세르지오는 우리를 떠났다.

"라우라!" 멀리에서 올가가 소리쳤다. "이리 와."

급하게 일어서다가 몸이 휘청였다. 아직도 어지러웠다.

마시모는 벌떡 일어나 나를 잡아쥤다.

"괜찮아?"

마시모는 내 눈을 들여다보며 걱정되는 투로 물었다.

"괜찮을 리가 없잖아요!"

나는 마시모를 뿌리치고 쿵쾅대며 걸어갔다.

우리는 거대한 텐트 입구 옆에 섰다. 마시모는 내게 팔을 내밀었다. 잡으라고 강요할 필요는 없었다. 묻지도 않았다. 그저 기다렸다. 나는 마시모의 팔을 잡았다. 우리 넷은 모두가 모여 있는 안으로 들어갔다. 사람들은 환호하며 손뻭을 쳤다. 도메니코의 축사가 이어졌다. 우린 행복한 대가족처럼 보였을 것이다. 마시모와 도메니코는 올가와 내 양옆에 섰고, 올가와 나는 모두를 향해 미소 지었다. 행복한 척하려니 힘들었다. 박수가 잦아들자 도메니코와 마시모는 나를 텐트 중간에 자리한 낮은 연단으로 안내했다. 거기까지 가는 도중 웨이터가 들고 있는 접시에서 샴페인 한 잔을 집어 들고 단숨에 꿀꺽 삼켰다. 올가는 나를 놀란 눈으로 쳐다봤고, 아이반은 가까이 다가왔다. 나는 손을 들어 아이반을 멈추고 쫓아냈다. 다른 웨이터가 샴페인 한 잔을 더 권했다. 그것도 마셨다. 술을 마시니 진정이 됐다. 알코올중독자나 할 법한 생각이었지만 입안에 맴도는 샴페인의 맛을 즐겼다.

잠시 후, 도메니코는 첫 춤을 위해 올가의 손을 잡고 댄스플로어로 갔다.

나는 웨이터에게 손짓해 샴페인을 더 주문했다.

"그러다 취하겠어."

마시모가 몸을 기울이며 말했다.

"취하려고 이러는 거예요." 나는 쏘아붙였다. "내 걱정은 하지 마시죠. 가서 이브랑 노세요."

마시모는 크게 웃고 내 손목을 잡고 일으켜 세워 댄스플로어로 데려갔다.

"그러는 대신 너랑 같이 있을게."

우리는 내 경호원 여섯 명을 지나쳤다. 아이반은 내게 몸을 붙이는 마시모를 보며 고개를 저었다. 손톱만큼도 신경 쓰이지 않았다. 나는 말도 못 하게 나초의 부하들에게 화가 나 있었다. 더 생각할 필요도 없이 그들을 전부 쫓아낼 수도 있었다.

"탱고 추자." 마시모가 내 쇄골에 키스하며 속삭였다. "네 드레스에 딱이지."

"나 팬티 입었어요." 나는 도발적으로 입술을 핥으며 말했다. "이번에는 제대로 할 수 있어요."

술기운과 분노 덕에 인생 최고의 탱고를 출 수 있었다. 마시모는 나를 단단히 잡고 능숙하게 리드했다. 춤이 끝나자 모두가 박수를 보냈다. 도메니코와 올가마저도. 우리는 인사한 뒤 자리로 돌아왔다.

"전화 받으세요, 아가씨."

아이반은 전화를 들고 다가오며 말했다.

"말할 기분 아니에요." 나는 쏘아붙였다. "나초한테 이렇게 전해요."

나는 무슨 말을 할지 고민하다 잠시 조용해졌다.

"아뇨, 생각해 봤는데, 휴대폰 내놔요. 내가 직접 말하죠."

나는 휴대폰을 잡고 벌떡 일어나 쿵쾅거리며 밖으로 나갔다.

"무슨 일이에요, 자기?" 나초가 물었다.

"어떤 값이든 치를 거라고요?" 나는 소리를 질렀다.

"어떤 값이든 치를 거라고요? 어떻게 그럴 수 있죠? 이 개자식! 당신은 이미 날 가졌잖아요! 난 이미 당신을 사랑하고 있었다고요! 그런데 당신을 만나려고 떠난 남자를 내가 미워하게 만들어요? 내 사랑만으로는 충분하지 않았나요?"

나는 짧은 시간에 연거푸 들이킨 샴페인 때문에 올라오는 구토를 참으며 주저앉았다.

"마시모를 미워하게 하려고 내 개를 죽여요? 어떻게 그럴 수가 있죠?"

눈물이 볼을 타고 흘러내렸다. 갑자기 누군가가 내 어깨 위에 손을 올려서 나는 벌떡 일어났다. 아이반은 놀라서 한 발 물러서며 나를 응시했다.

"끝이에요, 나초!" 수화기에 소리를 지르곤 휴대폰을 자갈길에 던졌다. "이제 이런 거 필요 없어요."

나는 경호원에게 으르렁거렸다. 경호원은 뭔가 말하려 숨을 들이마셨다.

그때 휘청거리며 목구멍으로 샴페인이 올라오는 게 느껴졌다.

나는 몸을 돌려 깔끔히 깎인 잔디 위에 토했다.

마시모와 그의 부하들이 가까이 다가오는 건 눈치채지 못했다. 마시모는 팔로 나를 감싸고 부축했다.

"이제 가도 될 것 같군. 더는 필요 없을 테니까."

마시모는 아이반을 냉랭한 시선으로 바라보며 말했다. 마침내 숫자로 진 카나리아인들은 패배를 인정하고 물러섰다. 차 문이 닫히는 소리가 들렸고, 두 대의 어두운 SUV가 커다란 시동 소리를 내며 멀어져갔다.

"이런, 베이비걸." 마시모는 내게 손수건을 건네며 속삭였다. "집에 데려다줄게."

"이브나 데려가시죠." 나는 쏘아붙였다.

"내 아내가 더 중요하잖아." 마시모가 웃었다. "나한테 아내가 또 있는 것도 아니고."

나는 저항하지 않았다. 그럴 힘이 전혀 남아 있지 않았다.

CHAPTER 18

전화벨 소리에 잠에서 깼다. 단단한 팔에 안긴 채 미소 지었다. 모든 게 끝났다. 눈을 떴다. 나를 감싼 팔이 문신으로 덮이지 않은 맨 가슴으로 나를 끌어당겼다. 갑자기 내가 어디 있는지 깨닫고 눈을 번쩍 뜨며 벌떡 일어났다. 커다란 손이 이불 밑에서 나와 나를 잡았다.

"네 전화야."

목소리가 들렸고, 눈앞에 휴대폰이 보였다. 화면에는 올가의 이름이 보였다.

"결혼 축하해." 나는 완전히 혼란스러운 상태로 중얼거렸다.

"세상에, 다행이다. 살아 있구나." 올가가 말했다.

"둘이 갑자기 사라져서 말도 없이 어딘지도 모르는 데로 떠난 줄 알았어. 그렇게 일찍 마시모랑 같이 사라진 걸 보니까 결정을 내렸나 봐? 네가 돌아온다니 기뻐……."

올가는 흥분해서 지껄였다.

"이제 그만 방해하고 당신 남편이나 챙겨."

마시모는 웃으며 휴대폰을 가져가서 올가의 말을 자르고는 전화를 끊었다.

"네가 그리웠어."

마시모는 내 위로 미끄러지며 말했다. 그는 거대한 페니스를 내게 문질렀다.

"네가 취해 있을 때 섹스하는 게 좋아. 전혀 주저하지 않거든."

마시모가 키스했다. 나는 지난밤의 일을 떠올리려 애썼다.

갑자기 마시모와 내가 벌거벗고 있다는 걸 알아차렸다. 그리고 온몸이 아프다는 사실도. 나는 손으로 얼굴을 가렸다.

"베이비걸." 마시모는 내 손을 치우며 내 눈을 들여다봤다. "난 네 남편이잖아. 어젯밤 있었던 일은 전혀 나쁜 게 아니야."

마시모는 내 손목을 꽉 쥐며 내가 다시 얼굴을 가리지 못하게 했다.

"지난 몇 주는 이만 잊어버리자. 내가 나쁜 놈이었어. 네가 도망친 것도 당연하고……."

마시모는 말을 멈췄다.

"자유도 좀 맛보았을 거고. 하지만 이제 다 괜찮아. 내가 처리할게."

"마시모, 제발요." 나는 그의 밑에서 벗어나려 노력하며 신음했다. "화장실 좀 써야겠어요."

마시모는 몸을 돌리며 나를 놔줬다. 나는 이불로 몸을 감싸고 걸었다. 왜 부끄러운 걸까? 지난 몇 시간 동안 마시모는 가능한 모든 체위로 나와 섹스한 게 분명했다. 하지만 그건 문제가 아니었다. 그저 곤경에 처한 기분이었다.

내가 대체 뭘 하는 거지? 거울을 들여다보며 망가진 화장과 헝클어진 머리카락을 살폈다. 스스로가 역겨웠다. 마지막으로 기억나는 건 나초와의 통화였고, 그 뒤로는 기억이 없었다. 그렇다면…… 내가 무슨 짓을 한 거지? 좋은 일은 아닐 거라는 두려움이 몰려왔다. 한숨을 쉬며 샤워기의 물을 틀었다.

쏟아지는 따뜻한 물 아래서 미친 듯한 두통을 견디며 내게 주어진 선택지를 고민했다.

남편에게 도망쳐야 할까? 나초와 얘기해 봐야 할까? 아니면 두 사람 모두를 떠나 마침내 스스로를 돌봐야 할까? 작년에 배운 게 있다면 내 인생이 이토록 망가진 건 남자 때문이라는 사실이다.

여전히 벌거벗은 채 마시모를 흘긋거리며 옷장으로 갔다. 나는 문틀에 기대 전화를 받았다. 엉덩이가 얼마나 섹시하던지……. 세상에서 가장 아름다운 엉덩이였다. 내 옷장에서 속옷과 티셔츠를 찾으려고 서랍을 뒤졌다.

그때 신발장이 눈에 띄었다. 항상 깔끔히 정리되어 있었고, 내 신발이 색깔별로 정리된 신발장이었다. 우아한 상자에 포장된 긴 부츠를 제외하면 말이다.

바닥에 놓인 지방시 부츠 한 켤레를 보자 숨이 턱 막혔다. 부츠는 상자 밖에 내놓아져 있었다. 올가는 우리 저택에 온 적이 없다고 분명히 말했다. 저택 문은 항상 잠겨 있었고, 열쇠를 가지고 있는 건 마시모뿐이었다. 나는 서랍 옆 바닥에 놓인 부츠를 빤히 응시했다. 곧 나를 내려다보는 마시모의 시선이 느껴졌다.

"그게 말이지." 마시모가 말했다. "네가 이렇게 일찍 올 줄 몰랐지 뭐야."

까치발을 들며 돌아서자 가까워지는 마시모가 보였다. 그는 두 손에 목욕 가운 벨트를 들고 있었다.

"상관없어."

마시모가 어깨를 으쓱였다.

"그 멍청이들을 쫓아버리고 네가 여기 오기만 하면 됐으니까. 날 떠나게 둘 수 없다고 했잖아. 널 집으로 데려가 다시는 못 나오게 할 거라고."

나는 마시모의 뺨을 때리고 몸을 수그려 뛰어가려 했지만 마시모는 내 목덜미를 움켜잡고 바닥으로 내팽개친 다음 재빨리 내 팔을 묶었다. 그러고는 만족스러운 표정으로 내 등 위에 앉았다. 그는 한 손으로 내 양 손목을 잡고 머리 위로 들어 올렸고 다른 손으로는 내 볼을 쓰다듬었다.

"내 작은 베이비걸. 순진하기도 하지."

마시모는 입꼬리를 올리며 기분 좋은 목소리로 말했다.

"정말 이브가 내게 그토록 중요한 줄 알았어? 내가 이혼해 줄 거라고 믿었어?"

마시모의 입술이 내 입술을 눌렀다. 그의 얼굴에 침을 뱉었다.

"이제 대들기 시작하는군."

마시모는 자기 입술에 묻은 내 침을 핥고 나를 거칠게 들어 올

418

렸다.

"우선 미팅 마치고 돌아오면 새로운 규칙에 관해서 얘기해 보자고. 넌 그냥…… 여기 누워 있어."

마시모는 나를 침대로 던지고 다시 내 위에 올라타 앉았다.

"네가 그 문신만 가득한 놈이랑 잔 불명예를 어떻게 지워야 하나 오랫동안 어렵게 고민했지."

마시모는 침대 헤드보드로 손을 뻗어 두꺼운 체인을 당겼다.

"여기 이거 보여? 우리 침대에도 한 세트 더 주문해 놨어. 이거 갖고 노는 거 좋아하잖아."

마시모는 내 눈앞에서 안대를 흔들며 미소 지었다. 허우적대며 벗어나려 애썼지만 마시모의 힘은 너무 셌다.

잠시 후, 나는 침대의 네 기둥에 묶였다. 마시모는 내 벌거벗은 몸을 흘긋거리며 차분하게 옷을 입었다.

"눈이 제법 즐거운데." 마시모는 눈썹을 올리며 말했다.

"당장 하고 싶긴 하지만 도메니코랑 올가한테 우리 두 사람이 다시 합쳤고 한동안은 널 못 볼 거라고 설명해야 해서 말이야. 아침 식사도 가져다주고 다 해줄게. 난 좋은 남편이니까."

마시모는 검은색 셔츠를 잡아당겨 입었다.

"두 사람이 우리 일에 간섭하고 다니게 하고 싶지는 않잖아. 그렇지? 만약 그러면 내가 착한 짓을 그만둘지도 몰라. 거기 조용히 누워 있어. 금방 돌아올 테니까."

마시모는 눈을 가늘게 뜨며 내 다리 사이를 응시했다.

문이 닫히는 소리가 들렸다. 눈물이 차올랐다. 세상에, 내가 무슨 짓을 한 거람? 술에 취해서 마시모의 말을 믿고 말았다. 나만을 위해 준비한 작은 연극에, 거짓말에 넘어간 거다. 내가 아는 가장 훌륭하고 유순한 남자가 강아지를 해쳤다는, 세상에서 가장 큰 거짓말에 속아버렸다. 움직일 수가 없었다. 스스로에게 참을 수 없이 화가 난 나는 꺼이꺼이 흐느끼며 공황 발작에 항복하기 시작했다. 나는 나초를 두고 바람을 피웠고, 그에게 소리를 질렀으며, 그의 부하를 보내버렸고, 자발적으로 납치당했다. 이제 나초는 내가 마시모와 다시 합쳤다고 생각할 게 뻔했다. 와서 날 구해줄 턱이 전혀 없었다. 올가와 도메니코도 마시모가 무슨 말을 하든 믿을 터였다. 전날 밤 성당에서 그런 식으로 올가의 전화를 받은 데다 이브를 질투하는 사람처럼 행동했으니 말이다. 마시모를 안고, 그와 탱고를 춘 뒤 정원에서 오래도록 산책까지 했으니 말 다했다. 베개에 머리를 박았다. 몸 전체를 통틀어 움직일 수 있는 건 머리밖에 없었다. 이 개자식은 내게 이불을 덮어주지도 않고 외출했다. 나는 마치 주인을 기다리는 섹스돌처럼 침대에 널브러져 누워 있었다.

"내가 말했지?"

돌아온 마시모는 내 성기를 탐욕스럽게 응시하며 말했다.

"내 말대로 다시 합쳤잖아, 우리. 네 친구는 아주 기뻐하고 동생은 안도의 한숨을 쉬더군. 네가 자발적으로 돌아오니 모두가 행복해하고 있어."

마시모는 내 몸에 이불을 덮었다.

"곧 의사가 올 거야. 네게 정맥주사를 달 거고. 먹어둬."

"정맥주사요? 나한테 정맥주사가 왜 필요해요?"이거 풀어요!"

"말도 안 되는 소리 마." 마시모는 손가락을 흔들며 말했다. "곧 엄마가 될 텐데 항상 침착함과 평온함을 유지해야지."

마시모는 내가 대답도 하기 전에 자리를 떴다.

"어제 진정제를 좀 놨어." 마시모가 화장실에서 소리쳤다. "또 아이를 가지려면 건강도 유지하고 강해져야지."

나는 발작적으로 당황하며 천장을 쳐다봤다. 의지와 상관없이 어딘가에 묶여 있거나 갇혀 있는 기분을 한 번이라도 느껴봤다 해도 지금과 비교하면 아무것도 아닐 터였다. 마시모가 날 임신시킬 거라는 생각, 나초와는 영영 함께하지 못할 거라는 생각, 그리고 테네리페에 두고 온 것들을 되돌리지 못할 거라는 생각에 나는 다시 울었다. 제대로 흐느끼니 온몸이 고통스러웠다.

마시모는 방으로 돌아와 침대 가장자리에 앉았다.

"왜 우는 거야, 베이비걸?"

이런, 젠장. 지금 장난하는 건가? 텅 빈 것처럼 무기력했다. 자거나 혼수상태에 빠진 것처럼. 그런데도 모든 걸 볼 수 있었다. 말할 수도, 움직일 수도 없었고 한동안은 숨조차 쉴 수 없었다.

문을 두드리는 소리가 들렸다. 의사가 안으로 들어왔다. 의사가 내 상태를 보고도 별로 놀라지 않자 나는 충격을 받았다. 이보다 더 나쁜 광경도 본 게 분명했다.

"이제 의사가 진정제를 더 놔줄 거야. 자고 일어나면 모든 게 더 나아질 거야. 두고 봐."

마시모는 내 뺨을 쓰다듬으며 말하고 자리를 떴다.

애원하는 눈으로 의사를 바라봤지만 의사는 아무런 반응 없이 정맥주사를 설치했다. 그러고는 내게 주사를 놨다. 나는 정신을 잃었다.

그 뒤로 이어진 날들은 똑같았다. 다른 점이 있다면 묶여 있지 않은 상태로 잠에서 깼다는 것이다. 하지만 소용이 없었다. 마시모가 주사하는 약 때문에 나는 침대에서 일어나지도 못할 정도로 약해졌다. 마시모는 내게 밥을 먹이고, 나를 씻겼으며…… 나를 유린했다. 그러는 내내 움직일 수 없었다. 가장 끔찍했던 건 내가 꼼짝없이 누워 있는데도 마시모가 상관하지 않았다는 거였다. 마시모가 그럴 때면 나는 종종 웃곤 했다. 한 주 정도가 지나자 내 마음은 현실에서 멀어지기 시작했다. 나는 벽을 멍하니 쳐다보기만 했다.

가끔은 나초를 생각하며 눈을 감았다. 그를 떠올리면 기분이 좋을 때만. 하지만 마시모가 행여나 내 미소를 보고 자기 때문에 웃는 거라는 착각을 하는 건 싫어서 나초 생각을 차단했다.

나는 매일 죽기를 기도했다.

어느 날은 평소답지 않게 상쾌하고 기운찬 기분과 함께 일어났다. 지난 몇 주만큼 머리가 무겁지 않아서 침대에서 나왔다. 그 자체가 기적이었다. 매트리스 가장자리에 앉아 세상이 회전을 멈추길 기다렸다.

"기운 차린 거 보니까 좋네."

마시모는 목욕 가운을 벗으며 걸어와 내 이마에 키스했다.

"도메니코와 올가는 신혼여행 갔어. 2주 동안 여기 없을 거야."

"지금껏 그들이 여기 있었다는 거예요?"

나는 혼란스러워져서 물었다.

"당연하지. 하지만 그들은 네가 메시나에 있다고 생각해. 우리 둘이 거기 사는 걸로 했잖아. 기억 안 나?"

"어떻게 이게 가능하다고 생각해요?"

그에게 물었다. 결혼식이 끝난 뒤 처음으로 이성적인 생각을 할 수 있었다.

"이제는 뭘 가지고 날 협박할 건가요?"

나는 내 앞에 가만히 서서 블레이저 단추를 잠그는 마시모를 향해 눈을 가늘게 떴다.

"아무 협박도 안 할 거야."

마시모는 어깨를 으쓱이며 대답했다.

"네 부모님을 갖고 협박했을 때도 넌 3주 만에 나와 사랑에 빠졌잖아. 다시는 나를 사랑할 수 없을 거라고 생각해? 난 변한 게 없어, 베이비걸……."

"하지만 내가 변했죠." 나는 말했다.

"나초를 사랑해요. 당신이 아니라. 당신이 내 안으로 당신 것을 들이밀 때마다 나초 생각을 하죠. 잘 때도 나초의 꿈을 꾸고 일어날 때도 나초를 상상해요. 내 몸은 당신 것일지 몰라도 내 마음은 테네리페에 있어요."

나는 일어나 방을 가로질러 화장실로 갔다.

"당신과 함께 살 수밖에 없는 아이를 낳느니 자살할 거예요."

마시모는 참지 못했다. 내 목을 잡고 꽉 쥐며 벽으로 쾅 밀어붙였다. 분노하는 눈은 두 개의 나락 같았다. 그의 눈썹에 땀방울이 맺혔다. 한 주를 침대에 누운 채 보냈던 나는 힘이 하나도 없었다. 할 수 있는 거라곤 공중에 뜬 채 기다리는 것뿐이었다.

"라우라!" 마시모는 씩씩거리며 나를 내려놓았다.

"내가 자살하는 것까진 막을 수 없을걸요."

눈물이 차올랐다. 마시모의 손힘이 빠졌다.

"그것만큼은 유일하게 내가 선택할 수 있죠. 그래서 화가 나는 거잖아요, 안 그래요? 당신이 통제할 수 없으니까요. 내가 오래 살 거란 기대는 말아요."

마시모의 표정은 완전한 절망과 슬픔으로 바뀌었다. 그는 나를 응시하며 멀어졌다. 이제 이해한 거였다.

"한때는 당신을 사랑했어요, 마시모. 당신 덕에 행복했죠."

조금이라도 긍정적인 반응을 바라며 말했다.

"하지만 어느 순간 우린 서로를 잃었어요."

나는 어깨를 으쓱인 뒤 벽을 타고 미끄러져 내려가 바닥에 아무렇게나 주저앉았다.

"날 계속 여기 두고 온갖 끔찍한 짓을 할 수도 있겠지만 언젠간 당신도 섹스 돌에 대한 흥미를 잃겠죠. 더 많은 걸 원하게 될 테고요. 하지만 난 그걸 허락하지 않을 거예요. 언제까지 계속 반응 없는 사람과 섹스할 수 있을 것 같아요?"

마시모는 반응하지 않았다.

"이건 더 이상 섹스의 문제도 아니잖아요. 내가 왜 필요한 거예요? 지구상의 어떤 여자든 가질 수 있잖아요. 예를 들면 이브 같은 여자요."

"이브는 창녀야." 마시모가 으르렁거렸다. "연기를 하라고 데려왔다고."

"프라다는 당신이 죽인 거예요?"

나는 화제를 바꿔 마시모의 허를 찌르려 했다.

"그래." 마시모의 시선이 다시 차가워졌다.

"눈을 마주 보면서 사람을 죽이는 게 내가 항상 하는 일인데, 멍청한 개 한 마리가 그에 비교할 게 되겠어?"

믿을 수 없어 고개를 저었다. 나는 마시모를 전혀 몰랐던 거다. 모든 게 꾸며낸 거란 걸 어떻게 몰랐지? 내 앞에 서 있는 남자는 괴물이었다. 폭군이었다. 어떻게 그토록 오랜 시간을 날 사랑하는 척할 수 있었을까? 아니, 어쩌면…… 사랑하는 척한 건 나였는지도 모른다. 난 그저 진실을 보고 싶지 않았던 거다.

"앞으로 몇 주간의 계획을 얘기해 주지."

마시모는 가까이 다가와 나를 들어 올렸다.

"하고 싶은 건 뭐든 해도 좋아. 하지만 어딜 가든 내 부하가 따라다닐 거야. 부두를 포함해서 저택 밖은 접근 금지야. 게다가 자살한다니, 그건 용납 못 해. 그러니 당신을 따라다니는 부하는 심폐소생술 훈련을 받을 거고 널 살려낼 거야."

마시모는 소맷자락을 내리고 검은 눈으로 나를 응시하며 내 볼을 감싸고 한숨을 쉬었다. 그는 부드럽게 내 입술에 키스했다.

"새해 전날 내 안의 무언가가 죽었어. 용서해 줘."

그 말을 끝으로 마시모는 나갔다.

삽시간에 변하는 마시모의 기분에 놀라 멍하니 방에 머물렀다. 몇 분 전까지는 날 죽이고 싶어 했다가, 나를 겁주고 싶어 했다가, 어떨 때는 내가 사랑하는 남자에 거의 가까운 모습을 보이기도 했다. 나는 샤워하고 반바지와 티셔츠를 입고 모습을 정돈했다. 침대로 돌아가 TV를 켠 뒤 계획을 세우기 시작했다. 그때쯤 되니 저택은 더 이상 비밀스러운 구석이 없었다. 이곳 구석구석을 잘 알았다. 정원과 주변 동네까지. 마시모가 날 한밤중에 데려간대도 직접 탈출할 수 있을 터였다.

마시모가 정말 부하를 붙였는지 확인하려고 아침 식사를 주문했다. 음식을 먹고 조금 나아진 기분으로 도움이 될 만한 걸 찾아 나섰다. 밖으로 향하는 유일한 길은 테라스였지만 테라스는 3층에 있었다. 아래를 흘긋거리니 거기서 떨어지면 죽거나 적어도 영구적인 부상을 입을 것 같았다. 안 될 말이었다.

저택을 샅샅이 뒤졌지만 유용한 건 하나도 찾지 못했다. 그러다 갑자기 확실한 생각이 들었다. 마시모가 꾸며낼 수 있다면 나도 꾸며낼 수 있다. 시간이 걸리긴 하겠지만, 한두 달 정도면 마시모가 경계를 푸는 순간을 노릴 수 있을지도 모른다. 하지만……나초가 그토록 오랜 시간을 기다릴 수 있을까?

나초를 그렇게 끊어내고 끔찍한 일을 했다고 비난하는 걸 듣고 나서도 그가 나와 함께하고 싶어 할까? 어쩌면 내가 도망갈 곳은 없는지도 몰랐다. 또다시 눈물이 차올랐다. 이불로 몸을 감싸고 베개에 얼굴을 묻은 채 잠이 오기를 기다렸다.

저녁이 되자 잠에서 깼다. 다시는 의식이 들지 않는 게 낫겠다는 기분만 아니었다면 온종일을 잠으로 허비한 스스로에게 화가 났을 터였다. 마시모는 내게 시선을 고정한 채 안락의자에 앉아 있었다. 옛날 같으면 자연스러웠을 일이었다. 특히 마시모가 일을 끝내고 돌아와 내가 눈을 뜨면 나를 놀래켜주려고 기다렸을 경우에는 말이다.

"마시모." 나는 애정이 묻은 목소리를 가장해 속삭였다. "지금 몇 시예요?"

"마침 깨우려던 참이었어. 곧 저녁 식사가 올 거야. 같이 먹어."

"알겠어요. 일단 정신부터 깨면요." 나는 온순하게 대답했다.

"할 말이 있어." 마시모는 몸을 일으켜 세우며 덧붙였다. "한 시간 뒤에 정원에서 봐."

할 말이 있다니……. 무슨 할 말이 더 남았단 말인가? 지시사항은 이미 들었는데. 눈알을 굴리고 화장실로 갔다.

저녁 식사는 내 계획을 실행에 옮기기에 완벽한 타이밍이었다. 나초가 나를 기다리지 않는대도 집으로 도망가거나 더 멀리 도망갈 셈이었다. 적어도 자유는 찾을 수 있을 터였다. 시간이 지나면 올가에게 말하리라. 그럼 올가가 도메니코에게 전할 테고, 도메니코가 해결하겠지. 만약 해결되지 않는다면 내가 사라지면 된다.

옷장을 뒤져 검고 반투명한 드레스를 찾았다. 마시모와의 첫 저녁 식사 자리에서 입었던 드레스를. 물론 빨간 레이스 속옷을 입어야만 완성되는 스타일이었다. 약간 화장을 했다. 빨간 립스틱과 어두운 아이섀도를 발랐다. 머리는 헐렁하게 묶고 스틸레토를 신었다. 예뻤다. 한마디로 완벽했다. 마시모가 좋아하는 모습이었다. 지난 이틀 동안 약에 취해 있었던 덕분에 틀림없이 약물 중독자 같은 매력을 풍기고 있겠지만 말이다.

심호흡하며 아래층으로 내려갔다. 문을 지나자마자 살면서 본 가장 우락부락한 남자와 맞닥뜨렸다. 입이 떡 벌어졌다. 사람이 그 정도로 거대해질 수 있는지 몰랐다. 그를 지나쳐 걷기 시작하자 그는 내 뒤를 따라왔다.

"남편이 날 따라붙으라고 시켰나 보죠?"

나는 뒤를 돌아보지 않고 물었다.

"네." 남자가 말했다.

"지금 어딨는데요?"

"정원에서 기다리고 계십니다."

잘됐네. 속도를 냈다. 스틸레토 굽이 대리석 바닥에 부딪히며 내는 소리는 내게 드리운 대재앙의 조짐인 듯했다. 토리첼리가 게임을 원한다면 프로처럼 이겨보리라.

밖은 더웠다. 에어컨이 켜진 저택에서 오래도록 나가지 않은 탓에 해가 진 뒤에도 시칠리아가 얼마나 더운지 잊고 있었다.

마시모가 등을 돌리고 있어도 내가 다가가는 소리를 들을 수 있을 거라는 생각에 속도를 낮췄다. 기다란 테이블에는 촛불이 켜져 있었다. 은은한 불빛은 아름답게 차려진 테이블을 부드럽게 비췄다. 남편은 자리에서 일어나 나를 보려고 몸을 돌렸다.

그는 얼어붙었다.

"좋은 저녁이에요." 나는 그를 지나치며 말했다.

마시모는 나를 따라와 의자를 빼줬다. 자리에 앉자, 갑자기 나타난 웨이터가 샴페인 한 잔을 따라줬다. 마시모는 눈을 가늘게 뜨며 우아하게 내 옆에 앉았다. 온 마음으로 마시모를 혐오했지만, 숨이 멎을 정도로 잘생겼다는 건 인정해야 했다. 아이보리색 리넨 바지에 같은 색 셔츠를 입은 그는 셔츠의 맨 위 단추 두 개를 풀고 소매를 걷어붙였으며 목에는 은색 묵주를 차고 있었다. 그렇게 위선적일 수가 없었다. 그토록 무자비하고 잔혹하고 사악한 사람이 성스러운 표식을 차고 있다니.

"아주 섹시해, 베이비걸." 마시모는 낮은 목소리로 말했다. "예전처럼…… 지금도 날 도발하려는 건가?"

"그냥 기억을 되살려 주는 것뿐이에요."

나는 눈썹을 올리며 대답하고 고기 한 점을 포크로 찍었다.

배는 전혀 고프지 않았다. 하지만 평범하게 행동해야 했기에 작게 썬 양고기를 씹었다.

"제안할 게 있어, 베이비걸." 마시모는 의자에 기대며 말했다. "하룻밤만 해줘. 예전처럼. 그럼 자유롭게 놔줄게."

나는 눈을 크게 뜨고 포크를 떨어뜨렸다.

마시모는 진심이었다.

"이해가…… 이해가 안 가요." 나는 말을 더듬었다.

"마지막으로 네가 내 거라는 기분을 느끼고 싶어. 그 뒤엔 원한다면 떠나도 좋아."

마시모는 잔으로 손을 뻗어 한 모금 홀짝였다.

"널 계속 가둬둘 수 없고 그러고 싶지도 않아. 왜인지 알아? 사실 넌 내 구원이 아니거든. 내 구원이었던 적은 한 번도 없지. 총에 맞은 뒤 환상 속에서 네가 보인 적은 한 번도 없었어. 널 본 건 그날이 처음이었어."

나는 놀라서 눈을 가늘게 떴다.

"5년 전 크로아티아."

마시모는 몸을 가까이 기울였다. 나는 얼어붙었다. 마틴과 나는 5년 전 크로아티아에서 휴가를 보내고 있었다. 심장이 미친 듯이 뛰기 시작했다.

"거짓말이었어요? 어쩜 예상을 벗어나질……."

나는 아무 생각 없이 내뱉었다. 그가 부하들이 생각해 낸 아이디어를 가지고 허풍을 떠는 것이길 바랐다.

"아니. 나도 우연히 알았어."

마시모는 다리를 꼬며 뒤로 앉았다.

"우리 아이를 잃었을 때 나는 어떻게 극복해야 할지 몰랐어. 마리오는 최선을 다해 날 예전으로 돌려놓으려 했지. 조직에 내가 필요했으니까. 특히 페르난도가 총을 맞고 가문의 모두가 나를 의심스럽게 보기 시작한 뒤로는 더더욱. 그때 마리오가 최면이라는 방법을 생각해 냈어."

더 혼란스러워져서 입을 벌린 채 마시모를 바라봤다.

"말도 안 된다는 거 알지만 상관없었어. 그게 날 죽일 수도 있었으니까."

마시모는 어깨를 으쓱였다.

"최면 치료는 효과적이었어. 한번은 치료 중에 널 봤어. 진짜 너를 말이야."

"그냥 또 다른 환영일 뿐일 수도 있잖아요?"

짜증이 나서 물었다. 그 많은 일이 있고 나서도 내가 그의 구원자이길 원하는 게 말이나 되는가? 나는 내 목소리에 눈알을 굴렸다. 하지만 마시모의 말이 너무 황당해서 끝까지 들어봐야 했다.

"슬퍼?" 그가 물었다.

나는 마시모를 무표정하게 쳐다보며 코웃음으로 조소했다.

"너도 내게 상처를 줬잖아, 베이비걸. 이제 운명이 우릴 맺어준 게 아니란 걸 인정해. 그저 우연일 뿐이었어. 날 용서해 줘. 5년 전 넌 호텔 파티에서 다른 여자와 춤을 추고 있었어. 마틴도 거기 있었지. 우리는 미팅을 끝내고 네가 있는 곳 위층의 테라스에 서 있었어. 넌 우리를 볼 수 없었지."

마시모는 와인을 홀짝이며 나를 흘긋거렸다.

"주말이었어. 넌 하얀 드레스를 입고 있었지."

나는 등받이에 기대 호흡을 진정시키려 애썼다. 기억이 났다. 5년 전 내 생일 며칠 전이었다. 하지만 그걸 어떻게 알았을까? 수년 전 일을 어떻게 기억할 수 있지? 내 얼굴에선 놀란 표정이 가시지 않았다.

"그걸 '퇴행' 최면이라고 하더군. 과거 언제로든 갈 수 있는 거야. 우리는 내가 죽던 시점으로 돌아가야 했지."

마시모는 내게 가까이 몸을 기울였다.

"난 널 본 뒤에 죽었던 거야. 이해돼?"

나는 공포로 얼어붙은 채 계속 마시모를 응시했다. 마시모가 또 장난을 치는 걸까? 아니면 마침내 진실을 말하는 걸까?

"왜 이런 얘길 하는 거예요?"

"왜 네가 더는 내게 아무 상관이 없는 사람인지 설명하려고. 넌 그저 유령이었을 뿐이야. 내가 총에 맞기 전에 봤던 형상이고, 어떤 기억일 뿐이지. 특별한 사람이 아니라."

마시모는 어깨를 으쓱였다.

"더는 필요 없으니 널 놔주려고. 하지만 그전에 널 취하고 싶어. 널 느끼고 싶어. 아내로서 말이야. 마지막 한 번뿐이야. 강요해서가 아니라 네 의지로 했으면 좋겠어. 네가 싫어하는 건 강요하고 싶지 않아. 선택해. 그러고 나면 자유로워질 거야. 선택은 네 몫이야."

마시모의 말을 믿을 수 없었다.

"당신이 또 헛짓거리하는 건 아닌지 어떻게 알아요?"

"이혼 서류에 서명하고 부하들은 다 물릴게." 마시모는 테이블을 가로질러 봉투를 밀어줬다. "서류는 여기 있어."

마시모는 어디론가 전화를 걸더니 이렇게 말했다.

"마리오, 모두 메시나로 가."

그런 뒤 자리에서 일어나 내게 손을 내밀었다.

"산책하자."

나는 손에 쥐고 있던 냅킨을 내려놓고 마시모의 손을 잡았다.

등줄기를 타고 소름이 흘러내렸다. 마시모는 나를 이끌고 정원을 통과해 도로까지 걸어갔다. 부하들은 커다랗고 검은 SUV에 타고 있었다. 나는 놀라서 그 모습을 바라봤다. 마지막으로 마리오가 떠났다. 그는 내게 고개를 끄덕이고 검은 메르세데스에 올랐다. 우리는 단둘이 남았다.

"아직도 사기가 아닌지 확신을 못 하겠는데요."

나는 고개를 저었다.

"알아보자고."

마시모는 나를 집 안으로 데려가 저택 구석구석을 걸어 다니며 온갖 구석과 틈을 보여줬다. 나는 손에 신발을 들고 맨발로 따라갔다. 집을 구석구석 돌아보니 한 시간이 걸렸다. 집 전체가 황량했다.

우리는 테이블로 돌아갔다. 마시모는 샴페인을 더 따라주더니 기대하는 표정으로 나를 바라봤다.

"좋아요." 나는 봉투를 찢어 안을 들여다봤다. "내가 동의한다고 쳐요. 그럼 뭘 기대하는데요?"

서류를 훑어봤다. 내용은 폴란드어로 쓰여 있었다. 거짓말이 아니었다. 전부 이해할 수는 없었지만, 이번만큼은 그가 약속을 어길 것 같지 않았다.

"날 사랑했던 여자를 다시 갖고 싶어. 하룻밤만."

마시모는 시선을 떨어뜨려 자기가 쥔 잔 안을 들여다봤다.

"네 뜨거운 키스를 받고 싶어. 내가 필요한 것처럼 섹스해 줘."

마시모는 깊은 한숨을 쉬었다.

"내가 널 만족시켜 줬을 때 기분이 어땠는지 기억나?"

나는 침을 삼켰다. 그러고는 서류를 내려놓고 마시모를 바라봤다. 마시모는 진심이었다. 그의 제안을 고려해 봤다. 그와 섹스할 생각을 하니 무기력하고 끔찍했다. 하지만 한편으로는……마시모와는 참으로 많은 것을 했으니 하룻밤 더 한다고 나쁠 건 없었다. 몇 시간 뒤면 나는 자유가 될 터였다. 이곳을 완전히 떠날 수 있을 터였다. 하지만 마지막 한 번이 남아 있었다. 수백 가지의 기억이자, 잔혹한 노력이었다. 하지만 자유가 기다렸다. 나는 내게 충분한 힘이 남아 있는지 고민하며 마시모를 바라보았다. 내 연기력이 마지막을 완수하기에 충분할지 말이다. 마시모는 잘생긴 남자지만 내가 느끼는 건 역겨움뿐이었다. 내 안에서 불타오르는 증오는 연기 도중 그를 사랑하는 아내인 척하기보다 그를 죽일 가능성이 컸다. 마침내 이성이 감정을 이겼다. 냉정한 계산이 마음을 이겼다. 나는 스스로 할 수 있다고 주문을 외웠다.

"좋아요." 나는 말했다.

"하지만 묶는 것도, 약도, 사슬도 안 돼요. 술도 마시지 마요."

"알았어." 마시모는 고개를 끄덕이고 손을 내밀었다. "하지만 내가 원하는 데서 해."

일어나서 신발을 신었다. 그는 집 안으로 나를 인도했다. 미로처럼 얽힌 복도를 지나는 내 심장은 거칠게 뛰었다. 첫 방은 어디일지 알았다. 다가올 일을 생각하니 토하고 싶었다.

마시모는 뒤에서 서재 문을 닫고 벽난로로 걸어갔다. 말도 못
하게 긴장이 됐다. 계속 토하지 않으려고 애써야 했다. 몸이 떨
렸다. 가장 혐오하는 고객을 만족시켜야 하는 창녀가 된 기분이
었다.

마시모는 부드럽게 내 볼을 감싸고 몸을 기울이며 동의를 기
다렸다. 입을 벌렸다. 숨을 내쉴 때마다 입술이 바짝바짝 말라갔
다. 입술을 적시려 혀를 내밀자 마시모는 그걸 신호로 받아들였
다. 그는 내 입속으로 혀를 밀어 넣었다. 전류가 몸을 타고 흘러
내리는 느낌이 들었다. 이상했다. 진심으로 이 남자를 혐오하고
있었는데. 나는 증오를 삼키며 키스했다. 마시모는 내 반응을 동
의로 받아들였는지 더욱 깊숙이 들어왔다. 빠르게 내 몸을 돌려
목덜미에 키스하며 성기까지 손을 쓸어내렸다가 다시 위로 쓸
어 올리며 속옷 레이스에서 멈췄다.

"아주 좋아." 마시모는 레이스를 만지며 나직이 말했다. 소름
이 돋았다. "이게 내 약이야."

마시모는 다시 나를 마주 보며 열정적으로 키스했다. 기다란
손가락이 내 안으로 미끄러져 들어와 음순을 벌리고 클리토리
스를 눌렀다. 나는 신음을 연기했고 마시모가 미소 짓는 걸 느낄
수 있었다. 예전처럼 마시모의 애무에 흥분한 척했다. 그는 내
민감한 부분을 문질렀고, 나는 마시모에게 키스했다.

"널 느끼고 싶어."

마시모는 나를 부드러운 소파에 눕히며 속삭였다.

그는 재빠르게 바지 지퍼를 내리고 내 위로 올라오며 페니스

로 나를 찔렀다. 마시모가 내 엉덩이를 잡고 빠르고 거친 섹스를
시작하자 나는 비명을 지르며 베개에 얼굴을 묻었다. 몸을 꼬며
손톱으로 그의 등을 할퀴었다. 그의 차가운 시선은 내 얼굴에 고
정되어 있었다. 시야가 흐려졌다. 마시모의 실루엣이 잘 보이지
않았다. 눈을 질끈 감았다. 더는 받아들일 수 없었다. 나초가 보
였다. 미소를 짓는, 즐거워하는, 문신에 덮인 나초가. 나를 여신
처럼 대해줬던 남자가. 배 속에서 고통이 느껴졌지만 최선을 다
해 연기를 이어갔다. 다시 눈을 뜨고 싶지는 않았다. 만약 눈을
뜨면 눈물이 흘러내릴 터였다. 그럼 계획은 제대로 망가지겠지.
마시모의 단단한 페니스는 나를 갈기갈기 찢어내고 있었다. 고
문이었다.

"못 하겠어요." 나는 흐느끼며 눈물을 터뜨렸다.

마시모는 충격받은 표정으로 얼어붙었다. 잠깐 움직이지 않더
니 갑작스레 페니스를 빼고 일어서서 바지 지퍼를 올렸다.

"그럼 잠이나 자." 마시모는 씩씩거렸다. 나는 다리를 오므리
며 몸을 웅크렸다. "합의는 없던 걸로 해."

마시모는 내게서 등을 돌리고 책상으로 가버렸다.

다리 힘이 풀려서 소파에서 일어나기조차 힘들었다. 미로처럼
얽힌 복도를 지나 아파트로 돌아갔다. 옷장 안에서 드레스를 찢
어버리듯 벗고 티셔츠와 면 팬티를 입은 다음 이불로 몸을 감싸
고 흐느끼며 비틀비틀 침대로 걸어갔다. 부끄러웠다. 스스로가
혐오스러웠다. 마시모에게 조금이라도 지조가 있다고 생각하다
니, 얼마나 멍청하고 순진했던지. 침대에 누워 흐느끼며 스스로

목숨을 끊을 수 있는 온갖 방법을 생각했다. 어떤 방법이 가장 덜 고통스러울까? 눈을 감았다.

갑자기 커다랗고 단단한 손이 내 입을 막았다. 비명을 질렀지만, 손이 소리를 억눌렀다.

"조용히 해야 해요."

그 말에 몸이 뻣뻣하게 굳었다. 또다시 눈물이 흘러내렸다. 아까보다 더한 눈물이었지만 절망의 눈물이 아니었다. 희망의 눈물이었다.

손이 미끄러져 내려갔다. 다시 숨을 쉴 수 있었다. 나는 곧바로 내 구원자에게 몸을 바짝 붙였다. 그가 여기, 나와 함께 있었다. 그를 끌어안자 숨에서 민트 향이 풍겨왔다.

"미안해요. 미안해요. 미안해요."

미친 듯이 반복했다. 나초의 가슴이 오르내리고 있었다.

"나중에요." 그가 속삭였다. "지금 가야 해요."

그를 놔줄 수 없었다. 지금은 안 된다. 겨우 그가 내 곁에 있게 됐는데, 정말 나와 함께 있다는 사실을, 이게 꿈이 아니라는 사실을 그의 숨결로 확인시켜주고 있는데 말이다. 나초는 나를 떼어놓으려 했지만 우리를 떼어놓을 수 있는 건 아무것도 없었다. 나는 온 힘을 다해 나초를 안았다.

"라우라, 그가 언제 돌아올지 몰라요."

"그 사람 부하들은 메시나로 갔어요." 나는 말을 더듬었다. "우리 둘뿐이에요."

"아니에요." 나초가 대답했다. 나는 얼어붙었다.

"마시모의 사병들이 저택 밖 1.6킬로미터쯤 되는 곳에서 기다리고 있어요. 그들이 돌아올 때까지 몇 분밖에 시간이 없어요. 마시모가 당신에게 또 거짓말한 거죠."

고개를 들어 어둠 속을 꿰뚫어 보려 노력했다.

"대화를 전부 들었어요?"

내가 물었다. 무슨 일이 있었는지 나초가 전부 안다고 생각하니 심장이 수백만 조각으로 찢기는 것 같았다.

"그건 지금 중요하지 않아요. 당장 옷 입어요."

나초는 침대에서 일어나며 나를 옷장으로 가볍게 밀었다.

불을 켜지 않고 반바지와 운동화로 손을 뻗었다. 그러고는 뛰어서 침대로 돌아왔다. 충분히 빠르지 않으면 나초가 사라질까봐 두려웠다.

문을 지나자 나초는 내 손을 잡았다. 그는 나를 화장실로 끌어당기고 뒤에서 문을 잠갔다. 희미한 조명 덕에 마침내 그를 볼 수 있었다. 나초는 해군 특수부대 같은 군복을 입고 있었다. 얼굴은 검은 페인트로 뒤덮여 있었다. 등에는 기관단총이, 가슴에는 다른 총 두 개가 묶여 있었다. 그는 그중 하나를 케이스에서 꺼내 건넸다.

"정문으로 나가요. 나머지는 잠겨 있어요."

나초는 엄지로 잠금장치를 풀었다.

"마주치는 사람은 쏴요. 생각하지 마요. 그냥 쏴요. 알았죠? 그래야 살아서 탈출하고 집에 돌아갈 수 있어요."

"집."

나는 그 단어를 따라 말했다. 볼을 타고 또 한번 눈물이 흘러 내리는 게 느껴졌다.

"우느라 낭비할 시간 없어요, 라우라. 바로 뒤에 있을게요. 아무도 당신을 쏘지 못할 거예요."

나초가 키스했다. 따뜻한 그의 입술이 눈물을 멈추게 했다.

고개를 끄덕이고 계단을 내려가 문을 열고 뒤를 돌아보았다. 아무도 보이지 않았다. 벽에 어깨를 붙이며 복도를 따라 걸었다. 뒤에서 발소리가 들려오는지 귀를 기울였지만 아무 소리도 들리지 않았다. 뒤돌아 저택으로 돌아가려고 했지만, 나초의 말이 떠올랐다. 나초는 바로 내 뒤에 있을 거라고 했다. 확신을 가지고 계속해서 앞으로 나아갔다. 손에 총을 꼭 쥐고 있기는 했지만 그걸 쏠 일이 있을까 봐 무서웠다.

한 층 아래로 내려가 안도의 한숨을 쉬었다. 집 안에는 아무도 없었다. 천천히 소리 없이 계단을 내려가 재빨리 정문으로 달려갔다. 자유가 몇 걸음 앞에 있었다.

그때 서재 문이 열리며 빛줄기가 복도로 쏟아졌다. 마시모가 내 앞에 나타났다. 팔을 뻗어 총구를 그에게로 향했다. 마시모는 할 말을 잃고 얼어붙은 채 나를 노려보았다.

"말도 안 돼." 마침내 마시모가 입을 뗐다. "우리 둘 다 네가 그러지 못할 거란 걸 알지."

마시모는 한 걸음 다가섰다. 나는 방아쇠를 당겼다. 소음기가 쎅쎅거렸다. 마시모 바로 옆의 화분이 산산이 조각났다.

마시모는 멈췄다.

"움직이지 마요." 나는 쇳소리를 냈다.

"당신을 죽일 이유는 지금까지로도 충분해요. 다른 이유는 필요 없죠. 당신은 역겹고 사악한 개자식이고 난 당신을 증오해."

확신에 찬 목소리로 말했지만 내 팔은 심하게 떨리고 있었다. 마시모의 키가 수천 미터래도 맞힐 수 없을 터였다.

"당신을 떠날 거야. 살고 싶으면 서재로 들어가서 문을 잠가."

마시모는 주머니에 손을 꽂으며 웃었다.

"네게 총 쏘는 걸 가르쳐준 사람은 바로 나야." 마시모는 자랑스러운 듯 말했다. "넌 날 못 죽여. 넌 너무 약해."

그는 한 걸음 더 다가왔다. 나는 마시모에게 총을 쏠 작정으로 눈을 감았다.

"라우라는 널 죽이지 않을 거야." 내 뒤에서 나초의 목소리가 들렸다. "하지만 난 죽일 수 있지."

어둠 속에서 나초의 총구가 나타났다. 나초의 단단한 손이 나를 옆으로 밀었다.

"오랫동안 이 순간을 기다려왔어, 마시모." 나초는 내 앞으로 다가서며 말했다. "이비사에서 약속을 지키겠다고 경고했었지."

마시모는 그 자리에 뿌리박힌 나무처럼 섰다. 증오가 확연히 드러났다. 나초는 내게 손을 내밀어 다시 끌어당겼다.

"안으로 들어가." 나초는 서재를 가리키며 마시모에게 말했다.

"차도로 달려요, 라우라. 아이반이 기다리고 있어요. 돌아보지 마요. 그냥 뛰어요."

심장이 미친 듯이 뛰고 다리는 말을 듣지 않았다. 나초를 거기

혼자 두고 싶지 않았다.

"나…… 나초……." 나는 말을 더듬었다.

"집에서 얘기해요."

나초는 시선을 마시모에게 고정한 채 고함 치고 나를 복도로 밀었다.

한 걸음을 뗐지만 왠지 모르게 떠날 수 없었다.

"지난주는 완벽했지." 마시모는 나를 똑바로 바라보며 말했다. "이렇게 많은 섹스를 한 건 아주 오랜만이었어. 네 그 작은 엉덩이가 참 좋더라."

마시모는 자연스럽게 문틀에 기댔다.

"뛰어요, 라우라." 나초가 으르렁거렸다.

"짐승처럼 라우라와 섹스했어. 라우라는 의식을 잃은 채 침대에 묶여 있었지. 깨어나니 더 해달라고 조르더군."

마시모가 기분 나쁘게 웃었다.

"우리 둘 다 네가 여기서 살아 나갈 수 없는 거 알고 있잖아, 마토스."

더는 참을 수 없었다. 나는 불쑥 앞으로 나서서 총 손잡이로 마시모의 턱을 때렸다. 마시모는 놀라 넘어졌다. 그의 얼굴에서 피가 흘렀다. 나는 문을 쾅 닫았다.

"같이 안 가면 나도 여기 있을 거예요."

나는 나초의 손목을 잡으며 소리쳤다.

나초는 내 손을 잡고 문으로 달려갔다. 몇 초 뒤, 서재 문이 쾅하고 열리는 소리가 들렸다. 첫 총알이 날아왔을 때 우리는 이미 계단에 있었다. 마르셀로는 계속해서 달렸다. 따라잡아야만 했다. 정문 바로 앞까지 왔을 때, 마리오가 갑자기 우리 앞에 나타났다. 나초가 총을 들어 올리기도 전에 마리오가 우리를 향해 총을 겨눴다. 어둠 속에서 보이는 건 총구뿐이었다.

"제발요." 나는 흐느꼈다.

마리오는 차가운 눈으로 나를 바라봤다.

"여기 있고 싶지 않아요. 더는 못 참겠어요……."

목소리는 갈라졌고, 눈물은 볼을 타고 흘러내렸다. 뒤에서 마시모가 걸어오는 소리가 들렸다.

"마시모는 괴물이에요. 무섭다고요!"

들려오는 소리는 나초의 숨소리와 가까워지는 마시모의 발소리뿐이었다. 마리오는 깊은 한숨을 내쉬며 총을 내리고 길을 비켜줬다.

"마시모의 아버지가 살아 있기만 했더라면 이런 일은 없었을 겁니다."

마리오는 어둠 속으로 물러났다.

나초는 다시 내 손목을 잡았다. 우리는 밖으로 내달렸다. 아이반이 와 나를 대충 어깨에 들쳐 메고 부두로 달려가기 시작했다.

CHAPTER_19

눈앞에 보이는 게 무엇일지 두려워 천천히 눈을 떴다. 지난밤의 기억은 여전히 생생했지만, 보트를 타는 순간까지만 그랬다. 그 뒤로는 아무것도 기억나지 않았다. 뭔가 잘못되어 마시모의 방에 돌아왔는지도 몰랐다. 숨을 들이쉬고 주변을 돌아봤다. 눈물 때문에 앞이 잘 보이지 않았다.

우리의 은신처인 해변 별장이었다. 반쯤 닫힌 블라인드 사이로 들어오는 햇볕이 방을 비췄고, 황홀한 바다내음이 안으로 쏟아졌다.

고개를 돌리니 나초가 보였다. 그는 침대 옆 안락의자에 앉아 팔꿈치에 머리를 기대며 몸을 내게 기울였다. 말없이 나를 바라보고 있었다.

"미안해요." 나는 그에게 속삭였다.

"제안할 게 있어요."

나초의 말투가 너무 심각한 나머지 심장이 멎는 것 같았다.

"다시는 이 일 얘긴 하지 말아요. 당신이 무슨 일을 겪었는지 나는 추측할 수만 있을 뿐이죠. 여전히 내가 마시모를 죽이길 원치 않는다면 말하지 마요."

나초는 몸을 곧추세우며 침을 크게 삼키고 눈썹을 찌푸렸다.

"마시모를 죽이고 싶다고 마음을 바꾸지 않았다면 말이죠."

"마음을 바꿨다면 어제 내가 직접 그의 얼굴을 쐈을 거예요."

나는 일어나 앉으며 한숨을 쉬었다.

"시칠리아에서 일어난 모든 일은 내 잘못이에요, 나초. 나 스스로의 멍청함 때문이죠."

나초는 왜냐는 표정을 지었다.

"내가 마시모의 거짓말을 믿는 바람에 당신에게 위협을 끼쳤어요. 그의 거짓말이 너무 치밀해서…… 더는 나와 함께하고 싶지 않대도 이해할게요."

"나랑 사랑에 빠졌다고 말했잖아요." 나초가 대답했다.

"뭐라고요?" 나는 말문이 막혀 물었다.

"올가의 결혼식이 끝나고 전화기에 소리를 질렀죠. 나와 사랑에 빠졌다고요."

나초의 눈은 즐거움으로 빛났다.

나는 양손을 깍지 낀 채 고개를 숙였다. 입이 열 개라도 할 말이 없었다. 내 벽은 방금 무너졌다. 내 앞에 앉은 남자가 수개월 동안 내가 스스로에게 한 거짓말을 벗겨내고 있었다. 나초를 사랑하고 싶지 않았다. 두려웠다. 하지만 나초가 그 진실을 알아내는 게 더 두려웠다.

"자기."

나초는 침대에 앉아 손가락으로 내 턱을 들어올렸다.

"취했던 데다 약까지 한 상태였어요." 나는 불쑥 내뱉었다.

나초는 에메랄드빛 눈으로 나를 응시하며 눈썹을 올렸다.

"그래서 거짓말이었다는 거예요?"

그의 입꼬리가 살짝 올라갔다.

"맙소사."

나는 나초의 시선을 피하려 애쓰며 나직이 말했다. 그는 내 턱을 단단하게 잡고 다시 눈을 마주치게 했다.

"말해봐요."

"내가 멍청이같이 군 걸 사과하려고 노력하는 와중에 당신을 사랑하냐고 묻는 거예요?"

나초는 씩 웃으며 고개를 끄덕였다.

"당신에 대한 내 감정을 아직도 눈치채지 못했다면 당신도 멍청이예요."

나도 미소를 짓기 시작했다.

"물론 눈치채기야 했죠. 당신이 마침내 인정하는 걸 듣고 싶을 뿐이에요."

나초는 내 볼을 감싸 쥐었다.

"마르셀로 나초 마토스." 나는 심각하게 말했다. "오랫동안……적어도 지난 2주간은……."

나는 말을 멈췄고, 나초는 숨도 쉬지 않고 기다렸다.

"완전히, 맹목적으로 당신을 사랑하고 있었어요."

나초의 얼굴에 지금껏 본 가장 환하고 커다란 미소가 어렸다.

"하지만 그게 전부가 아니에요. 매일 조금 더 많이 당신과 사랑에 빠졌죠."

나는 어깨를 으쓱였다.

"어쩔 수 없어요. 당신 잘못이에요."

문신으로 덮인 손이 내 발목을 쥐고 끌어당겼다.

나초는 팔로 몸을 지탱한 채 내 위에서 눈을 들여다봤다.

"당신을 미치도록 원해요."

나초는 입술로 내 입술을 쓸며 나직이 말했다.

"하지만 병원부터 다녀와요. 당신이 너무 지쳤을까 걱정돼요."

지난 며칠간의 기억이 허리케인처럼 빠르게 머릿속을 스쳐 지나갔다. 눈물을 멈추려 했지만 그럴 수 없었다. 생각하면 할수록 죄책감이 들었다. 가장 나쁜 건 마지막에 찾아왔다. 마시모가 그런 짓을 저지른 데에는 이유가 있었다. 나는 피임약을 끊은 상태였다. 내 얼굴이 공포로 일그러졌다. 나초는 곧바로 멀어졌다.

"무슨 일이에요?"

"이런, 맙소사." 나는 손으로 얼굴을 가리며 흐느꼈다.

"말해봐요, 자기." 나초는 내 손을 치웠다.

"나 임신했을 수도 있어요, 나초."

내 말에 나초가 고통스러워하는 게 보였다.

그는 이를 갈더니 고개를 숙이고 일어나서 걸어 나갔다. 나는 여전히 혼란에 휩싸여 잠시 침대에 머물렀다. 돌아온 나초는 화려한 수영복을 입고 있었다.

"수영하러 갔다 올게요."

나초는 문으로 향했다. 그는 문을 부술 듯 세게 닫았다.

이게 끝나기는 할까? 이불로 몸을 감싸며 고개를 저었지만 스스로의 생각을 숨길 수는 없었다. 계속해서 하나의 생각만이 떠올랐다. 만약 정말로…… 아니, 그건 생각할 수 없다. 그 괴물과의 연을 끊어낼 수 있는 일이라면 뭐든지 하리라.

나초가 두고 간 휴대폰에 손을 뻗어 인터넷으로 방법을 찾았다. 다행히도 시도할 수 있는 방법이 있었다. 전혀 침습적이지도 않았다. 약 몇 알이면 됐다. 안도의 한숨을 쉬고 휴대폰을 내려놓았다. 신이 나를 사랑하긴 하는 모양이었다. 신이 내게 최고의 운을 선물하지 않았을지는 몰라도, 시련을 견디기에 똑똑한 뇌는 주셨다.

이제 나초를 진정시킬 차례였다. 옷장으로 가 노출이 심한 끈팬티와 서핑 셔츠로 갈아입었다. 양치를 하고 머리를 높이 묶은 뒤 서프보드를 들고 바다로 갔다.

바다는 서프보드 위에서 파도를 가르는 나초의 기분을 대변하듯 몰아쳤다. 나는 발목에 서프보드의 줄을 묶고 그를 향해 노저어 갔다.

파도가 부서지는 곳에 도달한 나는 보드 위에 걸터앉아 기다렸다. 나초가 나를 봤다. 가까이 다가올지 말지는 나초의 결정에 맡기기로 했다. 그는 오래 기다리게 하지 않았다. 몇 분 뒤 내 바로 옆에서 차분한 표정으로 나를 바라보고 있었다.

"미안해요." 내가 다시 말하자, 나초는 눈알을 굴렸다.

"그만 좀 하지 그래요?"

이제 나초의 눈에는 짜증이 서려 있었다.

"더는 그 생각을 하고 싶지 않아요. 당신이 사과할 때마다 무슨 일이 있었는지 되새김질하게 된다고요."

"얘기 좀 해요, 마르셀로."

"망할 마르셀로라고 부르지 말아요!"

그의 고함에 깜짝 놀랐다.

화가 났지만 나초와 다투고 싶지는 않았다. 나는 침착함을 유지하려 다시 해안으로 노를 젓기 시작했다.

"미안해요, 자기."

나초가 크게 외쳤지만 나는 멈추지 않았다.

해변에 도착한 나는 모래사장에 보드를 던진 뒤 재빨리 집으로 돌아갔다. 부엌 조리대에 팔을 받치고 숨을 헐떡였다. 욕이 나왔다. 그때 나초의 단단한 팔이 내 몸을 돌리며 차가운 냉장고로 내 등을 밀어붙였다.

"당신이 전화를 끊었을 때 말이에요."

나초는 내게 이마를 맞대며 말했다.

"온 세상이 무너지는 것 같았어요. 숨도 쉴 수 없고 제대로 생각할 수도 없었어요. 아이반이 전화해서 무슨 일이 있었는지 말해주자 겁이 났어요. 당신이 술도 마셨고 약도 했다더군요. 당신은 이성의 말을 들으려 하지 않았죠. 그런 뒤 토리첼리가 당신을 데려갔어요. 당신이 그와 다시 합친 줄 알았어요. 날 떠난 줄 알았다고요."

나는 충격을 받아 눈썹을 올렸다.

"그렇게 보지 말아요." 나초는 살짝 몸을 떼며 말했다. "내가 당신 강아지를 토막 냈다고 생각했잖아요. 시칠리아로 날아갔지만, 토리첼리의 저택은 망할 놈의 요새였죠. 날 막으려고 배치해 둔 사병 때문에 일이 더 복잡해졌고요. 준비하는 데 시간이 꽤 걸렸어요. 게다가 도메니코와 올가의 행동에 속았어요. 그들은 침착했고 평소처럼 행동했거든요. 의구심이 들었죠. 그래서 망설였어요. 그러다가 두 사람이 떠난 뒤 마시모의 통화를 엿듣자 모든 게 명확해졌어요. 당신을 구출할 계획을 세웠죠."

"우리가 정원에서 나눴던 대화를 엿들었어요?"

내 질문에 나초는 발만 내려다보며 아무 대답도 하지 않았다.

"엿들었냐고요."

"그랬죠." 나초는 속삭이듯 대답했다.

"나초." 나는 나초의 볼을 감싸고 그에게 부드럽게 키스했다.

"자유로워질 유일한 방법이었어요. 좋아서 그런 건 아닌 거 알잖아요."

나초의 눈을 들여다봤지만, 그의 시선은 공허했다.

"두려워요." 나는 속삭였다. "그 일 때문에 당신이 멀어질까 봐요. 그럴 만도 하죠."

나는 관자놀이를 문지르며 돌아섰다.

"멀어진대도 이해해요."

방 안으로 한 발짝 들어서는데, 나초가 내게 손을 뻗었다. 나를 감싸 안고 들어 올렸다. 나는 다리로 그의 엉덩이를 감쌌다.

"그래서 날 사랑하는 거예요, 아니에요?"

나초는 문을 지나며 진지하게 물었다.

"몇 번을 얘기해야 해요?"

나는 짜증난 표정으로 나초를 바라봤다.

"'사랑해요'라는 말이 될 때까지 몇 번이고요."

나초는 집 뒤의 커다란 선 베드에 나를 눕혔다.

"당신과 사랑을 나누고 싶어요. 허락해 준다면요."

나초는 입가에 미소를 띠며 내게 키스했다.

"며칠 동안이나 섹스를 꿈꿔왔어요."

나는 젖은 셔츠를 찢어버리듯 벗었다.

"그 꿈에서 당신과 함께하지 않은 적은 한 번도 없었어요."

나는 나초의 머리 위에 손을 얹고 그를 끌어당겼다.

민트 향이 나는 따뜻한 혀가 내 혀를 애무했다. 나초의 손은
수영복 바지에 닿았다. 그는 키스를 멈추지 않은 채 바지를 벗었
다. 눈에 띈 페니스만 봐도 그가 준비돼 있다는 걸 알 수 있었다.

"날 다시 보니까 그렇게 좋아요?"

눈썹을 올리며 장난스럽게 물었다. 나초는 내게 다가오며 똑
바로 앉았다.

"입 벌려주시죠."

나초는 미소를 지으며 말하고 오른손으로 페니스를 잡았다.

편하게 누워 나초의 말대로 했다. 나초는 내 머리 위에 무릎을
꿇고 내가 몇 센티미터 아래로 내려오게 했다. 내 머리가 선 베
드의 부드러운 표면에 닿자, 나초는 페니스 끝에 키스할 수 있게

가까워졌다. 나는 그것을 입안 깊숙이 밀어 넣으려 했지만, 나초는 몸을 뺐다.

"천천히요."

그는 나직이 말하고 다시 가까워지며 단단한 페니스를 내 혀 위에 부드럽게 올려놨다.

"더 깊이 들어가도 돼요?"

나초는 매력적인 미소를 지으며 물었다. 나는 고개를 끄덕였다. 그는 아주 조금 안으로 들어왔다. 나는 빨기 시작했다.

"더 들어가도 돼요?"

내 동의를 기다리는 그의 호흡이 가빠졌다.

나는 나초의 엉덩이를 붙잡고 더 끌어당기며 페니스를 목구멍까지 밀어 넣었다.

"거기서 예쁜 손 떼지 마요."

나초는 머리맡에 팔을 받치며 말했다. 그는 계속해서 더 거칠게 들어왔다.

나초의 향기와 맛, 위로 보이는 나초의 모습에 머리가 터질 듯 흥분됐다. 나는 문신으로 뒤덮인 그의 엉덩이에 손톱을 박아 넣었다. 나초는 쉭쉭거리며 반쯤 감은 눈 사이로 나를 바라봤다. 그는 엉덩이를 찌르며 목구멍 끝까지 페니스를 밀어 넣고 멈췄다. 침을 삼키려 했지만, 페니스가 목구멍을 막아 숨을 쉴 수 없었다.

"코를 써요, 자기." 나초는 페니스에 목이 멘 나를 보며 킥킥거렸다. "움직이지 말고요."

나초는 내 입안에 페니스를 넣은 채로 몸을 우아하게 비틀었다. 곧 그는 혀로 내 배까지 쓸고 내려가며 내 허벅지 사이를 향했다. 69체위로 있는데도 나초의 페니스는 너무 길었다. 숨을 쉬기가 힘들었다. 처음 나초를 빨아줬을 때가 기억났다. 나초가 내 위에 있다는 것만 빼면 그때와 같았다. 나초는 가느다란 손가락으로 내 팬티 끈을 내리기 시작했다. 혀가 어서 빨리 내 안에서 춤추길 바랐지만 전혀 움직일 수 없었기에 내 욕망을 표현할 방법은 그를 더 거칠게 빠는 것밖에 없었다. 내 모든 힘과 기술을 사용해 미친 사람처럼 그를 빨았다. 하지만 나초는 전혀 감명받지 않은 듯했다. 그는 평정을 유지한 채 내 팬티를 아래로 끌어당겼다.

마침내 젖은 팬티가 바닥에 떨어지자, 나초는 내 허벅지를 최대한 벌리고 입술로 클리토리스를 눌렀다. 입안에 있는 나초의 페니스가 내 비명을 억눌렀다. 나초는 욕심을 부렸다. 혀는 내 젖은 성기 구석구석으로 밀고 들어왔고, 이빨은 클리토리스를 가볍게 문질렀다. 얼마나 황홀하던지. 나초의 입술은 완벽했다. 마치 여자에게 황홀경을 선사하기 위해 만들어진 것처럼. 그는 손가락 두 개를 핥은 다음 내 안으로 밀어 넣었다. 나는 마치 현혹된 듯 엉덩이를 들어 올렸다. 나초는 다른 손으로 나를 아래로 눌렀다. 내 안으로 밀어 넣은 손이 가차 없이 나를 헤집었다. 내 안을 휘젓기 시작한, 내가 중독된 황홀경의 소용돌이가 느껴지기 시작했다. 주변의 모든 것이 희미해졌다. 다른 건 아무것도 중요하지 않았다. 그 어떤 것도. 내 남자는 순수한 축복을 선사하고 있었다. 그것에만 집중하고 싶었다. 다리 사이의 움직임이 멈췄을 때 오르가슴은 목전에 있었다.

"집중 안 하고 있네요."

나초는 날 무너뜨릴 듯한 미소를 지으며 입술을 핥았다.

"하던 거 다시 안 하면 거칠게 해버릴 거예요."

나초는 웃으며 위에서 내려왔다. 나는 실망의 한숨을 쉬었다.

"나초!" 그가 내 다리 사이에 자리를 잡자 나는 반항했다.

"곧 사정할 것 같아요."

그는 내 안으로 들어오며 나직이 말했다. 나는 고개를 젖히며 입을 벌렸다. 아무 소리도 나오지 않았다.

"당신도 곧 하겠네요. 하지만 알다시피 당신을 봐야겠어요."

나초는 키스하며 기관총처럼 빠르게 나를 찌르기 시작했다.

나초의 한쪽 다리는 모래를 짚고 있었다. 다른 쪽 다리는 선베드 위에 무릎을 꿇고 있었다. 그는 내 발목을 잡고 다리를 들어 어깨에 얹으며 더 깊숙이 들어왔다. 내 발과 종아리에 키스했다. 욕망과 사랑으로 가득한 초록색 눈이 내 얼굴을 응시했다.

나초의 페니스가 내 성감대를 찾아 나를 미치게 했다. 나는 오르가슴을 맛보며 손으로 나초의 머리를 잡고 할 수 있는 한 진하게 키스했다. 나초의 엉덩이는 피스톤 운동을 계속했고, 잠시 후 따뜻한 파도를 내 안에 가득 쏟았다. 우리는 오르가슴에 압도되어 하나 된 채 서로에게 매달렸다. 잠시 후 우리는 정신을 차렸다. 움직임은 잦아들다가 완전히 멈췄다. 나초는 내 위로 쓰러지며 내 쇄골에 키스하고는 가슴 위에 머리를 기댔다.

"당신이 그리웠어요." 나초가 속삭였다.

"알아요. 나도 당신이 그리웠어요."

나는 천천히 숨을 고르며 나초의 등을 쓰다듬었다.

"선물이 있어요. 저택에 뒀어요."

나초는 몸을 일으키며 내 안에서 빠져나왔다. 그의 눈은 익살스레 반짝였다.

"물론 원하면 여기 머물러도 되고요."

"그러고 싶어요."

나초를 끌어당기며 해변에 부딪히는 파도 소리를 만끽했다.

우리는 은신처에서 며칠을 머물렀다. 나초는 일하지 않았다. 날 두고 법석을 떠는 것을 빼곤 별일을 하지 않았다. 그는 요리했고, 나와 사랑을 나눴고, 서핑을 가르쳐줬으며, 바이올린을 연주했다. 우리는 일광욕했고, 대화했고, 아이들처럼 장난을 쳤다. 나초는 여러 번 말을 몰고 왔다. 한번은 내가 아주 상냥하게 종마 사육장에 데려가 달라고 부탁했다. 나초가 말을 돌보며 털을 쓸어주고 말을 거는 모습을 지켜봤다. 말들은 나초의 사랑을 느끼고 그 사랑에 대한 고마움을 보여주려는 듯 나초에게 코를 비볐다.

어느 날 나는 혼자 일어났다. 나초는 부엌 조리대 옆에 앉아 있었다. 눈이 마주치자마자 낙원으로의 도피가 끝났음을 알아차릴 수 있었다. 화가 나지도 그에게 앙심이 일지도 않았다. 어쨌든 나초에게는 할 일이 있었으니까.

우리는 마지막으로 수영하러 갔다. 그다음 옷을 입고 나초의 멋진 차까지 걸어갔다.

마르셀로 저택까지 운전해서 갔고, 나초는 차에서 내리는 나를 부축해 줬다. 나초의 얼굴에 떠오른 소년 같은 미소는 뭔가 꿍꿍이가 있음을 말해줬다.

"선물 말인데요." 그가 말했다. "우리 침실에 있어요."

나초는 눈썹을 올려 보였다.

"우리 침실이 어딘지 모르죠? 보여줄게요. 아멜리아가 당신을 발견하고 나에게서 빼앗아가기 전에요."

그는 나를 끌어당겨 커다란 문을 지나 건물 안으로 들어갔다. 나는 길을 잃지 않고 침실의 위치를 기억하기 위해 모든 개성 있는 구석들을 눈에 담으려 애썼다. 다른 방은 별 관심이 가지 않았다.

계단을 통해 2층, 3층, 4층으로 올라갔다. 마토스 가의 저택은 전체적으로 아주 인상적이었지만 다락에서 보인 것은 숨을 멎을 정도로 아름다웠다.

모든 벽이 절벽과 바다 전망이 보이는 유리창으로 만들어져 있었다. 믿어지지 않았다. 방은 거대했다. 적어도 900평은 될 것 같았다. 벽과 천장에는 나무가 덧대어져 있었다. 커다란 아이보리색 소파는 서로 이어져 정사각형으로 놓여 있었다. 그 중앙에는 커다랗고 반짝이는 하얀색 커피 테이블이 놓여 있었다. 기다란 검은색 램프가 소파를 비추고 있었다. 한참 멀리 여섯 개의 의자가 함께 놓인 테이블이 있었고, 그 위에는 아름다운 하얀색 백합이 꽂힌 화병이 놓여 있었다. 마지막으로 널찍한 침대가 있는 중이층이 바닥 전체를 내려다보고 있었다. 몸을 빙글 돌리니 김 서린 유리벽이 보였다. 그 뒤에는 화장실이 있었다. 화장실이 단단한 벽 뒤에 있어 참 다행이었다.

조금 진정하며 멋진 저택을 둘러보다 이상한 소음을 들었다. 서리 낀 유리벽을 돌아 밖을 훔쳐보다가 얼어붙었다. 나초는 내 쪽으로 작고 하얀 불테리어를 데려오고 있었다.

"이게 내 선물이에요."

나초는 미소 지으며 말했다.

"외로울 때 날 대신해 줄 거예요. 당신을 지켜주고 당신의 친구가 돼줄 거예요."

나초는 눈썹을 올렸다. 나는 움직이지 않았다.

"작은 털 뭉치는 아닐지 몰라도 불테리어도 쓸만해요."

나초는 강아지 옆에 앉았다. 강아지는 곧바로 그의 다리로 올라가 나초의 얼굴을 핥기 시작했다.

"뭐라고 말 좀 해봐요. 맘에 안 들어요? 우리가 서로를 알아갈 좋은 방법이라고 생각했는데요. 같이 책임질 반려동물을 기르는 거 말이에요."

나초는 내 반응을 기다리며 얼굴을 찌푸렸다. 나는 입을 벌린 채 나초와 강아지를 응시했다. 심장이 미친 듯이 뛰었다.

그쪽으로 걸어가 그들 옆에 철퍼덕 앉았다. 귀여운 하얀 강아지는 망설이듯 뒤뚱거리며 다가왔다. 처음에는 내 손을 핥더니 공중으로 뛰어올라 내 얼굴을 핥았다.

"암컷이에요, 수컷이에요?"

새끼 돼지 같은 하얀 개를 밀어내며 물었다.

"당연히 수컷이죠." 나초는 분연히 대답했다. "크고, 강하고, 성난⋯⋯."

강아지는 꼬리를 흔들며 나초의 몸 위로 기어올라 얼굴을 핥았다.

"아직은 성나진 않았지만, 곧 그렇게 될 거예요."

나초는 체념하며 강아지를 넘어뜨리고 배를 긁어줬다.

"강아지들은 보통 자기 주인처럼 되는 거 알죠?"

나는 눈썹을 씰룩였다.

"그런데 잠깐만요. 선물하는 이유가 뭐예요?"

"좋은 질문이네요, 자기!" 나초는 벌떡 일어서며 나를 일으켜 세웠다. "딱 한 달 지나면 당신의 서른 살 생일이에요."

나초는 활짝 웃었고, 나는 눈알을 굴렸다.

"당신의 인생이 바뀐 올해가 악몽이 아닌 동화처럼 마무리됐으면 해요."

나초는 내 정수리에 키스하며 나를 껴안았다.

"이제 아멜리아 보러 가요. 당신과 얘기하고 싶어서 안달이 나 있어요."

우리는 테이블에 앉아 점심을 먹었다. 다들 농담 따먹기를 하며 웃고 있었다. 나초가 한 말을 잊을 수 없었다. 내 365일이 끝나가고 있었다. 시간이 얼마나 빨리 흘렀는지 믿을 수 없었다.

납치당한 날이 떠올랐다. 정확히는 내가 눈을 뜬 날 밤 말이다. 그 기억에 슬픈 미소가 피어올랐다. 일이 이렇게 끝나리라는 생각은 전혀 못 했다. 마시모를 처음 본 순간을 떠올렸다. 그 아름답고 위험하며 폭군 같은 남자. 타오르미나에서 쇼핑했던 날과 마시모가 날 통제하려 했던 기억, 내가 반항했던 기억까지도. 모든 것들이 이제는 무고해 보였다. 로마에서 나왔을 때와 클럽에서의 우연한 마주쳤을 때는 거의 목숨을 잃을 뻔했다. 나는 친구들에게 뭔가를 설명하고 있는 나초를 바라봤다. 노스트로에서의 그날, 내 운명이 지구상에서 가장 훌륭한 남자와 엮일 거라는 사실은 꿈에도 몰랐다. 그 일 이후로 얼마나 행복해졌는지를 생각하며 나는 하몽을 깨작거렸다. 마시모와 처음으로 사랑을 나눴을 때 그는 밤에 사라졌었다. 그리고 내 아기도 떠올랐다. 그 기억은 특히나 고통스러워 나도 모르게 배 위에 손을 올려놨다. 지금 내 배 속에 다른 아이가 있다면 어쩌지? 그토록 무덥고 쨍쨍한 날씨에도 소름이 등줄기를 타고 흘러내려 몸이 떨렸다.

나초는 내 손을 꼭 잡았다.

"왜 그래요? 또 넋 놓고 있네요."

나초는 내 관자놀이에 키스하며 속삭였다.

"기분이 별로 안 좋아요." 나는 나초를 쳐다보지 않고 대답했다. "현실로 돌아오니 예상보다 힘든가 봐요. 좀 누워 있을게요."

나는 나초의 머리에 키스하고 자리를 떴다.

우리의 새 침실로 와서 나초의 휴대폰으로 올가에게 전화를 걸었다. 신혼여행이 끝나가고 있다는 사실을 알고 있었다. 올가의 신혼여행을 망치면 안 되겠지만 정말 친구가 필요했다. 마음의 결정을 내릴 수 없어 열 번 신호음이 가기를 기다렸다가 빠르게 끊었다. 마침내 체념한 채로 샤워를 하러 갔다.

다음 며칠간은 내면의 악마와 싸웠다. 한편으로는 빨리 끝내버리고 싶었다. 병원에 가서 약을 먹어버리는 거다. 하지만 한편으로는 그럴 수 없을까 봐 두려웠다. 나초는 우리의 대화를 잊은 듯했다. 아니면 잊어버린 척하거나. 어쨌든 그 얘기는 다시 하지 않았다.

마침내 용기를 낸 나는 예약을 잡았다. 나초에게는 비밀로 했다. 반바지와 티셔츠를 입고 차도로 향했다. 그곳에 에스컬레이드가 기다리고 있었다. 가방 속에서 휴대폰이 진동했다.

"이번엔 대체 무슨 일이 있었던 거야?"

올가는 내가 전화를 받자마자 물었다.

"그 쓰레기가 도메니코를 비행기에서 끌어내더니 데리고 사라졌어. 집에 왔는데 모든 문이 다 잠겨 있지 뭐야. 넌 어디야? 또 마시모랑 싸웠어?"

나는 올가가 지금껏 상황을 모른다는 사실을 믿을 수 없어 아무 말도 하지 않았다.

"상황이 좀…… 엉망이야."

나는 차에 타면서 말했다.

"마시모랑 나 말인데…… 화해 안 했어. 전부 마시모의 계획이었어. 그 사람이 날 다시 납치한 거야."

"뭐라고?" 올가는 귀청이 떨어질 정도로 고함을 질렀다. "이런 미친 자식…… 처음부터 끝까지 말해봐."

마시모에게 반복적인 강간을 당한 부분만 빼고 모든 것을 말했다. 그것까지 말했다면 올가는 죄책감에 죽으려 했을 터였다.

"계획적이기도 한 놈일세." 올가는 한숨을 쉬었다.

"우리한텐 너랑 화해했다고 하더라. 결혼식 날은 꽤 놀랐지. 네가 전화로 나초한테 그렇게 따발총처럼 쏟아내는 걸 보고 말이야. 그러다가 네가 마시모 페라리에 타는데 거기서 마시모랑 잘 거 같더라고. 그러니 내가 어떻게 생각했겠어? 그러다 네가 내 전화를 받고, 그다음엔 마시모가 미소를 지으면서 아래층으로 내려오고…… 그래서 전부 예전처럼 돌아온 줄 알았어. 네가 나초는 한순간의 바람일지도 모른다고 했던 거 기억해?"

기억했다.

"그래서 이브를 보고 그걸 깨달은 줄 알았어. 결혼식에 성당에 온갖 추억까지 겹쳤으니 말이야."

"알겠어. 입 좀 다물어줘." 나는 올가의 말을 잘랐다. "이것만 말해줘. 마리오가 마시모랑 같이 있었어?"

"응." 올가가 대답했다. 나는 안도의 한숨을 쉬었다. "그건 왜 묻는데?"

"가장 중요한 얘기를 안 했네. 마리오 덕분에 탈출할 수 있었거든. 그래서 마시모가 마리오를 죽일 줄 알았어."

"글쎄, 안 죽였어. 적어도 아직까지는. 도메니코한테 상황이 어떤지 물어보고 알려줄게. 나초는 어때?"

"잘 지내. 대체로는." 나는 대답했다.

"자기 여자친구가 술에 취해서 다른 남자와 잤다는 사실에 그리 행복한 것 같진 않지만 적어도 이해는 해. 강제로 약에 취한 상태였으니까. 그래도 엄밀히는 내가 바람 피운 거야."

"개소리!" 올가가 소리 질렀다. "그런 생각은 하지도 마. 이제 네가 어떻게 할지 내가 맞혀볼까? 분명 넌 침대로 기어 올라가서 온갖 생각을 하면서 필요 없는 문제를 가득 만들어낼 거야."

올가의 체념한 말투에 속이 상했다.

"잘 들어. 뭐라도 해. 다시 네 회사를 키워. 에미한테 전화해. 정리할 게 많잖아."

"지금은 병원에 가야 해." 침묵이 이어졌다. "임신했을지도 모르거든. 마시모의 아이를."

"이런 젠장." 올가는 나직이 말했다. "적어도 네 아이한테 사촌은 생기겠네."

나는 놀라서 펄쩍 뛰다가 머리 받침대에 머리를 부딪쳤다.

"나 임신했어, 라우라."

"하나님 맙소사." 눈물이 차올랐다. "왜 말 안 했어?"

"안 지 얼마 안 됐어. 세이셸에서 알게 됐어."

"정말 잘 됐다." 나는 흐느꼈다.

"나도 그렇게 생각해. 하지만 네 눈을 보고 말하고 싶었어. 네가 날 기다리고 있을 줄 알았거든."

갑작스레 죄책감이 들었다.

"올가, 아이를 지워야겠어. 그 사이코랑은 조금도 엮이고 싶지 않아."

"생각 좀 해봐. 우선 그런 걱정을 할 거리가 있을지 먼저 알아보고. 그러고 나서 나한테 전화해."

누군가가 창문을 두드리는 소리에 놀라 휴대폰을 떨어뜨렸다. 나초가 자동차 밖에서 눈썹을 올린 채 나를 응시하고 있었다. 나는 휴대폰을 다시 들어 올가에게 작별 인사를 했다. 그러고는 창문을 내렸다.

"라우라, 어디 가요?"

나초가 물었다. 지금 날 의심하는 건가? 그저 내 상상에 지나지 않았는지도 모른다. 아래를 내려다보니 나초의 발 옆에 강아지가 서 있었다.

"쇼핑 좀 하러요. 우리 강아지한테 뭐 좀 사다줘야죠. 드라이브도 좀 하고요."

"괜찮은 거예요?"

나초는 차창에 턱을 올리고 걱정하는 눈빛으로 나를 봤다.

"올가랑 통화했어요." 나초는 고개를 들었다. "신혼여행에서 돌아왔대요……."

"그리고요?" 나초가 재촉했다.

"즐거웠대요. 그런데 집 상황은…… 그닥 좋지 않았나 봐요."

나는 어깨를 으쓱였다.

"하지만 적어도 행복해하는 것 같아요. 잘 쉬기도 했고, 사랑에 빠져 있기도 하니까요. 나처럼요."

나는 나초의 코에 키스했다.

"이제 가볼게요. 아니면 같이 갈래요?"

나는 미소 지으며 물었다. 내심 나초가 거절하길 바랐다.

"아이반과 얘기해야 해서요. 다음 주에 러시아에 가거든요. 우리 강아지는 강한 수컷인 거 기억해요. 킬러이자 알파라고요!"

나초는 내게 키스하고 활짝 웃었다.

"그러니 핑크나 리본은 안 돼요. 알록달록한 작은 뼈다귀도요." 나초는 이두박근을 내보였다. "힘! 해골과 총으로 해요!"

"못 말리겠네요." 나는 웃음을 터뜨리고는 선글라스를 꼈다.

"의사가 뭐라는지도 꼭 말해줘요."

나초는 자리를 벗어나며 소리쳤다. 나는 얼어붙었다.

젠장…… 나는 운전대에 머리를 박았다. 나초는 다 알았다. 처음부터 다 알고 있었다. 그저 내가 말해주길 기다리고 있었던 거다. 그런데 난 그에게 거짓말을 했다. 눈을 질끈 감고 깊은숨을 들이마셨다. 나는 스스로의 연애를 박살내고 있었다. 제대로 된 연애라고 부를 수 있게 되기도 전에 말이다. 나 자신에게 화가 났다. 시동을 걸고 저택에서 멀어졌다.

CHAPTER 20

나는 개인 클리닉의 대기실에 있는 부드러운 소파에 앉아 초조하게 손톱을 물어뜯었다. 스트레스가 극심한 나머지 머리를 쥐어뜯을 것 같았다. 의사는 피를 뽑은 뒤 결과가 나올 때까지 두 시간을 기다리라고 말했다. 드라이브하기엔 너무 속상했고 지금 빠진 곤경 이외에는 아무것도 생각할 수 없었다. 그러니 거기 앉아서 기다리는 수밖에 없었다. 멍하니 벽만 응시하면서.

"라우라 토리첼리 씨."

내 이름을 부르는 목소리에 긴장이 됐다.

"내일 일어나자마자 이름부터 바꿔야겠네."

진료실로 들어가며 중얼거렸다.

젊은 의사는 결과를 훑어보더니 한숨을 쉬고 고개를 저었다. 그런 뒤 컴퓨터 화면을 흘긋 쳐다보더니 마침내 양손을 깍지 끼며 입을 열었다.

"검사 결과가 나왔습니다. 의심할 여지없이 임신하셨습니다."

귀가 울렸다. 심장은 미친 듯이 뛰었고, 배는 고통스럽게 꼬였다. 의사는 자기 말의 여파를 눈치챈 듯했다. 그는 간호사를 불렀다. 간호사 두 명은 나를 소파로 데려가 다리를 높은 데 두었다. 죽고 싶었다. 의사는 뭔가를 얘기하고 있었지만, 머릿속의 맥박 소리 외에는 아무것도 들리지 않았다.

15분이 지나자 제대로 앉을 수 있을 만큼, 그리고 의사와 대화할 수 있을 만큼 정신을 차렸다.

"지워야겠어요." 나는 단호하게 말했다. 의사는 눈을 크게 떴다. "최대한 빨리요. 책에서 읽었는데 약 몇 알이면……."

"지운다고요?" 의사가 내 말을 따라 했다.

"토리첼리 부인, 우선 아기의 아빠와 상의해 보시죠. 심리 상담가요. 진심으로 심사숙고하시길 권장합니다."

"선생님!" 나는 의사의 말을 끊었다.

"선생님이 도와주시든 안 도와주시든 지울 거예요. 단지 올해 수술을 한 적이 있어서 의사 감독 하에 하는 편이 안전하다고 생각했을 뿐이에요."

"부탁하시는 건 이 나라에선 불법입니다."

"그건 두려워하지 않으셔도 돼요." 나는 다시 말을 잘랐다.

"강간으로 임신한 아이니까요. 이 강간범하고는 통하는 게 전혀 없어요. 경찰에 신고하라고는 하지 마세요. 불가능하니까요. 도와주실 거예요, 말 거예요?"

젊은 의사는 조용해지더니 생각에 잠겼다.

"알겠습니다. 내일 다시 오세요. 하루이틀 정도 입원하셔야 합니다. 우선 약을 주사하고 필요하다면 수술을 하죠."

나는 감사의 표시로 고개를 끄덕이고 병원을 나섰다.

커다란 차에 앉아 몸을 떨며 울음을 터뜨렸이. 감정이 파도처럼 밀려왔다. 하나의 감정이 부닥치고 사라지자마자 또 다른 감정이 밀려왔다. 완전히 지칠 때까지 파도는 계속됐다. 시동을 걸고 목적지 없이 운전하기 시작했다. 첫 임신을 알았을 때처럼 앉아서 바다를 보고 싶었다.

해변에 주차하고 선글라스를 낀 뒤 해안가로 걸어갔다. 모래사장에 주저앉아 파도를 바라보고 죽음을 생각하며 더 울었다. 나초에게는 뭐라고 말한단 말인가? 나초는 다시는 전처럼 나를 봐주지 않을 것이다.

"라우라." 나초의 따뜻한 목소리에 놀랐다. "얘기 좀 해요."

"얘기할 기분 아니에요."

나는 일어서며 쏘아붙였다. 나초는 나를 붙잡았다.

"대체 여기서 뭐 하고 있었어요?"

"우리 차에는 전부 추적기가 달려 있어요. 아까 집에서 당신의 모습 때문에 걱정이 돼서요. 괜찮은 건지 확인하고 싶었어요. 의사가 뭐래요?"

나초의 목소리가 갈라졌다. 아는 게 분명했다. 아니면 적어도 대답이 무엇일지 느낀 듯했다.

"내일 수술할 거예요." 나는 중얼거렸다. "지울 거예요."

"임신했어요?" 나초는 부드럽고 침착한 목소리로 물었다. "제발 얘기 좀 해요, 라우라."

대답하지 않자 나초가 덧붙였다.

"제기랄! 난 당신 남자라고요. 당신 혼자서 견디게 두지 않을 거예요!" 나초가 소리 질렀다. "내가 도울게요."

나는 눈물 젖은 눈으로 그를 올려다봤다. 나초는 내 선글라스를 벗겼다.

"말해줘요. 아니면 내가 의사한테 전화해서 물어볼 거예요."

"나 임신했어요, 나초."

또다시 눈물이 볼을 타고 흘러내리는 게 느껴졌다. 나는 다시 한번 흐느끼며 몸을 떨었다.

"하지만 맹세코 아이를 원하지 않아요. 정말 미안해요."

나초는 무릎에 나를 앉히고 나를 껴안았다. 단단한 품에 안겨 있으니 안전하다는 느낌이 들었다. 두려워할 필요가 없다는 걸 알았다. 나초는 날 떠나지 않을 터였다.

"내가 알아서 할게요. 내가 없애버릴게요."

"우리가 알아서 할 거예요."

나초는 내 눈썹에 키스하며 내 말을 고쳐 말했다.

"혼자 하게 해줘요. 당신이 거기 있는 걸 원치 않아요. 잔인하게 들리는 거 알지만 그래야 해요."

나는 애원하는 얼굴로 나초를 바라봤다.

"제발 부탁이에요. 당신이 관여할수록 난 죄책감을 느낄 거예요. 그냥 끝내버리고 싶어요."

나초는 고개를 끄덕이며 나를 끌어안았다.

"원하는 대로 해요. 그만 울고요."

우리는 집으로 돌아왔다. 평범하게 행동하려 했지만 쉽지 않았다. 종종 숨어서 울었다. 사실 침대에 웅크려 누워 있기만 하다가 문제가 모두 해결되면 그때 나오고 싶기도 했다. 나초는 내가 얼마나 힘들어하는지 눈치챘다. 또 그로 인해 우울하지 않은 척하려 노력했지만, 나초 또한 나만큼이나 연기를 못했다. 마침내 하루가 끝났다. 강아지와의 오랜 산책이 조금은 도움이 됐다.

다음 날 아주 일찍 일어났다. 나초는 없었다. 나초의 품에 안겨 바짝 기댄 채 잠들었는데 말이다. 하지만 우리 둘 다 불편했던 것 같다. 마치 마시모가 사이에 누워서 우리를 떨어뜨려 놓는 것처럼.

샤워하고 옷장에서 가장 먼저 눈에 띈 옷을 입었다. 내가 어떻게 보이든 누가 신경이나 쓰겠는가? 생각하기도 감정을 느끼기도 싫었다. 이틀 뒤 잠에서 깨 안도의 한숨을 쉬고 싶은 생각뿐이었다. 제일 필요한 물건들만 가방에 챙기고 아침을 먹으러 아래층으로 내려갔다. 나초는 거기에도 없었다. 아멜리아나 강아지도 없었다. 혼자 감당하고 싶다고 한 건 내가 아니었던가? 체념한 채 기다란 테이블에 앉았다. 음식을 보니 구역질만 났다. 테이블 너머 먼 곳을 바라봤다. 내 인생을 파괴한 수많은 고난의 결과를 겪어내느니 내 안의 죄 없는 작은 생명을 굶겨 죽이는 게 나을 것 같았다. 나는 몸을 떨었다. 잠시 후 차를 마셨더니 구역질이 목구멍 위로 올라왔다. 어떻게 하기도 전에 잔디밭에 토했다. 나는 입을 닦고 토사물의 웅덩이를 바라봤다.

"이제는 다시는 술 안 마시고 싶을 것 같네." 나는 신음했다.

전에 임신했을 때는 입덧이 훨씬 나중에 찾아왔었다. 아니면 그때는 임신했을 가능성을 그만큼 못 믿었는지도 모른다. 임신을 알아차린 것 자체가 내 속을 뒤집었는지도 모른다. 나는 고개를 젓고 집 안으로 돌아갔다.

한 시간 뒤에는 차를 타고 병원으로 운전하고 있었다. 휴대폰은 잠잠했지만, 신경 쓰이지는 않았다. 애초에 나초와 대화를 나누고 싶지 않았다. 그가 어디 있는지 묻고 싶지 않았다. 해변의 별장 외에 나초가 있을 만한 곳은 없었다. 서핑하고, 맥주를 마시고, 승마를 하고, 열을 내고 있겠지. 나 때문에 나초가 그 모든 감정을 감당해야 한다고 생각하니 슬펐지만 어쩔 도리가 없었다. 아멜리아는 아무것도 몰랐다. 하지만 올가라면…… 올가에게 전화하는 걸 완전히 잊고 있었다. 재빨리 올가의 전화번호를 눌렀다.

"빨리도 전화한다!" 올가는 평소와 같은 태도로 전화를 받았다. "그래서 뭐래?"

"지금 낙태하러 가고 있어."

올가는 한숨을 쉬었다.

"내일이면 끝날 거야."

"결국 그렇게 됐구나." 올가는 다시 한숨을 쉬었다. "정말 유감이야."

"그만해." 속삭이는 내 목소리가 갈라졌다. "날 동정하지 마. 그 얘긴 하고 싶지 않아. 네가 들은 얘기나 해줘."

"마리오는 괜찮아. 그 사람이 널 탈출시켜 준 걸 마시모는 모르더라. 적어도 난 그렇게 생각해. 그러니 마리오 걱정은 하지 마. 누가 마시모 코를 부러뜨렸더라. 네가 그랬어? 네가 마시모를 총 손잡이로 후려쳤다던데."

올가는 웃었다.

"잘했어. 불알도 차버리지 그랬니? 어쨌든 너를 찾으려고 혈안이 되어 있지는 않더라. 도메니코가 마시모한테 마피아 수장이 그렇게 절박해 보이면 안 된다고도 했고."

나는 안도의 한숨을 쉬었다.

"하지만 마시모가 어떤지 알잖아. 그 사람 머릿속에 뭐가 들었는지는 절대 몰라."

"적어도 그건 좋은 소식이네." 나는 차를 주차하며 말했다.

"끊어야겠어, 올가. 행운을 빌어줘. 네가 와줬으면 해. 네게 제대로 축하 인사를 전하고 싶거든. 그건 그렇고, 넌 어떻게 지내?"

나는 죄책감이 들었다. 내 문제에 집중하느라 올가의 문제를 무시하고 있었다.

"너무 좋아. 섹스는 최고고. 도메니코의 사랑도 최고야. 나를 업고 다녀. 살은 빠졌고 가슴은 커졌어."

올가는 진심으로 행복한 것 같았다.

"널 보러 갈게. 네 생일쯤에. 괜찮지?"

"맞다, 미친, 생일을 까먹었네." 나는 신음했다. "개를 선물 받왔어."

"또?"

"응. 대신 이번에는 털 뭉치랑 쥐를 합친 것처럼 생기지 않았고 진짜 강아지야. 불테리어거든."

올가는 뭔가 말하려 숨을 들이마셨지만, 나는 그녀를 막았다.

"요새는 매일 선물을 받고 있어, 고카트에, 전용 레이싱 트랙에, 서프보드, 헬리콥터 조종 레슨까지. 있잖아, 나 진짜 끊어야겠어. 사랑해. 이틀 뒤에 얘기하자."

"나도 사랑해." 올가는 슬프게 말했다.

"나중에 얘기해."

나는 휴대폰을 주머니에 집어넣고 깊게 심호흡한 뒤 가방 손잡이를 꼭 쥐었다.

'해치우자.' 나는 그렇게 생각했다.

의사는 내 질 속에 자위 도구 같은 걸 집어넣으며 초음파 검사를 했다. 전혀 기분 좋지 않았지만, 거쳐야 하는 절차인 것 같았다. 배 속에 있는 것에 조금이라도 애착을 느낄까 봐 화면을 쳐다보지도 않았다. 의사는 내 안에서 차가운 기구를 움직이며 입을 열었다.

"좋습니다, 라우라. 약을 드릴게요. 피가 날 거예요. 그 뒤에 수술이 필요한지 봅시다. 약만으로 처리하기엔 늦었어요. 7주차니까요. 하지만 일단 기다려보는 수밖에……."

귀담아듣지 않았다. 관심이 없었다. 그러다 귀에 확 들어온 말이 있어 정신이 들었다.

"잠깐만요, 뭐라고요?" 나는 놀라서 물었다. "몇 주라고요?"

"7주 정도요." 의사는 내 안의 무언가를 재며 버튼을 눌렀다.

"하지만…… 그건 말이 안 돼요……. 내가 강간당한 건……."

그러다 깨달았다. 아이 아빠는 마시모가 아니다. 나초였다!

나는 본능적으로 다리를 차며 뛰어올랐다. 너무 급했던 바람에 어지러웠다. 혼란에 빠져 도로 앉았다. 의사는 영문을 모르겠다는 듯 나를 바라봤다.

"선생님." 내가 말했다. "3주 된 아이가 아닌 게 확실한가요?"

박사는 눈을 크게 뜨며 고개를 끄덕였다.

"확실합니다. 그러기엔 태아가 너무 커요. 그리고 피 검사 결과를 보면 호르몬 수치가……."

더는 들을 필요가 없었다. 내가 임신한 건 그 독재자의 아이가 아니었다. 나초의 아이였다. 나초의 아이. 내 형형색색의 남자가 아빠가 된다니. 나는 환하게 미소 지었다.

"감사합니다, 선생님. 약이나 시술은 필요 없겠네요. 아이 건강에 이상은 없나요?"

의사는 고개를 끄덕였다.

"인쇄 같은 거 해주실 수 있나요?"

병원에서 뛰쳐나와 자동차로 달려가며 나초의 번호로 전화를 걸었다. 전화를 받지 않았다. 수영하는 모양이었다. 시동을 걸고 우리의 은신처를 내비게이션의 목적지로 설정했다.

내 감정은 180도 바뀌었다. 다시 눈물이 볼을 타고 흘러내렸다. 이번에는 기쁨의 눈물이었다. 아이를 가지기에 좋은 시기일까? 우리 둘은 서로를 잘 알지도 못하는데……. 하지만 상관없다. 내 안에 숨 쉬는 생명은 나초의 것이었다. 나초가 파블로를 얼마나 사랑하는지는 알고 있다. 이제 파블로에게 사촌을 선물해 줄 수 있다. 둘은 함께 자랄 수 있을 터였다. 그리고 올가의 아이도…….

"맞다! 올가!" 나는 소리를 지르며 올가에게 전화를 걸었다. "나 임신했어!"

나는 환호성을 질렀다. 올가는 조용해졌다.

"와, 미쳤어? 너 괜찮아, 라우라?" 올가는 영문을 모르겠다는 듯 물었다. "또 누가 약 먹였니?"

"나초 아기야! 나초 아이라고!"

또다시 침묵이 찾아왔다가 곧 높은 비명이 들려왔다.

"마시모는 기회가 없었어. 난 이미 임신한 상태였으니까!"

"맙소사, 라우라." 올가가 흐느꼈다. "우리 엄마 되겠다."

"그러니까!" 나는 활짝 웃으며 소리 질렀다.

"우리 애들은 동갑내기가 될 거야. 얼마나 멋진 일이니?"

"나초는 알아?"

우리 둘이 몇 번 더 기쁨의 비명을 지른 뒤 올가가 물었다.

"지금 보러 가고 있어. 좀 진정되면 전화할게. 아마 내일쯤."

나는 차에 순간이동 기능이 없는 걸 아쉬워하며 미친 사람처럼 차를 몰았다.

브레이크를 밟자 자동차 타이어가 금빛 모래 무더기를 토해냈

또 다른 365일

다. 나초의 오토바이는 야자수 옆에 주차돼 있었다. 나초가 여기 있었다. 소식을 어떻게 전해야 할지, 왜 낙태를 멈췄는지 어떻게 말해야 할지 알 수 없었다. 만약 나초가 아이를 원하지 않으면 어쩌지? 그에게 아빠가 될 거라는 소식을 전했는데 나초가 그래도 낙태를 원한다면 어쩐다?

그러다 나초가 자기 나이쯤 되면 아이를 가질 법도 하다고 말했던 걸 기억해 냈다. 타고마고에서의 일이었다. 그는 내가 임신할까 봐 두렵지 않다고 했다. 나초에게 피임을 부탁하면 그는 옷 갈아입고 같이 수영이나 하러 가자고 말하곤 했다. 그 생각이 나를 북돋웠다. 나는 달리기 시작했다.

작은 별장 안으로 쳐들어갔다. 나초는 부엌 캐비닛에 기대어 바닥에 앉아 있었다. 나초는 시선을 들더니 들고 있던 보드카 병을 내려놨다. 나는 갑자기 두려워져 얼어붙었다. 나초는 발을 디디고 몸을 일으키다가 살짝 휘청였다. 넘어지지 않으려고 냉장고를 잡았다.

"여기서 뭐 하는 거예요?" 나초는 화가 난 것 같은 말투로 물었다. "수술은 어쩌고요?"

"못 하겠어요." 나는 나초의 상태에 놀라 그의 눈을 들여다보며 말했다. "아이 말인데요……."

"젠장!" 나초는 보드카 병으로 벽을 때리며 내 말을 잘랐다. "못 참겠어요, 라우라."

나초는 집에서 쿵쾅거리며 나가 바다로 달려갔지만 술에 잔뜩 취해 다리를 제대로 움직이지도 못했다.

눈물이 차올랐다. 그런 상태로 물에 들어가면 나초는 익사할
터였다.

"당신 아이예요!" 내가 소리 질렀다. "나초, 당신이 아빠가 될
거라고요!"

산책로를 따라 컨버터블을 몰았다. 내 머리카락이 뜨거운 바
람에 흩날렸다. 스피커에서는 아리아나 그란데의 노래가 쩌렁쩌
렁 울려 퍼졌다. 「브레이크 프리Break Free」야말로 내가 처한 곤경
에 딱 어울리는 노래였다. '원한다면 가져요'라는 가사가 흘러나
왔다. 볼륨을 높이며 리듬에 맞춰 고개를 끄덕였다.

내 생일이었다. 나이를 먹고 있으니 우울해야 했는지도 모르
지만, 여느 때보다도 난 살아 있음을 느꼈다.

빨간 불 앞에서 차를 멈추자 후렴구가 시작됐다. 베이스의 소
리가 터져 나왔고, 나는 행복에 겨워 노래를 따라 불렀다.

"당신을 원하지 않는다고 말해야 할 순간이죠. 나는 전보다 더
강해요."

아리아나와 함께 외치며 팔을 흔들었다. 젊은 남자가 내 옆에
차를 세웠다. 그는 내게 추파를 던지듯 미소 지으며 노래의 리듬
에 맞춰 손으로 운전대를 두드렸다. 시끄러운 음악과 내 노랫소
리 말고도 내 옷이 눈에 띈 게 분명했다. 정확히는 내가 얼마나
노출된 옷을 입었는지가 말이다.

나는 보라색 플리머스 프라울러에 아주 잘 어울리는 검은 비
키니를 입고 있었다. 솔직히 내 차와 잘 어울리는 옷은 그리 많

지 않았다. 차는 완벽했다. 생일선물로 받은 아름답고 흔치 않은 차였다. 당분간 내 남자의 선물 공세가 멈출 일은 없을 터였다. 하지만 나는 허황되게도 이것이 마지막 선물이기를 바랐다.

선물 공세는 한 달 전부터 시작됐다. 나는 매일 새로운 선물을 받았다. 서른 살 생일에는 특별한 게 필요하다고 여겼는지 선물 서른 개를 보내는 사람이었다. 나는 눈알을 굴리고는 신호등이 녹색불로 바뀌자마자 액셀을 밟았다.

잠시 후, 주차한 뒤 가방을 집어 들고 해변으로 향했다. 날씨는 무더웠고, 날씨를 최대한 만끽할 작정이었다. 내 한계에 도달해 보는 거다. 화상을 입을 때까지 일광욕할 예정이었다. 빨대로 아이스티를 한 모금 마셨다. 그러고는 해안가를 가로질러 터벅터벅 걸으며 발 위로 느껴지는 뜨거운 모래의 감각을 즐겼다.

"생일 축하해요, 올드 걸!" 내 남자가 소리쳤다.

뒤를 돌아보자, 모엣 샹동 로제가 터져 나오며 얼굴을 적셨다.

"무슨 짓이에요?!"

나는 웃으며 거품 가득한 모엣 로제의 샤워를 피하려 했다.

소용없었다. 그는 로제가 뿜어져 나오는 병을 들고 나를 뒤쫓았다. 병을 비워내고 나서 그는 달려들더니 나를 땅으로 넘어뜨렸다.

"생일 축하해요." 그는 속삭였다. "사랑해요."

입술 사이로 들어온 그의 혀가 춤을 추기 시작했다. 나는 기분 좋은 신음을 내며 그의 목에 팔을 둘렀다. 그는 내 사이로 들어왔고, 나는 엉덩이를 천천히 비틀며 다리를 벌렸다.

그는 내 손에 깍지를 끼며 내 팔을 바닥으로 내려 고정시켰고, 머리를 젖혀 황홀경에 젖은 눈으로 나를 응시했다.

"줄 게 있어요." 그는 눈썹을 들썩이더니 자리에서 일어나며 나를 일으켜 세웠다.

나는 "그것참 놀랍네요"라고 중얼거리며 선글라스의 어두운 렌즈에 가려진 눈알을 굴렸다. 그는 손을 뻗더니 내 선글라스를 벗겼다. 그의 표정은 진지해졌다.

"나랑……." 그는 말을 더듬었다.

그는 크게 심호흡하더니 내 앞에 무릎을 꿇고는 작은 상자를 쥔 손을 내밀었다.

"결혼해 줘요." 나초는 활짝 미소 지으며 말했다.

"재치 넘치고 로맨틱한 말을 하고 싶지만, 무엇보다도 당신을 설득할 말을 하고 싶었어요. 그게 전부예요."

내가 숨을 들이마시자, 그는 손을 들었다. 나는 아무 말도 하지 않았다.

"라우라, 대답하기 전에 진지하게 생각해 줘요. 프러포즈는 곧 결혼이 아니에요. 결혼은 영원일 필요가 없고요."

그는 나를 상자로 살짝 찔렀다.

"하기 싫다면 억지로 시키고 싶지는 않아요. 당신한텐 절대 명령하지 않을 거예요. 정말로 원한다면 승낙해 줘요."

우리 사이에 긴 정적이 흘렀다. 그는 인내심 있게 내 대답을 기다렸지만, 나는 아무 말도 하지 않았다.

"그렇지만 거절한다면 아멜리아를 보내서 설득할 거예요."

그에게서 눈을 뗄 수 없었다. 두려웠고, 걱정됐으며, 경이로움에 압도됐다. 그리고…… 행복했다.

"좋아요, 그래도 설득당하지 않는군요."

나초는 파도를 건너다보다가 다시 내게 고개를 돌렸다. 커다란 에메랄드빛 눈이 나를 바라봤다.

"얘를 위해서 승낙해 줘요."

나초는 몸을 굽혀 내 배에 키스하며 그의 미간을 기댔다.

"가족은 적어도 세 명의 구성원이 필요해요. 적어도요. 이 아이 하나로 멈추지 않을 수도 있고요."

나초는 시선을 들며 미소 짓고 내 손을 잡았다.

"사랑해요." 나는 속삭였다.

"애초에 승낙하고 싶었지만, 당신이 내 말을 끊기에 속 시원히 할 말 다 할 기회를 주려고 했어요."

나초의 눈이 기쁨으로 빛났다.

"그래요, 결혼할게요."

에필로그

"제기랄, 루카!"

올가는 선 베드에서 튀어 올랐다. 그 바람에 모두가 올가에게 시선을 집중했다.

"이리 와, 이 말썽쟁이."

올가는 체념한 채 모래사장에 앉았다. 검은 눈의 아름다운 올가의 아들이 내 품에 달려들었다.

나는 아이를 수건으로 감싼 뒤 내 무릎에 앉히고 그의 머리를 말리기 시작했다.

"얘가 폴란드어를 모르는 척한다니까."

올가는 생수병을 집어 들고 누우며 투덜댔다.

"그런데 내가 이탈리아로 말하기만 하면 뭐든 알아듣는다 이 거지?"

올가는 루카의 코를 손가락으로 튕겼다.

"너무 화내지 마. 너 임신했잖아." 나는 웃으며 말했다. "엄마한테 가렴."

나는 루카에게 속삭였다. 아이는 올가에게로 곧장 뒤뚱거리며 걸어갔다.

올가는 루카를 안고 간지럽혔다. 그러자 아이는 웃으며 벗어나려 애썼다. 마침내 올가가 루카를 놔주자 루카는 올가의 외침을 무시하고 곧장 물속으로 걸어갔다.

"도메니코를 똑 닮았어. 내 말은 전혀 안 듣는다니까."

올가는 고개를 저었다.

"이렇게 컸다니 믿어지지 않아. 그렇게 작았는데……."

올가의 목소리에선 약간의 향수가 묻어났다.

"응…… 나도 그래."

나는 출산 직전에 올가의 기분이 얼마나 변덕스러웠는지를 떠올리며 고개를 끄덕였다.

무엇보다 출산하는 올가의 곁에 있어주고 싶었지만 그럴 수 없었다. 올가는 도메니코에게 줌 통화로 나를 연결해 달라고 했다. 도메니코는 노트북을 가져와 올가 뒤에 놓았다. 내가 출산할 때 곁에 있어주게 하기 위함이었다. 무서워서 죽을 뻔했다. 올가는 목이 터져라 소리 지르며 도메니코를 때렸고, 도메니코와 의사에게 욕을 퍼붓고는 마침내 울었다. 출산은 오래 걸리지 않았다. 두 시간에서 세 시간이 지나자 루카가 태어났다. 지금껏 본 아이 중 가장 예뻤다.

"저 말썽꾸러기 꼬맹이 때문에 내가 죽겠어." 올가는 한숨을 쉬고는 소리 질렀다. "루카!"

도메니코의 조그마한 복제품은 뒤뚱거리며 다시 물속으로 들어가려 했다.

"너무 버릇이 없어. 저놈의 꼬마 괴물을 감당할 수가 없다니까. 자기 대부 잘못이지."

나는 눈을 찡그리며 올가를 흘긋 봤다.

"마시모가 네 속을 긁나 봐?"

내 물음에 올가는 고개를 저었다.

"이해하려고 노력해 봐. 자기는 절대 가질 수 없었던 아들처럼 대하는 거잖아."

"계속 그렇게 섹스하고 돌아다니면 조만간 생길걸. 적어도 집에 자주 오지는 않더라."

올가는 한숨을 쉬었다.

"마시모가 집에 있기만 하면 루카한테 미니어처 페라리가 생긴다니까. 루카 전용 레이싱 트랙까지 사주지 뭐야. 믿어져? 네살짜리한테 말이야! 모터보트도 샀어. 동시에 4개 국어를 가르쳐야 한다고 도메니코를 설득시키기까지 했다니까. 이젠 루카는 피아노도 쳐야 해. 가라테랑 테니스 훈련도 해야 하고. 스포츠가 훈육을 돕는단다. 개소리도 그런 개소리가 없어요."

나는 고개를 저었다. 마시모와 이혼한 지 5년이 지났다. 마무리하기 쉽지는 않았다. 특히 나초와 마시모는 여전히 서로를 죽일 듯이 싫어했다. 이혼 자체는 충분히 쉬웠다. 서류에 서명하는 것으로 끝이었다. 하지만 이혼을 성사시키기까지의 과정은 지옥을 향한 고투였다.

마시모는 내 생일날 마침내 내가 그와 다시 합치지 않을 거라는 사실을 깨달았다. 그가 나를 납치한 날로부터 정확히 365일이 되는 날이었다. 이유는 모르겠지만 그날 마시모는 마침내 이혼해 줬다.

여느 사람 같으면 이혼 서류를 우편으로 보낼 테지만, 마시모에게는 과시욕이 있었다. 머리가 반쯤 센 남자 네 명이 산더미 같은 서류와 함께 테네리페에 도착했다. 그들은 서류에 어떤 내용이 있는지를 열심히 설명했다.

처음에는 마시모로부터 아무것도 받고 싶지 않았다. 하지만 무슨 연유에선지 마시모는 뜻을 고수했다. 그게 그의 조건 중 하나였다. 내가 그동안 겪은 게 있으니, 그 정도는 받아도 된다고 했다(마시모의 표현이었다). 내 미래를 보장할 무언가와 어느 정도의 보상을 말이다. 마시모가 진정으로 원한 건 내가 나초에게 경제적으로 기댈 필요가 전혀 없게 되는 상황이었다.

마시모는 내가 그의 돈으로 설립한 회사를 내게 줬다.

"엄마!"

여자아이의 외침에 나는 몽상에서 깨어났다. 곧게 뻗은 작은 손들이 보였다.

"아빠가 돌고래를 보여줬어요!"

나는 재잘대는 아이를 안아줬다.

"그랬어?"

나는 고개를 끄덕였고, 스텔라는 발을 박차고 일어나 다시 바다로 달려갔다. 스텔라는 활동적인 소녀였다. 아빠를 닮았다.

나초는 스텔라를 안아 들고 걸어왔다. 그 모습은 아무리 봐도 질리지 않을 것 같다. 금발의 작은 소녀는 나초의 목을 껴안고 이따금 그에게 키스했다. 나초는 한 손으로 서프보드를 들고 다른 한 손으로는 스텔라를 감쌌다. 문신으로 뒤덮인 나초의 젖은 피부가 햇볕에 반짝였다. 나초는 마흔 살처럼 보이지 않았다. 꾸준한 운동 덕분에 젊은 활력과 아름답게 그을린 근육을 갖고 있었다.

"스텔라한테 서핑을 허락하다니 믿을 수 없어."

올가는 바나나 한 조각을 루카의 입에 밀어 넣으며 말했다.

"나라면 겁에 질렸을 거야. 나초는 계속 스텔라를 보드 위에 올려놓는데 스텔라는 계속 물로 고꾸라지잖아. 너무 무서워."

"고꾸라지는 거 아냐. 뛰어내리는 거지. 우리가 이렇게 성향이 다른 엄마일지 누가 알았겠어."

나는 나초에게 시선을 고정하며 웃었다.

"기억하기론 내가 쉽게 겁먹는 편이었는데 말이야. 너는 애들이 열여덟 살이 되기도 전에 애들이랑 같이 술 마시겠다고 했잖아서."

"절대 안 돼!" 올가는 소리쳤다.

"성인이 될 때까지 지하실에 가두고 키울까 아직도 고려 중이거든. 아니면 서른 살까지. 확실한 게 좋으니까."

갑자기 햇볕이 사라지며 촉촉하고 소금기 있는 입술이 내 입술을 눌렀다. 나초는 스텔라를 안은 채 내 선 베드로 몸을 기울여 한 번 더 키스했다.

"그만 해요. 하여튼 변태들." 올가가 말했다.

"질투는 그만하시죠." 나초는 활짝 웃으며 응수했다.

"도메니코가 그만 삐지고 여기로 왔다면 당신도 좀 사랑받았을 텐데 말이에요."

"엿이나 드세요."

올가는 나초를 쳐다보지도 않고 대꾸했다. 아이들이 구사할 수 있는 여러 언어 중 영어는 아직 없어서 다행이었다.

"내 남편은 가문에 충실한 것뿐이에요."

올가가 어깨를 으쓱였다.

"그러시겠죠."

나초가 코웃음 쳤다. 그는 집어 든 수건으로 스텔라를 감쌌다.

"그래서 카나리아인 마피아랑 짜고 가문을 배신했다고 나쁜 마피아 부인이 됐다는 거예요?"

"아주 매력적인 폴란드 아가씨랑 짜고 배신한 거죠."

올가는 나초를 흘긋거리며 선글라스를 낮췄다.

"근데 하필이면 그 아가씨가 스페인 마피아의 아내인 거고요."

"카나리아인이라니까요."

"카나리아인이야."

나초와 나는 지적했다. 나초는 미소 짓고 내게 부드럽게 키스하며 내 뺨을 쓰다듬었다.

스텔라가 물에서 나온 걸 보자마자 루카는 스텔라에게로 달려가 그녀를 안았다. 루카는 아직 다섯 살도 채 되지 않았지만 훌륭한 오빠였다. 루카는 스텔라에게 조개와 조약돌을 보여주고 최선을 다해서 스텔라를 돌봤다. 때때로 루카를 보면서 도메니코보다는 마시모를 더 닮았다는 생각이 들곤 했다. 루카의 검은 눈동자는 이따금 단단하고 차가워지곤 했다……. 루카는 아이일 뿐이지만, 마시모가 루카를 후임자로 양육하고 있다는 사실을 알고 있었다. 올가는 인정하고 싶어 하지 않았지만, 나는 마시모가 왜 두 사람과 루카를 저택에 머무르게 했는지 알고 있었다.

진실은 도메니코가 아주 부유해졌다는 사실이다. 그는 자기 집을 살 수도 있었지만 안타깝게도 여전히 마시모의 영향을 받고 있었다. 마시모는 도메니코를 떠나지 못하게 했다. 그래서 도메니코는 시칠리아 저택에 살자고 올가를 설득했다. 결국 두 사람이 처음으로 만났던 장소이지 않냐고 말이다. 어째서인지 올가는 아주 로맨틱하고 순응하는 아내로 변해 항의하지 않고 그곳에 살았다.

"비혼모로 사는 건 참 힘들어요."

아멜리아가 옆에 앉으며 말했다. 그녀는 내 다리 옆 선 베드에 비싼 가방을 올려놨다. 그 바람에 나초의 젖은 수건이 모래사장으로 떨어졌다.

뒤돌자 두 명의 우락부락한 경호원이 온갖 장난감이며 음식과 술로 채워진 바구니와 선 베드와 파라솔 하나를 더 나르고 있는 모습이 보여 깜짝 놀랐다. '필요한 최소한'이 이거였다니.

"어련하시겠어. 유모 셋에, 셰프 하나에, 파출부에, 운전기사에, 스스로 '네 남자'라고 칭하는 멍청이까지 있는데 말이야."

나초는 스텔라의 머리에 모자를 씌우며 말했다.

"그냥 이 해변을 사면 안 돼?" 아멜리아는 나초를 무시하며 물었다. "이것들을 매번 다 들고 다니지 않아도 되게."

나초는 눈알을 굴리고 고개를 저었다. 나초는 내 선 베드에 걸터앉아 몸을 낮추며 내게 키스했다. 양옆의 여자들이 우릴 노려보고 있다는 건 쉽게 상상할 수 있었다.

"오늘 밤엔 아들을 만들어봐요." 나초는 속삭였다. "당신이 임신했다고 말할 때까지 섹스할 거예요."

나초의 초록색 눈은 행복해 보였다. 그는 내 다리에 사타구니를 문질렀다.

"그러기만 해!"

올가와 아멜리아가 동시에 소리를 질렀다. 아멜리아는 나초에게 물건을 던지기 시작했다.

"변태들! 애들도 있는데!" 올가가 소리 질렀다.

"보고 있지도 않잖아요."

나초가 일어나며 툴툴거렸다. 나초는 모래에 반쯤 묻힌 벌레에 정신이 팔린 아이 세 명을 가리켰다.

"전에 말했다시피……" 나초는 올가를 향해 몸을 돌렸다. "당신의 고집 센 시칠리아 놈을 데려올 방법이나 찾아내세요."

이제 나초는 아멜리아를 바라봤다.

"그리고 너는…… 성욕 억제제 먹어. 남자한테 효과가 있으면 너한테도 있을 수 있잖아."

나초는 서프보드를 들고 바다로 뛰어가며 멀어졌다.

"아직도 허락 못 받았어요?"

아멜리아는 내 물음에 슬픈 표정으로 고개를 저었다.

"2년이 지났는데 악수도 안 하려고 해요." 아멜리아가 말했다.

"오빠 회사에 취직시키면 말이라도 붙일 줄 알았는데 안 그러더라고요. 디에고는 스페인에서 가장 잘나가는 변호사 중 한 명이에요. 성격도 좋고, 공정하고……."

"마피아를 위해 일하기도 하죠." 올가는 비꼬며 덧붙였다.

"날 사랑해요." 아멜리아가 말했다. "프러포즈까지 했다고요!"

아멜리아가 뻗은 손에는 커다랗고 아름다운 비싼 반지가 자리하고 있었다.

"마르셀로가 그를 죽일 거예요." 올가가 말했다.

"내가 말해볼게요." 내가 약속했다. "오늘 밤에요. 오늘 밤이면 될 수도 있을 것 같아요. 스텔라 좀 봐줄래요?"

나는 아멜리아를 잠깐 쳐다봤고, 그녀는 고개를 끄덕였다.

"이해가 안 돼. 왜 유모를 안 구하는 거야? 난 마리아가 없으면 어쩔 줄 모를 텐데. 도메니코와 섹스하는 와중에 루카가 쳐들어오는 상상만 해도 비명이 나올 정도로 무섭다고."

"견딜 만해. 나도 일하잖아." 나는 눈썹을 올렸다.

"일 얘기가 나와서 말인데, 금요일에 부티크 하나를 더 열어. 이번엔 그란카나리아에. 올래? 파티할 건데. 서퍼들도 많을 거야."

나는 엉덩이를 흔들었다.

"서핑 브랜드가 이탈리아 브랜드보다 더 잘나가."

누가 상상이나 했겠는가?

"클라라도 와?" 올가는 튜닉을 묶고 막대사탕을 향해 손을 뻗었다. "10대가 된 기분이 들게 해주더라."

나는 웃으며 고개를 끄덕였다.

부모님께 집을 사드렸으니 원하면 언제든지 부모님과 함께할 수 있었다. 두 분은 그란카나리아에서 보트로 한 시간 거리밖에 안 되는 곳에 살고 있었다.

아빠는 새로운 취미를 찾았다. 바다낚시였다. 아빠는 하루를 꼬박 바다에서 보냈다. 엄마는 스스로를 항상 숨이 멎을 정도로 아름답게 꾸미는 데 관심이 있었다. 엄마는 60대가 된 뒤 순수 예술에 재능이 있다는 사실을 발견하고 유리를 조각하기 시작했다. 놀랍게도 엄마의 제품은 불티나듯 팔려나갔다.

처음에는 두 분을 테네리페로 이사 시킬까도 생각했지만 부모님이 지나치게 가까운 곳에 사는 건 내게도 나초에게도 위험한 일이었다. 다행히도 나초는 마시모만큼 잘 알려지지 않았기에 160킬로미터 떨어진 곳에 집을 구해드리는 게 안전한 해결책이 되었다.

"수다는 그만하자. 난 수영하러 갈래."

머리 위로 손을 뻗어 내가 입고 있는 스포츠 수영복에 아주 잘 어울리는 분홍색 티셔츠를 집어 들었다.

"물에 들어갈 거야. 애들 잘 봐줘."

나는 서프보드를 가지고 해안으로 향했다.

"어떻게 아직도 몸매가 그래?"

올가가 뒤에서 소리쳤다. 올가의 상태는 사람보다 고래에 더 가까웠다.

"다 운동 덕이지, 자기야." 나는 내 보드와 나초를 가리켰다. 나초는 거대한 파도 밑을 지나가고 있었다. "운동 말이야!"

나는 스텔라의 머리에 키스하고 물속으로 들어갔다.

내 인생은 완전하다. 사랑하는 모든 것과 모든 사람이 곁에 있다. 나는 테이데산의 눈 덮인 정상과 내게 손을 흔드는 올가와 아멜리아를 흘긋 바라봤다. 그러고는 마침내 물속의 나초를 바라봤다. 그는 보드 위에 걸터앉아 기다리고 있었다. 완벽한 파도를…… 나를.

작가의 말

제 이야기에서 도덕성을 찾지 못한 독자들을 위해 허겁지겁 설명을 해보려 합니다. 365일에 관한 세 편의 작품은 강간과 스톡홀름 증후군을 미화하는 이야기가 아닙니다. 너무 자명하게도 마시모는 총명하지 못하고 라우라는 멍청하죠. 죄송하지만 주요 캐릭터의 매력에 빠졌다면 당신도 살면서 한 번 이상은 그들 같았을 겁니다. 하지만 기억하세요. 반짝인다고 다 금이 아니며, 돈으로 행복을 살 수는 없다는 것을요. 자유, 독립, 공간, 파트너십이 중요한 것이지, 독재와 비싼 구두가 중요한 게 아니랍니다.

변함없이, 그리고 날이 갈수록 더 부모님께 감사하게 됩니다. 제 인생에 가장 큰 지지자가 되어주시는 어머니, 아버지 사랑합니다. 제 친구이자 사업 파트너인 마치에지 카불스키에게도 감사합니다. 오빠, 날 믿어주고 기회를 줘서 고마워. 그리고 나와 함께 영화를 제작해 줘서 고마워. 오빠를 오빠라고 부를 수 있어서 영광이야. 제 매니저인 아가사 스워빈스카에게도 감사합니다. 당신이 없었다면 나도 없고, 성공도 없고, 두 달마다 내는 휴가도 없었을 거예요. 사랑해요! 전 세계의 팬들에게도 감사합니다. 제 이야기와 사랑에 빠진 사람이 있다니 정말 기뻐요. 한국어로 읽는 소설도 제 모국어로 쓴 것만큼이나 재미있게 읽히길 바랍니다.

옮긴이 **장현희**

덕성여자대학교 영어영문과를 졸업하고 삼성, 넷플릭스, 다우니, 페브리즈, 에어비앤비 등 다국적 대기업을 고객사로 두고 있는 '애드쿠아 인터렉티브'에서 약 6년간 근무하면서 마케팅 및 광고 콘텐츠의 영어 통역 및 번역을 진행했다. 현재는 IYUNO-SDI 그룹, 비스포크랩, 키위미디어 등 유수한 영상 번역 전문 업체의 프리랜서 번역가로 활동하며 드라마 및 다큐멘터리의 자막 번역과 감수를 맡고 있고, 출판번역에이전시 글로하나에서 다양한 분야의 영미도서를 검토, 번역하고 있다.

또 다른 365일

초판 1쇄 인쇄 2023년 12월 13일
초판 1쇄 발행 2024년 1월 17일

지은이 블란카 리핀스카
옮긴이 장현희
펴낸이 김선식

경영총괄 김은영
콘텐츠사업본부장 임보윤
책임편집 이상화 **디자인** 윤신혜 **책임마케터** 양지환
콘텐츠사업2팀장 김보람 **콘텐츠사업2팀** 박하빈, 이상화, 채윤지, 윤신혜
마케팅본부장 권장규 **마케팅2팀** 이고은, 배한진, 양지환 **채널2팀** 권오권
미디어홍보본부장 정명찬 **브랜드관리팀** 오수미, 김은지, 이소영
뉴미디어팀 김민정, 이지은, 홍수경, 서가을, 문윤정, 이예주
크리에이티브팀 임유나, 박지수, 변승주, 김화정, 장세진, 박장미
지식교양팀 이수인, 염아라, 석찬미, 김혜원, 백지은 **브랜드제휴팀** 안지혜
편집관리팀 조세현, 백설희 **저작권팀** 한승빈, 이슬, 윤제희
재무관리팀 하미선, 윤이경, 김재경, 이보람, 임혜정
인사총무팀 강미숙, 지석배, 김혜진, 황종원
제작관리팀 이소현, 김소영, 김진경, 최완규, 이지우, 박예찬
물류관리팀 김형기, 김선민, 주정훈, 김선진, 한유현, 전태연, 양문현, 이민운

펴낸곳 다산북스 **출판등록** 2005년 12월 23일 제313-2005-00277호
주소 경기도 파주시 회동길 490
대표전화 02-704-1724 **팩스** 02-703-2219 **이메일** dasanbooks@dasanbooks.com
홈페이지 www.dasanbooks.com **블로그** blog.naver.com/dasan_books
종이 신승지류 **인쇄** 민언프린텍 **제본** 다온바인텍 **후가공** 제이오엘앤피
ISBN 979-11-306-4968-9 (04890)